近现代文学批评主体与客体

以期刊中的书评为媒介

汪注/著

南方日报出版社
NANFANG DAILY PRESS
中国·广州

图书在版编目（CIP）数据

近现代文学批评主体与客体 ： 以期刊中的书评为媒介 / 汪注著. -- 广州 ： 南方日报出版社, 2025. 4.
ISBN 978-7-5491-2955-3

Ⅰ. I206.5-53

中国国家版本馆 CIP 数据核字第 2025AA0043 号

JINXIANDAI WENXUE PIPING ZHUTI YU KETI: YI QIKAN ZHONG DE SHUPING WEI MEIJIE

近现代文学批评主体与客体：以期刊中的书评为媒介

著　　者： 汪　注
出版发行： 南方日报出版社
地　　址： 广州市广州大道中 289 号
出 版 人： 周山丹
责任编辑： 朱晓娟
装帧设计： 劳华义
责任校对： 阮昌汉
责任技编： 王　兰
经　　销： 全国新华书店
印　　刷： 广州市尚铭印刷股份有限公司
成品尺寸： 170 mm×240 mm
印　　张： 19.25
字　　数： 310 千字
版　　次： 2025 年 4 月第 1 版
印　　次： 2025 年 4 月第 1 次印刷
定　　价： 68.00 元

投稿热线：（020）87360640　　读者热线：（020）87363865

发现印装质量问题，影响阅读，请与承印厂联系调换

目　录

CONTENTS

绪　论　近现代期刊书评及其与文学批评的因缘

书评是一个相对宽泛的概念，是图书研究、书评写作与书评文章的统称，包括书评、书介、书话、书序、书跋等。它通常是指书评者运用一定的理论和方法，对图书内容、装帧、版式等各个方面进行探讨、体认、判断、评价的科学研究与写作活动，也指书评者表达和阐释这种科研、写作成果的一种文章样式，即书评文章①。

书评在我国先秦时期便已出现，几乎与图书同时诞生②。在词的构成上，“书评”是“书”与“评”的合成，“书”指的是图书，“评”是“评价”“批评”的缩写。两者当中，“书”是“评”的对象，“评”则是“书”价值的评定途径，它所涉及的范围不仅限于物质形态的书，而是囊括了与“书”相关的生产、评价活动。通俗来说，即“书”是谁写的，作者为何写这本“书”，“书”写得“好”不“好”、怎么个“好”“不好”法，“书”包含了哪些观念，以及这些观念有何价值，“书”与时代、社会、人心的关系如何等内容。

书评的兼容性、广泛性使其成为文学批评的一种重要方式。相应地，书评研究得以充当文学批评研究的关键切入点。中国近现代期刊中的文学书评③文章常以“作品与作家”“新书”“新书评述”“新书评介”“书报提要”“评书”“读后感”“读书心得”等面目示人，它们不但数量多，达数千条，且评论范畴广，涉及文学文本、作者、编者、译者。此外，其记录、反映文学活动的时间之长、范围之广、程度之深，其他文本罕有能与之抗礼者。因此，期刊书评研究对于近现代文学批评研究具有重大价值。

---

① 叶建、叶新编纂：《近代书评文献汇编》，北京：国家图书馆出版社，2022，总序。

② 伍杰：《百年书评史散论》，开封：河南大学出版社 2010 年版，序言。

③ 为便于表述，“中国近现代期刊中的文学书评”在后文中缩写为“期刊书评”。

一、期刊书评的出现

期刊书评以中国近代期刊为宿主，是书评与期刊结合的产物。从目前已有的资料来看，期刊书评在我国出现的时间不早于1857年。1857年1月，《六合丛谈》登了一篇《约书说略》，向读者介绍基督教经典，7月，题名为《造表新法》《地志新书》《戒烟新书》的三篇书评被陆续发表，这被视为中国期刊书评诞生的标志①。首篇专以文学著作为批评对象的期刊书评乃是李增迪所作《重选〈沧江乐府〉序》②，时为1873年，距期刊书评在中国出现已经过了16年。

期刊书评最初被西方来华人士、先进的中国知识分子用以介绍域外科技、文化、外交、军事知识，传播宗教，如王谦如《〈西国农政说〉跋》③、《读〈中西关系略论〉谕后》④、《〈电气镀金〉序》⑤、《西历十二月所读之书：民数记》⑥ 等。与它们相比，文学书评的数量明显多于非文学书评，例如，愿为明镜室主人《读〈红楼梦〉杂记》⑦、彊恕堂《〈潜园居士文集〉序》⑧、红杏词人《林烈女诗并序》⑨、王曾翼芍坡《居易堂诗集：读魏晋史杂咏》⑩、闻妙香馆主人《〈梦游香国记〉附河间赵梦符孝廉（松）跋》⑪ 等，文学书评在《瀛寰琐纪》《四溟琐纪》《益闻录》《万国公报》《字林沪报》等期刊的书评类文章当中所占比重最大，并常出现在整版刊物的前部，对于读者而言，相当醒目。

随着中国知识分子的成长，他们开始执期刊书评之牛耳。据徐一士回忆，

---

① 赵晓梅：《中国书评史初探》，北京：中国工人出版社，2001，第12页。
② 李增迪：《重选〈沧江乐府〉序》，《瀛寰琐纪》1873年第6期。
③ 王谦如：《〈西国农政说〉跋》，《中国教会新报》1872年第170期。
④ 佚名：《读〈中西关系略论〉谕后》，《万国公报》1876年第417期。
⑤ 佚名：《〈电气镀金〉序》，《格致汇编》1880年第3卷。
⑥ 佚名：《西历十二月所读之书：民数记》，《小孩月报》1880年第6卷第8期。
⑦ 愿为明镜室主人：《读〈红楼梦〉杂记》，《瀛寰琐纪》1874年第17期。
⑧ 彊恕堂：《〈潜园居士文集〉序》，《瀛寰琐纪》1874年第19期。
⑨ 红杏词人：《林烈女诗并序》，《四溟琐纪》1875年第1期。
⑩ 王曾翼芍坡：《居易堂诗集：读魏晋史杂咏》，《四溟琐纪》1876年第1期。
⑪ 闻妙香馆主人：《〈梦游香国记〉附河间赵梦符孝廉（松）跋》，《寰宇琐纪》1876年第8期。

梁启超之所以于光绪二十八年（1902年）在日本出版《新民丛报》，设“绍介新书”栏目，目的在于指正日本书籍转译为汉文所产生的讹误，提前为译介者评定日本书籍良莠，按照原书的“程度浅深”决定译介顺序①。“绍介新书”栏目的开辟因此成为期刊书评发展的里程碑事件之一。

初期书评奠定了书评的两个基本特征。首先是“书”概念的泛化。评者从不曾关切“书”是否已出版、是否辑成文集，而是将“书”等于文学作品及具有文学审美性质的非文学作品，除了相对“标准”的文学类“书”，如《雪轩诗集》②、《杜少陵集》③、《红梅阁传奇》④、《剑侠传》⑤、《花月痕》⑥、《梧笙馆唱和集》⑦，历史书籍、人物传略、报告文学也可以成为“评”的对象，《〈明懿安皇后外传〉并叙跋》⑧、《读〈汉书·吕后纪〉书后》⑨、《读〈宋史〉有感》⑩、《〈交涉纪事本末〉序》⑪ 因而屡见不鲜。

其次是“评”具有高度自由。书评者不给自己设置思想、观念、方式上的限制，申张自己不平则鸣、有感而发的天然权利，或嗟叹原著者遭遇、赞叹原著文辞之美，或感慨兴亡更替，倡言文明革新，寄寓并表达自己的文学观、文化观、审美观、人生观和意识形态。

“评”的自由还体现为一“书”多“评”，关于中日甲午战争始末的回忆录《中东战纪本末》甫一问世，便被林乐知、王韬、沈寿康从不同角度加以评价，三人当中，林乐知同时也是该书汉文版的译者。作为一个对中国深有好感的西方人，他自述翻译原著的目的在于“振兴中国”，认为中国虽惨败，但

---

① 徐一士：《书评概说》，《报学月刊》1929年第1卷第2期。

② 自牧斋主：《雪轩诗集》，《瀛寰琐纪》1874年第27期。自牧斋主为《雪轩诗集》的书评者，而非作者，下同。

③ 仇兆鳌：《杜少陵集》，《益闻录》1880年第33期。

④ 杜陵男子：《红梅阁传奇》，《字林沪报》1896年7月21日第1版。

⑤ 周炳城：《剑侠传》，《益闻录》1896年总第1596期。

⑥ 七七生：《花月痕》，《游戏世界》1900年第9期。

⑦ 何淞：《梧笙馆唱和集》，《著作林》1900年第21期。

⑧ 佚名：《〈明懿安皇后外传〉并叙跋》，《瀛寰琐纪》1873年第6期。

⑨ 龙山居士：《读〈汉书·吕后纪〉书后》，《瀛寰琐纪》1873年第12期。

⑩ 福秀珊：《读〈宋史〉有感》，《益闻录》1893年总第1236期。

⑪ 章炳麟：《〈交涉纪事本末〉序》，《译书公会报》1897年第1期。

“断无可灭之理”，盼能“幡然一变其故辙，综计云蒸霞蔚之盛”，期望统治者整顿财赋、培育人才，以求再次雄霸亚洲①。王韬身为著名记者、开明派，本能地厌憎日本得胜之后的嚣张气焰，感谢林乐知“之作此书，盖欲中国之自强而发也。原始要终，因端竟委，挈领提纲，具存微指”，警示国人不能自以为“难已息矣，事已平矣”，而“仍复虚憍之气中之，自足自满、漫然无所动于其心，因循苟且如故”，辜负林乐知译介此书之厚意②。沈寿康则称道该书内容之客观，以及林乐知为华译书的深情厚谊③。

“评”的自由还体现在体式上和书评者身份上。书评者不计较书评的体式，“书”“书后”“序”“跋”与十余年后陆续的“读后”“读后感”“随感”“随想”等，都是书评的具体形式，与之相应，书评文章的字数、文体、表现手法、修辞手段等都不成为问题，书评者既可随感而发、挥笔而就，也能心意独蕴、刻意为之。书评者自身也不存在固定的界限，他不单单是“书”的评价者、阅读者，也能是“书”的作者、编者、译者、校者、出版者。换言之，处于“书”的生产、流通环节上的任何一个人，都自然具有评价权。

“书”概念的泛化，与“评”的高度自由结合在一起，使书评自诞生伊始便具备了开展文学批评的巨大能量，批评主体、批评对象、批评方式三者同时的“不设限”，为书评者言所欲言、畅所欲言提供了保障，也为批评者将林林总总的“书”纳入批评的范畴扫清了障碍。

二、期刊书评的发展演变

（一）演变阶段的两个划分标准

论及期刊书评的演变阶段，首先要确立用以划分阶段的标准。综合期刊书评内容、写作者倾向、文体选择、语体选择等标准，我们不难先筛除不足以将“代”与“代”分隔开的三个标准，它们分别是书评语体、书评文体、批评方式。

---

① ［美］林乐知：《〈中东战纪本末〉译序》，《万国公报》1896年第88期。

② 王韬：《〈中东战纪本末〉序》，《万国公报》1896年第89期。

③ 沈寿康：《〈中东战纪本末〉序》，《万国公报》1896年第90期。

书评语体、文体始终不拘一格，庄谐、骈散、文白，全由书评者自己把控。书评文的用语可以轻松自在、诙谐戏谑，也可以一本正经、尖锐严肃。近现代期刊书评中，骈体书评文的数量达76篇，占总数3860篇的1.97%①，虽不能望散文体之项背，但时而出现，经久不衰，直到1947年还有书评者用骈体来作书评②。白话文体的使用很是普遍，但文言体始终没有被废弃，而是贯穿了近现代书评发展历程，1949年发表的《评〈人间词话〉》③便是一篇标准的文言文。文白之争尽管曾一度成为新旧文化—文学之争的焦点，却从未在书评的领域引发过波澜。沪上闻人陈子展一门心思用文言文写作，被致力于“文言复兴”者视为领袖，被倡导白话者诟病。对于两派的主张，陈子展自陈莫名、诚惶诚恐。他希望纠结于文体者，但凡抱有报答社会的胸怀，就不必怀门户之见，各司其职，各行其是④。周作人也提出，“文体改变本来是极平常的事，于人心世道国计民生了无干系”，单纯纠结于文、白，而不清除文、白都可能蕴含的思想、观念、文化毒素，乃是一叶障目、舍本逐末：

> 用古文之弊害不在此文体而在隶属于此文体的种种复古的空气，政治作用，道学主张，模仿写法等。白话文亦文体之一，本无一定属性，以作偶成的新文学可，以写赋得的旧文学亦无不可，此一节不可不注意也。如白话文大发达，其内容却与古文相差不远，则岂非即一新古文运动乎！⑤

即便是相对激进的少年学生，也对文白之争深感无谓、无聊。一位化名“炜”的学生表示，“第一，所谓‘半文半白’，也有‘多少’与‘适当’之分”，“第二，站在一般人的成见或观点上，去讨论这‘半文半白的文体’，那我们以为，在正式文学以外，也可以给予它有条件的原宥”，“夹有文言的句

---

① 数据来源：（表1-1）近现代期刊书评数量逐年统计表。本书作者整理，后文中的数据同样来源于该表，不重复标注。

② 任鼐：《跋〈冀野选集（上）〉》，《中央日报》1947年10月10日第4版。

③ 王镇坤：《评〈人间词话〉》，《国文月刊》1949年第79期。

④ 陈子展：《〈蘧庐絮语〉序》，《新语林》1934年第1期。

⑤ 知堂：《〈现代散文选〉序》，《大公报（天津）》1934年12月1日第12版。

子”只要“被处置地适当”“读者不会感觉到厌烦”，那么，“这样的文章至少会有存在的价值”，“因为它是尽了‘强调’的任务了”。不仅如此，文、白各有其表现域，“我们既决定了某种文体为我们必然的表演思想的工具，那么，正式文学在可能范围内应当力求严肃，而正式文学以外的文章，只要被处置在适当的境地，‘半文半白的文体’，我们也觉得不会‘成问题’的”①。

批评方式也不足施用于书评演进史断代工作。这是因为批评方式在时间上具有贯穿性，考据、摘引、溯源、索隐、雠校、勘误、批点等方式既被晚清时期的书评者运用，也被1940年代末的书评者运用。

与前述三者相异，足以充当划分标准的是什么？答曰：书评所承、寄寓的审美追求和意识形态。“鼓天下之动者存乎辞。辞之所以能鼓天下者，乃道之文也”（《易・系辞上》），归根结底，书评者通过“评”“书”，阐明自己对文学、文化、政治、人生等的固有观点和习得看法。他们的观点、看法，脱胎于具体的历史语境，融入了个人的理解、消化与采纳，这一事实决定了：一个时代的书评，实则为这一时代的产物；书评者本质上是时代的代言者；书评发展分期暗合近现代历史分期，前者取决于后者，但具有一定的能动性，并非机械呆板的简单复制。不同历史阶段催生出该阶段特有或突出的审美追求和意识形态，这两者便是书评发展分期的标准。

（二）期刊书评的发展演变阶段

自1857年至1950年前，期刊书评经历了五个发展阶段。在不同阶段，期刊书评整体包含的审美追求、意识形态各有侧重，五个阶段之间有顺承，有转折，接续勾连，构建出近现代期刊书评发展的完整链条。

（1）清末至民国初年

这一阶段期刊书评合计171篇。被评之“书”② 涉及史书、历史人物传略、诗集、词集、文集、中西交通史、小说，显示出“评”的广泛性。甲午战争之前，书评者身份相对单一，主要为寓居上海的文人雅士和在华的传教

① 炜：《读〈现代〉五卷三期后：论半文半白的文体》，《光华附中半月刊》1935年第3卷第6期。
② 后文简称“书”。

表 1－1　近现代期刊书评数量逐年统计表

1873 年	1874 年	1875 年	1876 年	1877 年	1878 年	1879 年	1880 年	1881 年	1882 年
1	5	2	6	1	0	0	7	0	1
1883 年	1884 年	1885 年	1886 年	1887 年	1888 年	1889 年	1890 年	1891 年	1892 年
0	0	1	0	0	0	0	3	1	0
1893 年	1894 年	1895 年	1896 年	1897 年	1898 年	1899 年	1900 年	1901 年	1902 年
1	1	0	8	5	6	3	13	4	7
1903 年	1904 年	1905 年	1906 年	1907 年	1908 年	1909 年	1910 年	1911 年	1912 年
7	19	14	16	15	11	13	12	15	7
1913 年	1914 年	1915 年	1916 年	1917 年	1918 年	1919 年	1920 年	1921 年	1922 年
21	45	27	16	22	21	20	20	36	56
1923 年	1924 年	1925 年	1926 年	1927 年	1928 年	1929 年	1930 年	1931 年	1932 年
92	98	62	103	53	100	127	62	140	140
1933 年	1934 年	1935 年	1936 年	1937 年	1938 年	1939 年	1940 年	1941 年	1942 年
195	278	220	329	154	63	102	94	97	58
1943 年	1944 年	1945 年	1946 年	1947 年	1948 年	1949 年			
96	148	83	149	130	159	39			

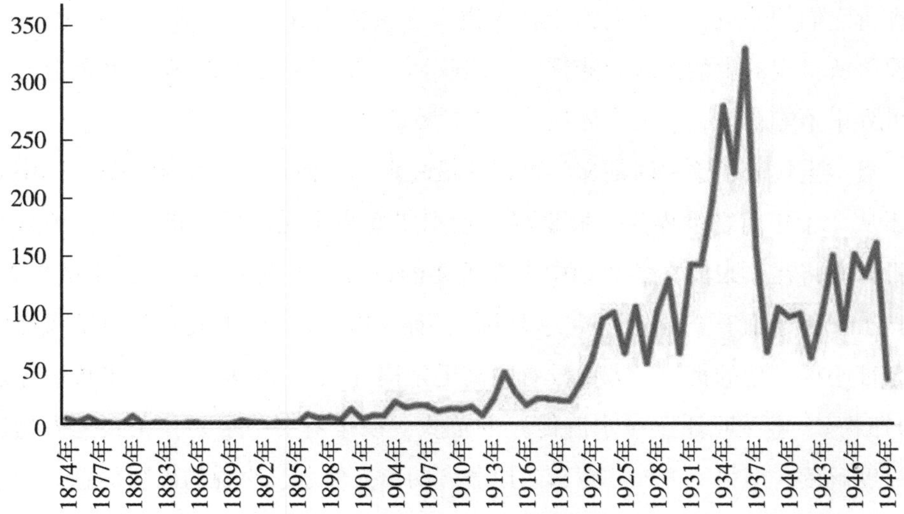

图 1－1　近现代期刊书评数量走势图

士；书评内容单一，多为风雅之士彼此的唱和与自身才学的展示，向期刊读者介绍西方的政治体制、人文风物。甲午战败之后，章炳麟、梁启超、铁血少年、热斋主人、黄纯熙、曹钧、慈石、马叙伦、康有为等书评者纷纷在《时务报》《南洋七日报》《女学报》《外国公报》《女子世界》《醒狮》《国民日日报汇编》《之罘报》《复报》《东方杂志》《政艺通报》等具有改良色彩的期刊[①]发表书评，他们通过品评《辛丑大事记》《埃及近世史》《东欧女豪杰》《郑成功传》《日本维新英雄儿女奇遇记》《日本的国民》《两晋演义》《欧洲十一国游记》《日本治韩新政》《禁书目录四种合刻》等书，或渲染国亡族灭之痛，或显示西方政制、日本维新之美，或呼吁国人一改愚懦、闭目塞听之弊，反抗侵略，拯救祖国。这一时期国族意识、种族意识弥漫在书评活动之中，相比之下，清末以暴力推翻清政权的革命呼声却不曾在书评中出现，显示出文学与现实政治之间的疏离性。

在这一时期的书评中，文学批评尚处在幼稚状态。书评者尽管因所居城市的区位优势，得以先窥《迦因小传》《黑奴吁天录》《露漱·格兰小传》《巴黎茶花女遗事》《八十日环游记》《沙斐伯雷传》等西方近代文学经典，取得了评价它们的先机，但他们惯于将小说真实与历史真实、生活真实混为一谈，对原著所呈现的生活方式一味赞许、嗟叹而不加分辨[②]，沉浸在原著营造的情感世界中不能自拔、丧失主体性[③]的情况屡见不鲜。

寅半生代表了这一时期文学批评的最高水平。他在《小说闲评叙》[④]中立足于从“十年前之世界为八股世界，近则忽变为小说世界”的事实，预言小说批评必将在未来的文学活动中占有重要的位置。不仅如此，他还小试牛刀，评点了《狮子血》《黑行星》《手足仇》《神女缘》《车中美人》等时下风靡的十余部小说。他的批评一方面没有脱离毛宗岗评点《三国演义》、张竹坡评点《金瓶梅》、金圣叹评点《水浒传》的范式，惯于对书中字句，尤其是人物道白过度解读，但另一方面注意辑录原著者的个人信息、小说的出版信息，为书评走出评点传统迈出了坚实的第一步。

---

① 本书所涉及的期刊也包括报纸副刊、增刊。

② 寅半生：《小说闲评：言情小说：阱中花》，《游戏世界》1900 年第 9 期。

③ 七七生：《支那硏湃潮：读〈花月痕〉小说》，《游戏世界》1900 年第 9 期。

④ 寅半生：《小说闲评叙》，《游戏世界》1900 年第 1 期。

（2）1912—1927 年

这一阶段的期刊书评总数达到了 699 篇，年均数量稳定在两位数，并在 1926 年首次实现三位数的发文量，而当年也成为期刊书评在这一阶段的巅峰。新文化—五四运动对该阶段起到了巨大的影响，促成了期刊书评的审美追求与意识形态的现代化演进。

1912 年至 1919 年前，期刊书评的写作者仍以老派知识人为主体，如南社、虞社成员，以及居住在上海、北京等地的，多以报刊主笔为职业的文人，所评之“书”以《桃花扇传奇》《昭明太子文选》《十六国春秋》《北宋钞本毛诗残本》《鹡鸰风雨集》《兰娘哀史》《学制斋文集》《汪梦仙女史诗稿》《绮香阁诗》《演义丛书》《香艳丛书》《侠女花弹词》《振绮堂丛书》《黑幕中之黑幕》为代表。书评者对待“书”的态度、“评”法大相径庭，有的评者专事考据，追索文作典籍的来龙去脉①；有的评者精于版本比对，向读者辨明版源②；有的评者一心整理古典文集，将其视为瑰宝③；有的评者专做游戏文章，托名“评”“书”，实则有感而发、嬉笑怒骂，甚至大搞文字游戏④。这 7 年时间中，较明显的特点有二：一是学生走上了书评的舞台，开始挤占原先属于文人雅士的空间；二是在“评”的过程中，融入对国民性、民族性的朴素思考⑤，呼唤中国文坛能够出现铁肩担道义、负起救国救民责任的文学巨子⑥。

钱玄同《〈尝试集〉序》⑦、天贶《〈裴根文选〉序》⑧、孟真⑨《乐府诗集一百卷》⑩ 等可谓是将这 15 年加以分隔的重要文章。《〈尝试集〉序》阐述

---

① 被褐：《跋元钟继先〈录鬼簿〉》，《独立周报》1913 年第 2 卷第 6 期。
② 沈家本：《枕碧楼偶存稿：〈河南集〉跋》，《中国学报》1913 年第 4 期。
③ 黄远庸：《〈晚周汉魏文钞〉序》，《学生》1916 年第 3 卷第 1 期。
④ 佚名：《读〈瀛寰志〉（嵌商务书馆出板小说名）》，《最新滑稽杂志》1914 年第 3 期。
⑤ 徐吁公：《李译〈辽西梦〉说部序》，《小说新报》1917 年第 3 卷第 1 期。
⑥ 佚名：《读〈巴伦诗集〉书后》，《同南》1916 年第 5 期。
⑦ 钱玄同：《〈尝试集〉序》，《新青年》1918 年第 4 卷第 2 期。
⑧ 天贶：《〈裴根文选〉序》，《青年进步》1918 年第 9 期。
⑨ 即傅斯年。
⑩ 孟真：《乐府诗集一百卷》，《新潮》1919 年第 1 卷第 1 期。

中国语言与文字不一致的原因，斥责“独夫民贼”与“文妖”，向保守的文化势力发出了挑战。《〈裴根文选〉序》的作者称道培根“寓伦理道德之训于文艺哲学之构”“立题措论尽是人生日常”“聆其音则铿铿如，观其色则绚绚如”，呼吁将逻辑原理运用到文艺、文学创作中去，破除胡编乱造、怪力乱神的窠臼。《故书新评：〈乐府诗集一百卷〉（宋郭茂倩撰）》独具创见性地提出了中国民间文学的自洁功能，希望有志于新文学者加以注意。

新文化运动及五四运动对期刊书评的影响并没有在1919年当年立即显现，展现出文化变革与文学进步之间的确存在时差。1920年至1927年的八年时间，是期刊书评的快速发展期，数量的稳步上升是其表征，而期刊书评所表现出的文学观念的新变才是其发展的体现及动力。具有新意的文学观点甚多，限于篇幅不便逐一列举，且在此聊举数例。有书评者对历来的《红楼梦》解读方式予以掊击，认为解读者往往用力过猛、理念先行。他指出，今人评价古代文学作品，首先要秉承持中、客观的批评态度，“宁可教古人说‘未免负我苦衷，尚有不宣之蕴义’”，也要做到“不教古人说‘无乃师心自用，致陷吾书于芜杂’”①。郑西谛等《文学旬刊》同人则思考了对文学的本原、定义与作用，以此为新文学争取合法性②。还有书评者将自己的际遇代入小说评价里，在将自己的遭遇与人物命运类比之后，发出了罪在社会的控诉，期望文学在社会改造事业中扮演更重要的角色③。有的书评者有感于书评标准不一，试图加以规范，迈出了书评标准化的第一步④。

这一时期的期刊书评值得称赞的还有两点。一是具有巨大的包容度，保持了新旧杂陈、兼容宽宏的底色。旧文作继续得到尊崇，几乎不受新文化运动的冲击。评者可以张扬艺术性是文学的核心要义，反对意识形态侵入文学创作，也可以反对唯艺术论，将文艺、文学纳入文以载道、再造国家的轨道。即便对风行一时的《尝试集》，也是有褒有贬⑤。大体上，评者与被评者在这时期做

① 王小隐：《读〈红楼梦剩语〉（续）》，《新中国》1920年第2卷第6期。

② 西谛：《文学的定义》，《文学旬刊》1921年第1期。

③ 铁郎：《读〈狭的笼〉》，《民国日报·觉悟》1921年第12卷第23期。

④ 飘萍客：《小说新评：〈品花宝鉴〉索隐》，《新声》1922年第9期。

⑤ 胡先骕：《评〈尝试集〉》，《学衡》1922年第1、2期。

到了友好相待、各行其是。二是新鲜文学质素的大量引入。《鲁滨孙》《锁工场》《游俄记》《茵梦湖》《阿那托尔》《工人绥惠略夫》《梦》《神曲》《疯人日记》《邮局》《少年维特之烦恼》《列那狐》等域外文作成为书评对象，这不但为中国文学人展开了别样的文学图景，更在潜移默化之中引入了托尔斯泰人道主义、社会主义、无政府主义、工团主义、反帝、文化哲学等思想因子。后来的事实证明，它们对期刊书评的发展和转型发挥了举足轻重的作用。努力周刊社编印的《读书杂志》是书评在这一时期的里程碑，它的影响力并不大，但标志着期刊书评成建制，而非零散地登上文学舞台。

1926 年是这一阶段的顶峰，期刊书评数量首次达到三位数。的确，这一年当中，期刊书评的繁荣程度前所未见，“评”的范围空前扩大，评者不分古今中外，将张资平、王尔德、梅里美、梁实秋、果戈理、莎士比亚、左拉、白居易、罗贯中、章学诚、刘半农等作家的各类文作都进行了评价和解读，这一情况似乎预示着期刊书评顺理成章地步入黄金发展期。然而，1927 年的发文数却几乎腰斩，尽管从这一年的书评内容上看不到所谓大革命失败的影子，但所评之“书”多为《钓璜堂存稿》《红馆词话》《怀瑜集》《潮州畲歌集》《镜花缘》《唐宋传奇集》，由此不难看出，风云莫测的时局对于期刊书评有着深刻影响。

（3）1928—1937 年

这十年是期刊书评史上的“黄金十年”，总发文书达到 1745 篇，其间 1934、1935、1936 连续三年的数量均高于 200，格外引人注目。此外，专业的图书评论期刊如《读书青年》《读书》《读书顾问》《读者月刊》《中国新书月报》《新书月刊》《图书展望》《图书评论》《图书季刊》《书林》《读书杂志》《读书月刊》《读书俱乐部》《读书之友》陆续出现，各种期刊、报纸副刊也开辟“作品与作家”“新书”“读物”“新书评述”“书报春秋”“书报评介”“书报记述”“书刊评介”“新书评介”“书报提要”“评书”“闲读杂记”“读后感”“读书心得”“读书札记”“读书随感”“书评汇辑”“现代评坛”“读物杂评”“好书”“书评副刊”“每月评坛”“新书介绍”“六郎六笔”“念萱室谈荟”“介绍新书”“西书评论”“读物批评”“介绍与批判”“自由讲坛”

等栏目，它们为书评者提供了挥斥方遒的广阔空间。

期刊书评“黄金十年”得以出现的原因至少包括两条：其一是包括文学期刊在内的各种期刊创刊量持续增长，前述1934—1936年三年中每年期刊出版数量分别为848、854、926种，是整个民国时期期刊出版发行量的前三甲，期刊书评的长足进步显然得益于平台扩充与体增容①。其二是思想观念能有机会平等交锋、自由申述。书评者展露自己对现实主义、浪漫主义、写实主义、现代主义等创作观的看法，表露自己的保守主义、激进主义、中庸主义的文学观，以主观主义、机械主义、公式主义、宗派主义、个人主义等为理由鞭笞文作、指责原著者。而原著者的选择各异，多数不加回击，少数则反唇相讥，在书评坛上掀起阵阵微澜。

这十年同样也是期刊书评体系的充分发育期，部分书评者由此前的单一撰写书评转向对书评本体建设的关切。他们一致认定，中国文坛当下急需书评，为此，他们追溯书评的起源，阐述书评的使命，坦承书评的难点、要点，并有意识地辨析书评与文学批评的同与异，将书评置于文学批评的框架之内。少数书评者甚至倾力推行标准化书评，试图统一书评的书写范式和基本格式，以此攫取书评的话语权。但他们的尝试很快以失败告终，反证书评在这一时期已具有的舆论“公器”性质。

1929年秋，傅东华将甘培《美国的书评事业（现代文艺论丛之一）》译介至国内，并首次较全面系统地提出了自己的书评观，拉开了期刊书评建设的序幕。他将理想的书评之标准概括为“赅博”，反对书评活动中的人情瓜葛，告诫刊物的拥有者审慎选择书评人，呼吁书评所牵扯到的各方人等具有“容人抗辩”“容人修正”的雅量②。次年，张崧年对部分书评者热衷于对译纠错嗤之以鼻，“偏于指摘译书错误，态度过于苛刻”，他期望书评者既要解放书评的体裁，更要尽量提出创见③。

---

① 祝钧宙主编：《上海图书馆馆藏近现代中文期刊总目》，上海科学技术文献出版社2014年版，第1595页。

② 甘培：《美国的书评事业（现代文艺论丛之一）》，傅东华译，《文学周报》1929年第8卷第5—9期。

③ 张崧年：《书评》，《流萤》1930年第2期。

1931年，弌纯对书评的使命作出了颇具时代性的界定，他强调，“首先就是在鉴赏上的时代性和阶级性的分野”，“一切的创作是社会文化活动的反照……社会上的出产品，永远是受着当时组成了社会的上层的社会意识的暗示，而给创作者以一定的方向”，以彰显书评的阶级性为旨归，尽责的书评者必须抛开“排斥和憎恶的态度”和“献媚和妥协的态度”，成为真理的守护者①。

相比弌纯，罗家伦更关注书评者自身的使命，他将书评者归入“要负起知识的责任（Intellectual responsibility）来的人”的范畴，号召书评者集中力量，“努力以下几件事”：

（一）② 征集中外学者意见，按照学科门类，选定标准书籍，列表公布，予有志研究者以正当的路径……

（二）有专刊批评和介绍书报，即普通定期刊物，也可以多附书评。预着好书，应当提出内容、详细介绍，引起读者的兴趣，进一步去读该书；遇着不够标准、不负责任的文字，应当请一班人，预备好铁扫帚，破除情面，把它们打扫个干净。

（三）由国家或负责文化机关，以不谋利的动机，来编译标准书籍……谋正当学术事业之发展与竞争③。

《图书评论》主编杜佐周则将书评者的使命浓缩为“言论荒谬，思想错误，事实不确或文字不通之作品当严格指出，以免流毒社会”④。当时的知名编辑、书评者全增嘏将优秀的书评者等同于“伟大的批评家”，而“伟大的批评家”“是作家的一面镜子，使过于重视自己作品的作家清醒，使不太自信的建起自信，同时负着廓清流俗动摇视听的褒贬和影响作家的、扫兴的舆论之职责”⑤。

---

① 弌纯：《书评的研究》，《武昌文华图书科季刊》1931年第3卷第4期。

② 序号为原文所有，省略号为笔者所加。

③ 罗家伦：《读标准的书籍，写负责的文字》，《图书评论》1932年第1卷第1期。

④ 杜佐周：《通讯：二、杜纪堂先生来函》，《图书评论》1932年第1卷第3期。

⑤ 全增嘏：《杂志论文分类摘要：文艺：七、〈论目前中国批评界的浅妄〉》，《图书评论》1934年第2卷第10期。

姜琦对书评者的批评语气、批评态度提出了看法。他希望书评者“须排除成见”，但不妨用语“客气”，限定批评的范围，不扣帽子，以此“鼓励人著作，勿阻挠人执笔”①。邓深泽补充了姜琦的观点，进一步规范了书评者的行为，告诫书评者“需了解他人著作能力”“需细心体察著作者本意”“需注意主要部分，不可专事攻击枝叶末节”②。

萧乾对书评人的自我完善有自己的灼见。在他看来，书评者“就是一个关心、护卫、促进文化的人”，他“不可缺乏一颗公正的心”，他的“最基本的态度是诚恳的，包含公正、同情和其他一切美德，没有嫉妒，没有偏见，只有一颗清澄热烈的心，不马虎，可也不拘守固定标准，不诋毁也不胡捧，对自己有信心，而永不视自己的批评为最后的，随时抱着探险的精神”③。

就书评的使命、要点、难点、写作方法与书评者的素养提升而言，朱光潜④、儋训⑤、文⑥、吴世昌⑦、王了一⑧、沈从文⑨、火焱⑩等，都发表了自己的意见。他们为完善书评理论付出了辛勤劳动。

从撰写书评的角度看，数百位书评写作者投身其中，用文字来表明自己对书的见解、对书评的观念，他们之中有专业的书评人，有身兼著者、译者、编者、校者角色者，也有现代文学的拥趸，其中，寂寂无名者有张思闵、芦荻、陈衍、王葆心、宋家淇、苏茹、宗威、今是、殷霞、张鹤龄、天同、砺之、朱宝琨、斸冰、牧天、雨梅、茉子、陈联萼、姜季辛、印大缴、牛若望、陆侃如、孙乃湛、黄眉玉、黄琦、李惠芳、刘玉珍、薇、余协中、余惠森、黄茅、万异、徐震、慧言、金同翰、正邦、藏云、曾克端、立庵、前人、西堂、沈则

① 姜琦：《通讯：一、姜伯韩先生来函》，《图书评论》1933 年第 1 卷第 6 期。
② 邓深泽：《通讯：三、邓深泽先生来函》，《图书评论》1933 年第 1 卷第 8 期。
③ 萧乾：《书评与创作》，《国闻周报》1935 年第 12 卷第 41 期。
④ 朱光潜：《谈书评》，《好文章》1936 年第 2 期。
⑤ 儋训：《写作讲话：书评的作法》，《图书展望》1936 年第 6 期。
⑥ 文：《读书的话：书评的功用》，《读书》1937 年第 1 卷第 1 期。
⑦ 吴世昌：《中国目前需要书评》，《书人》1937 年第 1 卷第 1 期。
⑧ 王了一：《做书评应有的态度》，《书人》1937 年第 1 卷第 2 期。
⑨ 沈从文：《我对于书评的感想》，《书人》1937 年第 1 卷第 2 期。
⑩ 火焱：《希望于书评者》，《艺文线》1937 年第 3 期。

仪、卡辛、立波、毛觉人、辛丹、玛利琴、王保譿、王戆愚、陈灨一、林纪敏、王易，成名已久者有鲁迅、谢兴尧、郭沫若、茅盾、周作人、蹇先艾、陈钟凡、罗香林、沈昌直、叶恭绰、顾颉刚、饶宗颐、曹靖华、穆木天、朱宝琨、郑振铎、夏承焘、樊仲云、叶士盛、戴平万，崭露头角者有林语堂、胡风、张友梅、徐讦、刘西渭、傅雷、陈柱、苏雪林，他们都在这份厚厚的名单上。他们身份不一，立场各异，但都因"评""书"而集聚一堂，在书评的天地中交流观点、交相问难，形成众声喧哗、不定一尊的局面，共同设计和塑造了书评的形与神。

凭借这十年的宝贵机遇，期刊书评对文学批评的发展起到了巨大的推动作用，书评者将自己掌握的诗论、小说论、散文论、词论、曲论、鉴赏论、风格论、体裁论、作家论、经典论等文学理论知识加以广泛运用，形成了文学批评的体系。在这一体系中，文学批评的内涵、功能、方法、原则、态度、依据等都得到了相当全面、系统的阐述和讨论，为现代文学批评体系建构打下了坚实基础。

这十年中，有两种观点和一种情结对书评在这一时期及未来的走向起到了关键导向作用。两种观点分别是平民文学观和阶级斗争观。平民文学观不是这个十年的产物，早在 1921 年，就有书评者明确提出并盛赞平民文学的纯洁性①，将民谣视作未经现代文明污染的"天籁"。平民文学观的真正兴起却是在大革命结束几年之后的 1930 年代初，洛扬在《论文学的大众化》② 一文中，将文学区分为"普洛革命文学"和"资产阶级文学"，主张前者，贬斥后者，并将文学的功能提升到"提高大众文化水平、改造大众意识，即提高大众政治认识和组织大众革命斗争"的高度，要求包括文学批评者在内的文坛成员"负起反帝反地主资产阶级的这个天天在嘴上说着的任务"。朱云影在《〈中国农民诗集〉序》③ 中代农民诉说出他们世代被压迫的痛苦，要求读者认真倾听他们悲哀的心曲。珲石主张"中国将来的文学一律走进民间去吧！"④。罗秀贞

① 蒋善国：《〈天籁集〉序》，《南开周刊》1921 年第 10 期。
② 洛扬：《论文学的大众化》，《文学》1932 年第 1 卷第 1 期。
③ 朱云影：《〈中国农民诗集〉序》，《读书杂志》1932 年第 2 卷第 1 期。
④ 珲石：《〈中国文学史概观〉序》，《柳州教育月刊》1932 年第 10 期。

则表明，“文艺是应当大众化的，中国目前文艺界所需要的是普罗化、富有刺激性的作品，需要富于‘力’的作品”①。平民文学观在此时期被倡扬，很大程度上是缘于提倡者似乎看到了解决中国社会问题，尤其是贫富差距悬殊、社会矛盾激化的平民问题的方案。对他们而言，平民是优化社会的、品质纯良、人性纯净的天选之子，文学要服务平民的需求，从平民身上汲取力量，相应地，平民文学才是中国现代文学的正宗。

阶级斗争观在1920年代中后期的书评中出现，于1927—1930年前后在书评中成为一股潮流，此后一直保持强劲势头，并在1945—1949年间蔚然成风。信奉阶级斗争观的书评者习惯于将世界视为贫富阶级对立、对战的场域，坚信暂居弱势一方的贫困者的苦难会经过积聚、酝酿而后集中迸发，他们“内心的燃烧着的热血去复仇，这个残杀的局面总不能维持多久的，在最近的将来总有一个极大的破坏”②。另有书评者以为，阶级斗争是女性解放的必由之路③，描绘阶级斗争是小说家应承担的道义④，甚至是认定文作是否优秀的必要条件⑤。持阶级斗争观的书评者无一例外是青年，特别是中学生，他们按照自己对当时中国社会的感知和理解，来寻求涤荡旧世界、开辟新世界的利器。

一种情结指的是“以俄为师”情结。“以俄为师”的要义在于，将俄国（沙俄、苏俄）文作当作品评中国文作的标杆，或将中国文作比附为俄国文作。例如，复三将茅盾的“蚀”三部曲比作阿志巴绥夫的《沙宁》，褒扬“蚀”三部曲预告了“‘我们中国青年’将和沙宁一样因颓废而沉溺于感官享受”⑥，因而具有深彻的洞察力。桐华强调，李守章的小说集《跋涉的人们》写出了小资产阶级的虚伪，“那样的诚实纯朴的而富有强大的力的人物们，只有在托尔斯泰底东西中才看得到”⑦，郁达夫批评刘大杰“光是提出几个问题、

---

① 罗秀贞：《评〈南北极〉》，《凤藻》1934年第14期。
② 孙沫萍：《读〈灭亡〉》，《开明》1930年第24期。
③ 杨铨：《〈大地的女儿〉序》，《妇女杂志》1931年第17卷第7期。
④ 晴新：《一本有价值的真的文艺创作：读〈炭矿夫〉》，《现代出版界》1932年第5期。
⑤ 范国梅：《读〈子夜〉》，《江苏学生》1933年第2卷第3期。
⑥ 复三：《茅盾的三部曲》，《文学周报》1929年第326—350期。
⑦ 桐华：《批评与介绍：〈跋涉的人们〉：李守章作短篇小说四篇》，《现代文学》1930年第1卷第1期。

发明几句口号是不对的。若要提出问题的话，至少也应该同杜思退益夫斯基一样的造出几个具体的有血肉感情的人出来才行”①，等等。在这些实例中，俄国文学家、名著时时闪现，成为某篇中国文作是否够得上优秀的主要评价标准。对此，采取“它山之石，可以攻玉”的豁达态度固然无妨。但与此同时，也需要看到彼时文学批评者在文学理想、文学追求上的悄然转向。小言之，两种观点和一种情结在这十年中，尚未成为书评宗旨的支柱。然而，它们既然出现了，便注定会孵化、成熟，在条件适当的情况下破茧成蝶，演绎“蝴蝶效应”的威力。

（4）1938—1945 年

1938—1945 年是期刊书评的跌宕期，经历大落—小起—再落的发展轨迹。8 年时间，期刊书评的总发文数为 741 篇，日军全面侵华导致期刊书评的发文量在 1938 年仅有 63 篇，不及上年（1937 年）的一半。1939—1941 年是短暂的恢复期，其间的 1939 年曾上升至 102 篇。恢复期因为太平洋战争爆发、日本帝国主义接管租界并加大对中国内地的侵略强度而在 1942 年被打断。1943 年至 1945 年底，期刊书评进入相对平稳的发展期，其显要标志为 1944 年的发文数达 148 篇，接近战前最高（1933—1936 年）的水平。

战争造成的疆土分裂，直接影响了不同地理—行政板块上的期刊书评。它们呈现出不同的思想脉络、观念潮流、文学追求、文化品位。8 年当中，期刊的发行集散中心（同时也是大量书评者的工作、生活之地）上海、广州、北京、天津、武汉、苏州、南京等城市尽数落于日寇之手，期刊书评因此在日占区的发达程度高于国统区。所以，期刊书评在这 8 年的发展须按照不同区域来阐述。

日占区期刊书评的底层逻辑在于思想大于艺术。生活在日寇统治下的书评者们，在评论过程中表达了自己对战争背景下的作家使命、写作宗旨、创作技巧等的看法，他们的意见始而如涓涓细流，终而向“思想性优先”的文学批评标准汇合。

① 郁达夫：《读刘大杰著的〈昨日之花〉》，《青年界》1931 年第 1 卷第 1 期。

赵景深在评价《故园诗集》时，表扬作者捐弃小我，“为劳苦大众写了不少的诗，集中没有一首恋歌，这一点最值得钦佩”①。巴金的《春》的优秀之处不在于人物塑造、情节铺排，而在于觉民、觉慧等进步青年对封建腐朽大家族的背叛②，揭示出“女人的解放不是女人对男人的问题，而是社会制度的问题”③。巴金的《砂丁》“将碳山上一切的罪恶和黑暗，细腻而赤裸裸地暴露在读者的眼前”，指明了“只要有坚忍的毅力，和不挠的精神，是可以得到生命的延续，和事情的成功的”的真理④。《雪落在中国的土地上》尽管在艺术上有缺陷，但“诗人是有着强烈的正义感的，对于残暴的敌人，他有着憎恨，这就是最可取之处”⑤。《大地的海》“作者理解农民，理解农民世世代代对土地的渴望，写出了农民与土地的血肉联系”⑥。《主妇集》“作者诅咒这制度，也诅咒了社会”，将主人公的堕落归结于罪恶且不合理的社会制度，是具有认识深度的优秀小说⑦。闻国新的小说“用朽老的落伍格式写老的题材，无有前进的思想及时代的意义，字句平淡，如一个吸鸦片的老人浑身绵软，没有筋骨，并缺乏细密思想和艺术手腕”⑧……很明显，这一时期的书评者普遍认同“文”服从“质”、低于“质”的创作观，而言之有物则是“书”之优劣评价的关键指标。“质”胜“文”指标的出炉，显示出书评者的自我期许：他们期望借助作品批评，将文学创作引向现实主义、批判现实主义的路上，以此促使著者、读者觉悟，正视民瘼民生，树立改善人民处境、社会氛围的自觉自愿意识。日占区期刊书评的主要特点有以下三个：

“评”古“书”现象在1938、1939年一度回潮。此处的“古”是民元之前的意思，“古书”指的是在民元之前出版发行的文史著作、文学作品，如《张文襄公年谱》《乾隆南巡秘记》《洪秀全演义》《浙东纪略》《世说新语》

① 赵景深：《〈故园诗集〉序》，《大时代》1938年第1卷第3期。
② 周方：《〈春〉（书评）》，《一般半月刊》1938年第1卷第5期。
③ 风展：《学习指导：怎样读〈春〉》，《妇女生活》1940年第9卷第1期。
④ 吴澂：《读巴金的〈砂丁〉后》，《耀华校刊》1938年第3卷第1期。
⑤ 白卢：《评艾青与田间两本近作》，《中国诗坛》1939年新第3期。
⑥ 李义：《读〈大地的海〉》，《现实》1939年第6期。
⑦ 陈彤：《〈主妇集〉里的贵生和王谢子弟》，《辅仁文苑》1940年第5期。
⑧ 烛影：《闻国新小说评》，《艺术与生活》1942年第34期。

《陶庵梦忆》《燕山外史》《文心雕龙》《初潭集》《蛰园宴集》《宋诗精华录》《快雪堂集》《日知录》《孙子十家注补订》《人境庐诗草》《辽史补注》《千顷堂书目》《杨诚斋集》等。书评者青睐“古书”，绝不是为了复古、托古，而是通过评“古书”谈修身之道，展示才情，酬应文友，钩沉史事，感慨兴亡，寄托亡国之民的、不宜明说的哀恸。

译介和介绍域外文学作品、文学理论著述成为常态。《窝狄浦斯王》《十九世纪的现实主义》《欧洲内幕》《实证美学的基础》《火圈里》《世界秘史》《逃向生路》《有钱的同志》《生活在冰上》《黑奴成功者自传》《战地春梦》《路易·布耶遗诗》《野鸭》《前进呀，时间!》《爱伦凯日记》《最高级的人生》《埋生记》《四季随笔》等域外作品的书评纷纷见诸期刊。它们使读者开拓文学、文化眼界，理解当下的国际情势，并成为书评者助推中国现代文学建设的方式。有书评者撰长文介绍德国作家的新近小说，对 *Der Steinbruch*、*Das ländliche Jahr*、*Die grosse Fahrt*、*Olivia*、*Wissenschaft bricht Monopole*①的结构要点加以介绍，客观上利于中国小说家获得创作经验上的启发。日本文作的译介、评价在日占区几乎绝迹，只有中河与一《天上人间》、横光利一《纹章》、武者小路实笃《黎明》、中岛敦《李陵》、松枝茂夫《模糊集》与苏峰德富猪一郎《必胜国民读本》等十余部文作得以被“评”，且书评者多以“图书情报”形式来作此种书评，不加个人见解，既借此避祸，又表露出了民族立场。唯一的例外是常关堂所撰写的《必胜国民读本》书评②，该文属典型的汉奸文字，讲求文辞，但纯然媚日，不具备丝毫思想性。

现代作家的文作批评成为期刊书评的主体部分。周而复《火炬》、包天笑《赵酒鬼》、艾青《雪落在中国的土地上》、老舍《骆驼祥子》、吴伯萧《羽书》、林语堂《北京见闻录》、陈衡哲《衡哲散文集》、巴金《春》、罗洪《流浪的一年》、俞平伯《读词偶得》、萧红《呼兰河传》、何其芳《还乡日记》、

① 杨丙辰：《书评与介绍：介绍五部德国现代小说》，《中德学志》，1940 年第 2 卷第 3 期。这五部小说的著者分别为 Joachim von de Goltz、Karl Benno von Mechow、Hans Friedrich Blunck、Carl Rothe、Anton Zischka，原著的书名被书评者译作《采石场》《乡间岁月》《海上远征记》《欧利微亚女士》《科学打破专利与特产》。

② 常天堂：《书评》，《大东亚文学》1944 年第 1 期。

吴祖光《正气歌》、老舍《大地龙蛇》、陈瘦竹《春雷》、胡风《人的花朵》、姚雪垠《牛全德与红萝卜》、路翎《饥饿的郭素娥》、碧野《远方》、张天翼《包氏父子》、傅云子《白川集》等数十部作品成为书评对象，极大地丰富了现代文学批评的内涵。

国统区的期刊书评数量上不及日占区为多，这与国统区期刊数相对较少、期刊出版发行难度大有密切关联。即便如此，国统区还是出现了香港①、重庆这两个期刊创办、发行中心，使期刊书评的刊登得到了平台上的保障。

国统区期刊书评的基本逻辑与日占区的如出一辙，亦是思想大于艺术。但其中的“思想”的内涵则更加多元丰富。在这样的环境中，不同的书评者有各自的思想、观念传布诉求。有的倡导抗战文学建设，将服务抗战大局视为创作宗旨②；有的高呼打倒日本军国主义分子，呼唤普通日本兵恢复人性，共同反对法西斯势力③，分析和揭示日本必败的命运④；有的号召写作者不再“浅斟低唱”，而是要“陶铸黄魂、挽救国运”⑤；有的反思中国自近代以来积贫积弱之根源，反对将复兴国族的希望寄托在外部势力身上，强调中华民族要积累内生力，以此获得新生⑥。也有书评者以治学的态度，多作而寡述，埋首于古典文学、民间文学资源的发掘整理⑦。思想大于艺术的底层逻辑决定了国统区期刊书评主要呈现两个特点：

大力提倡文学创作大众化倾向是第一个特点。在书评家看来，抗战是全民族的共同的正义事业，民众是抗战的主角。克服教育层次的限制，让民众知悉抗战的意义，明确自己在抗战中的位置，是文学创作者在这一时期的首要职

---

① 太平洋战争爆发之前，香港的期刊业因内地出版人、出版机构、老派期刊的迁入而火爆。见曾昭抡：《抗战中我们所需要的读品》，《新动向》1938 年第 1 卷第 2 期。

② 蒲风：《评〈死亡线外〉》，《诗报》1938 年第 1 期。

③ 欧阳山：《评〈未死的兵〉》，《文艺阵地》1938 年第 1 卷第 8 期。

④ 秦一浮：《替日本验血：读王守伟编译〈日本社会内幕〉》，《天行杂志》1943 年新 1 第 3 期。

⑤ 少华：《诗的三色：桃色湖色血色——〈革命诗人小丛书〉小序》，《民族诗坛》1938 年第 6 期。

⑥ 王然：《读〈李鸿章〉书后》，《新世纪》1939 年第 10 期。

⑦ 如于乃义：《书评：〈述滇文滇诗丛录〉》，《图书季刊》1940 年新 2 第 1 期；严懋垣：《魏晋南北朝志怪小说书录附考证》，《文学年报》1940 年第 6 期；佚名：《介绍新书：〈四川禹迹之检讨〉序》，《今是公论》1941 年第 1 卷第 8—9 期。

责，而书评则提示和规范创作者履行这个职责，进而催生出“热情主义的战斗文学”①。书评者指出，创作大众化的实现，首先要在语言层面通俗易懂，和民众之间没有隔膜②，其次是要内容真实，用朴素的事实来打动读者③，第三是要口语化，力戒欧化书面语的影响，增强文作的社会流通性④，第四是要强化作品的战斗性、感染力，用泣血之声、报国之情来感动民众、发动民众⑤。

继续推崇“以俄为师”的批评取向是第二个特点。苏俄被英美帝国主义包围封锁，却自强不息，用若干个五年计划实现国力跃升，与之后在二战中的坚韧不拔是这一时期中国书评者“以俄为师”观念的现实源泉。俄国人民吃苦耐劳的民族性⑥、《铁流》和《毁灭》等俄国文作所浸润出的“一种新生的清新的喜悦”⑦，以至俄国小说传授的游击战法⑧，等等，都使沙俄、苏俄的文作成为中国文作在精神塑造、文学性生成上的标杆和旗帜，甚至连一个中国作家的写作是否成功、观念是否正确，都能够拿俄国经典小说充当试金石⑨，苏联小说中女战士的壮烈牺牲，也被书评者视为鼓舞中国作家用手中的笔来抗日、鼓励中国的妇女拿出勇气“为世界涤尽罪恶”的精神动力⑩。“以俄为师”的批评取向在 1920 年代后期便已成型，在这 8 年里明显增多，并将在 1946—1949 年这段时期中，被相当一部分书评者奉为圭臬，交杂着其他的批评标准，一起引导文学创作向新的历史阶段迈进。

这一时期，无论是日占区还是国统区，期刊书评的理论建设实际上是停滞的。期刊书评建设在“黄金十年”所涌现出的观点，在这个时期作为陈词旧调被重新提起，没有特色和亮点，尽是“我们需要正确且公正的书评，反对

① 胡粹：《新书评介：〈新狂飙时代〉》，《中外春秋》1943 年第 1 卷第 4 期。
② 许幸之、钱堃：《为了祖国：评〈血雨腥风〉》，《华美》1938 年第 1 卷第 27 期。
③ 吴克：《书评：〈打回老家去〉》，《抗建论坛》1938 年第 2 卷第 2 期。
④ 雷石榆：《高射炮手的歌唱：序〈血的歌〉》，《中国诗坛》1938 年第 2 卷第 3 期。
⑤ 纪滢：《抗战集：序〈高兰朗诵诗集〉》，《中山周报》1938 年第 162 期。
⑥ 肇初：《学术论文：读〈铁流〉后》，《效实学生》1939 年第 2 期。
⑦ 巴人：《程造之作〈地下〉序》，《译报周刊》1939 年第 2 卷第 9 期。
⑧ 易默：《〈火圈里〉译序》，《文艺》1939 年第 3 卷第 2 期。
⑨ 谷虹：《〈呼兰河传〉》，《现代文艺》1941 年第 4 卷第 1 期。
⑩ 蒋宋美龄：《〈丹娘〉小序》，《现代妇女》1943 年创刊号。

‘宣传’与‘攻击’对书评的污染”①，书评者要端正态度、敢于“批评”②，“书评是透过批评，把书的内容、意识、技巧、配装技术与人群关系，与文化之关系等等，都包括起来”③，书评“应侧重诠释，少做武断的批评”④ 等陈旧提法，折射出战时出版界、批评界沉寂惨淡、满目凄凉的情状。

（5）1946—1949 年

1946—1949 年是期刊书评的震荡—转型期，4 年里的发文数为 477 篇，看似不足以惊人，但平均下来，也与战前的繁荣年份大致持平。实际上，这一阶段的发文数不足以充分说明其间所发生的剧变的实质。总体来看，期刊书评先是在 1946 年初恢复了众声喧哗局面，接着便伴随国民政府统治的崩坏、国共势力对比的调换，在精神指向上发生了大的变动，很大程度上为进入新阶段做了准备。

这一时期实际上以 1945 年 8 月日本战败为起点。被侵略者管制的期刊书评很快就走出了小心翼翼、如履薄冰的状态，书评者在 1945 年上半年多选择《一士谭荟》《凉台闲话》《文钞摘要》《楚伧文存》《加力比斯之月》等“古书”“洋书”为批评对象，而在抗战刚一结束，便转向《前线》《杏花春雨江南》，歌颂反法西斯力量，回顾自己的战时遭遇。只经过 1946 年最初的几个月，期刊书评便基本恢复了元气：被“评”之“书”的数量多、种类广，依旧无古今中外之别，“评”的角度、深度、方式趋于自由。换言之，书评者拿回了原本属于自己主体地位。

然而好景不长，国民政府统治加速崩坏，政治、文化、社会等方面的危机不断加剧。身处激流涌动的时代，书评者担负起了批评现实、反抗黑暗的道义，重新倡扬期刊书评的战斗使命，将其用作打击国民党反动派的武器。在书评者眼中，郭沫若《屈原》之所以能成为一部不朽名作，不是因为作者丰富的历史考证，不是因为诗意的笔调，而是在于作者暴露了佞臣们的诬蔑陷

---

① 奚人：《读书与修养：书评的要义与现阶段》，《青年之友》1938 年第 2 卷第 6 期。
② 白蕖：《短论：关于书评》，《现代文艺》1941 年第 2 卷第 5 期。
③ 汪文海：《读书与书评：书评在读书方法上的价值》，《出版月报》1943 年第 3 期。
④ 撞庵：《书评：在我们的文坛中间，需要善意的指摘》，《杂志》1943 年第 11 卷第 5 期。

害[①]。《腐蚀》“是一本好书、一种好的艺术品，又是一个有力的控诉状”[②]，“暴露特务分子的荒淫、卑鄙、野蛮、无人性的生活”[③]。于逢《冶炼》“由于作者忠实于生活与观察，和有着饱满的人民的战斗情绪”而成为这个时代的巨著[④]。宋霖《滩》没有正确引导读者去憎恨“不民主的政治制度”对民族工商业的戕害，而是在暴露民族工商业者的软弱性之余，使读者对他们给予了过多的同情，因而应予以指正[⑤]。

打碎旧世界、建造新世界，需要思想崭新的、有助于促成新旧更替的文学作品和写作者。期刊书评参加到了这样的重大事业中，发挥了积极作用。在书评者笔下，小说人物从“落后”的底层农民转变为“先进”的劳动英雄，都是土地改革的善果[⑥]。原本封闭山村中的村民，在现实的教育下，终于觉醒，打倒了顽强的封建势力，他们的新变得益于党的领导[⑦]。艾芜的《故乡》虽“缺乏积极斗争性，只是消极地暴露”，但考虑到“在新民主主义的文艺运动方针来说，暴露黑暗也是重要的任务之一”，暂且不必予以批判，但艾芜应认识到自己的不足，刻画出“在新的高潮情况下，新旧力量的斗争”[⑧]。《李有才板话》中的老杨“真正是掌握了毛泽东思想”，“是一个具体的马列主义者”[⑨]。通过观察这些例子，我们不难看到，期刊书评政治化，直至成为政治的一部分，是这一阶段最显著的特征。

书评者督促著者实现革命化转变是书评在这一阶段的另一个显著特征。国民政府彻底崩溃前的一两年里，书评者对创作者的价值取向、政治立场产生了强烈的干预冲动。于是，对作者的批判与指正开始充溢于书评：锵铿在肯定了聂绀弩《夜戏》描写敌后斗争这一主题之后，发出了“在目前这么一个时代

① 边星：《书评：评〈屈原〉》，《综合》1946年第1卷第4期。
② 木君：《书评：〈腐蚀〉》，《新旗》1946年第3期。
③ 白蕻：《读〈腐蚀〉》，《文艺生活》1946年第4期。
④ 渥丹：《评于逢底〈冶炼〉》，《文联》1946年第1卷第5期。
⑤ 渥丹：《评宋霖底〈滩〉》，《文联》1946年第1卷第6期。
⑥ 小艾：《读〈吴满有〉后》，《青年知识》1946年新11号。
⑦ 张兆科：《〈李家庄的变迁〉（书评）》，《雪风》1947年第5期。
⑧ 劳辛：《评〈故乡〉》，《文讯》1947年新7第5期。
⑨ 力群：《书评：二谈〈李有才板话〉：章工作员和老杨》，《知识》1947年第5卷第1期。

里，一切都在岌岌可危地动摇着，作为一个作家的，又凭借什么可以抹着良心来，写一些花花草草的休闲文章来粉饰太平呢?”的感慨①。之溪表示，一个作家“没有正确的人生观与世界观，决不会产生伟大的作品”②。路翎短篇小说创作最大的弊病在于他将“属于小资产阶级知识分子的东西，装到工人的心里面去”，而没有意识到人民才是文学艺术的主人，而艺术、文学创作者要先改造自己的思想认识，才能克服知识分子的弱点③。臧克家的阶级出身限制了他的农村书写的客观性和深刻性，一个称职的农村写手“并不是站在知识分子的地位，居高临下地俯视一切，而是勇敢地投入到他们的生活与斗争中去。这样，我们才能真正地取得诗的真实”④。以这些书评为媒介，书评者化身为人民的代言人，开启并推进专门针对写作者的改造工程，对当代文学的面貌和精神发挥了重大的影响力。

这一时期也是“以俄为师”观在期刊书评中大放光彩的时期。书评者在苏联及其卫星国的文作中读到的是苏东人民坚毅的民族性格和不屈的抗争精神⑤、苏联政治体制的优越性⑥、“五年计划”的斐然成果以及苏联人民的爱国豪情⑦，并坚信苏联是在战后维护世界和平的唯一支柱⑧。不夸张地说，苏联此时已成为中国知识分子心中的明灯，苏联文学也已被树立为中国文学在思想上、艺术上的双重榜样。后来的事实表明，对苏联的崇拜、对苏联文学的厚爱促成了现代文学的当代化转型。

综而言之，近现代期刊书评的演化始终围绕审美追求和意识形态两根主线来进行。两者时而缠绕，时而分离，共同决定了期刊书评在具体某个时段的面目、特征与个性。两根主线脱胎、受制于宏观的大环境，辩证统一，此消彼长，两者的纠缠最终以意识形态的彻底胜出告终。归根结底，近现代期刊书评

---

① 锵铿：《评〈夜戏〉》，《一四七画报》1947 年第 14 卷第 1 期。
② 之溪：《读〈马门教授〉》，《中学生》1947 年总第 192 期。
③ 胡绳：《评路翎的短篇小说》，《大众文艺丛刊：文艺的新方向》1948 年第 1 期。
④ 默涵：《评臧克家的〈泥土的歌〉》，《大众文艺丛刊：文艺的新方向》1948 年第 1 期。
⑤ 朱心：《没有眼泪的人：读瓦希烈夫斯卡〈虹〉后》，《骆驼文丛》1946 年第 3 期。
⑥ 紫天：《新书评介：〈苏联的民主〉》，《新生中国》1946 年第 5 期。
⑦ 董秋斯：《怎样读〈索特〉?》，《读书与出版》1947 年复 2 号第 1 期。
⑧ 徐弘毅：《书评：看历史作品〈旅顺口〉》，《友谊》1948 年第 2 卷第 6 期。

极具历史性，它是中国近现代政治、社会、文化在文学领域衍生出的镜像。

三、期刊书评对中国近现代文学批评研究的价值

中国近现代文学批评的内容非常丰富，文学思潮研究、文学社团研究、作家研究、作品研究、文学理论与观念研究等等，都被囊括其中。所有的研究小类最后都要从具体的文作、文作的生产者、文作的批评者那里找答案，而期刊书评正是三者之间最紧密的纽带，“从阅读到批评，本来是一条道路。为了方便，如果在两者之间架一道桥梁，那就是书评”①。

从1873年至1949年底，几十年的累积使期刊书评的体量足以完整、全面地反映文学批评的实情，再现文学批评演进的现场。它是文学批评研究的原点，也是出发点。期刊书评在宏观上记录下了各时代文学批评的演化路径、批评热点，批评者的总体价值取向、思想倾向等，在微观上记录了单个书评者所持的批评立场、批评态度、批评方式，单部书在不同书评者那里所受的批评、它所受的批评的转变轨迹等。“书评确是文学批评的应用，确是文学批评的工作之一部分”②，解读期刊书评，乃是探究近现代文学批评的“活”历史的最佳途径。

期刊书评是我们客观、公正“检讨中国文学批评史”③ 最得力的抓手。诚如丁帆先生所指出的，“对文学史上的许多细节进行理性的爬梳与分析是一件十分有意义的事情，你会从中听到‘于无声处’的惊雷，当我们对历史慨叹一声‘原来如此’之际，我们才真正回到了文学历史的现场，才真正回到了历史真实的原点上……——掀开历史的一角，你就足以窥见舞台大幕后的大戏与风景”④。

真实的文学批评活动是文学观念静态阐释与动态交锋的同义词。文学观念、文学理论的萌生、迁演、检验、定型从来都不是“理所应当”“水到渠

① 李广田：《书评与批评》，《中学生》1948年总第198期。
② 李长之：《发刊词》，《时与潮文艺》1944年第3卷第1期。
③ 王雪茜：《书评：读〈现代中国作家论〉》，《大光图书月报》1936年第1卷第4期。
④ 丁帆：《卷首语》，《扬子江评论》2015年第3期。

成”的，而是在各个环节都可能遇到波折、阻遏、压制，甚至扼杀。不仅如此，近现代文学经典的产生、著名作家的认定，也是书评者经过提名、争议、妥协的结果，其间的一波三折绝非文学史教材三言两语、一句论断所能概括。

简言之，文学批评有它的历史逻辑、伦理关系，它是立体多维的。这意味着，当我们习惯于接受文学批评史教材的现成答案，而不深究答案自身所存在的偏狭之处的话，难免沦为井蛙、夏虫。我们应当承认，文学批评史教材是后世研究者对“文学批评史”加以整理的结果。“整理”所预伏的筛选机制必然会导致若干“有意义的”内容被“有意识地”清除出去，而被清除的内容一旦湮灭，我们对文学批评史的认知就更易于固化，这样的情况显然不是我们愿意接受的。期刊书评保存着文学批评的原生态资源，我们若秉持踏实作风和求真精神进入这座宝山，仔细勘查，奋力发掘，终将有所收获。

第一章

『书』的生产者

“书”的生产者[①]包括文作的著者、译者、编者、校订者，他们促成了“书”的诞生。生产者所生活的年代、审美趣味、价值立场等都不尽相同，但他们都选择将自己所认可的思想观念、意识形态、审美追求融化成为“书”的内容、“书”的形制，乃至“书”的装帧，他们与“书”同属于书评者的批评对象。生产者并不总是单一的被评者，他们在有些时候以自评者的身份出现，并在一些情况下对书评者作出反驳。可以说，生产者在书评活动中的活跃度不及书评者，但具有主体性，是至关重要的书评诸要素。本章所探究的，是生产者的基本情况及其在文学批评场中的三种际遇。

第一节　生产者的基本情况

期刊书评出现什么“书”是书评者加以选定的结果。与书评者相比，生产者原本退居幕后，被动进入期刊书评场，其地位看似不及书评者重要。但细究之下，我们应当承认，书评者之所以选择某一本（部）“书”来“评”，生产者自身所包含的某些因素必须纳入考量。举些稍具体的例子，譬如生产者的文坛地位、读者欢迎度、生产者与书评者的世俗关系[②]等，都会以不同形式、不同程度来左右书评者的选择取舍。生产者分析因此对文学批评研究具有不能忽视的价值。

一、生产者的主要生产动机

生产者缘何“生产”“书”，这是个研究者无法绕开但又无法给出完美答案的问题。“书”的生产动机，永远在纯粹的非功利与驳杂的功利心之间摇摆，即便是生产者的“自述”，其中有没有遮掩、隐瞒的成分，能否做到心、手一致，都难免存在值得商榷之处。尽管如此，我们不妨知难而进，依托资

① 为便于表述，下文简称“生产者”。
② 此处“世俗”作一般意义解释，不含贬抑。

料，客观追溯生产者几种最主要的动机。

多数生产者出于对文学的热爱而投身“书”的生产。清末程庭鹭等文人共同创作《沧江乐府》、马其昶编撰《桐城古文集》、王采蘋作《选楼诗稿》，民初梁星曹撰《悔不如苌楚斋诗集》、何子峨著《袖海楼诗文钞》、宋芸子撰《说文部目订读》，民国期间朱瘦桐撰《容膝轩寻梦录》、刘半农撰《扬鞭集》、钟敬文编著《客音情歌集》、汪静之著《寂寞的国》、余慕陶著《晚霞》、冯叔鸾选编《俯拾斋今文选》、鲁迅编《唐宋传奇集》、古有成译《加力比斯之月》、王实味译《萨芙》、高滔译《贵族之家》、马宗融译《萌芽》、傅雷译《夏洛外传》、丛芜译《罪与罚》、卞之琳译《西窗集》等，他们的动机大抵出于对文学的挚爱，表现对自己文化身份的固守。当然，他们当中也不乏有人期望借助自己的写作、编撰与译介，引入域外的文学、文化和艺术元素，推动中国文学走出封闭状态，早日跻身世界文学之林。杨鸿烈自陈，要以科学主义来把中国各时代所有论诗的文章，用严密的科学方法归纳排比起来，并援引欧美诗学家研究所得的一般诗学原理，来解决中国诗里面的许多困难问题，如“诗的起源的时代、分类，和功用等项”①，孙德谦梳理历代文选，去粗取精，为当下之为文者提供殷鉴②，沈启无编纂《近代散文钞》以为现代散文写作之参照③，皆属案例。

牟利是从事“书”生产的第二大动机。为数众多的生产者之所以踏上从文之路，摆脱不了经济因素的影响。在以上海、北京、天津、香港、广州、重庆为代表的大城市，成熟的商业出版发行机制与灵活的版税、稿酬、分红制度为文人提供了养家糊口、贴补生活的机会，即便鬻文为生，也不足为怪④。报刊亦以稿酬丰厚、绝不拖欠⑤来邀约、吸引素有文名者向其投稿。尽管有指责

① 杨鸿烈：《中国诗学大纲》，《晨报副刊：文学旬刊》1924 年第 48 期。
② 孙德谦：《〈文选学通义〉序》，《大夏大学七周年纪念刊》1931 年 6 月。
③ 沈启无：《〈近代散文钞〉后记》，《文学年报》1932 年第 1 期。
④ 文中：《谈谈稿酬》，《海风》1946 年第 28 期。
⑤ “特别启事”，《联益之友》1926 年第 16 期；“编辑室启”，《十日谈》1934 年第 24 期；“启事”，《新人周刊》1935 年第 1 卷第 20 期；《本刊物稿酬调整》，《平汉路刊》1948 年第 61 期。

稿酬破坏文学创作纯洁性的观点①，但并不妨碍文坛巨子、新秀因其受益。为稿酬而从事创作的文学名家不在少数，如姚雏鹓、海上漱石生、姚民哀、程小青、周瘦鹃、郑逸梅、老舍、沈从文、林语堂、张资平、向恺然等。左联成员和鲁迅能够在居大不易的都市安身立命，说到底也离不开一个“钱”字②。“钱”的魔力与缺钱的困境曾让吴宓大为不满。他在 1928 年 2 月 1 日的日记中写道：

> 陈铨来，为售小说稿与《国闻周报》事。因谈及中国近今新派学者，不特获盛名，且享巨金。如周树人《呐喊》一书，稿费得万元以上。而张资平、郁达夫等，亦月致不赀［资］。所作小说，每千字二十余元。而一则刻酷之讥讽，一则以情欲之堕落，为其特点。其著作之害世，实非浅鲜。若宓徒抱苦心，自捐赀［资］以印《学衡》，每期费百金。而《大公报》在我已甚努力，所得酬报亦只如此。呜呼，为义为利，取舍报施，乃如斯分判。哀哉！③

抱怨归抱怨，吴宓还是不得不向“稻粱谋”的压力低头，辗转京、沪诸地代课，编写、翻译文章来赚取稿费，维持生计，供养《学衡》，成为“书”的生产者。

启蒙也是一个不容忽略的动机。自梁启超编写《西学书目表》，戴鸿慈著《出使日记》，张石泉撰《缅甸史》，邓孟硕著《黑狱生涯》，直到谢冰莹著《从军日记》，王锡礼著《战时日记》，周大荒著《反三国志》，胡愈之著《莫斯科印象记》，至锁骨著《印子钱》，茅盾著《子夜》《春蚕》《腐蚀》，巴金著《家》《春》《秋》，范长江著《塞上行》，哲非、梅蔼等人合译《新中国印象记》，姚雪垠著《牛全德与红萝卜》，“启蒙”都如影随形，所有别者，乃在于具体内涵之不同。生产者们以不断变化的“新”“旧”理念和“中”“西”

---

① 路易士：《稿酬今昔观》，《平铎月刊》1943 年第 4 卷第 1 期。

② 陈明远著：《文化人的经济生活》，上海：文汇出版社，2005，第 164—211 页。

③ 吴宓著：《吴宓日记 1928—1929》，北京：生活·读书·新知三联书店，1998，第 17 页。

观念，或展现传统中国不曾出现的政治制度、社会治理范式、私人生活方式，“揽万国之华实，考其性质、色味，别其良楛，察其异否，制以为方，采以为药，使中国服之而不医”①，帮助国人开眼看世界，团结国人共同力挽狂澜，或将现实与历史切割，运用非本土自生自有的意识形态和文化观念重新审视中国政治、中国文化，解释黑暗、压迫与不公的阶级根源，试图构建符合崇高理想与道德规则的“新中国”。聚首在启蒙旗帜下的生产者，其兴趣和趣味多半不在于“书”的文学性，而在于“书”的宣传、鼓动、暗示、引导之力，其中的极端分子可被视为“非文学”甚至“反文学”的生产者。无疑，他们的出现，折射出中国整体近代化、现代化复杂演变过程中的某种必然。

除了前述几种之外，也有生产者出于追怀古昔②、慨叹治乱③、悼念亡友④、追慕先贤⑤、记录一段人生历程及感想⑥、书写非常时期的艰苦岁月⑦、表达对文学的虔诚⑧、安慰乱世中的人心⑨等动机，从事文学生产。相对主要动机，它们数量少、头绪杂，以书评者自述的形式来加以展现，显示出文人在承平、离乱的时空中，对时代、生命所怀有的种种观感，并因此为近现代文学人之史留下宝贵的、活的记录。

二、生产者的类别

中国近现代期刊书评中的生产者数量庞大，以他们在图书生产加工中的职

---

① 康有为：《下编·文章门：短品：〈欧洲十一国游记〉序》，《广益丛报》1906 年第 110 期。
② 杨济震：《〈石达开吴禄贞诗合集〉跋》，《新世界》1922 年 7 月 22 日第 3 版。
③ 池志澂：《〈全台游记〉序》，《瓯风杂志》1934 年第 9 期。
④ 陈三立：《〈文道希先生遗诗〉序》，《学衡》1929 年第 71 期；惕若：《书评：彭家煌的〈喜讯〉》，《文学》1934 年第 2 卷第 4 期；汪东：《〈刘申叔先生遗书〉序》，《制言》1936 年第 28 期；胡愈之：《〈韬奋文录〉序》，《读书与出版》1948 年复 3 第 7 期。
⑤ 毕树棠：《书评：〈林琴南〉》，《人间世》1935 年第 30 期。
⑥ 顾颉刚：《〈吴歌·甲集〉自序》，《文学周报》1925 年第 188 期；黎锦明：《序〈青年李兰亭〉》，《文学周报》1926 年第 239 期；衣萍：《跋〈情书一束〉》，《语丝》1926 年第 60 期；赵景深：《我写诗的经过：〈荷花诗集〉序》，《开明（上海 1928）》1928 年第 1 卷第 1 期；朱雯：《〈百花洲畔〉序》，《宇宙风：乙刊》1940 年第 26 期。
⑦ 宏宏：《〈逃难集〉序》，《立报》1938 年 4 月 15 日第 3 版。
⑧ 于赓虞：《一篇〈孤灵〉所不用的序》，《蔷薇周刊》1929 年第 7 卷第 125 期。
⑨ 小的：《〈水中缘〉小说序》，《三六九画报》1940 年第 5 期。

责作为划分依据，他们可以被归并成著者、译者、编者、校订者四类。人数上，著者占绝对多数，译者居次，编者与校订者位居第三、四名，与近现代文学批评直接相关的是著者、译者，对他们的介绍、阐述是本节的主要内容。生产者的国籍和生活年代（朝代)，直观反映书评者选“书”所偏向的国家区别与时代特征，是考察生产者所能选取的两个最合宜的维度。以这些因素为考量，笔者制作出了表1－2：

表1－2　期刊书评所涉图书的制作者类别与国别统计表

		著者	编者	译者	校订者
中国	春秋	1			
	战国	6			
	西汉	1			
	东汉	3			
	北齐	1			
	北魏	2			
	西晋	2			
	东晋	2			
	南朝·梁	2			
	唐	16			
	北宋	5	1		
	南宋	12			
	金	1			
	元	10	1		
	明	39	3		1
	清	92	8	3	2
	民国	912	176	376	51
古希腊		3			
埃及		1			
捷克		2			
比利时		1			

续表

	著者	编者	译者	校订者
奥地利	2			
爱尔兰	2			
波兰	2			
丹麦	1			
南非	1			
芬兰	1			
罗马尼亚	1			
德	27			
英	98	1	5	1
法	56			
沙俄	31		1	
苏俄	55		2	
西班牙	2			
意大利	5			
印度	9		1	
挪威	3			
蒙古	1			
美国	81		5	
日本	45		1	1
瑞典	2			
瑞士	1			
总　计	1540	190	394	56

（一）著者

中国籍著者人数最多，在他们当中，民国之前的著者人数以清、明、唐、宋、元为多。清代著者中，蔡施淑懿是清中叶闺秀诗人的代表，曹雪芹、高鹗、刘鹗、李汝珍、李伯元、纳兰性德、蒲松龄以小说、诗词造诣闻名遐迩，曾国藩、常评事、陈忱、陈澧、陈球、陈玉澍、程庭鹭、宦懋庸、李慈铭、李海观以文章写作闻名远近，黄宗羲、戴名世、黄世仲、黄惺吾、谭嗣同、唐才常、秋瑾是清朝统治的反对者，魏源、黄遵宪、冯桂芬是近代开眼看世界的先进知识分子代表，他们的作品成为被评之“书”，折射出书评者对文学经典的欣赏，对传统文章作法与文论的礼赞，以及对专制主义的厌憎之情。

唐代著者李白、杜甫、白居易、韩愈、李翱、欧阳詹、李商隐、刘禹锡、罗隐、王化清、韦应物、温庭筠、吴彩鸾、张建章、张鷟，专擅律诗、近体诗、诗余、唐传奇，他们的作品无疑是唐代文学的巅峰，书评者普遍以尊重、顶礼的态度对待和赏析他们的文作。

宋代著者主要为陈亮、丁度、郭茂倩、李昉、刘道醇、刘挚、陆游、穆修、欧阳修、司马光、苏轼、唐仲、杨万里、岳飞、张麟之、朱熹。除了对宋词经典的读解、品味，借古喻今，抒发亡国之痛、家国之思也是书评者选取他们的代表作以为批评对象的根本原因。

元代著者的身份成分单纯，这与唐代著者的情形非常相像，只有脱脱、阿鲁图是史书的编著者，其他如孔尚任、王实甫、王奕、严毅、赵承禧、钟继先都是元曲大家。书评者对他们和对唐代著者的态度因而高度一致。

民国时期的著者人数接近一千，他们和书评者大体生活在同一时代，彼此之间的关系、纠葛最为复杂、深刻，两者摩擦、碰撞出的火花使期刊书评研究光彩倍增。民国时期著者数量分布情况大体契合期刊书评各个发展阶段。1912—1927 年十余年中，人数稳中有升①，新旧更替情况较为突出。文学新人迅速占领文坛，和现代期刊之间结成了良好的伙伴关系，后者借重前者当中赫

① 因民国时期的著者大多数经历了期刊书评的各个发展阶段，其中相当一部分著者的“书”在不同阶段都曾被“评”，因此涉及到民国时期的著者、译者、编者人数分布时，不援引数字。

赫有名者的声望，并为初出茅庐者中的幸运儿提供成名机会，新文化和商业模式之间达成了默契，成为 1920 年代文学图景中的一处独特风景。1928—1937 年是上个时期各色新人的分化、洗牌期。在“黄金十年”的背景下，新著者层出不穷，而曾经的新文学“新人”在更“新”的后来者及自身种种原因的双重冲击下，走上了不同的路径。有人退隐，让出了原本属于自己的一席之地，更多的著者笔耕不辍，将自己的创作活动嵌进 1930 年代文坛的基底，使自己立于不败之地，甚或梅开二度，再次跻身文坛的弄潮儿之列。1938—1945 年是著者的彷徨休整期，日占区的著者或为坚持操守而彻底离开文坛，或卖身投敌，或将创作重心转向都市人生描摹、现代女性生存境遇探究、古典文学整理、中华文化寻根，寻找适合自己的文学道路。国统区的著者经历了抗战之初的热情高涨、群情激昂，战略相持阶段的迷茫，以及抗战中后期的因国民党腐败统治而催生的愤懑不满，对抗战文学究竟是遵循民族主义的指引还是皈依社会主义的召唤作出了取舍。

1946—1949 年是著者的第二次洗牌期。此阶段出现的新人在意识形态上相较其他时期的著者，最具真理在手的自信心和崇高的道德感。他们的出现与风雨欲来的时局彼此呼应，倒逼文坛“老人”要么接受批判、改弦更张，要么默认约规、好自为之。“新人”们最终胜券在握，他们在文作中倡导和践行的文学理论、文学观念也是绝大多数书评者所奉行不悖的，这也使得这一时期的著者与书评者的关系处在最和谐状态，两者共同为近现代期刊书评画上休止符，开启了新阶段。

域外著者的特点有二：一是生活时期集中在西方近现代，即 18 世纪中叶至 1949 年之间的两百余年中。二是著者国籍分布很不均匀，挪威、蒙古、西班牙、比利时、印度等国著者人数寥寥，英、俄（沙俄、苏俄）、美、法、日著者人数依次递减。

域外著者的特点暗示了中国近现代文学的建设者赶上中西文学发展时差的渴望，文学发达的西方国家和地区因其所具有的比较优势，得到了中国书评者的青睐。英国的 Barliara W Bay，Beatrix Metford，Blacke Son，John Sparrow，Oliver goldsmith，Walter Peter，Emily Jane Bronte，Herbert George Wells，Daniel

Defoe，Ruth Paxson，Joseph Conrad，George Gordon Byron，法国的 Alphonse Dandet，Charles Pierre Baudelaire，E. O. Lorimer，Edmond Rostand，Gustave Flaubert，Émile Édouard Charles Antoine Zola，Henri Barbusse，Paul de Musset，A. Dumas，Alphonse Daudet，E. Faguet，Anatole France，Foucaul M.，美国的 James M. Bertram，John K. Robertson，Joseph Conard，Ford Buffer，Joseph Freeman，Kate Buss，Katharine R. Green，L. Carrington Goodrich，L. Lewisohn，Lsadora Duncan，Margaret Mitchell，Michael Gold，Thomas Francis Carter，Thomas Wolfe，Tred Neyton Sco 等西方著者的文学理念、创作理念、写作技巧被中国书评者呈现在中国读者眼前，为中国文学现代化转型提供了外在动力。须指出的是，这种渴望内化成了中国现代文学人借鉴域外文学的传统，贯穿期刊书评的整个发展历程。

域外著者内部的消长变化记录了中国书评者文学观念的历时性转变。1910 年代，域外著者的出现频率相对较低，英、法、俄、德、日等国著者的“书”陆续出现在期刊书评里。1920 年代，各国著者的“书”纷纷被引入，但以英、俄著者的“书”的出现频率最高，尤其是后者的数量增幅明显上升，文学领域“以俄为师”心态与实践大抵肇始于这一时期。全国抗战爆发前的 1930 年代，域外各国著者保持着稳定的被“评”率，苏俄的“书”受重视程度达到了新的高度。1938—1945 年抗战结束的 8 年时间里，域外著者的出现率明显下降，苏俄、捷克、波兰等国著者的“书”相对更受中国书评者欢迎。1946—1949 年，美国著者的出现率仅次于苏俄著者，但中国书评者多将美国著者的“书”当作批判美国对华政策、美国帝国主义制度、美国社会与阶级压迫的材料来使用，并不是为了借鉴吸收美国文学营养。

（二）译者①

近现代期刊书评中的“书”之译者不足 400 人，但并不应受轻视。译者是生产者的重要一环，也是书评者的批评对象、互动对象，是设计、建造文学批评体系的参与者。

---

① 此小节中的“译者”针对的是中国本土译者，而不讨论域外译者。

总体上，译者的演变轨迹是：先是从精英化向平民化发展，再从众多译者中演化出杰出译者。译者是域外“书”被中国化的媒介，最初的译者以麦鼎华、翁方纲、严复、章炳麟、梁启超、辜鸿铭、林纾为代表，他们是清末知识精英中的翘楚，所译之“书”并不总是涉及文学，他们的开辟之功大于他们对中国近代文学的贡献。民初之后，更多的知识精英加入并扩充了译者队伍，曾虚白、常吟秋、陈翰伯、朱葆光、陈蕙瑛、陈乃雄、陈启修、陈桥、陈秋子、陈西滢、成绍宗、澄之、春雷、鸾子、丛芜、崔承训、戴觉民、管西园、邓演存、荻崖、笛秋、朱铁笙、董秋斯、董绍明、蔡詠裳、董仲篪、傅任敢、傅学文、钢果、郭沫若、葛尚德、耿济之、耿式之、古有成、郭沫若、钱君胥、郭绍虞、何道生、何家槐、贺文林、洪深、胡先骕、胡贻毂等人是其先锋。1920 年代前后，随着接受中高等教育的人数增加、从事文学翻译的门槛降低，受新思想、新观念激励，译者队伍进一步扩大，资历相对较浅的傅雷、马彦祥、胡风、胡良、李霁野、李健吾、李劼人、李景枞、何逸、李林、李培天、李青崖与此前便在文学翻译界闯出一片天地的梁实秋、刘半农、刘衡如、孙俍工、孙席珍、韦素园、张资平、郭沫若、周氏兄弟等同台相竞，译者的精英化色彩褪去不少，但此后一直存在。1930 年代，新老译者的进场、离场与暂离而后返都属于正常现象，译者与著者身份的重叠也已不足为奇。但在此时期，于 1920 年代便崭露头角的赵景深、郑振铎、伍光建、叶圣陶、李健吾、伍蠡甫等新锐，已跃升为译者中的佼佼者，他们得以成名，不是三言两语足以解释清楚的，但我们所看到的是，他们在译者“平民化”进程中脱颖而出，其“上镜率”非一般译者所可比，是译者竞争的胜出者。1937 年至 1949 年，译者界表现出松散、疲软的势态，这种状态与译者人数无关，而是文学翻译进一步平民化、亲民化演化的必然结果。虽有香山程、斗北高、襄子、项远村、谢颂羔、米星如、辛人、幸夫、熊式一、严既澄、阎纪宇、杨缤、逸尘、盈昂、尤炳圻、巴伦、哲非、梅蔼、步溪、满江、郑安娜、钟文苓等青年译者加入，译者队伍却并未出现明显的更迭，文学翻译在此时期对所有译者开放，成为大家共同、共有之事业。

三、生产者的文学—文化身份

生产者是社会意义上的个体，生活在由职业生涯、文学生活、人际往来等所组成的多个圈层中，具有多重身份。这些身份与文学批评之间的关联性有近有远，我们选取其中与他们关系最为密切的文学—文化身份来加以探究。

（一）文学人身份

著者中占比最大的，是以文学写作为主要职业或副业的文学人。此类著者在古今中外文坛比比皆是，域外的莎士比亚、哈葛德、狄更斯、哈代、儒勒·凡尔纳、法朗士、大仲马、小仲马、左拉、杰克·伦敦，中国元代的大量词作者、明清小说作家，皆是如此。时至近代，伴随期刊在中国的出现与大众文学消费市场的日渐成熟，职业撰稿人应运而生，徐枕亚、周瘦鹃、曾虚白、李定夷、姚民哀、姚鸳雏、程小青、包天笑、郑逸梅等人便是这一领域的典型。例如，包天笑以一人之力办期刊、写小说，并加入南社，是“南社前辈”，也是通俗小说界的巨擘、民初小说界“江苏系统”的创立者①。周瘦鹃早年孤贫，意外进入小说界并得到包天笑提携，成长为小说界的中坚人物②。曹聚仁 22 岁来到上海，“一脚踢到的是‘文坛’，又一脚踢到的是‘报坛’”，“好似文曲星替我敲定了命运。非和文士们往来不可”③，在与“文士们”交往的过程中被他们同化，终以文学为毕生之执业。张资平自陈有写小说的“遗传性”，幼年和少年时期接触、阅读的新旧文学作品和《小说月报》等期刊点燃了他从事创作的火苗，在日留学期间的爱情挫折、自撰小说的大获成功为他提供了写作的材料、灵感和冲动，引导他正式走上了文学创作之路④。胡山源坦言，“写作总是我主要的谋生方法。即使在教书，也免不了写作，以补收入的不足”⑤。赵景深自谦为“教书匠”，自称“我只知道文学，除此以外什么也不

① 郑逸梅：《人物和集藏》，哈尔滨：黑龙江人民出版社，1989，第 1—12 页。
② 郑逸梅：《人物和集藏》，哈尔滨：黑龙江人民出版社，1989，第 175—180 页。
③ 曹聚仁：《我与我的世界》下册，台北：龙文出版社股份有限公司，1991，第 267 页。
④ 张资平：《张资平自传》，南京：江苏文艺出版社，1998，第 230—238 页。
⑤ 胡山源：《我的写作生活》，重庆：日新出版社，1947，第 1 页。

知道”①，在工作之余致力于童话、文学史写作。1921 年 3 月，郑振铎刚刚从铁路管理学校毕业，被分派到上海火车站当练习生，便“已选定了走文学道路”，干了一个来月，便“永远脱离铁路”②，倾力于新文学社团建设。文学人身份是生产者与出版界、期刊界结缘的“果”，反过来又强化了这种关联，在这一身份的护持下，生产者开展著译编校活动，为期刊书评提供源源不断的批评对象。

（二）文化人身份

每个生产者必然肩负文化使命，彼此之间的区别仅在于使命的具体内涵与使命感的强弱程度。从文学人身份来看，一些生产者将创作等同于谋生糊口、博取名望的途径，或是自我表达、宣泄情感的方式。从文化人身份来看，一些生产者则怀着儒家理想主义精神，“以道自任”③，将创作乃至文学充作知识精英重写、编辑中国政治、社会、文化秩序的工具。胡适为发起新文化—文学运动而创作《尝试集》，而胡先骕对《尝试集》的批判④也是出于对固有文化的坚守和捍卫。周作人品赏旧日风华、兼以怀人而作《夜读抄》⑤，H. G. Wells 痛感资本主义文化的颓唐没落而撰《游俄记》⑥ 等，都是著者受某种或若干种文化指引的结果。著名小说家东海觉我将新小说奉为“本科学之理想，超越自然而促其进化者”“合理想、美学而居其最上乘者”，堪为“吾人之理性”之“鼓舞”⑦，并大力翻译、仿写西方各类小说以为中国小说界之示范。文学研究会同人以“改造中国的新文艺”为目的来革新《小说月报》，并认为“唯有能表见国民性的文艺才有真价值”⑧，较早将文学创作与国民性批评与再造挂钩，发出了以文学重塑国民性的先声。成仿吾在文学革命的低潮中慷慨陈词道，“然而我们既然带了这样顽恶的运命而来，我们绝不是卑怯的逃避者，我

① 赵景深著：《琐忆集》（第 2 版），上海：北新书局，1937，第 84 页。
② 郑尔康著：《我的父亲郑振铎》，北京：团结出版社，2005，第 18 页。
③ 余英时著：《士与中国文化》，上海：上海人民出版社，1987，第 34 页。
④ 胡先骕：《评〈尝试集〉》，《学衡》1922 年第 1、2 期。
⑤ 周木齐：《书评：周作人的〈夜读抄〉》，《文学（上海 1933）》1935 年第 4 卷第 2 期。
⑥ 志摩：《评韦尔思之游俄记》，《改造》1921 年第 3 卷第 10 期。
⑦ 觉我：《〈小说林〉缘起：〈小说林〉之成立》，《小说林》1907 年第 1 期。
⑧ 叶圣陶：《略叙文学研究会》，《文学评论》1959 年第 2 期。

们也绝不愿意放弃我们的工作！我们的文学革命和我们的政治革命一般，须重新再来一次”，而“亲爱的朋友们”，必将等到“我们卷土重来的雄壮的鼙鼓！”① 相比激越的成仿吾，柳雨生创办《读书》杂志，是为了搜集“热烈的建设性的书评”，以此复兴“空寂而又贫弱的出版界”②。

文化人身份与文学人身份并不冲突，两者混融并存。有些生产者出于对文学的虔诚和挚爱，投入到文学生产当中。林琴南为商务印书馆及其他出版机构译写小说，除了较优厚的报酬之外，“林翁”（包天笑语）恪守自己传统文人的文化本位，首创了“以文言为尚”的语体范式，“出笔高古而又风华”，成为长期引领小说界的标杆③。郑振铎在对1924年《小说月报》的发展设想中，提出要“扩充文学史及文学概论”，注意“翻译的艺术”，力求“文学批评及小说戏曲诗歌等的创作”“能在文艺水平线上站立得住”，“多刊实质与描写方法二者俱美的文字”④。茅盾为革新《小说月报》出力甚多，立志为新文学打开“鸳鸯蝴蝶派文人”构设的“顽固派堡垒”，抵拒“能投合当时以读小说为消遣的小市民的脾胃”但“经不起时间的考验”的文学作品⑤。《文学旬刊》的创办者则竭力保证“翻译的与创作的”的“论文”“创作”“译丛”“传记”“文学界消息”“文艺丛谈”“特”“书评”“批评新出或旧有的文学作品”占有该刊的版面，促成外来的文学质素的引进，培育中国新文学建设的生力军。他们以性灵的产物、精神的结晶来看待文学：

> 人们的最高精神的联锁，惟文学可以实现之。无论世界上说哪一种语言的人们，他们都有他们自己的文学，也同时有别的人们的最好的文学，就是，同时把自己的文学贡献给别人，同时也把别人的文学介绍来给自己。世界文学的联锁，就是人们的最高精神的联锁了。⑥

---

① 成仿吾：《一年的回顾》，《创造周报》1924年5月9日，总第52号。
② 柳雨生：《谈〈读书〉》，《读书杂志》1945年第1卷第2期。
③ 包天笑著：《钏影楼回忆录》，上海：上海三联书店，2014，第308页。
④ 郑振铎：《明年的〈小说月报〉》，《晨报副刊》1923年12月24日。
⑤ 茅盾著：《茅盾回忆录》上册，北京：华文出版社，2013，第137—138页。
⑥ 佚名：《〈文学旬刊〉宣言》，《文学旬刊》1921年第1期。

生产者的文化人身份，或者说知识人身份，一方面是他们所产出的“成品”兼具艺术性与思想性的根本保障，一定程度上遏制注重产量而非质量的风气，一方面，也是彼此之间发生摩擦冲突的内在根源，是批评伦理的、牢固但不稳定的基座。

（三）作为自评者的生产者

有时候，生产者打破生产者与评价者之间看似对立的界限，充任自己所产之“书”的评价者，或曰“自评者”。自评者通过书评所表述的，不总是与“书”有关，而是时常阐述自己对时代的感怀，对人生的寄托，以及自己对某些文学思想、观点的信仰。

有些书评者选择中规中矩的行文方式，向读者介绍“书”的内容，他们当中以小逋仙最早①。另有王一心②、吴重翰③、徐一士④等人皆属此类。当然，他们并非纯粹单一地交代内容，而是在介绍的同时加入其他的成分，王一心自谦“这几篇畸形的小说简直篇篇都摆不出给人看”，讽刺当今的一些所谓“小说家”善于钻营，“得到一般青年男女的欢迎”并“骗上了几块钱的稿费”。吴重翰提出，对文学思潮的整理有必要从“作家之历史”出发，并依据具体时代各方面的情况，以免理念先行、坐井观天。徐一士在自序中枚举咸丰朝往事，以此回味历史、慨叹世变。

一些自评者为的是解说其生产某部“书”的原因。一位匿名的译者告诉读者，他之所以节译《交涉纪事本末》，为的是借外国人的眼光来看待清政府的外交表现，“以警吾醒酗酌”⑤。《桐城耆旧传》著者马其昶言其写作目的在于，使“吾党之士”阅此书后，生“欣慕之情”，且对桐城之学“疑沮不生”并陈说“两朝之学术风趋盛衰得失之林”，以此便于“异世之承学治国闻者有考”⑥。章衣萍道出其创作《情书一束》的原委，乃是“立志就记

① 小逋仙：《〈苦海新谈〉自序》，《四溟琐纪》1833 年第 6 期。
② 王一心：《〈孙嫂嫂的秘密〉序》，《七中学生》1929 年第 2 期。
③ 吴重翰：《〈中国文学思潮〉序》，《南风》1939 年第 15 卷第 1 期。
④ 徐一士：《〈一士谭荟〉序》，《风雨谈》1945 年第 17 期。
⑤ 佚名：《〈交涉纪事本末〉序》，《译书公会报》1897 年第 1 期。
⑥ 马其昶：《〈桐城耆旧传〉序》，《国粹学报》1910 年第 6 卷第 12 期。

忆和想象所及，一鳞一爪，为之整理就绪，以期青年男女之真实情感，不致无端湮没”，希望读者界不要过度解读①。这类自评者中，有些会在文中加入自己著、译此“书”所经历的艰难挫折，以示献身文学者之不易。一位不署名的作者写道：

惟是集虽从呕心唼血来，已犹唾弃之，况在人哉？然是集可唾弃，是学不可唾弃也。唾亦血所化，血实古所成也。知我罪我，一听诸人。唾余既不可收拾，奚惜哉！②

其辛苦受累之心溢于言表。类似地，许同莘自陈，他为了编定《张文襄公年谱》，“凡五易稿。为十卷”，耗费大量心血③。赵荫棠在小说《父与子》的序言中说，自己为了出版这本小书，虽赔本、受气而未悔，只图在自己垂老之前“了精神与物质两方面之债，以求解脱之方法。干干净净的走，爽爽利利的去”，而“现在此书能得机会印出来，在我心理上亦与儿娶女嫁相同”④。许钦文为了《风筝》得以问世，碰了两年多的壁，最后不得不隐忍退让，删删改改，以致原作“再三的抽了‘骨头’”，成了令他痛心的、非牛非马的东西⑤。

有的自评者决定不评“书”，而是将书评用以寄寓他的随感随想。许钦文寄语自己新作小说的读者不要对号入座，强调小说里的事实取材于自己的“梦境和幻想”，“基本观念总由于见闻所及”，但忘却了“事实的来源”，不是“有意对渠发言”⑥。富于浪漫主义精神的郭沫若在《〈文艺论集〉序》中大谈“要发展个性，大家应得同样地发展个性；要生活自由，大家应得同样地生活

① 衣萍：《跋〈情书一束〉》，《语丝》1926 年第 60 期。
② 佚名：《下编 · 文章门：短品：〈唾余集〉序》，《广益丛报》1909 年第 212 期。
③ 许同莘：《〈张文襄公年谱〉序》，《燕京大学图书馆报》1938 年第 112 期。
④ 赵荫棠：《〈父与子〉序》，《国民杂志》1944 年第 4 卷第 11 期。
⑤ 许钦文：《〈风筝〉序》，《巨型》1947 年创刊号。
⑥ 钦文：《〈短篇小说三篇〉序》，《京报副刊》1925 年第 130 期。

自由”的道理，以及自己近一两年来走出了思想“混沌”后的大彻大悟①。于赓虞辛酸地追忆自己“从民间来到都市”之后“受着为别人所想象不到的苦难”，诉说自己的诗集《孤灵》“到处充满着我的悲苦，也到处充溢着我的不屈之力”，认为“没有受过苦难、走到生之绝路的人很难领略”他的内心世界②。同样是“进城者”的臧克家在《十年诗选》自序中，以大量笔墨回顾自己“在这样乡村里，从农民的饥饿大队中，从大自然的景色中，长成的一个泥土的人”的经过，表明自己时刻不忘自己为生活、挣扎在广大乡村的民众代言，“赋同情予黑暗角落里卑微的生命”的职责③。

文学新人索非庆幸自己得以圆小说创作之梦，在欣喜之余，他表示，自己自打生下来就是个“龙套”，但“我”不因此而自卑气馁，而是以做“药里的甘草”、麻将里的“百搭牌”的心态抒发自己的情感，这本杂文集就是结果。读者若能把它当作“龙套”看，就足够了④。和索非一样，笔名“村妇”的著者也怀着一颗满足而谦卑的心来等待读者的反馈，“读者要怒目能视也罢，要当作娱乐品也罢，好在作者的希望很小，但愿得到暂时的甜蜜安睡”⑤。相比索非、村妇的“乐”，青苗、杨桦所述的则是“苦”。青苗之“苦”，在“写作上所走的路是很孤单很寂寞的”以及文思枯涩、文笔幼稚⑥。杨桦之“苦”，在深恨自己夹在破产的农村与“化石般”僵死的都市之间不能解脱，一次次走向堕落失望的边缘，身心几近崩溃⑦。

文化巨匠周作人、老舍、林语堂也曾以自评者身份写下书评，这些书评满含睿智哲思，不乏风趣幽默，是他们各自的文化立场、文人风骨的真实写照。周作人评《苦雨斋小书》中的《冥土旅行》与《玛加尔的梦》相隔千年但“异曲同工”，有隔时回响之妙，他还赞许日本兼好法师与思威夫德主教的文

① 沫若：《〈文艺论集〉序》，《洪水》1926 年第 1 卷第 7 期。
② 于赓虞：《一篇〈孤灵〉所不用的序》，《蔷薇周刊》1929 年第 7 卷第 125 期。
③ 臧克家：《回头看自己的诗：序〈十年诗选〉》，《时与潮文艺》1944 年第 4 卷第 1 期。
④ 索非：《〈龙套集〉序》，《大公报》1945 年 12 月 24 日第 6 版。
⑤ 村妇：《〈骂街集〉序》，《民国日报》1946 年 3 月 18 日。
⑥ 青苗：《散叶集》，《大公报》1943 年 1 月 6 日第 5 版。
⑦ 杨桦：《夏天的书：〈浮浪绘〉序》，《风雨谈》1945 年第 20 期。

字如同盾牌的两面，“我总觉得是一样可爱”①。周作人以传统文士的“懒散”（周作人自语）习态阅世、著文，其悠然笃定可见一斑。老舍的《〈老舍幽默诗文集〉序》通篇在向人们解释，他自己也说不清“什么是幽默”、自己的“幽默”风格从何而来，承认他的“幽默诗文，根本是些糊涂东西”云云，但读了这篇书评之后，不难发觉，它本身就是一篇幽默的小杂文，证明了幽默已内化为老舍笔尖的精灵，时隐时现，翩翩起舞②。林语堂因学贯中西，具有广阔的文化、文学视野，他在《有不为斋丛书》序中不加掩饰地反对当时文坛上的敝帚自珍者和党同伐异者，他讽刺“今日之人不读圣贤书，又只懂得西洋文化之皮毛，难怪其矫情更甚”，奉劝以文学为业者“保存一个‘诚’字，保存一个公道，不要自己陷了轻薄滑头，将来总有造出近情容忍的文化之一天”，告诫某些偏激之士“不肯读伯拉图，那里会懂得西洋文化之底蕴？又不肯读古书，又何从知中国文化之底蕴？”，不要满足于拾得牙智，而要沉心静气读古书、读洋书，增强自己的文化底蕴——这篇序因此满纸牢骚，展现出文化大师激愤耿直的一面③。

自评者对意识形态的信念和态度会截然相反。胡风在《〈胡风文集〉序》开篇表明，“我也是用文字斗争了过来的”，在他看来，文艺“是从广大的人生要求来，又向广大的人生要求去的”，文艺的人民性要求文艺、文学工作者主动信奉和维护这一属性，这就是他从事文学创作的原初动因：

> 我希望，从这本小书里面，对于文艺关涉较少的读者，可以引起某种对于文艺以至人生的追求和理解，对于有着文艺修养的读者，可以得到对于文艺以至人生的某种比较不同的感受和探寻。当然，在我自己，总自以为是为了对于这个时代的健康的生活态度或正确的思想立场的。④

---

① 启明：《〈苦雨斋小书〉序》，《语丝》1927年第123期。
② 老舍：《〈老舍幽默诗文集〉序》，《论语》1934年第38期。
③ 语堂：《我的话：〈有不为斋丛书〉序》，《论语》1934年第48期。
④ 胡风：《送出这样一本小书：〈胡风文集〉序》，《人世间》1947年第2卷第1期。

迥异于使命感十足的胡风，田野不加掩饰地反感持某种观念的评论者们给他扣“海派作家”的帽子——他们认定他面对“多难的时代”无动于衷，属于“失节”“下海”，站到了人民的敌人那里去了。田野道出自己的“莫名其妙”，反问指责者们为什么不能在“乱世”里，偶尔“到公园里去逛逛，即使买不起门票，也得上外滩去眺眺江水、瞧瞧轮船？”，他甚至借用小说中的女主人公玉英的遭遇提醒“未经磨练的年轻人，最容易受人哄骗、坠入火渊”，“除了自信力外，该有判断力”①。显然，田野与胡风在时代观及由时代观所衍生的文学价值观上是大相径庭的，他们之间的差异展现出了文学生产者在剧变时代的抉择的多样性。

生产者对于书评活动的重要性无须赘言。他们人数众多、层出不穷，是“书”的稳定的供应者，间或直接参与书评，虽有国籍、民族、性别、年龄、人生经历、所处时代之别，却都因著书、译书、编书、校书而被纳入书评世界之中。即便如此，他们并不应当被视为书评伦理关系中的弱势一方，恰恰相反，“书”一旦被评，他们对书评者的影响便会自然生成，换句话说，他们虽貌似书评话语场中的沉默寡言者，但能做到“大音希声”、润物无声，对文学批评、文学创作、文学理论、文学观念的发展演变发挥巨大作用。

第二节 生产者所受到的负面评价

有学者认为，中国古代文学理论和文学批评的“四端”分别为“论文评文”“论诗评诗”“论词评词”“序人与评人”②。在近现代书评活动中，生产者所组成的“人”及其产品“书”所构成的“两端”，则对“四端”进行了浓缩和归并。不仅如此，评“人”还与评“书”高度融合，共同构建文学理论—批评体系。生产者的被“评”，或者说，他们在书评活动中的际遇，是近

① 田野：《〈花落水流的时候〉序》，《益世报》1948 年 12 月 4 日第 4 版。
② 曾枣庄主编：《宋代序跋全编（一）》，济南：齐鲁书社，2015，前言。

现代文学批评风尚在不同时期的直接和间接反映。

从人际的角度上来看，书评可以被视为书评者与生产者的互动，互动的结果不外乎正面反馈、负面反馈和零反馈，它们依次对应的是褒、贬与不予置评。根据三者在书评中出现概率的多寡为序，我们展开叙述与分析。

一、最常见的负面评价

书评者对著者、译者、编者大加指责、讥讽、嘲笑，甚至吹毛求疵、肆意鞭挞乃是常态。笔者通过梳理四千余篇书评文所得到的结果是，书评者集中气力“怼”① 著者，对译者、编者则较为宽贷。著者被“怼”的缘由至少有20个，包括创作态度不端正、写作技巧拙劣、媚俗、媚外、反新文化、因袭西方文学理论、照搬西方文作风格、抄袭他人、抄袭自己、观点陈旧、才疏学浅、文才贫弱、超然现实、脱离群众、思想灰暗、思想落后、阶级立场错误、政治立场错误、沽名钓誉、尖酸刻薄。这些缘由大多存在于文学批评的框架内，但也不乏逸出框架，实属人身攻击者。

以指涉著者著述技巧的“术”为范畴，数量最多的缘由，前三者依次为文才贫弱、写作技巧拙劣、创作态度不端正。

“文才贫弱”一项是书评者最常取用的攻击点。徐霞村“没有得到莫伯桑的好处，学得他的坏处。有莫伯桑的色彩同手腕，然而犹嫌没有他的冷酷的人生观”②。蒋光慈在对白设置上与人物的年龄、身份严重不符，情节也“写得不近人情”，其“不写实的地方” “是不尽举的”③。茅盾“没有写出青年‘薪’实现‘转变’”所依凭的“关键中的力量”，在技术上“并不令人怎样满意”“写得太坏，这也许算是失败的了”④。彭家煌尽管坚持“慈心”，但他疏于接触和认知社会，其作品中的人物故事大都脱离“社会中所有”，造成人物的形象失真和性格偏差⑤。王独清的诗集《零乱章》是失败的，“一方面在

① 这里不妨使用一个非学术化的词“怼”便于阐述。
② 李健吾：《关于徐霞村著〈古国的人们〉》，《新文艺》1929年第1卷第1期。
③ 焦庆萱：《没光的月亮：评蒋光慈的〈冲出云围的月亮〉》，《萌蕾》1932年第2期。
④ 秀峰：《新书评介：〈路〉不通行》，《中国新书月报》1932年第2卷第8期。
⑤ 惕若：《彭家煌的〈喜讯〉》，《文学》1934年第2卷第4期。

于他的环境的限制，一方面却是他自己对于天才的糟蹋”①。许幸之的诗集《大板井》“有的止于是现象的描写（《远望》），有的嫌大冗长啰唆（《五月的太南》），有的嫌观念公式（《刑场上》），有的拖着一条感伤的尾巴（《五月的太阳》），有的多少是带着阿 Q 的成分（《三等列车》）”，拙于“形式的创造”②。赛珍珠《大地》的后半部分“着实有些不近人情”“而且文字也不及前半部生动自然”③。陈铨“竟没有一点艺术的手腕”，在“处理题材时未曾分清他所要在这部小说中叙述的，主要的是什么、次要的是什么、毫不重要的又是什么，什么应剪裁、什么应补充——对于这些，作者似乎是一概茫然。作者所知道的，他所着力的，乃在将他所收集了的材料往他的小说里塞”④。田间的诗歌在形式上亦走到了死胡同，“一字一行、两字一行，不特浪费篇幅，而且也排地太岂有此理!”，“作者虽说以这样的形式开始而成功，亦可以这样的形式结束而失败了”⑤。周文“对故事的安排使人觉得有些凌乱”，他“费力地描写人，可是却没有一个写得很成功的……我们不客气地说，作者失败了”⑥。闻国新的笔法“没有曲折与含蓄，也没有修养与人间表现”，只会“用朽老的落伍格式写老的题材，无有前进的思想及时代的意义，字句平淡，如一个吸鸦片的老人浑身绵软，没有筋骨，并缺乏细密思想和艺术手腕”⑦。梅娘新著《鱼》“叙事节奏有断裂之处，且布局稍显松懈”⑧。顾一樵因在《我的父亲》中夹杂旧诗词，被评“有添足之病，减低不少本文的气韵”⑨。穗青“对于作品全局的控制力还是不够，他的注意点只能放在一二个人身上，只能顾到一个事件的发展，而不能平衡地控制全局，照顾到全体人物的发

---

① 李长之：《〈零乱章〉（书评）》，《国闻周报》1934 年第 11 卷第 14 期。
② 穆木天：《读〈大板井〉》，《东方文艺》1936 年第 1 卷第 3 期。
③ 李惠芳：《评〈大地〉（胡仲持译）》，《南昌女中》1936 年第 3 期。
④ 常风：《彷徨中的冷静》，《书人》1937 年第 1 卷第 2 期。
⑤ 白卢：《评艾青与田间两本近作》，《中国诗坛》1939 年新第 3 期。
⑥ 司徒明琭：《评〈救亡者〉（周文著）》，《青年文学月报》1941 年创刊号。
⑦ 烛影：《闻国新小说评》，《艺术与生活》1942 年第 34 期。
⑧ 马博良：《鱼（著者：梅娘）》，《新地丛刊》1944 年第 1 期。
⑨ 杨群奋：《评〈我的父亲〉》，《文化先锋》1944 年第 4 卷第 7 期。

展"①。沙汀写《困兽记》，不求文字之精当，一味"冗长，冗长地在琐屑现象上'嚼烂牙巴骨'"，"说得那么津津有味，夹杂着大量的嘲讽，甚至重复又重复，说得你硬是要眼皮往下压了。情节每到吃紧之时，稍一涉及'主观'，便马上把它拉开，拿出看家本领来把吃茶的、摆龙门阵的场面摆开，把玩笑开起"，以致读者看到：

> 沙汀先生，老渔翁，破渔网，傍山崖，靠水涧，在泥沼里捉到一条死鱼，展展开，网上面是一片片死鱼的鳞！②

"文才贫弱"是写作技巧拙劣的根源，技巧拙劣是"文才贫弱"的发展，并与其时而有所重叠，形成紧密的互文关系。茅盾《动摇》"结局似乎太软弱了些"，《追求》中的曹志方莫名其妙被作者写着写着便消失了，"读者到此也许要发生疑问的"③。罗西的《密丝红》次要人物设置缺乏目的性，谈话太费周折，人物思想与行为结果存在冲突，人物个性不饱满④。王锡礼的《战时日记》仅停留于叙述表象，不能深入探究催生战争的国际关系、民族冲突等因素⑤。周文"一心一意地观察，所以他忽略了想象，忘了想象与观察间的必要关系"，以至于他的诗集《多产集》"丢掉巨大的感摄力和天然原宥"，"以动作征象表示心理发展，是作者的拿手，亦有流于过分繁琐处，成为无意义的赘疣"⑥。周文《烟苗季》"头绪上似乎复杂，但结构却实在是单纯"，"步法显出杂乱而空洞，不能收到它们所应有的效果，像一个肥大的萝卜，却空出了它的结实的身躯，因而妨碍了它的丰美与健实"⑦。陈继武的《血的歌》"有些造句太长，用语未能尽量口语化""组织不很严紧，同义语的叠排也不

---

① 以群：《评〈脱缰的马〉》，《抗战文艺》1944 年第 9 卷第 1/2 期。
② 穆海清：《死鱼的鳞：读〈困兽记〉两遍之后的若干印象》，《呼吸》1946 年创刊号。
③ 林樾：《〈动摇〉和〈追求〉》，《文学周报》1929 年第 8 卷第 9—13 期。
④ 钟深：《罗西的〈密丝红〉》，《幼稚》1930 年第 1 卷第 2 期。
⑤ 吴家盛：《新书评介：〈战时日记〉的批评》，《中国新书月报》1932 年第 2 卷第 8 期。
⑥ 张振亚：《评〈多产集〉》，《国闻周报》1936 年第 13 卷第 40 期。
⑦ 余应岐：《〈烟苗季〉》，《大众知识》1937 年第 1 卷第 10 期。

少”①。戈禾的《大凌河》的人物语言脱离人物身份设定，并有线索中断、接续牵强之弊②。于逢、易巩合撰的《伙伴们》过于注重纪实性、一味实写，导致人物塑造、情节呈现反而顾此失彼、频频失焦③。沙汀《淘金记》中的人物感情不够丰沛，对话描写不够精彩④。袁犀的《贝壳》“人物的单纯以外，便是文章与形式的欧化，对话都成文章，不够口语化”⑤。吴组缃的《山洪》叙述多于描写、“环境处理不够”、“题材的把握还不够熟练”⑥。无名氏的《许淑明》人物性格转变突兀，诗歌布局不妥，显露出不善于用韵的短板⑦。

书评者同样也经常“怼”著者创作态度不端正。孙席珍责备《未亡人》作者叶鼎洛行文油滑、不严肃⑧，对底层人物缺少同理心。叶德均怼《民间故事集》的编著者们对原始文本“记录不忠实”“不记地名”，书中“至少三分之一不是民间故事”以至于“无一可取”⑨。韩起对朱企霞创作《孱儿集》的态度不以为然，责怪朱企霞“把一切的一切当做小说看和硬要站在生活以外去冷眼旁观，那结果，便会自己少了生活。没有了生活上深深的陶醉，这人不但是不健康，且竟为无意识地玩弄着自己”⑩。张平对孙席珍通过《战争中》所显现出的“非战”思想大为不悦，呼吁孙席珍对中国人的内战有自己的看法，而不是顺乎“好人不当兵，因此当兵的都不是好人”的偏见，丧失作家的人道主义立场⑪。王继宣反感章衣萍刻意宣扬所谓的“名士风”的个性，要求章衣萍在书写“信手拈来、毫无修饰的、真情流露的文字”的同时，不虚荣、不卖弄，对读者保持平和平等的对话态度⑫。谅直攻击《苏李诗制作时代

---

① 雷石榆：《高射炮手的歌唱：序〈血的歌〉》，《中国诗坛》1938 年第 2 卷第 3 期。
② 夷夫：《评〈大凌河〉》，《青年文化》1944 年第 1 卷第 5 期。
③ 冯亦代：《评〈伙伴们〉》，《抗战文艺》1944 年第 9 卷第 1、2 期小说专号。
④ 鹇溪：《〈淘金记〉读后》，《抗战文艺》1944 年第 9 卷第 1、2 期小说专号。
⑤ 麦耶：《〈贝壳〉》，《杂志》1944 年第 12 卷第 5 期。
⑥ 钳耳：《评吴组缃的〈山洪〉》，《月刊》1946 年第 2 卷第 2 期。
⑦ 彭慎：《评长篇述事诗〈许淑明〉》，《胶东大众》1946 年第 36 期。
⑧ 孙席珍：《〈未亡人〉》，《文学周报》1929 年第 7 卷总第 325 期。
⑨ 叶德均：《批评与介绍：最近出版的民间故事集》，《现代文学》1930 年第 1 卷第 3 期。
⑩ 韩起：《读〈孱儿集〉》，《幼稚》1930 年第 1 卷第 4 期。
⑪ 张平：《书评：〈战争中〉》，《读书俱乐部》1931 年第 1 期。
⑫ 王继宣：《读〈青年集〉》，《新时代》1932 年第 1 卷第 6 期。

考》著者马雍的治学态度，认为他以偏概全，“据一人之诗以为结论，尤为虎胆”①。姚雪垠著中篇小说《戎马恋》，评者龚鸾随即将其归入公式化劣作的范畴，斥责姚雪垠没有深入抗战革命工作，没有在“抗战革命工作之实践的具体进程中展开、叙述、描写”，“单只用靡肉趣味观和粑粪主义似的方式详尽描写爱侣们勾搭、调情、幽会、纠缠之表面过程”，显露出“纯粹的庸俗恋爱小说的作家”的低级趣味、下流立场，俨然成为“富农地主们的自觉的代言人”②。罗常培融合学术研究与文人记胜，写出《苍洱之间》并请杨振声为其雅正。杨振声不加掩饰地批判罗常培没有区分文学作品和地理学论著的主旨和写法，用“游戏”态度来做学问，此种探索实乃不足为训③。

以指涉著者思想观念的“道”为范畴，书评者通常从“思想灰暗”“思想落后”“阶级立场错误”这三个方面对生产者中的著者进行攻讦。

“思想灰暗”的指责集中出现在1930年代初至1950年前。批评者用“思想灰暗”来谴责著者面对黑暗社会不知揭批、怯于斗争、手足无措的态度，认为他们看不到或指不出社会发展、时代前进的方向，未能给予读者以信心、勇气，辜负了进步的文学工作者应肩负的道义。

褚问鹃评价梁遇春“只看见了人生的黑暗面，而忘却了‘未来’两字所包含的意义”，“他的思想是灰色的、无出路的，甚至还否认人类的进化。他是一个封建社会的破落户，因为他的社会地位正在动摇，所以在他的广句的美秀中间隐隐流露着犷悍的颜色和狰狞的面目，不觉把自己变成了统治阶级的先锋队，把这杯药酒给人家喝下去以后，好使得人们一个个的醉倒，然后把他们乖乖捆缚了去”，俨然将梁遇春划归到“反动文人”的圈子中加以唾弃④。穆时英病态地迷醉于流氓无产阶级意识，借文字来发泄感官欲望，因此他的作品“只是披了一件泼辣生动的外衣，它的本身原来就是忧郁灭亡的质素，到现在

---

① 谅直：《书评副刊：〈苏李诗制作时代考〉》，《时与潮文艺》1944年第4卷第1期。

② 龚鸾：《骑士的堕马：评姚雪垠著中篇小说〈戎马恋〉》，《中原·文艺杂志·希望·文哨联合特刊》1946年第1卷第4期。

③ 杨振声：《〈苍洱之间〉序》，《大公报》1947年1月18日第6版。

④ 褚问鹃：《评梁遇春著〈春醪集〉》，《新学生》1931年第1卷第4期。

才把一件外衣的纽子解开了，恐怕不久就会把它的原形完全泄露出来”①。谢冰莹擅长“表现封建制度与资本主义混合过渡时期中小资产阶级人的心理”，这使她在文坛上声名鹊起，但她没有看到个人的正确出路，不自觉地向罪恶的家族势力、封建势力妥协，“忘记了她曾说的：‘我们是献身革命的人，我们的生命一定要牺牲在鲜红的血泊里！’”② 茅盾批评刚刚出版《烙印》的臧克家，指责其诗中所流露出的对生活的迷茫感、无力感——“诗人虽然想‘从棘针尖上去认识人生’，虽然想‘拼命的来一个痛快’，虽然抓住了‘美丽的希望’，‘脸前安个明天’，‘现在苦死了也不抱怨’，可是，‘人生’的真义到底是什么，‘拼命’的对象又是什么，而‘美丽的希望’是怎样一个面目，我们的诗人没有告诉我们明白。……我们感到了诗人的无可奈何、聊以自慰的情绪。”③ 范国梅在读过茅盾的《子夜》后，作出了失望的评语，他认为，茅盾“所表现的依旧是小资产阶级的动摇和幻灭，和他以前的作风几乎没有两样”，茅盾虽“全力描写” “中国现象”，但“他思想方面病态的悲观的色彩太重”④，证明了茅盾无法充当未来中国社会的指路人。

《躯壳的挣扎》的著者张国魂写出了“许多青年，都被赶到……不生不死、不进不退的十字街头”的窘迫，但无法也无力回答应对“哪方向动呢？四面八方都是危机”的方法，因此没有令青年鼓起生活的勇气，反而更易加剧青年的颓唐⑤。李微批斥《幸福的哀歌》的著者何德明，说何德明继承新月派的衣钵，沉湎于“空虚、矛盾、伤感、自我的催眠和幻想的安慰”，痴迷于“资产阶级的哀乐歌颂、有闲阶级的颓废呻吟”，故意不去“认识现在的社会”，“只躲在象牙塔里梦想着‘爱’，追怀着‘过去’，所见的是鲜血枯骨粉饰的太平（其实老早是‘不太平’了），所听的是教授绅士们的催眠理论”，“看不见劳苦大众在铁蹄压迫下正过着非人的生活，他看不见象牙塔外的狂风暴雨，他看不见剧烈的政治斗争已在展开，他更不了解广大的群众，他更不知

---

① 青坪：《读了穆时英的〈空闲少佐〉以后》，《中国新书月报》1932 年第 2 卷第 9 期。
② 冶之：《读冰莹〈前路〉后我作如是观》，《微明》1933 年第 1 卷第 2 期。
③ 茅盾：《一个青年诗人的〈烙印〉》，《文学》1933 年第 1 卷第 5 期。
④ 范国梅：《读〈子夜〉》，《江苏学生》1933 年第 2 卷第 3 期。
⑤ 汪应文：《评〈躯壳的挣扎〉》，《文华图书馆学专科学校季刊》1933 年第 5 卷第 3 期。

道无数的革命者已在战场上战斗了！”，因此只能孤芳自赏，把玩无聊的技巧，永远写不出“别的有力作品”①。鲁彦“将没落的社会里所感到的生活的空虚，由空虚而悲哀、而厌世”的情绪灌注到《童年的悲哀》中，这使这部集子沦为“发牢骚式的抒情文章”的杂烩②。穆木天指出，相对优裕的出身、基督教家庭背景使陈梦家的人生哲学远离唯物主义、理想主义，而倒向“唯灵主义（Spiritualism）”，他的诗是心声外化为“心象”的结果，“没有社会的描写，更没有人间的描写。在其中，无论找到哪里去，我们只能看见一个同广大社会无联系的，孤立的诗人自己”，陈梦家对黑暗社会没有丝毫的反抗意识，认识不到“一·二八”事变的意义，也看不到自己的出路，只能困守“对形式主义之追求”，甘心做一个时代的落伍者③。袁尘影赞许徐仲年对小说技法的运用达到了新的高度，但反对徐仲年“特别喜欢悲惨题材”的“这种特别爱好的心理”④。

“思想灰暗”的评语同样适用于古代小说。江崎进推崇《金瓶梅》作者的艺术造诣，但对著者的幽暗心理表示出莫大的遗憾，他坦言，《金瓶梅》一次次让他感到“像少了一些什么似的，永远失落了，又仿佛从来就没有过，使人的心，只是往下沉，得不到安慰”。江崎进坦言，“最好的艺术作品，一定能给人安慰的，使人的心有处着落。无论是善良的、罪恶的人物吧，作者都有个发放”，“而《金瓶梅》里的人物可是没有个发放，故事已经完结了，完结得毫无遗恨，然而，作者与读者的感情仍旧没个着落，只是壅塞的忧伤、解脱不了”⑤。

“思想落后”比“思想灰暗”更具道德谴责与政见批判色彩。书评者以自己所持有的“先进思想”为尺度，来衡量作品、诟病著者。庐隐的作品“除了足以维持那残存着的封建思想和旧道德观念之外，无半点为妇女前途改造和

① 李微：《不要再幸福了，不要再哀歌了：对于何德明君〈幸福的哀歌〉之批评》，《新垒》1934 年第 3 卷第 1 期。
② 殷作桢：《读〈童年的悲哀〉》，《青年与战争》1934 年第 3 卷第 9 期。
③ 穆木天：《〈梦家诗集〉与〈铁马集〉》，《现代》1934 年第 4 卷第 6 期。
④ 袁尘影：《图书评介：评〈双尾蝎〉》，《读书通讯》1941 年第 19 期。
⑤ 江崎进：《谈论〈金瓶梅〉》，《苦竹》1944 年第 2 期。

革新的功效。作者对于现社会的组织实在太盲目了，她只知道发泄她自己所受到的痛苦和悲哀，而不知道痛苦和悲哀的来源；只知道伤感愤懑，而不知道挣扎与反抗”①。雷马克的战争观貌似包含真理，但不能做到“从阶级的观点来理解的奋争和发展的反映”，实际上将自己充作了资产阶级麻醉群众的工具，化作“德国无产阶级革命的出卖者”②。苏联作家聂维洛夫塑造的“十月革命”的零余者安得伦“独来独往，没有注意群众的煽动、群众的争取”，在农村暴动中首鼠两端，与“革命阶级所呈现出来的英勇的情绪、组织的力量”构成了鲜明的对比，属于落后者的典型③。辛克莱的近作《钱魔》“政治价值是太小了”，“没有跳出个人主义的趣味的范笼”，对社会革命运动完全没起到“有利的教育的鼓励的意义”④。刘半农的创作失却了新文化运动的不断自我否定、更新的本质属性，重新“偏于私人的爱恶，而露出了一般学者的丑态来”，他和他的作品抵不过“时代疾转”，印证了“落后者永远落后”的铁律⑤。何德明《幸福的哀歌》貌似传承新月派的余绪，实则传递“资产阶级的哀乐歌颂、有闲阶级的颓废呻吟”，作者写不出自绝于真实的社会、民生，“根本不能写得出别的有力作品”⑥。戴望舒漠视全民抗战的大形势，依旧以《望舒草》这样的“梦呓”，“把青年的一志吹迷得消沉下去”，削弱民族精神，必定被扫入文艺的垃圾堆⑦，中华民族到了生死存亡的紧要关头，而诗人卞之琳、何其芳、李广田“好像未曾感到一丝风雨”，沉湎于对“梦”的追索、对“生活的悠闲与颓废”的渴慕，他们的笔下从未“出现过‘泥手黑脚’的人们的影子，没作到为民族解放的战争效力⑧。美国作家维拉·凯漱女士“对于窗外动摇纷乱的实际社会，她是不屑于观察，更不愿认识”，她的新著《我的死

① 贺玉波：《庐隐女士及其作品》，《现代文学评论》1931 年第 2 卷第 3 期。
② O. Biha：《雷马克底退路》，华琪译，《文学月报》1932 年第 1 卷第 1 期。
③ 雪笙：《不走正路的安得伦》，《文学杂志》1933 年第 1 卷第 3 期。
④ 李梨：《评〈钱魔〉》，《中国新书月报》1933 年第 3 卷第 1 期。
⑤ 曼因：《半农杂文》，《当代文学》1934 年第 1 卷第 2 期。
⑥ 李微：《不要再幸福了，不要再哀歌了：对于何德明君〈幸福的哀歌〉之批评》，《新垒》1934 年第 3 卷第 1 期。
⑦ 李西崖：《书评：读〈望舒草〉》，《青年与战争》1934 年第 3 卷第 11 期。
⑧ 袁勃：《读〈汉园集〉》，《诗歌杂志》1937 年第 3 期。

敌》因此只能算是她缅怀乡村世界的呓语①。沈从文无感于世道人生的险恶黑暗，不但不具备“对于这个黑暗的时代的憎恶，出发于对于被压迫者的同情”，反而“固执着要和现实的社会生活脱离”，寻找“一个空虚的幻影——‘人性’”来麻痹自己和读者的良心②。茅盾站在《蚀》《子夜》的峰顶，对阶级斗争的规律再没有新的发现，深刻暴露出“预备知识”欠缺导致的“先天不足”，与不再“求营养”“求进步”导致的“后天不足”③。巴金依然满足于“暴露了封建大家族最后的没落和崩溃”，“把封建制度单纯化了”而不是自觉地“揭发”封建势力系由帝国主义维持操控的本相④。《塔里的女人》的内容、结构、思想一无是处，对抗战胜利后的“多灾多难的中国”“视若无睹、丝毫不动于衷”，大肆散布颓废放荡的思想毒素，恶意引导青年“向虚空幻灭的路上走”，堪称“文字杀人”的标本⑤。《骆驼祥子》固然幽默风趣，写出了底层人生的悲剧，但漠视了对农村经济破产的现实，没有揭露造成祥子“失败”的社会经济制度，因而不能被算作是深入人心的巨作⑥。

“阶级立场错误”是“思想落后”更细微究极的表现形式。“阶级立场错误”的内涵高度一致，即生产者站在非无产阶级的立场，维护和扩充非无产阶级，尤其是资产阶级、小资产阶级、封建买办地主阶级的利益。被批评者冠以这一指控的生产者，可以被视作文坛罪人，甚至人民的敌人。“阶级立场错误”的理由不尽相同，主要的包括“劝人们自己认错，不怪帝国主义侵略”⑦，只写人物的民族意识而不写阶级意识⑧，无视封建社会瓦解的事实并作出“社会形态的不变性的辩护”⑨，将农村经济破产的现实归咎于农

① 郭根：《现代美国小说之成长与维拉·凯漱女士〈我的死敌〉序》，《燕然》1936年第1卷第1期。
② 胡卜人：《读沈从文〈习作选集代序〉》，《新东方》1936年第1卷第5期。
③ 常风：《论茅盾的创作：从〈蚀〉到〈子夜〉到最近的〈泡沫〉》，《书人》1937年第1卷第1期。
④ 叶天杓：《〈秋〉（书评）（巴金作，开明版）》，《学生月刊》1941年第2卷第7期。
⑤ 黎桦：《发昏者的梦呓：评〈塔里的女人〉》，《四川妇女》1946年第3期。
⑥ 刘民生：《〈骆驼祥子〉求疵谈》，《上海文化》1946年第7期。
⑦ 叔明：《评〈胡适文选〉》，《书报评论》1931年第1卷第6期。
⑧ 东方未明：《九一八以后的反日文学：三部长篇小说：〈齿轮〉〈义勇军〉〈万宝山〉》，《文学》1933年第1卷第2期。
⑨ 石榆：《〈独清自选集〉择评》，《出版消息》1933年第26期。

民的懒惰“而将封建势力完全抹煞了”①，“从富农地主子弟、花花少爷式市侩、智识分子的立场出发”，“用靡肉趣味观和粑粪主义似的方式详尽描写爱侣们勾搭、调情、幽会、纠缠”②。从文学批评长远、健康发展的角度，当“阶级立场错误”被树为重要的，乃至首要的评价标准，书评便会显露出巨大的自限性，阻碍其走向更多元广阔的空间。

二、负面评价的产生原因

在一篇书评文中，“术”“道”两个维度的负面评价往往交织在一起，各占一定篇幅。说到底，绝大多数书评者对生产者都是褒贬参半，而非采取一边倒的批评姿态。大体上，书评者作出负面评价的主要原因有五个。

第一个原因是试图以自己的批评指点来促使生产者，尤其是著者当中的后进、新秀克服缺点、取得进步。陈三立自述，他评点汪康年编著《振绮堂丛书》之短长的目的在于，“吾犹欲汪子勤搜而慎取，研究道本、综贯终始，以进窥整齐百家之大谊，毋终贻儒者博而寡要、劳而少功之讥也”③。俞平伯“庆贺作者的成功”，指出作者之不足，“自然更希望他的努力”④。杨昌溪责备《友情》著者章衣萍虽然“并不曾在人物的描画中指示一种出路”，但肯定他的“一种暗示的力量可以感触到的”，并声明自己的批评乃是苦口之良言，“我总望作者在全书的完结时能够给读者一个完整的‘时代缩影图’”⑤。吕碧城评潘伯鹰《凫公小说集》在笔法上虽有瑕疵，但“予于潘君诸作，不惟喜其文笔之隽，而尤钦其文品之高也，潘君其勉之”⑥。郁达夫在读过刘大杰所著的《昨日之花》后，明言这部小说不足以代表刘大杰的创作成绩，不足以称为杰作，但他又指出，刘大杰其实擅长写的乃是问题小说而非其他，他的创

---

① 王淑明：《一年》，《文学季刊》1934 年第 1 卷第 3 期。

② 龚鸾：《骑士的堕马：评姚雪垠著中篇小说〈戎马恋〉》，《中原·文艺杂志·希望·文哨联合特刊》1946 年第 1 卷第 4 期。

③ 陈三立：《〈振绮堂丛书〉序》，《东方杂志》1917 年第 14 卷第 2 期。

④ 俞平伯：《〈苦果〉序》，《燕大月刊》1929 年第 4 卷第 3 期。

⑤ 杨昌溪：《批评与介绍：〈友情〉：章衣萍著》，《现代文学》1930 年第 1 卷第 5 期。

⑥ 吕碧城：《评〈凫公小说集〉》，《民言画刊》1930 年第 47 期。

作增长点正在于此：

> 我看了刘先生的作品以后，觉得风气在转换了，转向新时代去的作品以后会渐渐产生出来了，而刘先生的尤其是适合于写这一种小说的原因，就是在他的能在小说里把他所想提出的问题不放松而陈述出来的素质上面。我希望刘先生以后能善用其所长，把中国目下的社会问题、斗争问题、男女问题都一一的在小说里具体描写出来。①

邵冠华将闻一多诗风的产生归因于波德莱尔恶魔派的影响，他辨析闻一多取法西方现代诗派的痕迹，点出闻一多诗作的缺漏在于泥于古典而执着于形制，因而“呆旧的字太多”“诗行太整齐”，“无形地把他的诗的艺术减色些了”。但邵冠华又表示，自己看到了闻一多的努力和“走上圆熟的道路”的趋势，期望闻一多以诗的“内质”为重，摒弃“诗的词藻”与“过分的重视‘音韵’”，时常使用随笔、杂感式，而非诗化的文字，“希望颇有天才的闻先生能注意于此”②。

惘然赞赏巴金在其文字中蕴蓄的对世人的同情和悲悯，但不满于巴金将悲悯置换为激进，提醒巴金折返回“平和点、人道点的路上去”，在保持激进、保持愤怒的同时，调和自己的创作心态③。商寿察觉到了金克木的诗歌创作进入到了瓶颈期，看出金克木的尴尬——“对于新的已有希冀、对于旧的不满意的镣铐一样的紧紧束缚了他的，却还没有能力立刻除去”，因不知如何突破僵局而“苦痛”并使其实绩大打折扣。商寿直言，他理解金克木的艰难，坦言金克木的新作确有窳劣之处，继而鞭策年轻的诗人与其徘徊不前、首鼠两端，不如干脆利落地从“旧”中“逃亡”，在“新”中“立身”，放弃一厢情愿的、两边讨巧的做法，争取走向山穷水复后柳暗花明的新境界④。

---

① 郁达夫：《读刘大杰著的〈昨日之花〉》，《青年界》1931 年第 1 卷第 1 期。
② 邵冠华：《批评与介绍：论闻一多的〈死水〉》，《现代文学评论》1931 年第 1 卷第 2 期。
③ 惘然：《读〈狮子〉后联想到巴金先生》，《开明》1931 年第 31 期。
④ 商寿：《读〈蝙蝠集〉》，《新诗》1936 年第 1 期。

胡风与田间是忘年交，田间曾多次就自己的文作向胡风请教。胡风在收阅他的新诗集《中国牧歌》后，毫不客气地批评田间“一方面从许多自名为诗的表现方法的庸俗性脱出了，但同时也就有走入自我溺爱的路上去的危险”。他明确要求田间保持“农民的孩子、田野的孩子”的本色，捍卫“字汇句法还有野生的健康色泽”，持之以恒地改进表现方法，“更确切地、更圆满地表现内容——感觉力和想象力——所凝成的花朵，使内容取得能够取得的最大的艺术力量”①。陶报赞赏徐迟初生牛犊不怕虎的创新精神，但批斥徐迟为求新求变，刻意将一些少见、生僻的符号直接拿来使用，显示出了不恰当的“自炫”倾向，点醒徐迟“重要的是符号连缀的意义而不在符号本身”，寄语徐迟在“外形上由新奇归于平正”，不要一味“汲取着不竭的爱的源泉”，以此“珍重并善用自己的诗才”②。

对于文坛宿将、名家，书评者以负面评价敲打他们不要自大自负、故步自封，这是书评者作负面评价的第二个原因。1930 年代初，老舍以其“京味”特色与幽默风格成为文学大师，《老张的哲学》甫一问世便得到如潮好评，但孙家琨却认为这部炙手可热的《老张的哲学》在“口气和结构方面”与“旧小说《水浒》《红楼梦》《三国志》等”相差无几，“证明了他是吃熟套子”。在孙家琨看来，老舍汲取旧小说的营养无可厚非，但他应当在“摹拟故有的优点”的同时，不要满足于已取得的成就，而应注重除旧布新、锐意“改革”，化用旧小说的优长之处③。对于同为大师的茅盾，毕树棠对其新作《多角关系》的批评不假以辞色，在他看来，茅盾自凭借《子夜》《林家铺子》大获成功之后至今，作风似乎没有改变，陆续推出的作品“都差不多是一色的东西”，不断重复自己对中国社会当下局面与未来发展的悲观判断，“和作炭画似的，正在集中腕力，大涂大抹，现出来的笔笔都是黑暗，其间不分浓淡，只是有力的点和线的复杂交错，在纸上编成些跳动的角度，而幻成一片杀气”，却不能走出观感的死循环，领悟不出“时代的悲剧是演定了，可不全是

① 胡风：《田间底诗：〈中国牧歌〉序》，《现实文学》1936 年第 1 卷第 2 期。
② 陶报：《评〈二十岁人〉》，《新诗》1937 年第 4 期。
③ 孙家琨：《读〈老张的哲学〉后》，《津汇月刊》1934 年创刊号。

泪，也含着笑，小说家的笔尖应当达到这一步了”的道理。毕树棠预祝茅盾早日拿出焕然一新的作品，以此“换换面目，来点笑，不是安慰的，而是鼓励的和指引的笑”①。邵冠祥将诗人刘博习的诗风比作北方人的性格“不虚浮，不叹息，不骇怕”，肯定其文字质朴、情感深沉，但又希望“作者冒险一下，别老穿着青布大褂，在字句方面再加一点修饰”，好让挑剔“形式”的人无从指摘②。女作家凤子度过了艰苦的抗战岁月，用散文集《八年》来铭记自己的见闻感想，评价者金陵一方面赞许该书不啻沦陷区的“一片血泪图”，另一方面则对凤子的写作能力不以为然，认为她的性格、笔力不足以驾驭“需要组织，需要严密的计划”的鸿篇巨制，委婉地劝她另辟蹊径，“创造出一部新的历史来”③。王瑶赞赏林庚坚持以“文艺的”“有所见”的态度来编撰《中国文学史》，但对林庚的过于感性的文学史分期方式予以批驳，责怪他缺乏问题意识、规避实际问题，以及受“五四后的一般看法”影响，对元代之后的文学发展进程粗暴冠之以“黑暗时代”，未详察其间的脉络和成就，暴露出不求甚解、拾人牙慧的弊端。批评之后，王瑶引用作者在自序中表达的期望——“希望这部文学史达到‘沟通新旧文学的愿望’”，鼓励作者不断精进、达成所愿④。

反对文坛偶像是书评者作出负面评价的第三个原因。书评者反对文坛偶像的心理动机究竟为何，无法加以归纳，“文人相轻”“博取声名”过于肤浅，“批判精神”“清流传统”也不免机械。一个具有代表性的解释是，通过不间断的刺激和鞭策，合力营建相对公平、富有生机的批评场，以此防止曾受追捧而“名利双收”的“老”作家“就此搁笔”“划地自限”，或靠过去的名声生活、啃老本，或因不愁销路“随心抒写”，不惜贻害读者，在作家层面遏制“新文学发展的最大障碍”⑤。不同的书评者反对偶像崇拜的缘由终归是个人化的，并展现出了书评的自由属性。有书评者反对书局按照“名人”标准，而

① 毕树棠：《〈多角关系〉》，《宇宙风》1936 年第 13 期。
② 邵冠祥：《〈天桥〉序》，《海风》1937 年第 5—6 期。
③ 金陵：《读〈八年〉》，《新文学》1946 年第 2 期。
④ 王瑶：《〈中国文学史〉》，《清华学报》1947 年第 14 卷第 1 期。
⑤ 宗达：《文坛短评：文坛上的偶像》，《人生与文学》1935 年第 1 卷第 5 期。

不是“时代”标准选择辑录代表性文作①，有的则对暴得大名者加以肯定并指出其思想上的局限性，提醒作者顺势而为②。表露反对文坛偶像意愿的书评者与其文坛资历、教育背景没有必然关联，在校的非文学专业大学生可以指摘本校教授、文坛宿将、文学理论大师的著述“取材似乎失当”“标点似乎错误”“文理似乎不通”“见解似乎陈腐”③，文学后进也可以品评前辈已落入了“不是全般地从具体的现实着眼，而是受着抽象概念的指引与限制”的窠臼④。即便功成名就如王国维，其扛鼎之作《人间词话》也会收到“其立说以境界为主，实不刊之论。其批评谨严、议论矜慎，且深中窾窍、孚尹旁达，洵堪为文评之法式。然其所论，亦间有未安者”的批语⑤。就效果来看，为反对文坛偶像而作书评，对文学批评有益无害。

用时新的、非文学的思想、观念及意识形态来干预创作是负面评价的第四个主要成因。一些书评者以先觉者与笃信者的姿态活跃在批评界中，他们认定，文学是一定时代背景下社会生活发展演变的产物。这个观念乍看上去略显笼统，而真正发挥阐释功能的，则是其中的关键词：第一，“时代”。“时代”是变动不居、风起云涌的，更偏于历史而不是文学领域，“时代”是整体意义上的“社会”的布景，也是外在的塑形力。第二，“社会”。“社会”是“时代”的镜子，与阶级斗争存在先天因缘，“社会”既是阶级斗争的孵化池，也是其副产品，而阶级斗争贯穿了“社会”运行的各个环节，而斗争的必然趋势是无产阶级的完全、彻底胜利。在这样的“文学”观的统摄下，作家的功能被诠释为：书写并颂扬阶级斗争，揭示无产阶级必胜命运，指出阶级斗争的正确道路。

很明显，这一诠释矮化了文学生产者的作用，并对生产思路、生产方式、审美趣味等都作出了严格界定。如果生产者违反了戒律，诸如作品“时代性”

---

① 激厉：《新书评介：谈〈开明文选〉》，《中国新书月报》1933 年第 3 卷第 1 期。
② 罗秀贞：《评〈南北极〉》，《风藻》1934 年第 14 期。
③ M. F.：《读郭绍虞先生的〈文学批评史〉》，《燕大旬刊》1935 年第 8 期。
④ 吴组缃：《评〈霜叶红似二月花〉》，《时与潮文艺》1944 年第 3 卷第 4 期。
⑤ 王镇坤：《评〈人间词话〉》，《国文月刊》1949 年第 79 期。

不“充实”、农民斗争意志“消沉”①，作者自己“个人主义的世界观”“到后来更其显著”②，“不懂得农村，不懂得农民。他不了解农民的生活和痛苦，更不了解那深藏在他们内心的受压抑的愤怒与仇恨的情绪”③，“小说的意识‘委实模糊及错误到极点’”④，著者“是唯心论者，同时又是形式主义者。这种美学观是完全和我们今天以艺术为武器的学说相反的，是对大众艺术有妨碍的”⑤ 等指责便会纷至沓来，对生产者产生无法忽略的舆论压力，或隐或显地编制文学生产所必需的符码系统，提前铺设了文学必经的轨道。

在前述四个主要原因之外，书评者为表达自己对书籍在编纂方式、翻译技巧等方面的异见，也会给出负面反馈。正是在这个过程中，生产者会激烈反对，掀起笔墨官司。我们在本节的第三部分用些篇幅讨论这一现象。

三、生产者对负面评价的回应

生产者对负面评价的回应无非三种：接受、不回应、反驳。不回应的概率最大，反驳次之，接受最少。被评者对批评者不予反馈的情形属于惯例。它为何出现，原委不甚明确。从客观上讲，批评—回应之间信息不对称，打个比方，甲的新作虽被乙评论，但可以出现两种情况：刊这一则书评的期刊从未被甲看到、书评写作时间距该书面世时间较久而未引起反响。两者但凡有其一，被评者都不会有回应。主观上，被评者少有主动回击的，他们更愿意选择息事宁人。而这种绥靖行为背后，乃是被评者的莫大的无奈：文学圈鱼龙混杂、批评者品类参差，有些书评者热衷于批评名流，以此证明“自己也可以与名流比肩，如果侥幸与名流辩驳起来，无论输赢，自己总算是名人的对抗者”，所以，遇到了“以不正当态度批评过你的人”，“不必回应”才是上选，否则很容易使读者“以为你是硁硁然挟嫌报复”⑥。

① 凌冰：《书评：〈战线〉》，《现代》1933 年第 3 卷第 6 期。
② 苓薯：《〈望舒草〉论》，《中国文学》1934 年第 1 卷第 6 期。
③ 默涵：《评臧克家的〈泥土的歌〉》，《大众文艺丛刊：文艺的新方向》1948 年第 1 期。
④ 盛马良：《书评：评〈丰收〉》，《出版消息》1934 年第 27—28 期。
⑤ 黄药眠：《论美之诞生：评朱光潜的〈文艺心理学〉》，《文艺生活》1946 年光复版第 4 期。
⑥ 王了一：《做书评应有的态度》，《书人》1937 年第 1 卷第 2 期。

直接反驳、冲撞批评者的情况不过十来起，且在1920年之前罕有，相对集中出现在1920年代初至1930年代早期。郑振铎在翻译《飞鸟集》后，翻译能力受到赵荫棠、梁实秋质疑，其中梁实秋的批评较赵荫棠更为尖锐直白。对赵荫棠，郑振铎将他的更正进行了逐词条的批驳，虽有不悦，但态度还算友好。郑振铎写道：

> 不知现在有一班人为什么自己不去做事，却专以骂人为天职，好像他是至高无上的裁判官，或是阻挡人家做事的恶魔，一见什么人译了或做了什么东西出来，他便寻疵找错的大骂一顿。务使勇于做事的人伤心而流入于颓唐无为之途。我觉得这种举动实在太无意识了！①

而对火气更盛的梁实秋，郑振铎火力全开。在针砭梁实秋改译之处的基础上，郑振铎放言：“我虽不敢以小人之心，猜度别人说这种人都是假批评，以泄其私愤或别有什么阴谋的，但正当的批评态度似乎不应如此！”强调自己不接受生自“非友谊态度”的所谓批评②。

郑振铎与赵荫棠、梁实秋的纠葛在郑的回应之后便没了下文，双方都偃旗息鼓，但这不意味着批评双方不会发生多轮冲突。《中国新书月报》③ 和《图书评论》④ 是多轮冲突的主战场。在《中国新书月报》中，《简字论集》的编纂者陈光垚和书评者施群来回争吵了两次。第一轮，施群首先发难，指责该书的编排体例等无一是处、文字水平低劣⑤，陈光垚抨击施群故意“栽赃”，“将原文截头去尾，或曲解附会，移花接木地，诬赖成为一种很恶劣的意思”再“大加嘲骂”。两轮交锋的间隙，施群拿出陈光垚“文理不通”“白字连篇”的

① 西谛：《论〈飞鸟集〉的译文——答赵荫棠君》，《文学旬刊》1923年第79期。
② 西谛：《再论〈飞鸟集〉译文：答梁实秋君》，《文学旬刊》1923年第80期。
③ 月刊，1930年12月创刊于上海。该刊由中国新书月报社编辑，由华通书局发行。发行人为王怀和，编辑者最初为余甦生，后由方万里和华狷公接任。该刊停刊时间和原因不详，现存1930年创刊号、1931年9期、1932年7期、1933年2期。
④ 月刊，1932年创刊于南京，1934年终刊。其间发行了1932年4期、1933年12期、1934年8期。
⑤ 施群：《如此如此的〈简字论集〉》，《中国新书月报》1932年第2卷第1期。

实迹，让读者评断，而陈光垚仍以施群篡改原文为由为自己开脱，并告诫施群“以后再有批评人家时，幸勿过于盛气，勿过于自信，勿屡屡改人字句，代人制造错误，更勿语意轻薄以自贬品格”①。无独有偶，为了《苏联五年计划》的译文是否符合原文、译笔是否生硬，译者吴寿彭、书评者持续②也进行了两轮攻防，双方互不相让，前者贬斥后者“荒谬绝伦”，后者指责前者是牟利且“不懂不通”的“翻译职业家”③。

《图书评论》是生产者与评价者交战的主战场。顾均正与评者范存忠，伍蠡甫、孙寒冰与评者方重，邓深泽与评者陈英士（也是该刊创刊人兼主编），梁实秋与评者陈英士，古有成与评者钱歌川，张梦麟与评者陆海藩都在此数次捉对厮杀，各有胜负④。然而，喧嚣背后，究竟是批评者维护文学生产纯洁性的本心占上风，还是其意图垄断话语权、炒作话题以自重的私心在作祟，很难不让人怀疑。《图书评论》所开启的“穷索”式批评因此保守攻讦。

傅东华是《图书评论》最有力的挑战者，他总结出了《图书评论》中绝大多数书评的“套路”，并对这种伎俩表示出莫大的鄙视。他说，这些书评“都是按照一个公式做的，那公式就是：某人译的某书第几页第几行，译得‘荒谬绝伦’或者‘糊涂到莫名其妙’，应该译作怎样，结束之处又大都加上像这样的一句——‘以上随便取出错误一打，此外还多得很，但不一一列举了。’这样的书评岂不轻松而又容易见效吗？但是那些批评家们却把这种工作

① 陈光垚：《新书评介：简字论集编者为〈简字论集〉驳答施群之批评》，《中国新书月报》1932年第2卷第4期。

② 笔名。

③ 吴寿彭：《新书评介：为〈苏联五年计划〉译本答制裁者持续君》，《中国新书月报》1932年第2卷第4期；持续：《新书评介：〈制裁到底！〉》，《中国新书月报》1932年第2卷第7期。

④ 顾均正：《通讯：顾均正先生来函：关于〈宝岛译文〉答范存忠先生》，《图书评论》1933年第1卷第5期；《通讯：伍蠡甫孙寒冰两先生来函：关于〈西洋文学名著选〉答方重先生》，《图书评论》1933年第1卷第7期；《通讯：六、答周宪文先生》，《图书评论》1933年第1卷第8期；邓深泽：《通讯：三、邓深泽先生来函》，《图书评论》1933年第1卷第8期；古有成：《通讯：二、古有成先生来函》，《图书评论》1933年第1卷第8期；钱歌川：《通讯：七、钱歌川先生来函》，《图书评论》1933年第1卷第8期；英士：《通讯：四、答邓深泽先生》，《图书评论》1933年第1卷第8期；张梦麟：《读陆评〈娱妻记〉》，《图书评论》1933年第1卷第10期；梁实秋：《通讯：梁实秋先生来函》，《图书评论》1933年第2卷第4期。

说得非常严重，仿佛翻译错了的书，也比毒药还要厉害，因为‘毒药不过是毒害人的身体，坏书简直毒害人的心灵’”，更有甚者，该刊物的把持者“拿出一个所谓标准来吓倒人，以期著作界和学生界不但不敢著作，并且不敢‘胡思乱想’”，以“反唯物的态度”“反科学的态度”① 兴风作浪、党同伐异，无异于批评界的一股浊流。没有证据表明陈英士是否知晓、读过傅东华的这篇文章，但《图书评论》“为一些不必要理由而停刊”却是事实②。

被评者公开表示接受负面批评的，笔者只找到两处。一处是徐霞村感谢李健吾对他的《古国的人们》的批评。李健吾指出，《古国的人们》的主要人物存在玩世思想，行为怪诞，作者徐霞村对莫泊桑的模仿痕迹太重③。徐霞村在李文的后面直接附上了自己的回信，他直言没有完全受莫泊桑的影响，并反对莫泊桑的犬儒主义，但承认，“我的野心是太大了，而我的能力是太小了，结果便造出这些不像样的东西。在艺术上受人的指摘，是意中的事。现在看来，它们的毛病都在写法太笨、气派太弱”，并“谢谢你的好意”④。另一处是胡适感谢陆海藩对他所校对的《林肯》一书的指正。尽管陆海藩出言颇不逊⑤，但胡适还是感谢陆海藩并请期刊主编陈英士将自己的回复附在陆的原评之后，在“感谢陆先生的改正”的同时，举例说明自己的校对算不上“错”，希望陆海藩明鉴⑥。

综观书评双方的境遇，我们很容易得出批评者处于优势，被批评者处于劣势的印象。但这样的对比未必总是有意义的。得益于文学生产与文学批评固有的相对独立性，两者虽处在同一个充斥着张力的框架中履行自己的使命，但这并不妨碍他们收获各自的成果——批评者摘取自由臧否、公开评骘的果实，被批评者获取的是从事文学生产的满足感。对于批评者的负面评价，生产者有自己的思量和处置方式，从这个意义上来说，生产者具备完整的主体性和自主性。

---

① 傅东华：《〈图书评论〉所评文学书部分的清算〉》，《文学》1933 年第 1 卷第 1 期。
② 吴世昌：《中国目前需要书评》，《书人》1937 年第 1 卷第 1 期。
③ 李健吾：《关于〈古国的人们〉》，《新文艺》1929 年第 1 卷第 1 期。
④ 徐霞村：《关于〈古国的人们〉的回信》，《新文艺》1929 年第 1 卷第 1 期。
⑤ 陆海藩：《沈译胡校的〈林肯〉》，《图书评论》1933 年第 1 卷第 11 期。
⑥ 胡适：《胡适之先生的意见》，《图书评论》1933 年第 1 卷第 11 期。

第三节　生产者的被褒扬

近现代书评中，生产者被褒扬的概率远低于被否定、贬低的概率。笔者通过梳理本研究所涉及的近四千篇书评文，发现褒扬记录共417处，将褒扬的内容浓缩为22个关键词（词组）。这些关键词及其次数依序是：有人格（1），用心仁善（2），观念开明（4），助力启蒙（5），节操铮然（6），创作有后劲（9），笃学（10），卫护儒道（10），纠正风俗（11），情思真挚（11），搜求有功（11），爱国（12），对抗黑暗（14），思想深邃（16），富于才华（18），有洞察力（18），变革写作技术（19），普罗立场坚定（20），性情真纯（29），才学过人（39），思想进步（45），文学造诣深厚（107）。褒扬得以出现的原因不一而足，它们为生产者跻身文坛，甚至名列前茅提供了有利条件。

一、生产者被褒扬的三大方面

批评者对生产者最多的褒扬是“文学造诣深厚”，归根结底，它所评断的是生产者“技”的高下，可以被拆分为善于谋篇布局、写作能力扎实、创作技巧卓越。在书评文中，这三个方面彼此混融，各有偏重。

“文学造诣深厚”的案例数目逾百，此处聊举数例以为代表。叶圣陶在《稻草人》的创作中展现出“移人的美的叙述”，“完美而细腻的美的描写”，成功“描写儿童的口语与人物的个性”①。孙福熙的笔力惊人，“真实的描写使读者们除文艺上的陶醉外还得到一种事实上的实际经验或其他知识”②。冯乃超“诗颇新颖，并不受历来呆板的诗的规律所束缚”③。郁达夫“描绘人物却是非常成功的，著者本是这方面的能手”④。巴金的小说创作融入了他对传统

① 郑振铎：《〈稻草人〉序》，《文学》1923年第92期。
② 张挚甫：《我所读之书：〈归航〉（孙福熙著）》，《会报》1928年第37期。
③ 邵冠华：《冯乃超的〈红纱灯〉》，《现代文学评论》1931年第2卷第1期。
④ 佚名：《书评：〈她是一个弱女子〉》，《现代》1932年第1卷第4期。

小说架构的批判吸收，其“结构采用故事的叙述体，即是以某一件不关重要的情节开始，然后引出与这情节有关联的故事来，等到这个故事叙述完结的时候，所写的小说便结束了，有时甚至由故事里引出另一故事，把作品一步一步开展下去，到后来一道结束”①，有草蛇灰线之妙趣。词人向迪琮对词的萌生、兴衰“莫不洞窥堂奥”，素有研究，堪称当代的词坛圣手②。朱自清“笔调就能有着一种动人的精神，他描写得流动非常，所说的、叙的，都能打动读者的心”③。靳以“布局的细致和描写的周到，给了我们学习者不少的榜样”④。“在几位较有成就的作家中，沈从文先生的创作无论在题材择取与描写手法上，都绝少与人偶同处”⑤。诗人蒂克“简洁、明朗、生动的用语，恰当地雕凿出形象的神貌与骨髓”⑥。郑稚辛作诗以陶渊明为宗，博采众家之长，兼得田园山水之三昧⑦。王进珊的文字中“有时候可以看到古赋的铺排和骈偶的运用，但一点也不觉得牵强，只有增加文字的典丽。这种古典圆案的穿插，造成一种新风格，从宁静和朴素中，迸发出内蕴的美”⑧。诗人姚江滨“能融合散文形式……没有束缚，没有限制”，“用广阔的胸襟和虚心的怀抱，在形式的方面撷取众长，而在内容方面又能借他的高远的角度，广博地撷取自然”⑨。

“思想进步”是生产者获得的第二顶桂冠，它所指涉的对象带有显著的时代性，因此内涵宽泛，包含宣扬革命、倡导女权、反清、反帝、反蒋、反对腐败、歌颂人民的伟大、赞扬群众力量、提倡健康积极的人生态度等等，生产者但凡在字里行间显露出对个人、社会、民族、国家更光明的未来的热情与渴望，都会被批评家归入“思想进步”一类。例如，周作人“思想不偏于一面，

① 隐芝：《读巴金底〈光明〉》，《读书周刊》1933 年第 32 期。
② 邵瑞彭：《〈柳溪长短句〉序》，《词学季刊》1935 年第 2 卷第 4 期。
③ 心镜：《读〈背影〉》，《中学生》1935 年第 53 期。
④ 朱宝琨：《书评：〈珠落集〉》，《新学校刊》1936 年第 2 期。
⑤ 李影心：《书评：〈八骏图〉》，《国闻周报》1936 年第 13 卷第 19 期。
⑥ 纱雨：《〈小兰花〉读后》，《文学评论》1943 年第 1 卷第 1 期。
⑦ 映庵：《〈郑稚辛诗集〉序》，《同声月刊》1943 年第 3 卷第 1 期。
⑧ 谢紫：《读〈山居小品〉》，《文潮月刊》1947 年第 3 卷第 3 期。
⑨ 调公：《跋〈西湖烟雨〉》，《和平日报》1948 年 7 月 12 日第 5 版。

既鼓励思想革命，又提倡生活艺术，其广博至可钦佩”[①]。杨晋豪在《少女的追求》中注入了“生命的热力与革命的意义”，这“在中国过去的文坛上似乎还不曾看见过”[②]。巴金《雪》中的人物有恋爱的关系。但后来他们都牺牲了个人的安乐，加入了群众斗争，这是“作者极力克服浪漫的气息的铁证”[③]。五四以来，“中国的妇女运动裹足不前，知识女性陷入思想观念进步与实际境遇尴尬之间的缝隙中，无法脱身”，梅娘以其短小说集《鱼》反映这种窘困状态，为中国的女子获得自由发出了呼喊[④]。丁玲洞彻“中国的全部人民，在这漩涡里想生存下去，不只要巩固自己的生命小舟，而且要冲着逆流达到所要到达的地方”的事实，勇敢地播撒“信心、自主的信心”[⑤]。赵树理描写了山西东南部一个山村的老百姓，怎样在封建势力统治之下逐渐觉醒、斗争，终于打倒了顽强的封建势力而获得胜利的故事，“指示了人民斗争的技巧与方向”[⑥]，不仅如此，他“作为一个积极的人民作家，而能摆脱开知识分子个人的感情”[⑦]，是名副其实的、属于人民的作家。

“才学过人”基本是文言文写作者专享的荣誉称号，它出现的时间远早于其他美评。杨云史“躬逢国变，麦秀寄慨，铜驼致痛，其伤时忧国之心，有非文天祥、谢枋得诸孤臣所能并论者”[⑧]。陈寒光“宗宋祧唐”，取法人境庐，铸冶“太白之精英”“杜韩之骨力”“黄陈之句法”[⑨]。沈兼士“之于语文学，抉其根株，阐其义蕴”“其宏规眇指，研精极征，信足以启示来学，昭垂宪轨”[⑩]。蒋百里“有以见天下之赜，而观其会通”[⑪]。

① 周柏堂：《读〈空大鼓〉》，《开明》1930 年第 22 期。
② 金思鸣：《〈少女的追求〉读后话》，《中国新书月报》1931 年第 1 卷第 12 期。
③ 王文修：《书评：〈雪〉》，《国闻周报》1936 年第 13 卷第 7 期。
④ 马博良：《书评：〈鱼〉》，《新地丛刊》1944 年第 1 期。
⑤ 骆宾基：《大风暴中的人物：评丁玲〈我在霞村的时候〉》，《抗战文艺》1944 年第 9 卷第 5 期。
⑥ 张兆科：《〈李家庄的变迁〉》，《雪风》1947 年第 5 期。
⑦ 南冥：《读〈李有才板话〉》，《文艺》1948 年第 5 期。
⑧ 钱醉竹：《读〈江山万里楼诗钞〉》，《青岛画报》1935 年第 14 期。
⑨ 步曾：《〈陈寒光诗集〉序》，《龙凤》1945 年第 3 期。
⑩ 于省吾：《〈段砚斋杂文〉序》，《益世报》1947 年 10 月 27 日第 6 版。
⑪ 钱基博：《〈蒋百里先生文选〉序》，《苏讯》1948 年第 89—90 期。

二、生产者受褒扬的原因

生产者之所以被批评者褒扬，个中原因林林总总。书评活动作为一个巨大的开放系统，参与批评者人数众多、阶层不一，且各持思想、观念、立场，因此对生产者作出的评判既有一致，也有歧异。他们能够肯定生产者，其本原在于，生产者所具有的某种特征、特质对他们有所触动，或与他们所固持的信条相契合。从这个意义上来说，褒扬生产者乃是批评者自我意识的放大和延伸。大体上，褒扬的主要原因归纳为四个，我们分别阐析。

生产者因唤起批评者朴素的正义感而得到后者的青睐，“节操铮然”“纠正风俗”“爱国”“对抗黑暗”的赞许正是基于这个前提。潜园居士“能澹于功名”，彊恕堂慨叹曰，“予不惟重于文、高其品，尤慕其志之洁”①。吴芳吉（白屋先生）抱定君子固穷之志，死于窘困潦倒之境，刘永济赞道吴芳吉虽困厄而不改对中国固有文化之忠贞②。美国黑人蒲寇·华盛顿以百折不回之毅力改变底下的社会地位，得到白人尊重，其自传被译介到中国，曹芳洲读后对其赞不绝口③。周作人自陈“在杂志新闻上写文章”，保持的是“启蒙的”“营业的”态度，但杜绝“宣传的”态度，“我们要做狮子、虎，独来独往，不要做狐狸、狗，成群结党”，他的告白被梁实秋引为当下文人风骨的标杆，赞扬周作人“在思想上，在写文章的态度上，周先生都称得起是狮子、虎”④。

受儒家入世精神影响的知识分子或多或少都会对社会风俗的堕落倾向油然产生焦虑感，但他们读到图书当中拨乱反正的文字，大多会引为知己、加以表扬。海上漱石生《黑幕中之黑幕》刚一出版，沪上的一些文人便对著者大加表彰，说他“将幕中魑魅魍魉一齐揭破其假面”⑤，“为益于家庭为不少也”⑥，

① 彊恕堂：《〈潜园居士文集〉序》，《瀛寰琐纪》1874 年第 19 期。
② 刘永济：《〈白屋先生诗文集〉序》，《今文选》1934 年第 1 期。
③ 曹芳洲：《读〈黑奴成功者自传〉后》，《青年》1935 年第 2 卷第 9 期。
④ 梁实秋：《书评：〈苦竹杂记〉》，《自由评论》1936 年第 25 期。
⑤ 颍川秋水：《〈黑幕中之黑幕〉序》，《大世界》1918 年 3 月 6 日第 2 版。
⑥ 鬘云女士：《〈黑幕中之黑幕〉序》，《大世界》1918 年 3 月 9 日第 2 版。

“指人迷津，导人觉岸”①，“乃菩萨之化身也夫”②，“使申江一隅魑魅无遁形、鬼蜮无匿影，化罗刹之域为康庄之途”③，“本慈悲恻隐之心，具普度众生之愿，不畏难中之难而构此苦海之指南针，更属令人钦佩”④，创造了近现代期刊书评赞扬著者的密度、频度之最。

“爱国”亦是如此。近现代中国的多难多故激发出无数仁人志士为挽狂澜、救既倒之国家而奋斗牺牲，生产者与批评者在这一层面同样易于共鸣。谭嗣同“咀冰嚼雪吐泥滓，莲花粲然佛不死。夜光为颀玉为齿，醉驱漆园作奴婢，大声如雷发充耳”⑤。日寇在华北、华东大兵压境，陆游的英雄事迹和代表词作被书评者温故知新，并作“余咏放翁，亦屡举刺虎之事，欲借此少慰英灵”之叹⑥。叶夏声自清末至目前，先后参与辛亥革命、反袁斗争、反日运动，他的《西行逐日记》被作序人奉为爱国文作的瑰宝，赞扬他以杜鹃啼血之心，“唤起侨胞之同仇敌忾”，期待读者能“表同情于先生而兴起”⑦。和陆游相似，文天祥亦被批评者时时提起，被树立为“其胸襟光明磊落，其节操坚决忠贞。静则劳心焦思，以求救国之策；动则杀敌致果，以慰复仇之志”⑧之完人，以弘扬爱国之志。姜蕴刚是流亡西南的文人之一，丧乱颠沛的间隙，他思念古都，为收复河山奔走，他的那“一颗已经失掉的民族的狂热的心”⑨深深打动了批评者，令后者不禁汗颜、涕下。

“对抗黑暗”指的是运用文字的力量揭露、抨击反正义、反进步、反人道的邪恶行径。谢冰莹《从军日记》暴露大革命的内部分歧，初步探究了新军阀诞生的社会—经济根源，叱责新军阀的残暴卑鄙，她求真、唯实的精神和绝

① 王病鸿：《〈黑幕中之黑幕〉序》，《大世界》1918年3月10日第2版。
② 骏乎：《〈黑幕中之黑幕〉序》，《大世界》1918年3月16日第2版。
③ 尖风：《〈黑幕中之黑幕〉序》，《大世界》1918年3月24日第2版。
④ 了余：《〈黑幕中之黑幕〉序（八）》，《大世界》1918年3月27日第2版。
⑤ 雪如：《诗界潮音集：读〈仁学〉》，《新民丛报》1904年第3卷第6期。
⑥ 三好：《读放翁集》，《海王》1935年第7卷第24期。
⑦ 萧佛成：《〈西行逐日记〉序一》，《小日报》1935年12月22日第2版。
⑧ 蒋振：《读〈民族正气文钞〉后》，《建国月刊》1936年第14卷第6期。
⑨ 黄欣周：《理智与热情：姜蕴刚著〈怀旧京及其他〉序》，《国论》1940年第5期。

不“粉饰升平”的做法得到了评者的赞许①。《爱弥儿》“对于一般虚伪、怠慢，专门束缚儿童之教育界，尤作痛下针砭，不啻彼辈黑暗中明星、横流中宝筏”，论者“谓卢骚为近世之教育大师，洵不余欺”②。女作家王春翠用自己的人生悲剧来控诉男尊女卑的社会对女性的压迫戕害，曹聚仁称许她是敢当“‘泪不等闲流’的实践者”③。沈从文在《主妇集》中书写了“宦者之后的王谢子弟的下场与行状”，因此被评者誉为“诅咒这制度，也诅咒了社会”④。于逢暴露出抗战期间民众运动所存在的浅薄与疏漏，表明抗战文学可以推陈出新，本人因此得到茅盾的褒赞⑤。凤子的新作《眼睛》是一部“刺激汉奸的小说”，被书评者赞曰“通篇没有‘汉奸’二字，摆掉了‘胜利八股’的窠臼，已经高人一筹了”⑥。

凭借过人的才华和学识，生产者会得到评价者的钦佩。老派文人尤其乐于成人之美。花也怜侬“才大于天，心细如发。语无泛设，笔有余妍。其超心炼冶处则胸罗古人，其脱然畦封处则目空今人”⑦。明代文人吴应箕“先生史论高文远识，成一家言，有极笔之叹”⑧。姚锡钧“为凡夫说出世法，为苦空行脚说入世法，为圣贤仙佛说入世复出世法，敛情存性则复在吾辈”⑨。姚民哀热心国事、才华横溢，“既擅诗文，旁及说部，曲尽百态”⑩。陈寅周安贫乐道、讲学不倦，是今儒之翘楚⑪。缪崇群“在不安定的生活中，在凄楚与孤单的心情下，而且他的体质是那样的不耐风霜，有时候是完全在呕着心血地，一篇一篇地写着他的文章”，“这才是值得爱慕的呢!”⑫ 皮鹿门“耽性理、尚节

① 见深：《读冰莹女士〈从军日记〉》，《春潮》1929年第1卷第8期。
② 家瑞：《读〈爱弥儿〉》，《韩师周刊》1935年第2卷第12期。
③ 曹聚仁：《泪不等闲流——〈竹叶集〉序》，《立报》1936年5月25日第2版。
④ 陈彤：《〈主妇集〉里的贵生和王谢子弟》，《辅仁文苑》1940年第5期。
⑤ 茅盾：《读〈乡下姑娘〉》，《抗战文艺》1944年第9卷第1期。
⑥ 金言若：《评凤子的〈眼睛〉》，《群光周报》1946年第1期。
⑦ 朱昌鼎：《跋花也怜侬〈海上花列传〉》，《字林沪报》1894年5月28日第4版。
⑧ 佚名：《〈楼山堂集〉跋》，《游戏报》1902年11月15日第2版。
⑨ 姚锡钧：《〈燕蹴筝弦录〉跋》，《江苏省立第三中学杂志》1917年第2期。
⑩ 忍庵：《〈民哀说集〉序》，《北野杂志》1920年第1卷第2期。
⑪ 杨海尘：《〈学愚斋诗文集〉序》，《湘南》1924年第1卷第8期。
⑫ 杨晦：《〈晞露集〉序》，《沉钟》1933年第20期。

概”，尤擅校雠之学，虽际遇坎坷，但坚持授业传道，被夏敬观尊为学问和为人上的双重导师①。杨云史“先生跌荡词场，弱冠即以诗名动江左”②。顾北莱生前落魄、身后萧条，其人品、学品为故友沈昌直所感佩③。胡朴安之学“又不仅擅考词章之美，且深擅义理之长者也”④。梅光迪“超迈而不失之放，谨严而不入于拘，狷洁而不沦于隘”⑤。老派文人明显受《世说新语》赏誉传统的影响，笔端常带情感，有时会不惜笔墨来称赞一位著者。《毫园近稿》的著者冯雪筠享受到了这个待遇，岑学吕对他的称许在规格、篇幅上都达到了其他书评文无法企及的地步。摘其原文之片段如下：

> 冯雪筠，奇人也，性抗爽，重气谊，纵横驰骤，如天马行空；于书无所不读，四部以外，兼研释道耶回诸宗教，探骊得珠，惟取一乘。曾为士、为官、为教师、为幕客，以酬母愿故且为僧，期满而复由僧而还俗，外服朝衣，内宗梵行，如明之姚广孝也。每与人议论，指天画地，上下古今，滔滔不绝，于针砭时弊，尤不假借。人或以“汤癫”呼之。举世皆狂，遂以不狂者为狂。雪筠其奈何之哉！雪筠能文章，凡诗词歌赋、梵唱偈诵、南腔北调，诣靡不精。⑥

对于现代作家、译者，评价者也不吝惜溢美之词。黄远生下笔如有神助，“实具有文学的天才！”⑦《夫人学堂》中文版译者东亚病夫“尚有标准，值得钦佩”⑧。何鹏赞丰子恺“在小品文上的成就，比画更伟大。第一他有自我的格调，第二是简洁，第三是真挚，第四是朴素。并且在他写作的量底方面，除

---

① 夏敬观：《〈善化皮鹿门先生年谱〉序》，《青鹤》1935 年第 3 卷第 20 期。
② 钱醉竹：《读〈江山万里楼诗钞〉》，《青岛画报》1935 年第 14 期。
③ 沈昌直：《〈遗诗合刊〉序》，《文艺捃华》1936 年第 3 卷第 2 期。
④ 陈柱尊：《今人诗文录：〈朴学斋丛书〉序》，《小说月报》1941 年第 7 期。
⑤ 王焕镳：《〈梅迪生先生文录〉序》，《思想与时代》1947 年第 46 期。
⑥ 岑学吕：《〈毫园近稿〉序》，《圆音月刊》1947 年第 1 期。
⑦ 韬奋：《读〈远生遗著〉》，《生活》1930 年第 5 卷第 48 期。
⑧ 赵少侯：《东亚病夫翻译的〈夫人学堂〉》，《图书评论》1932 年第 1 卷第 3 期。

知堂老人外，恐怕没有人比他写得更多吧！”① 林语堂才学横贯中西，虽“为一现代之中国人”，但“具旧学之根柢，丰富之辞藻，尤为难能”②。陈衡哲被琼宇视为中国的居里夫人，认为陈衡哲“和居里夫人各有其生活、情感、智识，而智识、情感同时冶于她们伟大的人格中，故能视富贵如浮云，安贫而不忘其生活的真意义”③，是现代中国女性的楷模。罗常培在避难蜀中的岁月里“历尽了抗战期中旅行的苦楚。可是他的豪兴一点不减。他研究了学术，赏玩了风景，探防了民风，慰问了朋友，路见不平，他激愤而不颓，遇见了好山水人物，他又欣赏流连、乐而忘返”，以惊人的才气写成了兼有风土考查色彩的长篇游记《蜀道难》，将学者、文人身份恰到好处地结合在了一起④。

一旦生产者在思想观念、意识形态上与评价者所笃信、宣扬者相符，被批评者以同志、同道待之的话，美誉则会随之而来。考虑到思想观念、意识形态本属笼统概念，两者叠加，指涉更趋暧昧，因而稍加规整，我们将这两者分化出“卫护儒道”“助力启蒙”“普罗立场坚定”等支脉。“卫护儒道”不是抱残守缺的别名，而是指被评者刚健有为，有真儒之风。郑逸梅在“一·二八”事变中蒙受巨大经济损失，但他“穷于境而不穷于心”，“处之泰然，主持报政，挥洒自如”，做到了“见礼于世，激为斯文以自遣，其论学术、戒立门户而长自是之心”，不愧是“粹然儒者”⑤。新文化健将之间互相砥砺，每有新著，同志多有嘉许。《尝试集》横空出世，钱玄同赞许胡适创作《尝试集》，是“以身作则，做社会的先导”⑥。《吴虞文录》出版发行，因主张颇多争议而引起舆论哗然，胡适第一时间站出来盛赞“吴又陵先生是中国思想界的一个清道夫”，是“‘四川省只手打孔家店’的老英雄”⑦，为新文化扎根、生长注入活力。有意思的是，启蒙一经揭橥，便不会停止，到了1926年，《钵前一

① 何鹏：《书评：〈艺术漫谈〉》，《宇宙风》1937年第41期。
② ［美］Pearl S. Buck：《林语堂著〈祖国与人民〉序》，《宇宙》1936年第4卷第12期。
③ 琼宇：《读〈衡哲散文集〉》，《宇宙风：乙刊》1940年第25期。
④ 冰心：《〈蜀道难〉序》，《旅行杂志》1943年第17卷第3期。
⑤ 新旧废物：《〈逸梅小品〉序》，《金钢钻》1934年3月18日第2版。
⑥ 钱玄同：《〈尝试集〉序》，《新青年》1918年第4卷第2期。
⑦ 胡适：《〈吴虞文录〉序》，《民国日报·觉悟》1921年第6卷第24期。

棒》等书的作者还因有功启发民智，得到孙百急的高度认可①。

对于为数众多的宣扬平民主义的批评者和左翼文学的赞助者，站在普罗立场，为普罗发声是一个生产者最突出的美德。以《田野的风》为分水岭，蒋光慈完成了从写爱恋到写“斗争的生活”的蜕变，站到了大众一边②。“新感觉派的圣手”穆时英向大众贡献了一部“充满了‘力’”的《南北极》，他以“无产的劳动阶级”作为主人公，宣泄“埋伏在被压迫者心中的反抗力”，他的“意识是成功了!”③ 刘倩新作、诗集《生命的微痕》“确乎够得上说是大众化的作品”，“委实是作者老实地经验的生命的丝丝斑斑的痕迹”，也是一本“深受着‘新月’格律的诗集”。作者“自己愿意负起世界的重任来，贡献给大众的一些呼喊，在今日之下，确是难得的，那朵生命之花!”④ 葛贤宁的诗句“有别一种风味，它没有华丽的辞句、都市的奢况、摩登少爷和小姐的恋爱”，他“只是将社会的穷困、荒村的黑暗，赤裸裸地描写出来”⑤。萧红在《生死场》中敏锐地抓住、描摹出了中国农民的灵魂，“文字朴质而且有力”，暗合了“农村的情调”，给读者以深刻的印象，表现出对农民的炙热的爱⑥。巴金“的确是爱护与同情于下等阶级的”，“他的著作对于社会的影响，似乎比社会的改革家还有功效”⑦。吕绍光“为劳苦大众写了不少的诗，其中没有一首恋歌，这一点最值得钦佩”⑧。端木蕻良“理解农民，理解农民世世代代对土地的渴望，写出了农民与土地的血肉联系”⑨，真正深入到了乡村，和农民同呼吸、同悲喜，迈出了作家走向民间的坚实步伐。

在前述三个原因之外，得益于深厚交谊、文士酬唱、悼往追怀、崇敬宿旧、奖掖新人，生产者会受到赞赏。相应的例子在近现代书评中时或得见。杨

---

① 孙百急：《书评：介绍几部比较满意的平民读物》，《现代评论》1926 年第 4 卷第 96 期。
② 佚名：《书评：〈田野的风〉》，《现代》1932 年第 1 卷第 4 期。
③ 罗秀贞：《评〈南北极〉》，《风藻》1934 年第 14 期。
④ 徐荫祥：《读〈生命的微痕〉》，《微明》1935 年第 1 卷第 5 期。
⑤ 心镜：《读〈荒村〉后记》，《青年界》1935 年第 7 卷第 4 期。
⑥ 堵述初：《一部描写农村的新小说》，《民间》1936 年第 2 卷第 22 期。
⑦ 李美筠：《读巴金〈神・鬼・人〉书后》，《紫晶》1936 年第 10 卷第 2 期。
⑧ 赵景深：《〈故园诗集〉序》，《大时代》1938 年第 1 卷第 3 期。
⑨ 李义：《读〈大地的海〉》，《现实》1939 年第 6 期。

晦将缪崇群列为难得一遇的文坛天才①，吴芳吉盛赞忘年交张鹤仙②，夏剑丞对张孟劬的词作天分赞不绝口③，德甫夸何澹元善于取法前人，“与苏辛为近”“诗话则主沧浪，并及随园之说”“不待乎迹象，不拘夫格律，而神远高骞、风趣横溢”④ 都不出此例。值得一提的是，倘若生产者方才作古，批评者出于对他的追怀，往往都会对其加以赞扬，展现出书评与人情相混合的一面。甘永柏评梁遇春本着“对于人生亲近的态度”“隐藏了泪与笑”，使用“美丽的笔”，抒发“丰富的情感”，铸说理与抒情于一炉，文才卓然，还借废名之口表达对“遇春是死得太早了”的哀恸⑤。阴阳相隔常常会放大文人之间的脉脉温情，沈昌直为文友、同乡莱天廖整编出版遗著并为之作序，道出生者对逝者的倾慕⑥，谈文灯对待陈冲若⑦、陈柱尊之于胡朴安、⑧ 桑弧之于沈尘无⑨皆如出一辙。

三、褒扬性评价与生产者的文坛名望

生产者进入文坛、在文坛立足殊非易事，至于成名成家更是难上加难的小概率事件。在生产者的成长、出名过程中，书评者的褒扬性评价所能起到的推动力到底有多大、如何起作用无法量化，更不宜夸大。生产者的名声、荣誉的赋予实由自身努力、因缘际会、文学市场等内外要素共同促成。书评者的“贬”对生产者不造成实质冲击，“褒”不构成助力实属常态。有鉴于此，我们应将褒扬性评价视作生产者获得文坛名望的有利、非首要条件。整体上，褒扬性评价从四个方面使生产者成为受益者。

其一，褒扬性评价点明生产者的优点，缩短生产者被消费者认识、接受的

① 杨晦：《〈晞露集〉序》，《沉钟》1933 年第 20 期。
② 吴芳吉：《〈倚松楼诗钞〉序》，《明德旬刊》1935 年第 11 卷第 1 期。
③ 夏剑丞：《张孟劬〈遁庵乐府续集〉序》，《制言》1939 年第 57 期。
④ 德甫：《〈何澹元诗集〉序》，《岭中校刊》1946 年第 12 期。
⑤ 甘永柏：《书评：〈泪与笑〉》，《人间世》1934 年第 13 期。
⑥ 沈昌直：《〈遗诗合刊〉序》，《文艺捃华》1936 年第 3 卷第 2 期。
⑦ 谈文灯：《〈陈冲若遗稿〉序》，《南社湘集》1937 年第 7 期。
⑧ 陈柱尊：《〈朴学斋丛书〉序》，《小说月报》1941 年第 7 期。
⑨ 桑弧：《尘无遗作〈浮世杂拾〉跋》，《小说日报》1941 年 7 月 5 日第 2 版。

周期。书评者是生产者、接受者之间的中介。文作、著作、译作都是大量文字的集成物，读者是否愿意抽出时间、精力来阅读，读者是否愿意认识一位作者（或译者、编者），读者是否愿意见识和欣赏生产者的文学、文化修养，读者思想的深度广度，读者解读和反映时代、人生的能力，读者对写作技巧的掌握……都存在种种变数。无疑，不确定的化解，有赖于书评者居间促成。因此，对生产者而言，书评者，特别是业已成名的书评者的认可和鼓励是通向读者认可与欢迎的必要管道。

鲁迅先生读过许钦文的《回家》之后，曾表示“在青年心理上，我写不过作者”①，静闻读到了鲁迅先生的这句评语之后，对许钦文其人、其文产生了兴趣，也找来《回家》并在阅读之后表示，“谁知读了一章，便深深的吸引住我的心，爱好着不忍释卷”，赞叹许钦文是可造之材：

> 现在年华尚青，这部书也不必就是什么名著杰作，但文字结构虽尽有幼稚空疏之处，而作者能实地观察人生、描写人生的本领，我们至少是可以在这书认识一斑的。从此，益发努力下，成功是不会忘却了他的。②

在这个案例中，静闻从读者变成书评者，缘于鲁迅先生的评语，鲁迅在无意间为他和许钦文搭建了桥梁，而静闻则为其他读者和许钦文搭建了新的桥梁。由此可见，名人效应在批评界依然奏效。孙楷第在编纂出版《中国通俗小说书目》后邀请黎锦熙为其作序，黎锦熙没有拂对方的颜面，写下“余故嘉孙君之勤勇而乐为之序”③ 的批语，为孙楷第打开市场助了一臂之力。

其二，新陈代谢是文坛发展的必有程序，书评者参与判别“代谢”的“新”与“旧”因子，并落实到具体的生产者头上。在这一时段，书评者使用批评—举荐权与生产者相辅相成。1934 年初，王我生撰文称，“以现在而论，我们的文坛差不多已踏入一个新的时期了：初创期的作家群中，很少能看见还

① 高长虹：《故乡 · 小引》。
② 静闻：《读许钦文的〈回家〉》，《北新》1926 年第 19 期。
③ 黎锦熙：《〈中国通俗小说书目〉序》，《国语周刊》1932 年第 3 卷第 53—78 期。

能保持着当年的勇气，继续迈进着的。即有，亦只能倚着‘老作家’的牌儿，没有良好的作品产生了。文坛新人确是在不断地发现了。从经验方面讲，他们许比老作家们稍差，但是在技巧、题材方面，他们却有了大的进展。尤其讲到态度的话，他们的严整、富于毅力，却非老作家们所能及”。在他心目中，文坛新旧交替已成为事实，“新”人必然全面接管“旧”人的地盘，为了把这层窗户纸捅破，王我生信誓旦旦，“我敢说，在许多文坛新人中，靳以君是有希望的一个”①。

应该说，王我生“黄袍加身”式的评价失之武断、片面，有过誉之嫌。相比之下，来自文坛“老”人的奖掖和推举则以委婉中肯为特征。老舍评徐中玉“文字已有了很好的根底，无论写什么都能清楚有力；他知道怎样避免无聊的修辞，而简明的说他所要说的话。有这个基础，再加以经验与努力，他是有希望的；事实上呢，他也确是个很缄默而用功的学生，所以我似乎已看见一个青年写家就马上要来供献他更好的顶好的东西给我们了”②。很显然，老舍对徐中玉给予殷殷期许见诸报刊，多少会对徐中玉被读者熟悉有所裨益。无独有偶，常风赞许“文坛上的一位新人”吴组缃“经营小说技巧的成功”③，李可宗评萧军“这位新人的特色是精致的自然描写和浓烈的感情的奇妙的混和”④，邵冠祥称许刘博习“不虚浮，不叹息，不骇怕”，文字质朴，情感深沉⑤，也起到了相同或相近的作用。

其三，批评者在进行褒扬性评价时，会援引、借用权威期刊、文坛名宿所说的原话或评语来评点生产者，这种“借甲赞乙”的点赞模式也会让生产者从中受益。化名“克”的书评人对美国《断桥》作者 Wilder 的评价是“此书足使著者为现代美国的一个散文大师了”，而他承认，这句评价直接来自《观察报》⑥ 而非自己的体会。批评者“冰”用托尔斯泰“艺术是人类生活的机

① 王我生：《读〈圣型〉》，《现代出版界》1934 年第 23 期。
② 老舍：《徐中玉著散文集〈芭蕉集〉序》，《益世报（天津版）》1935 年 12 月 22 日第 8 版。
③ 常风：《书评：〈饭余集〉》，《国闻周报》1936 年第 13 卷第 11 期。
④ 李可宗：《书评：〈羊〉》，《清华周刊》1936 年第 45 卷第 6 期。
⑤ 邵冠祥：《〈天桥〉序》，《海风》1937 年第 5—6 期。
⑥ 克：《〈断桥〉》，《福建民众》1932 年第 2 卷第 2 期。

关，能把人类的理性意识移为情感”“艺术能使现在社会上少数人所有的爱人的情感成为一般的情感，变作人类的天性”的观点来诠释巴金的小说集《电椅》的现实意义，称赞巴金在“宣传艺术或普罗文学”之外别开天地的勤奋和闯劲①。萧乾拜托前辈刘西渭对他的新著《篱下集》提意见，刘西渭没有表明自己的态度，而是在文末转引沈从文先生对萧乾的评语——“作者生气勃勃、勇敢结实”来借花献佛，并言明“我们期待着早晨太阳的升起”②。宗珏赞誉内山完造“对中国的人情、国情、世情，具有其他日本人无法比肩的洞察力”，依据则大半来自鲁迅学生为《一个日本人的中国观》所作的序③。屠苏认为《风尘集》著者方敬之所以能取得巨大的成功，使读者“连灵魂也叫吸进他的文章”，乃在于他具有“福楼拜的野心”，即“想把诗的节奏赋予散文，叙写通常的人生”④。在李长之看来，《海河汩汩流》作者王余杞得以穷形尽相摹写出天津的形与神，是因为王余杞取法果戈理，形成“果戈理风”⑤，并吸收鲁迅《阿Q正传》的人物塑造技巧的结果。闻一多牺牲后，徐述纶借屠格涅夫《罗亭》主人公罗亭“有生命和美的所在，便有诗”的道白，嘉许“作为诗人、学者、斗士的闻一多先生，光明、辉煌而又美的一生，也正就是一首诗”⑥。“借甲赞乙”推到极端，便出现了用已身为名家的生产者的原话来称道其本人的做法，形成“自评自”的、以自洽为特质的闭环。譬如，许季木用张爱玲的自述来解析张爱玲对革命、爱情和小说创作的态度，赞赏张爱玲在用语、句法上对读者体验的尊重⑦。这样的情况绝少，但它们对书评的公允性提出了挑战，走向了偏狭的一路。

与“借甲赞乙”有异曲同工之妙的是“以乙喻甲”，即在生产者（乙）与公认的文学巨匠（甲）之间构成类比关系，将乙与甲相提并论，以此提高乙

① 冰：《谈文艺作品和理想：读巴金的短篇小说集〈电椅〉》，《清华周刊》1933年第39卷第5期。
② 刘西渭：《读〈篱下集〉》，《文季月刊》1936年第1卷第1期。
③ 宗珏：《书评：〈一个日本人的中国观〉》，《国闻周报》1936年第13卷第49期。
④ 屠苏：《书评：〈风尘集〉》，《国艺》1940年创刊号。
⑤ 李长之：《〈海河汩汩流〉》，《时与潮文艺》1944年第3卷第3期。
⑥ 徐述纶：《书评：〈闻一多的道路〉》，《观察》1947年第3卷第3期。
⑦ 许季木：《评张爱玲的〈流言〉》，《杂志》1945年第14卷第4期。

的身价。1930年代前后，高尔基因为“中国的青年读者的口味变得很快，托尔斯泰、哈代早已弃之如遗。莫泊桑和杜思退益夫斯基还嫌小资产阶级的气味太浓了”，而“在中国大走红运”①，跃升为中国文学界有口皆碑的巨匠。在此背景下，成为“中国”自己的“高尔基”，不仅是个人莫大的荣耀，也是文学界希望达成的目标。鲁迅先生脱颖而出、不负众望，凭借“伟大的人格、奋斗的精神，和他对文坛的贡献”② 填补了这个空缺。极为巧合的是，鲁迅先生稍后于高尔基逝世，他的离世“不仅是中国文坛的损失，也是世界文坛的损失”③，“中国的高尔基”的称谓自此定于一尊，他人无权染指，“我们中国的高尔基”④ 成为文学青年对鲁迅先生的固定称谓。不但如此，鲁迅和高尔基各自的伟岸之处也会被拿来对比⑤，互证对方的伟大⑥。“以乙喻甲”并不总是令人信服，难免有类比失当的风险。书评者郦崇业将巴金与郭沫若作对比，试图褒巴、贬郭，但他从一开始所给出的比对前提就值得商榷——“郭沫若渐渐消沉的没落了，代之而起的乃是巴金”。立足这般松动的基础上，郦崇业强调“创作的技巧方面说，巴金是比郭沫若高明的多”，事实上将声名鹊起未久的后辈与名声赫赫的前辈对立起来，尽管他补充了巴金“缺乏了如郭沫若、蒋光慈等那种气魄”⑦ 的观点，这篇文评对巴、郭都不见得公允、友好。

其四，正面评价会部分抵消负面评价对生产者声名造成的折损，有助于修复和维护生产者的文坛形象。李长之的新诗集《夜宴》反响平平，他的诗友马文珍随即发表《介绍〈夜宴〉诗集》一文，一方面承认李长之“缺乏一种力、一种奔放的热情，所以他的诗只能与读者一些‘抽象的观念’，而不能使读者激动，随着他的兴感起舞，伴着他的悲哀流泪”，另一方面为李长之剖白，叮嘱读者顾念李长之既往的成绩，替李长之向读者表态，“还是要继续写

① 刘穆：《〈一亿二千万〉》，《文学周报》1929年总第370期。
② 一社员：《悼鲁迅先生》，《人生与文学》1936年第2卷第3期。
③ ［日］室伏高信：《鲁迅的印象》，《人生与文学》1936年第2卷第3期。
④ 吴山：《铁篷车中追悼鲁迅记》，《联合文学》1937年第1卷第2期。
⑤ 周毓英：《读〈往矣集〉后感》，《古今》1944年第43期。
⑥ 沈嵛：《读〈高尔基〉后》，《鄞中学生》1947年第2期。
⑦ 郦崇业：《巴金与其〈死去的太阳〉及其它》，《中国新书月报》1931年第1卷第9期。

诗”，“也将歌出一些更沉雄的调子”①，这样的照拂可谓周到细致。罗洪出版《腐鼠集》之后遭受冷遇，一直提携她的吴毅也和马文珍一样，先明言罗洪在“组织方面”的“凌乱”，对“实生活”“没有好好地体验过”，再陡转笔锋，提请读者注意罗洪只是“一个文坛上的新人”，一个竭尽所能地“侧面地描写着民族斗争的史实，暗示了我们民族生存的出路”的新人，不应“过于苛求”②。尽管马文珍、吴毅对李长之、罗洪的栽培不是所有文学后进都能享有，但这些宝贵、即时的扶助无疑为文坛新苗的茁壮成长注入了养分。值得一提的是，持正面评价者甚至会直接攻击持负面评价者，为受后者恶评的生产者申冤出气。化名 M. F. 的燕京大学学生对郭绍虞的新著《文学批评史》大肆指摘③，其文见诸《燕大旬刊》之后，便有同为燕大学生的书评者挺身而出，密集撰文为老师站台。他们一致表彰郭绍虞的治学之功，从各自的角度出发反击 M. F. 。在这些学生当中，吴晓铃暗示 M. F. 的批评“绝不是指责”，而是“吹毛求疵、改卷子似的批抹”④，楚狂就 M. F. 提出的四条指控一一批驳，嘲讽 M. F. “鸡蛋里寻骨头”⑤，蜀翁则讥笑 M. F. 在没有分辨“中国文学批评史”与“文学批评史”在概念和内涵上的区别之前，以哗众取宠的心态，而非探究学问的诚挚，胡乱评点郭绍虞的著作“词意笼统”“见解武断”“指斥失当”“卖弄聪明”“自视不明”“妄肆讥评”，反而暴露了自己不通文学批评原则、不懂学术规范的老底，拿出一篇拼凑的文字来招摇过市，非但“于人无益”，而且“伤了自己的忠厚”⑥。这一事件经过郭绍虞保持沉默，大学生出动出击，以 M. F. 不再回应告终，郭绍虞成了一度蒙冤、一朝昭雪的实际胜利者。它折射出了现代中国青年知识分子对“有事，弟子服其劳”儒家传统的传承，也展现出了正面书评对于生产者所具的重大价值。

---

① 马文珍：《介绍〈夜宴〉诗集》，《益世报（天津版）》1935 年 4 月 10 日第 11 版。
② 吴毅：《读〈腐鼠集〉》，《书报展望》1936 年第 1 卷第 3 期。
③ M. F.：《读郭绍虞先生的〈文学批评史〉》，《燕大旬刊》1935 年第 8 期。
④ 吴晓铃：《读〈读郭绍虞先生的文学批评史〉》，《燕大旬刊》1935 年第 1 卷第 1 期。
⑤ 楚狂：《读 M. F. 君的〈读郭绍虞先生的文学批评史〉》，《燕大旬刊》1935 年第 9 期。
⑥ 蜀翁：《读〈读郭绍虞先生的文学批评史〉》，《燕大旬刊》1935 年第 9 期。

第四节 不被评价的生产者

生产者并不总是批评者直接褒贬的对象，在一些书评文中，生产者游离于批评之外，或不被提起，或被作者一笔带过，对其著、译水平缄口不言。这种现象①得以发生，一部分乃是批评者出于节省版面、不熟悉生产者等而作出的取舍，一部分则是批评者服从书评活动所预置的人际伦理关系框架的结果。“不评人”使生产者的际遇较另外两种更耐人寻味，是书评活动被人际关系、公正宗旨所牵扯的结果。

一、“不评人”的三种情况

“不评人”有三种情况，第一种是，生产者以自评者身份出现，为自己的“书”写序、作跋，集中笔墨谈论“书”的编著（译）宗旨、内容概要、故事情节、人物命运等，绝不评述自己的文学造诣、理论功底等。吴重翰在个人专著《中国文学思潮》序中，交代写作思路，解释章节安排的优缺点，表示“当有阙遗，他年如有所见，再撰补篇”，没有只言片语涉及自己的学术表现②。小说《水中缘》的作者“小的”在自序中，表达了自己因为这部小说能以单行本出版而感到的喜悦，而对自己的小说创作能力不予评价③。在他另外一部小说《解铃记》自序中，小的明确告诉读者和批评者，自己一门心思写小说，说到底就是为了谋生，别无其他的用意，对于读者的厚爱，小的非常之淡然，以“其实我写个门小说都是一个目的：吃饭。心里倒都是想着往好里作，可是我不知怎么就会写得有好有坏了”④ 来回应，以和光同尘的姿态刻意抹杀其文学天分。朱雯在《〈百花洲畔〉序》中表示，“编校自己的文集，

① 以下简称“不评人”。
② 吴重翰：《〈中国文学思潮〉序》，《南风》1939 年第 15 卷第 1 期。
③ 小的：《〈水中缘〉小说序》，《三六九画报》1940 年第 5 期。
④ 小的：《〈解铃记〉小说序》，《三六九画报》1940 年第 10 期。

一方面固然惭汗莫名，一方面却也有点儿沾沾自喜，姑不论文字的稚弱浅薄，总以把自己要宣泄的感情、要记叙的事物一一留存了下来。反正是学习，也便不计较文章的谫陋了”①，道出了淡泊处世、无心名利的衷心，表明了对毁誉的无动于衷。文宗山对自己的小说《两代男女》的对待方式与朱雯如出一辙：小说写得好不好，他原本挂怀，但在亲历了战乱的苦难之后，他已不再介意此事，至于自己，读者、评者如何评，他也无所谓。他所感到的是深彻的无力感和疲惫，这种夹杂了虚无的倦怠不是文字可以舒缓、慰藉的：

> 很疲倦地，伏在桌上，看着时针已经指在三点，两叠厚厚的原稿堆在面前，我不禁像小孩子般对着自己的作品来个自满的微笑。脸上的微笑却引起我心底的苦笑，我可再也没有勇气对这篇东西说什么话了。②

傅肖岩在《中国文学欣赏举隅》即将付梓之际，撰文吐露自己为拯“道德文章，已久形相背相妨之势”而贡献力量的苦心，表示出“本书既经脱稿，惧其重为世风之趋于文靡而张目”的担忧，嘱咐“世之知言君子”体谅他的浅陋薄学③，通篇只有传统知识分子捍卫文统的心迹的自陈，遍寻不着小“我”的踪影。此外，王小逸谈的是小说《明月谁家》出版的一波三折④，卞之琳陈述的是报告文学《一个团的画像》出版给他带来的欣慰⑤。在“自评自”的情况下，生产者将“书”的重要性高置于“我”之上，最大地压缩了“我”的地位，塑造出了一道“不评人”（这里即是“不评我”）的微缩景观。

“不评人”的第二、三种情况分别是书评者只评书、书评者既不评书也不评人。这两种情况都源于批评者将“人”（“书”）排除到视域之外，在生成机理上具有鲜明的共通性。印证这两种情况的实例虽谈不上普遍，但在数量上确

① 朱雯：《〈百花洲畔〉序》，《宇宙风：乙刊》1940年第26期。
② 文宗山：《序〈两代男女〉》，《绿茶》1943年第1卷第2期。
③ 傅肖岩：《〈中国文学欣赏举隅〉序词》，《国文月刊》1943年第21期。
④ 王小逸：《〈明月谁家〉序》，《大方》1944年第1卷第1期。
⑤ 卞之琳：《〈一个团的画像〉序》，《大公报（香港）》1949年3月7日第5版。

多于印证第一种情况的。匿名作者所发表的《读大隈伯〈黄祸说〉书后》[①]是较早的“不评人”的书评文，作者的关注点不在日籍著者，而在于中国人应从这部书当中汲取什么、怎样从中受益。类似的，范祎《读〈五洲女俗通考〉书后》[②]、陈梦若《读〈李超女士传〉的感想》[③]、瞿润缗《〈清代学者传略〉序》[④]、秋君《〈译离骚经〉序》[⑤]、戴平万《读〈深渊下的人们〉》[⑥]、刘延陵《论新诗：序〈德明诗集〉》[⑦]等，这些书评者无不“别有怀抱”，或感时叹世，或志在启蒙，或以文为道……当他们的某种情节被“书”引燃了之后会自成燎原之势，无须等待“书”与“人”的辅助，因此，“不评人”和“不评书”一起或分别出现，便有了合理的解释。这两种情况之间还存有一种减配“版本”，“减配版”不是书评者“别有怀抱”的产物，而是书评者满足校勘之乐的余兴之作，笔者所见的只有赵景深《李卓吾的〈笑倒〉》一文，堪属孤例。起先，藏书家阿英送给赵景深一部道光年间刻印的《笑倒》，赵景深对此书格外珍视，将其与异名版本《笑府》进行了篇目上的比对，弄清了版本差异和版本流变脉络。此文对李贽没有作只言片语的提及，实为校雠学的范本[⑧]。

二、从书评者角度分析“不评人”现象

生产者不被评，直接溯源至书评者的主观意愿。尽管书评者的主观意愿各有千秋，但它们所关联的都是书评者看待生产者的视角：俯视、平视、仰视。视角决定褒、贬与不评：生产者被贬，俯视在起作用，生产者被褒，俯视与平视起作用。生产者脱离褒—贬范畴，俯视、平视、仰视都可以起作用，通过评者自高、自谦、自贬三种途径表现出来。

---

① 佚名：《读大隈伯〈黄祸说〉书后》，《广益丛报》1904 年第 44 期。
② 范祎：《读〈五洲女俗通考〉书后》，《万国公报》1907 年第 218 期。
③ 陈梦若：《读〈李超女士传〉的感想》，《新自治》1921 年第 1 卷第 2 期。
④ 瞿润缗：《〈清代学者传略〉序》，《持志》1929 年第 4 期。
⑤ 秋君：《〈译离骚经〉序》，《翊教》1935 年第 4 卷第 5 期。
⑥ 戴平万：《读〈深渊下的人们〉》，《读书生活》1936 年第 4 卷第 8 期。
⑦ 刘延陵：《论新诗：序〈德明诗集〉》，《黄钟》1936 年第 9 卷第 1 期。
⑧ 赵景深：《李卓吾的〈笑倒〉》，《十日杂志》1936 年第 15 期。

“评者自高”，即书评人有意或无意地睥睨生产者，对生产者不屑于评价、不乐于评价。印度哲人伽斯那撰、求那毗地所译的《痴华鬘》经张挚甫浏览一过，得到的评价是：著者、译者与中国文坛素无因缘，无甚可说，而该书只不过是“一本可把玩的书”，“说不出所以然”，“勉强写下来这些，聊作初读此书之记念而已！”① 言辞颇为轻慢。俞斯锦对新晋作家高山不予置评，对高山的随感录《散沙》也不言良莠，而是先摘录一两处原文，再以随笔方式谈自己的女性观，流露出对其人、其书皆无所谓之态度②。张君俊将《中国民族之改造》赠与潘光旦，潘光旦复文对张君俊表示尊敬，对该书的评语则为“瑕瑜互见，然就其大体而言，则终不失为一种有价值的匡时之作品。他日再版时，如能……酌量加以修正，使益臻圆满”③。乍读一遍，潘光旦似乎“评”了书，细品一番，潘光旦并未说出实质性的话，客套背后仍是敷衍。因为自己不认识著者所以不评著者，也会成为“不评人”的托词。臧克家将《烙印》寄送给批评家耐秋审读评议，耐秋的回应深得潘光旦之精髓——“我不敢说克家先生之诗全是好的，但我却不敢挑出他哪一首，说它不好。克家先生的生活态度非常严肃，在写作方面是不大儿戏（这是我所不能的）”——诗人臧克家的创作优缺点，臧克家的诗到底写得“多好”、怎么个好法，耐秋避而不谈④。田仲济将自己的散文集《情虚集》寄请郭沫若作序，郭沫若不评人、书，而是挑出《情虚集》里的一篇《猫》，娓娓说开去，回忆起了自己曾养过的猫⑤。若论“评者自高”的境界高低，郭沫若这篇书评文堪列榜首。

在“评者自谦”“评者自贬”模式中，批评者先表明自己不能望生产者之项背，因此没有资格对生产者说三道四，以此规避“评人”。有意思的是，传统文人对抑己扬人的书评方式颇为喜爱，运用起来有轻车熟路之妙，佚名《孙徵君〈北学编〉序》⑥、廖平《四益馆杂著：重刻日本影北宋钞本毛诗残

① 张挚甫：《我所读之书：〈痴华鬘〉》，《会报》1928 年第 39 期。
② 俞斯锦：《含有刺激性的〈散沙〉》，《中国新书月报》1932 年第 2 卷第 2 期。
③ 潘光旦：《〈中国民族之改造〉：评张君俊先生近著一种》，《自由评论》1935 年第 2 期。
④ 耐秋：《读〈烙印〉》，《实报半月刊》1936 年第 22 期。
⑤ 郭沫若：《序〈情虚集〉》，《大公报》1943 年 1 月 6 日第 5 版。
⑥ 佚名：《孙徵君〈北学编〉序》，《国粹学报》1907 年第 3 卷第 8 期。

本跋》[①]、杨树达《读刘文典君〈淮南鸿烈集解〉》[②]、姚雏鹓《读钱基博〈现代中国文学史〉》[③] 等都如同一样板所制成的复刻品，书评者的谦卑自敛漫于纸上。当然，形式化的文字未必不能蕴含批评者对生产者的真挚情谊。郑逸梅的好友，同为“鸳蝴派”成员的刘铁冷由衷佩服郑逸梅“以小品问世，学益博，文益工，知其寝馈于斯，二十年正如一日”的兢业精进，反省自己懒于笔耕，远远落在郑逸梅之后，以致“非懒俭之余，所能窥其涯涘”，因而“惟憧憬于当年同志，不胜存没升沉之感”[④]，张弛有度地展露出老朋友、老搭档之间的亲密默契，提升了“不评人”的格局。

人是无限可能性与无穷现实性的合成，批评者是血肉鲜活的人，他们绝不机械、呆板、亦步亦趋地评书评人，而是充分运用自由批评的天然权利。当批评者将视角从生产者身上挪开，在自己的思想、观念之海里自由遨游，“不评人”现象也会产生，笔者将这种情况命名为“评者沉浸”。在“评者沉浸”状态下，以纤细和敏感的心思来审视人与我、我与世界等诸重关系，显示出善感，甚至多愁的一面。

评者“沉浸”的方面林林总总，笔者据所见梳理出了 15 种，它们依次是国殇、国运、爱情、友情、亲情、悲秋、兴亡、人物命运、女性命运、自己命运、人生际遇、乡土之思、时过境迁、中国文学落后于世界、故事情节安排之巧妙、个体在大时代中的身不由己。接下来我们撷取其中一些展开论述。

批评者感伤于国家之困厄，遂有“我读《旅顺落难记》，唏声恨声诧声长叹声拍案声哽咽声拉杂而间作，我不知其所以然。我读《旅顺落难记》，我欲释，不忍释，我欲读，不忍读，掩而启，启而复掩，如是者至再至再，我不知其所以然”[⑤] 之悲鸣，山河破碎之哀痛[⑥]，“我们是渴望着这种民族的粮食，我们需要看这精神上情绪上的刺激的国难的歌声，它把我们从沉寂的灰暗的角

---

① 廖平：《重刻日本影北宋钞本毛诗残本跋》，《四川国学杂志》1913 年第 9 期。
② 杨树达：《读刘文典君〈淮南鸿烈集解〉》，《太平洋》1924 年第 4 卷第 6 期。
③ 姚雏鹓：《读钱基博〈现代中国文学史〉》，《边声月刊》1938 年第 1 卷第 2 期。
④ 刘铁冷：《〈逸梅小品续集〉序》，《金钢钻》1934 年 11 月 30 日第 2 版。
⑤ 佚名：《〈旅顺落难记〉批评》，《新新小说》1905 年第 2 卷第 7 期。
⑥ 佚名：《读拜伦诗有感：引言》，《行健月刊》1933 年第 3 卷第 1 期。

落里拉出!"① 之呼喊。

批评者扼腕于国事蜩螗，于是有“吾甚恐吾国他日之变，亦与突厥同辙，则兴乱同道，未有不亡也”② 之忧思，中国能跻身文明世界、不要成为“古代文明的化石”之祈愿③，“今天我国的社会，像是一个病人，而且病得很严重”④ 之警诫。

一旦批评者为爱情所惑，便不约而同地惯于以诗为媒，抒写情爱之苦、情爱之切，用“厌世余风土一抔，思潮直压古人来。孤山岑寂南村闹。玫瑰才高不道梅。儿女英雄共死生，陈云如幕护春莺，桃花宝马梨花剑，万里中原素手擎”⑤、“千古红颜一例愁，辛夷木笔劫轮流……堪伤不是姻缘恶，情海余波误自由”⑥、“怕读哀梨绝命篇，柔肠寸断倍凄然。最怜心绝纤尘染，又惹情深一缕牵。夜雨芭蕉声渐沥，晓窗莺燕语缠绵。似催卿早归黄土，好结何郎在世缘”⑦ 等诗句来诉说自己对男女之情的迷茫和遗憾，或者干脆嘲讽痴情，宣扬色即是空、回头是岸，否认爱情对于世俗人生的价值⑧。书评者对友情的珍惜和颂扬并不流于表面，而显得深沉、严肃。在表达层面，他们同样也喜欢使用诗作来表情达意，所不同者，情人换成挚友，缠绵悱恻转为块垒难平⑨。

生活在近现代的书评者是清民迭代、军阀混战、民族独立与解放战争的亲历者，生死须臾、血火交织的现实，“兴，百姓苦；亡，百姓苦!”的诅咒激发出他们对兴亡更替的锐感与痛感，《桃花扇传奇》令汪桂馨内心油然而生“多少兴亡多少恨，半山斜日话渔樵”⑩ 的酸涩，《波兰印度史》却使一位未署名的书评者醍醐灌顶，勘破了兴亡乃是人为（“伪”）的虚妄无聊，熄灭了

① 徐绿：《读〈东北作家近作集〉》，《火炬》1936 年第 1 卷第 2 期。
② 康有为：《〈突厥游记〉序》，《不忍》1913 年第 1 期。
③ 王梦鸥：《书评：〈天下一家〉读后感》，《文化先锋》1943 年第 2 卷第 19 期。
④ 苏轩：《读〈严正清〉》，《中学生》1947 年总 191 期。
⑤ 感惺：《读白话道人〈玫瑰花〉》，《中国白话报》1904 年第 16 期。
⑥ 邓石琴：《读〈玉梨魂〉》，《师亮随刊》1931 年第 114 期。
⑦ 天所生：《读〈玉梨魂〉》（梨娘），《师亮随刊》1931 年合刊本。
⑧ 呆呆：《读〈曼珠小说集〉书后》，《天津商报画刊》1934 年第 11 卷第 29 期。
⑨ 毓华：《读彭叔原〈醉竹山房诗集〉》，《小说月报》1912 年第 3 卷第 9 期。
⑩ 汪桂馨：《读〈桃花扇传奇〉有感》，《沪江大学月刊》1913 年第 2 卷第 2 期。

原本炙热的心焰（“瓦消城外朔风寒，故国荒凉乔木残……圣树菩提花落去，夕阳依旧照恒河”①）。

1931 年，日寇加速鲸吞华北，武力进逼天津，伴随着窗外不绝的枪炮声，化名“清风”的年轻人在难眠与不安中抄起《莫泊桑小说集》胡乱翻阅，被《一个疯子》中“人类为着食物，杀戮不止，有时为着娱乐，也亲手来杀戮”的道白深深吸引，不禁感慨人类的残酷及其兴废背后的莫名荒谬②。

如果“书”是小说、小说集的话，一些书评人还会沉浸于人物命运难以自拔。任鸿依将男女主人公相识、相爱、别离的情感悲剧串插起来，寄寓同情（“阅历沧桑更死生，每搔短发意如醒。何堪更发旧书读，肠断风雨声。孤山隐隐对孤坟，夕照寺前夕照曛。不为湖光能入梦，年年万里望白云”③）。类似的，佚名书评人哀悯林黛玉的凄苦结局（“韵绝潇湘子，群芳共诞辰。可怜双泪眼，空剩一孤身。花谢还能发，人亡不可亲。嗟余共薄命，况对断肠春”④）。缘茵可怜《包氏父子》中的老包，厌弃小包，声明眼下是青年人应该奋发有为的大时代，而小包则是自私、鄙琐、虚荣的落伍青年之代表。老包对小包的纵溺，实际上也坑害了后者，并因此反噬其身⑤。1943 年，东郭迪吉在综合性杂志《野草》连续发表文章，刊布自己读古典小说、传世名著的心得，点评其中人物形象。对于孙悟空，他格外惋惜，对孙悟空被神佛联合降服、收编，失去生命力，沦为行尸走肉的命运安排大为不满，“为孙行者叫屈”⑥。

自怜自伤也是沉浸的一个方面。钝锥读《花月痕》，读出了无法排遣的孤寂感（“弹铗频年敝黑貂，茂陵秋雨壮心消。我今落魄江南道，哪有名姝慰寂寥？”⑦）。孙壹衣读《浮生梦呓集》，加深了自己原本就秉持的生命虚无观，

---

① 佚名：《读〈波兰印度史〉二首》，《智识》1925 年第 1 卷第 3 期。
② 清风：《读莫泊桑小说》，《天津商报画刊》1931 年第 3 卷第 40 期。
③ 任鸿依：《书〈鹡鸰风雨集〉后》，《留美学生季报》1914 年第 1 卷第 3 期。
④ 佚名：《花朝读〈红楼梦〉说部感林黛玉而作》，《香艳杂志》1914 年第 2 期。
⑤ 缘茵：《读张天翼〈包氏父子〉后》，《果园》1943 年第 3 期。
⑥ 东郭迪吉：《孙行者的际遇：读〈西游记扎记〉之一》，《野草》1943 年第 5 卷第 2 期。
⑦ 钝锥：《读〈花月痕〉传奇有感》，《游戏杂志》1913 年第 1 期。

他自感“浮生若梦、所遇皆是幻境”，而包办婚姻则带来了更大的痛苦，“我辈处于此恶婚制制度之下，所遇每非所愿，所愿则难成眷属。此固环境不良支配而成之。为父母者蹉跎苟且，为人子者徒唤奈何，我人在兹社会中，谓为梦亦可也”①。自怜自伤也可以变成慷慨激昂，关键在于书评者能否走出自哀自艾的藩篱。一位匿名的书评人作出了表率，他在《读拜伦诗有感：引言》一文中表示，自己由读拜伦（George Gordon Byron）的诗，联想到自己作为东北流亡学生的悲惨身世，慨叹山河破碎之哀痛，“（拜伦的诗）苍凉雄壮、沉痛感人，其追怀希腊、激励国人，不啻为今日之吾辈写照。吾辈流亡异乡，倏将两，每念前途，未尝不怆然涕下”。在拜伦诗中人物的鼓舞下，他恢复了中国必胜的信心和努力求生的勇气，“顾一转念间，则‘如此好河山’‘不信为奴隶’之名句，复大足壮我心怀、鼓舞士气，誓愿走上‘自由回照’之路”②。

“评者沉浸”意味着书评人走到了“役物而不役于物”③的反面，自觉被批评对象对象化。处在“评者沉浸”中的书评者自我意识空前强化，天南海北、不加约束地作“自由谈”，有意疏离、抛开对“书”及其生产者的批评。这样做，等同于“书评者”自行拆解了自身定义中的构成元素——“书”与“评”，只剩下茕茕孑立的“者”。从这一点来看，“不评人”貌似书评者自我消解的证明，但在实际的批评活动中，“不评人”对书评的健全和优化，具有积极意义，是书评者经过斟酌之后作出的选择。

三、“不评人”背后的批评伦理—世俗关系冲突

“不评人”在生产者三个际遇当中别具意味，它最直观地呈现书评活动的伦理性。看上去，生产者是书评中的失语者，任由书评者裁决，但人际关系张力的双向特性并不因此对书评者豁免。相反，书评者会被批评伦理所压制，在人情与公正之间寻找最佳的立足点。他们的不约而同的努力，孕育出了“不评人”现象。在《西园读书记》中，陆侃如为自己“不评人”的书评姿态

① 孙壹衣：《〈浮生梦呓集〉序》，《明星月刊》1921 年第 1 期。

② 佚名：《读拜伦诗有感：引言》，《行健月刊》1933 年第 3 卷第 1 期。

③ 语出《荀子·修身》，原句为“君子役物，小人役于物”。

开脱：

> 也许有人嫌这“读书记”有褒无贬，那真没有办法，我的偏见向来以为“文章是人家的好”，在任何著者面前都感到自己的渺小。所以，以谩骂别人来显出自己的卓越，那是我敬谢不敏的伟业。①

这种想法和做法不单单限于陆侃如一人。如前文所列举，许多书评者都通过对“评”人、“贬”人“敬谢不敏”的方式，以此规避自己和生产者之间发生正面冲突，甚或借此维护双方的固有情谊。他们对待生产者的暧昧态度未必出自本心，而是就范于世俗人情的被迫之举。

人是社会关系的总和，书评者自然不离此例。他们不总是与生产者素不相识，而是生产者的学生、老师、亲人、朋友、同事、文学同道，因而必须在批评过程中顾及情感因素。但，书评的公正底线原本就横亘在批评者、被批评者中间，受情与理挤压的书评人与其因“评”人而得咎，反不如“不评人”来得便宜、明智。

当书评者是生产者的老师，他们对待学生、学生的作品的方式各有其大端，总的原则都是惜墨如金，不评学生，仅评其作品。金天翮是《中国田园文学选集》作者张圣瑜的老师，他以《序张圣瑜〈中国田园文学选集〉》述张圣瑜编撰此书的目的，对“人”对“书”都不予议及②。汪宏声是《若馨》作者张怀素的新文学课的指导教师，他表扬张怀素对新文学的热爱和勤于写作的热忱，对“人”点到为止③。陈寅恪是《突厥通考》著者朱延丰的老师，陈寅恪简要回忆朱延丰的求学经过，多谈该书在学术上的优缺点④。

若上面的角色互换，书评者是生产者的学生的话，那么避评吾师则是颠扑不破的通例。国立中山大学校长邹海滨令门生（也是下属）张掖为其文集作

① 陆侃如：《西园读书记》，《文化先锋》1942年第1卷第5期。
② 金天翮：《序张圣瑜〈中国田园文学选集〉》，《苏中校刊》1934年第3卷第95期。
③ 汪宏声：《〈若馨〉序》，《国光（上海1936）》1937年第6期。
④ 陈寅恪：《〈突厥通考〉序》，《读书通讯》1943年第58期。

序，张掖以传记笔法回顾邹海滨投身革命、教育的历史，纯书“述”而不“作”①。夏敬观受师弟皮名振之邀，为记先师皮锡瑞（字鹿门）生平行状的《善化皮鹿门先生年谱》作序，夏敬观在序文中记录了年谱的编纂情况，对先师“耽性理、尚节概”，授业传道的精神表示钦佩，并自责没能精通老师的学问，格外惭愧②。金同翰代老师俞易征的文集作序，他采用了师生对话的行文体式，追述老师喜爱红豆的原因，兼含理、趣，将对老师的尊重化作对师道的尊崇③。儒士阎季蓉有感骈文凋零，作《北岳骈文》，其门生熊越群为之整理校对，李澄宇出于对阎先生之敬仰而为此书作序。就内容看，序文是李澄宇对古文、骈文起源的研究成果和学习心得④。潘重规为先师黄侃遗著《〈文心雕龙〉札记》作序，他依据历朝所流传的《文心雕龙》刊本对这部遗著进行了勘误，指出错讹、脱漏十余处，指正之外，片语不加诸先师⑤。李芳远是《晚晴随录》著者弘一法师的俗家弟子，受夏丏尊之托，为亡师遗著作序，他所写的是《晚晴随录》给他带来的醍醐灌顶感，以及自己慧根浅薄、学法不精之遗憾⑥。

倘若书评者是生产者的至亲，前者不评后者的策略会因亲缘远近而更加多样。饶宗颐为先父饶锷整理出版遗集并作序，述饶锷编纂此书的过程、此书的体例和各部内容，望“潮人之留心桑梓者阅此书目而加订正焉”⑦。俞平伯受“季湘姊丈”嘱托，为已殁的“二姊佩珣”的遗著《汉砚唐琴室遗诗》作序，俞平伯以为，“区区短书，杂诸茫茫昧昧陈编之下，何可必传，幸而传，影响其微矣！刊而布之，无益之事，未必姊之意也”，于是差强人意地完成了这篇短序，潦草地尽了义务⑧。书评者铁民与作者铁昭为亲兄弟，都是安徽绩溪人，铁民以书信代序，嘱咐弟弟铁昭认真修改其诗集，在文艺上发奋努力，不

① 张掖：《〈澄庐文集〉序》，《新大声杂志》1934 年第 1 卷第 5 期。
② 夏敬观：《〈善化皮鹿门先生年谱〉序》，《青鹤》1935 年第 3 卷第 20 期。
③ 金同翰：《〈红豆集〉跋》，《文艺捃华》1936 年第 3 卷第 2 期。
④ 李澄宇：《〈北岳骈文〉序》，《南社湘集》1937 年第 8 期。
⑤ 潘重规：《读〈文心雕龙〉札记》，《制言》1939 年第 49 期。
⑥ 李芳远：《〈晚晴随录〉序》，《觉有情》1943 年第 97 期。
⑦ 饶宗颐：《〈潮州艺文志总目〉序》，《上海潮声月刊》1934 年第 1 卷第 12 期。
⑧ 俞平伯：《〈汉砚唐琴室遗诗〉序》，《清华周刊》1929 年第 32 卷第 9 期。

辜负环境和遗传[①]。《留影集》作者毛觉午与作序者毛觉人也是亲兄弟。毛觉人在代序中写道：“家兄觉午的诗，好坏我不能说！然而我可以对读者诸君大胆回答：他的诗，就是他的人。他的诗是实践了一个‘真’字，他是生活在一个‘真’字中。”[②] 哥哥到底怎么“真”，弟弟绝不多说一个字，不过蜻蜓点水、寥寥一语便罢。

近现代书评文中，书评者与生产者是朋友关系的，也不在少数，达数百篇之多。书评者对朋友既有褒贬，也有不评价。发生在友人之间的“不评人”，其要旨同一、表现各异。《沧江乐府》是程梦庵等七人的合集，合集见证了他们的友情，也见证了其中几位的谢世。书成之后，存世者共推李增迪作序，他“感旧怀人”，哀悼亡友，而只谈往昔的交往之乐[③]。生活在晚清的李增迪无意中开创了最常见的“但叙旧/悼亡，不评友人”模式，并被自牧斋主[④]、伯严[⑤]、胡先骕[⑥]等书评者袭用并流传开去。瓯东山樵借书评表明对作者身世坎坷、郁闷不抒的理解，表态会珍惜彼此的深厚情谊，“三叠阳关，莫辜负眼前风月，此日新诗共写。印泥留鸿爪之痕，异时旧好重来按谱，入莺歌之队”[⑦]。林纾嘱托老友姚永朴为《畏庐文续集》作序。姚永朴自述，与林纾相识十余年，两人情意相投，林“弟视余，余亦以兄事之”，全篇只叙情，亦不评书[⑧]。刘承干追怀李审言，哀叹岁月蹉跎、旧友离散。“承干老矣！……意气销铄，而向之同游诸老辈亦凋谢垂尽”，“来日不知枨触，何世念君益自喟也！”[⑨] 瞿兑之《〈花随人圣盦摭忆〉序》是这一模式的杰作，融入了文章作者暨书评者对亡友的真切缅怀，文辞古雅，情真意切。据瞿兑之说，黄濬生前将《花随人圣盦摭忆》“邮寄于余”，请“余”为之点校错处，孰料黄氏父子伏法就戮，

---

① 铁民：《〈铁昭的诗〉序》，《文艺春秋》1933年第1卷第3期。
② 毛觉人：《〈留影集〉序》，《大地》1936年第4期。
③ 李增迪：《重选〈沧江乐府〉序》，《瀛寰琐纪》1873年第6期。
④ 自牧斋主：《〈读雪轩诗集〉序》，《瀛寰琐纪》1874年第27期。
⑤ 伯严：《〈求放心斋文集〉序》，《小说月报》1920年第11卷第10期。
⑥ 胡先骕：《评亡友王然父〈思斋遗稿〉》，《学衡》1926年第51期。
⑦ 瓯东山樵：《燕游草：〈金台花品〉弁词》，《瀛寰琐纪》1874年第19期。
⑧ 叔节：《〈畏庐文续集〉序》，《小说月报》1917年第8卷第2期。
⑨ 刘承干：《〈匑厂文稿〉序》，《青鹤》1936年第5卷第3期。

校对之事暂告中止。待时过境迁，斯书得以刊行，黄、瞿共同的好友孔君邀“余”为此书作序。然而，书虽成，人已亡，兼以自己的身体、心志也在旷日持久的战争岁月中饱受摧残、不比当年。瞿兑之感怀思旧，被这本著作的深重身世感所打动，他在结尾处写道：

> 区区随笔之作，固不足引重，然即此已略窥其怀抱寄托，与夫交游踪迹、盛衰离合、议论酬答、性情好尚，而一时政教风俗之轮廓，亦显然如绘画之毕呈。所谓明乎得失之迹、达于事变而怀其旧俗者非欤！求之于古，盖容斋、洪氏之伦也。碧血千年，陈根屡易，英英神理，如在目前。不得从容，互相赏析，乌乎伤已！①

《〈繁霜阁曲话〉跋》的匿名作者开创了“但赞书，不评人”模式，他陈述了著者沈太侔和“余”的交情，称赞该书是散逸的曲作、弹词的宝贵合集，有益于今天的“艺术研究之一端”②。书评者“尘”追溯自己和《侠客谈》作者冷血相识十余年的交情，自述曾因种种机缘先后三次读过此书，唏嘘冷血匆匆辍笔，令读者至今抱憾③。郑振铎强调陈穆如搜集整理的《岭东情歌集》对建设民间文学的意义，祝愿陈穆如取得更大的成绩④。葛尚德重译美国19世纪知名作家华盛顿·欧文的《湖中的女王》，使曹聚仁自然想起十几年前由林纾所译的原著初译本《李迫大梦》，“仿佛重见故知，有无限亲爱之谊”，所区别者，葛译本更敏锐地再现出了“超时代而存在的真实”，又与唐人传奇中的《南柯记》《邯郸记》达成了“异曲同工之妙”⑤。剑公赞赏“我友沈君桑红”殚精竭虑所写成的历史小说《朝鲜遗恨》，号召“凡我国人，应该人手一编、以资借镜”，从朝鲜沦亡当中吸取教训，“立刻发奋、自励励人，同心同力，

---

① 瞿兑之：《〈花随人圣盦摭忆〉序》，《同声月刊》1943年第3卷第3期。
② 佚名：《〈繁霜阁曲话〉跋》，《时报》1924年3月2日第14版。
③ 尘：《读〈侠客谈〉》，《民众文学》1926年第13卷第13期。
④ 郑振铎：《研究民歌的两条大路：〈岭东情歌集〉序》，《文学周报》1929年第8卷第9期。
⑤ 聚仁：《〈李迫大梦〉：〈湖中的女王〉序》，《涛声》1931年第9期。

亟谋抵制之策，方不负作者”①。

批评伦理—世俗关系冲突为书评者戴上了无法挣脱的两难枷锁：一边是对批评公正性的无条件的追求，一边是随时随处皆在的人情因素。为了打破枷锁，除了“不评人”，书评者还作了另一种尝试：建立标准书评。

“标准书评”这个词组由笔者归纳而来，指的是部分书评者规约书评内容、统一书评框架的行动。早在1896年，梁启超《〈西学书目表〉序例》② 就为标准书评提供了足资镜鉴的范式。出于解答“门人陈高第、梁作霖、家弟启勋，以书问应读之西书，及其读法先后之序”问题的目的，梁启超“乃为表四卷，札记一卷，示之”。在开列的每部“西书”的旁边，他都逐一标明每种书的书名、撰译年号、撰译人、刻印处、本数、价值等信息，并在表中以上加“圈识”，下加“识语”的方式，指出各种书的优劣、程度深浅、读法等。《〈西学书目表〉序例》以一目了然、直接明了的行文方式完成了书的介绍、评价。《专件：四川图书馆所得旧本书跋尾》③ 是出版学意义上的标准化书评，对文中所涉及的《硕迈园集》《雪庐读史快编》《寒支集》《历代通鉴纂要》《通鉴直解》，本文作者一一列明撰写者姓名、生平，书的卷数、内容梗概及存世数量，序跋写作者的姓名，不评价书的价值，更像是图书信息介绍。蔡元培《〈植物大辞典〉序》的前半部分与《专件：四川图书馆所得旧本书跋尾》格式一致，阐述了此书的体例、收录词条的数量。在后半部分，蔡元培点明了该书在中国植物学理论发展史上的地位，为“不必专乞灵于外籍，则于事诚便，而吾国学术进步之速率亦缘是而增进矣”④ 而自豪，该文因此对标准书评的样式改良和定型起到了至关重要的推动作用。张奚若《公法界之大革命》⑤ 也镌刻上了标准书评的痕迹，外文的书名、出版社名及出版年被标识，赞赏该书向中国法律界人士再现欧洲社会的法律革新自法国大革命之后的演变情况，阐析了著者狄格的国家观。1920年代初，标准书评在格式上的细化更进一步，

① 剑公：《〈朝鲜遗恨〉序》，《沪报》1932年5月7日第2版。
② 梁启超：《〈西学书目表〉序例》，《时务报》1896年第8期。
③ 四川图书馆：《专件：四川图书馆所得旧本书跋尾》，《四川教育杂志》1916年第2期。
④ 蔡元培：《〈植物大辞典〉序》，《东方杂志》1917年第14卷第10期。
⑤ 奚若：《公法界之大革命》，《政治学报》1919年第1卷第1期。

汉译《近世经济思想史论》① 甚至将原著者、译者、出版机构、出版时间、行销网点、售价一概标注，仅笼统阐述该书的优点，显示该文作者力避评书、评人。飘萍客《小说新评：〈品花宝鉴〉索隐》使标准书评的写法更为活泼，开篇遵循标准架构，写明图书出版信息、流传情况、回目、故事梗概，附之以“其笔墨之细腻熨贴为演义小说体中之别开生面也”的评语，接着考证“其书中人多有所影”的案例，推敲小说人物“田春帆”“屈道翁”“萧静宜”的历史原型，如毕规帆、张船山、江慎修等人，最后总评该书“为文人游戏笔墨，而足资一代典物之考证者”②。

标准书评的结晶是弌纯《书评的研究》。该文发表于 1931 年，经过二三十年的积淀，标准书评似乎到了最终的定型阶段。弌纯尽其所能构建出了完整的框架并呼吁看到该文章的书评者能够予以采纳、推广：

a. 著者项：著者，编者，译者，撰者，注者……③
b. 书名项：书名
c. 出版项：出版时，出版地，出版人
d. 形式，大小，装饰，价格
e. 版本，又可分传流及格式
f. 本书流传之历史
g. 与本书有关连之其他

但稍作观察、斟酌，我们不难发现，这个框架存在无法弥合的漏洞：言焉不详，缺少可操作性。单就 g 项来说，“有关连”和“其他”就如同一个巨大的箩筐，书评者往箩筐里装什么、为何装，都是仁者见仁、智者见智的事，根本控制不了。从目的与效果的对比情况来看，弌纯《书评的研究》④ 实在是太

① 佚名：《近世经济思想史论》，《海潮音》1921 年第 2 卷第 7 期。
② 飘萍客：《小说新评：〈品花宝鉴〉索隐》，《新声》1922 年第 9 期。
③ 英文字母序号、省略号系原文作者所用。
④ 弌纯：《书评的研究》，《武昌文华图书科季刊》1931 年第 3 卷第 4 期。

失败了：作者撰写它，是为了证实“标准书评”已经瓜熟蒂落，但最后暴露出“标准书评”充其量不过是迷思，无法实现。尽管后来仍有书评者不甘心失败，将书评文的组织架构大加扩充①，但长篇累牍、叠床架屋的美好设计终究是没有新意的重复，只能步弌纯的后尘。

尽管制造“标准书评”的努力是虚妄的，但“标准书评”影响力的余波还是长期存在的，一个醒目的标志是，自 1920 年代开始，书评者标明书的出版信息蔚然成风，书评者握紧了自由批评的权利，拒绝顺从“标准书评”拥趸们的想法，但也在潜移默化间接受甚而革新了拥趸们对书评文形制提出的意见，创制出适合自己的书评写作手法。例如方重《西洋文学名著选》②，以论文条目形式批评了该书在“选材”“材料的分配”“卷首长卷”“注解”“校对”上的纰漏，创造性地妙用了“标准书评”的合理的碎片，而免于落入“标准书评”僵化呆板的窠臼。话说回来，“标准书评”是批评理性被推到极端而结出的畸形果实，它永远不会有堪被采摘的那一天，它的出现，其根源是书评者慑于批评伦理张力、尊重批评原则，有其诞生发展的合理性。从这一点来考量，我们可以看出，生产者的不被评价，实在乃是生产者身形虽隐、地位永固的证明。

① 汪文海：《读书与书评：书评在读书方法上的价值》，《出版月报》1943 年第 3 期。

② 方重：《西洋文学名著选》，《图书评论》1933 年第 1 卷第 5 期。

第二章

文作的批评者

文作的批评者①是书评活动中最活跃的一方，他们来自社会的不同角落，因各种机缘成为作品与生产者的批评者。他们将自己对生产者及书的见解以不同文式形诸笔墨，共同建造起了近现代文学评论这座宏大建筑，并使其因具备丰富多元的、个性化结构—形式要素，而呈现出未经规制之前的多样面目。

第一节　书评者的来源、使命与书评的精神内核

晚清至现代，期刊中的书评者来自社会的各个角落，得益于期刊业的稳定、繁荣，他们如百川汇海，齐聚书评舞台，竞展声腔，各逞风流。整体上，书评者队伍的组成者居于精英与大众两极之间，以动态的演变轨迹合流、分化，形成影响书评内在品质、外在形貌的巨大合力。

一、作为书评者来源的两大“梯队”

据笔者统计，近现代书评人次为 3385，其中有 166 人次属于未署名者②，剔除一人多评的情况，书评者人数达到 3100 以上③。3000 多人中，文学生产者，尤其是文作的创作者，毫无悬念地构成了书评者的主体之一，如清末的剑公、灵石、林纾、天笑、冷血、姚雏鹓、陈瘦蝶、李定夷，民初的胡天诒、郑逸梅、严独鹤、李涵秋、姚民哀、剑花、程小青、周瘦鹃，1920 年代至 1950 年前则有周氏兄弟、郑振铎、郭沫若、老舍、艾青、郁达夫、孙绮芬、孙伏园、黄乃秋、李霁野、章衣萍、李金发、赵眠云、韦素园、钱杏邨、夏丏尊、孙席珍、周乐山、俞平伯、朱自清等，他们是中国近现代文学的缔造者和支柱，也是后世文学史教材无法回避的巨擘、耳熟能详的“文学家”。他们对书评发挥重大影响的关键方式在于，成规模地撰写和发表书评文，凸显并运用自身对文学发展的导向作用，我们不妨称他们为“第一梯队”。

① 为便于行文，下文简称“书评者”。

② 数据来源：《中国近现代期刊书评所涉书籍出版信息及书评人信息》，笔者整理。

③ 因有书评者在署真名之外，也会使用化名，这一数字无法精确。

书评文写作篇数超过10篇（含）者为13人，仅占全部书评者的0.516%，5至9篇的为40人，2至4篇的为198人，其他人为1篇。达到5篇的54位书评者的名单及发文数量依序为全增嘏（37）、李长之（24）、胡先骕（16）、周作人（16）、毕树棠（14）、常风（14）、姚民哀（13）、郑振铎（13）、顾颉刚（11）、梁实秋（11）、茅盾（11）、杨丙辰（11）、朱自清（11）、傅增湘（9）、林语堂（9）、张振亚（9）、刘西渭（8）、默之（8）、张挚甫（8）、郭沫若（7）、胡适（7）、李健吾（7）、梁启超（7）、英士（7）、俞平伯（7）、钟敬文（7）、邹韬奋（7）、曹元忠（6）、陈衡哲（6）、东方未明（6）、老舍（6）、前人（6）、苏茹（6）、谈仲超（6）、惕若（6）、徐中玉（6）、郁达夫（6）、顾良（5）、侯岚（5）、胡风（5）、静闻（5）、黎锦熙（5）、李澄宇（5）、丽（5）、鲁迅（5）、钱基博（5）、容媛（5）、始四十斋主（5）、王统照（5）、王重民（5）、许杰（5）、叶恭绰（5）、张君劢（5）。他们对于书评，甚至文学批评的影响力于此可见一斑。

书评者的另一个主体是“第二梯队”，它的组成者绝大多数名不见经传，他们人数巨大，与文学的因缘远近不定，身份庞杂。按照各自人数的多寡，我们分别揭示他们的身份（此处“身份”兼有职业的含义）：他们当中，有报刊编辑①、公务员②、中学校长③、僧侣④、医生⑤各1人，留学生⑥、上班族⑦

① 石江：《读鲁迅的〈而已集〉》，《红玫瑰》1930年第6卷第2期。

② 杨一峰：《〈劫余集〉序》，《儒效月刊》1946年第2卷第2期。

③ 胡元倓：《罗著〈中国近代百年史〉序》，《明德旬刊》1934年第10卷第1期。

④ 伊陀：《读〈敦煌石室访书记〉及〈斯坦因千佛洞取经始末记〉后》，《海潮音》1936年第17卷第12期。

⑤ 陆士谔：《〈逸梅小品续集〉序》，《金钢钻》1934年10月10日第2版。

⑥ 唐庆诒：《〈南游日记〉（并序）》，《留美学生季报》1918年第5卷第2期。光熹：《介绍与批评：归航》，《一般》1926年第1卷第2期。

⑦ 磊：《读〈色的社会问题〉后》，《中国新书月报》1931年第1卷第5期。黄照：《读〈彷徨中的冷静〉》，《文学季刊》1935年第2卷第2期。

各2人，报刊主编（编辑）3人①，教师33人，学生98人②。毫无疑问，学生、教师是这部分书评者的主体，若作进一步的细分，我们不难发现，他们有八成以上来自中学，最早以学生身份发表书评者是浦东中学校在校生钟尔泰③，最早以教师身份撰文者为苏州大同女校教员陈定文④。钟尔泰的文章原本是“己酉上学期”的“生徒课艺一”，相当于今天的期末作文，而陈定文是出于对女作家的倾慕而写作并发表书评文。两人殊途同归，让后世的我们得以窥见书评最“野生”“质朴”的模样。

相比“第一梯队”，“第二梯队”之所以要参与书评活动的原因并不清晰，他们极少直接向文章读者说明自己为何评书、评作者，迥然有别于“第一梯队”成员一贯持有的道义感、使命感，更罕有对文学的神圣感，而是表现出明显的随意性。

对现社会的愤怒不满可以是理由。静闻读《玛加尔的梦》，感佩该书“暴露了人间专为欺凌弱者而设的法律不公平的罪恶之外，一切的思想动作更全是文化未开辟的民情的最真切的表现”⑤；张骏骥读《与幼小者》，油然生出“人都是自私自利的，社会上一切的勾心斗角、嫉妒戕杀都是不能合作所致。要改革社会，一切问题根本都要动摇”的焦虑⑥。指正原著的中文版翻译者及出版机构也是理由。西林痛斥顾钟序所译《文学入门》（法国文学家 M. Fagnet 著）错讹百出，顺带着鄙夷田汉的翻译水平，以此诟骂商务印书馆昧良心赚钱⑦。钱歌川纠正古有成的译笔，并指责商务印书馆涉嫌为牟利而不惜牺牲不

① 警钟：《读〈离家以后〉的管见》，《交大周刊》1930年第3期；独鹤：《〈啼笑因缘〉序》，《新闻报》1930年12月24日第13版、12月25日第11版、12月26日第13版；庐前：《〈淇园譬谭〉序》，《中央日报》1948年8月12日第7版。三人中，严独鹤显然属于“第一梯队”，但鉴于他在文中明确表示，自己以主笔身份来评价该书，所以将他归入“第二梯队”。

② 因教师、学生的人数多，他们的姓名、撰文情况不作列举。此外须说明的是，“学生”指的是大中小学生，不包括海外求学者。

③ 钟尔泰：《跋〈唐珏传〉后》，《浦东中学校杂志》1910年第2期。

④ 陈定文：《〈汪梦仙女史诗稿〉序》，《妇女杂志》1915年第1卷第11期。

⑤ 静闻：《读〈玛加尔的梦〉》，《北新》1927年第47期。

⑥ 张骏骥：《读有岛武郎的〈与幼小者〉后》，《细流》1934年第2期。

⑦ 西林：《书评：〈评莎翁杰作集第一种：哈孟雷特〉》，《现代评论》1925年第1卷第24期。

懂外文的读者的时间和金钱，辜负了读书人的信任①。反对白话文②、排斥新式标点③同样也是理由，诸如此类，不一而足。除了随意性，“第二梯队”显然不如“第一梯队”专业，他们没有经过学术训练、受过理论熏陶，便站在一般读者的立场，自发地评书、评人，所给出的见解多带有情绪化特征，难以形成具学理性、系统性的观点。换言之，这一梯队从事书评者的专业程度较低。

过盛的随意性和专业性的匮乏，导致“第二梯队”人数虽多，却不因此在掌控文学批评话语权上具备天然优势，反而注定要落在“第一梯队”的下风。尽管如此，我们不能小觑“第二梯队”对书评的重要性。之所以这么认为，是基于两点事实：一是真知灼见并不总是出于文坛宿将之口，寂寂无名者也会时有慧见闪现；二是声名不显者人口基数大，众声喧哗、意见纷纭中也能析出文学演化的质素——吉光片羽当然具备参与文学批评体系建构的资格，所谓集腋成裘、聚沙成塔，说的正是这个道理。

二、文学精英视角下的书评者代际更迭

书评者的代迭，不是个体意义上的书评者的进场、离场，而是文学价值观总体趋同的两个集群之间的移位。换言之，代迭不单是时序意义上的，更是批评理念和批评观念意义上的。从这一事实出发，我们在看待书评人的代迭问题时，应当采用整体视角，作具有全局性的观察。另外，要选取合适的观察视角，这个视角需要满足的条件是：产生于庖丁解牛式的模块思维，能让我们不被细枝末节所缠绕，而是能够捕捉书评者代迭的大趋势、大转折。这个视角，就是文学精英视角。

文学精英是近现代书评的驱动者。不同文化—文学背景下，文学精英的定义不尽相同，某些特定的质素会相应地发生增减。但在广义上，一时代的文学精英的进场、退场，实在是书评上一个周期行将结束、下一个周期业已开启的

① 钱歌川：《古有成翻译的〈加力比斯之月〉》，《图书评论》1933 年第 1 卷第 5 期。
② 隋树桂：《读胡怀琛〈小诗的成绩〉》，《学生文艺丛刊汇编》1911 年第 2 卷第 2 期。
③ 戴传安：《〈诗词精选〉述评》，《国专月刊》1935 年第 2 卷第 2 期。

征兆、转捩，亦是代迭的动力。

现今已知的近代书评活动，启动于1870年代初，最早的书评者王谦如、李增迪、愿为明镜室主人、彊恕堂、瓯东山樵、自牧斋主、饭颗山樵、红杏词人等，无一例外，都是寓居沪上的风雅之士、标准的传统文学精英，他们以《四溟琐纪》《寰宇琐纪》为平台，发布他们吟风弄月的作品，品评同道的新作新著。这一时期，“文士型”书评者当仁不让，执批评之牛耳。在他们的掌控下，书评充其量不过是文学批评江河中的微澜，没有冲坚毁锐的势头，而是文人雅士的案头赏玩。

“文士型”书评者一统书评天下的局面自1890年代中叶被打破。受甲午战争、庚子事变的刺激，以康有为、梁启超、寅半生、蔡尔康、铁血少年、黄纯熙、囚龛等为代表，接受了西方新学影响的近代知识分子进场。这实际终结了“文人型”书评，揭开了以启蒙救国为核心目标的书评大幕。

新学精英的书评目的从未纯粹过，而是掺杂了大量非文学要素，借用文学批评的外壳，遮掩自己的变革抱负。相比之下，徐惟岱、刘绵训、樊志厚、范祎、笑、龚寿图、仲人甫等名不见诸文学史籍的书评者，以虔敬的心态评点哈葛德（Henry Rider Haggard）、斯土活夫人（Harriet Beecher Stowe）等作家所撰的小说，是货真价实的文学书评者。可惜他们处在剧变时代，反而显得不合时宜。这一时期的书评活动的执掌者，是复合型文化—文学精英，他们共有、共用以期刊为主的书评平台，推动政治、文化、文学、社会变革。

辛丑年至新文化运动发生之前的十余年，传统文学精英与复合型文化—文学精英相得益彰、相处甚欢，两者基本上井水不犯河水，旧文人、留学生、改良派、革命派在政见上虽有殊异，但并不曾以书评为战场，他们的和平共处，使书评首次进入了快速发展期。这一时期的可贵之处在于，逾百书评人搁置了意识形态纷争和知识新旧分歧，同台竞技，使书评第一次显示出了公共性，走向了更广阔的天地。汪桂馨、恽毓鼎、披褐、诵之、康有为、洗耳、任鸿依、汉民、肝若、失名、藜青、王善铨、曹元忠、海潮、泊庐、吹青女士、徐畹兰、姚雏鸦、钱基博、曹元忠、高燮、孙同超、徐枕亚、王蕴章等人，虽在政权运作、社会治理、文学思想、文艺旨趣等方面各有偏好，但这并不妨碍他们的书评文章时或散见于《益智》《香艳杂志》《最新滑稽杂志》《文艺杂志》《小说丛报》《妇女鉴》《江东杂志》《雅言》《民权素》《小说月报》《生活日报》《游戏杂志》《南社》《说报》《妇女杂志》《甲寅》《同南》《春声》《学生》等琳琅满目的近代期刊，显现出书评在思想活跃的环境中所具有的活力。

时间到了1917年前后，新文化—文学的狂飙没有立刻带来书评的大发展，而是埋下了精英大洗牌、大换血的引线。1921至1927年大革命失败之间的六年中，第三代精英（姑且称为“新文化—文学精英”）成批进场。身处学堂或刚刚毕业的学生、留学海外心系祖国的学子、贯通中西的学者、改弦更张的旧派文人、现代文学从业者等纷至沓来，在他们当中，既有文学史上的失名者如顾偿基、悔儿、苍水、杨经湘、林绍樵、姚锡钧、吴东园、徐吁公、医隐、东园、林铬存、王均卿、王文濡、黄锡璨、邵渊耀、严琦、姚永朴、鬘云女士、王病鸿、骏乎、陈企白、尖凤、了余、鸠拙、朱翱、樊山，也有赫赫有名的巨匠如傅斯年、张奚若、钱玄同、蔡元培、钱杏邨、周作人、胡先骕、胡适、徐志摩、陈炜谟。

相比复合型文化—文学精英，第三代精英通过留学、接受新式教育等途径获取新知、武装自己，他们对“新”的膜拜、对“旧”的摒弃尤其突出，其文化包容度不能与前者相提并论。在他们的挤压下，旧文学精英、复合型文化—文学精英在保留书评资格的同时让渡出文学批评的主场。第三代精英站到了聚光灯下集体亮相，但其内部并不是铁板一块，成员们的文学思想、文学观念因其源头和各人理解的差异，歧异长存，彼此为争夺文学空间而不惜打笔仗、动干戈，派生出“文学革命”与“革命文学”、“文学大众化”与文学的阶级属性等一系列争议。

大革命失败加剧了文学精英的分化，他们当中的一部分人选择了更左倾、激进的文学批评立场；一部分人则退隐到舞台幕后，成为文学批评的零余者、边缘人，少发声甚至不发声。与此同时，伴随“黄金十年”的是文学批评公共性的大幅提升，书评真正成为大众与精英共有的文学活动，这一时段大体自1928年至1937年日本全面侵华之前，是书评的“大繁荣期”。

书评者的参与人数和书评文章数量剧增，文学批评从思想观念到表达方式的参差多样、批评者的平等地位都得到了充分保证。近现代文学批评迎来了唯一一次总体高潮。

七七事变打断了“大繁荣期”，各路文学精英南渡、北上、滞留的背后，是文学批评格局的大分裂，整个八年中，文学精英进场、退场极为频繁，裂变以前所未有的速度进行，形成了“大分流期”。老舍、茅盾、郑振铎、赵景深、巴金、李健吾、朱自清、纪滢、查猛济、吴景超、巴人、艾青、郭沫若、李长之、白庐等人以书评支援民族解放事业，尽力维系文学创作的常态化正常化，鼓励提携文学新秀。徐世璜、杨叔明、吴克、雷石榆、朱伯康、罗运贤、王博习、吴澂、黄嘉德、学稼、杨明照、宏宏、少华、东明、陈之迈、陶希圣、效贤、许同莘、蔡樾、王大苏、陈亮、隐名氏、爱楼老人、胡绍轩、三思、郭青山、志城、黄照熹、王一心、饍堂、荫墀、陆露、吴雁、陈蒙厂、胡兰成等人则借书评对新旧文学各抒己见，很大程度上刻意回避风起云涌的大时代，甚至粉饰太平、为虎作伥。回顾“大分流期”，我们不禁诧异的是，“大分流”期间所孕育的、决定了书评后一阶段的结构性要素，并不完全产自老舍、茅盾、郑振铎之手，而是来自人数寥寥的书评新锐，如碧野、黄越、黄芝冈、秦、李辰冬、任重、夷夫、赵荫棠等，他们倡导以无产阶级文艺思想统摄和指导文学创作，将民族战争纳入阶级斗争的畛域来加以看待，鼓吹文学大众化向无产阶级文学转型。他们迈出的步伐之大，是其他书评者所未有的。实际上，他们自己未必能预见，自己的观点将在日后成为文学批评的思想支柱。

“大分流期”之后是自 1946 年至 1949 年的“整合期”，四年时间里，两个“梯队”的成员都表现出自我矮化的共同取向。在文学批评的目标感上，他们展现出两极化态势：多数书评者以内敛收缩的心态来从事批评，就书评书，点到即止，甚至热衷于重评旧文学作品。另外一部分则接受了新锐者的观点，全力促成书评的“人民性”（实际上也是“去精英化”）转变，他们一方面忏悔、懊恼于小资产阶级出身这一原罪，积极自觉地提出要改造自我和同侪的思想意识，回到人民中去，另一方面以阶级斗争意志薄弱、歪曲农村书写、毒害劳动人民等作为理由，集中火力攻击茅盾、夏衍、老舍、张恨水、郁达夫、吴组缃、沈从文、马凡陀，要求这些曾经的精英回到正确的创作道路上。显然，“整合期”终结了文学精英—非精英之间数十年的合作历程，并预演了文学论争滑向其他轨道不仅只是一种可能。

书评者的代迭，直观表现为书评者在书评各个阶段，其评价人、书所依据指标①的选择和变动。为了便于表述，笔者整合制作出了表2－1：

表2－1　清末至1949年书评指标

		清末至民元	1912—1927	1928—1937	1938—1945	1946—1949
评人	节操/人格	▲	□	▽	□	▲
	笃学	▲	▽	▽	▽	▽
	才华/才学	▲	▽	▽	▽	□
	爱国	▲	□	▲	□	□
	卫儒	▲	▽	▽	▽	▽
	启蒙	□	▲	□	▲	▲
	正俗	□	▽	□	□	□
	性情	▽	▽	□	▽	▽
	文学造诣	□	▲	▲	□	□
	写作技术进步	▽	▲	▲	□	□
	思想更新	□	▲	□	□	▲
	思想深邃	▽	□	▲	▲	▲
	思想进步	▽	▲	▲	□	▲
	对抗黑暗	▽	▲	□	□	▲
	普罗立场		□	▲	□	▲
	搜求资料之功	□	▽	▽	▽	▽

① 上述指标是笔者整理近现代书评文的结果。

续表

		清末至民元	1912—1927	1928—1937	1938—1945	1946—1949
评书	推助学术	▲	▽	▽	□	▽
	匡正学风	▲	▽	▽	▽	▽
	创作水平	□	▲	▲	□	▲
	翻译水平		□	□	▽	▽
	校对水平		□	▽	▽	□
	学术水平	□	□	▽	□	□
	理论高度	▽	▲	□	▽	▲
	提振新文化	▽	▲	□	□	▲
	提振旧文化	▲	□	□	□	▽
	提振新文学	▽	▲	□	▽	▲
	提振旧文学	▲	□	▽	□	□
	内容充实程度	□	▲	▲	□	▲
	内容新鲜程度	▽	□	▲	▽	▲
	装帧、售价		▽	□	▽	▽

符号含义：▲较注重；□无所谓；▽较忽视。

就表 2－1 所示的各个指标，各个时期的书评者作出了各具时代性的整体选择。单个指标所受待遇的历时性变动，勾勒出该项指标在书评评价图谱中的演化轨迹。这一轨迹波动向前的同时，绘制这一轨迹的书评者们同时也在分化、重组，博弈、妥协，两者同步互文。

三、书评者的使命自拟

书评者、读者、生产者、书连接成了一张无形的网。书评者是这个网络的一个节点，和其他节点发生各种关系，书评者使命是书评者与包括自身在内的四个节点互动的普遍规则，也是解释书评者从事书评的原因。溯源书评者投身书评活动的缘由，需要我们克制文学批评工具观的诱惑以及意识形态决定论的纠缠，清除思想启蒙、爱国救国运动、社会运动、阶级斗争等浮浅因素对探究的干扰，以原始文本为线索，回到历史现场，接近真相。

书评者使命的逻辑起点，其实是书评者的文坛“荒凉”叙事，其出现于1920年代中期。清华大学的一位匿名书评者首次使用了这个词来描述自己对中国现代文坛的整体观感①。以“荒凉”及其同义词为中性词的提法，便在期刊书评中如雨后春笋般陆续冒出，共同编织文坛“荒凉”叙事的图景：“中国这个贫乏的文坛”②，“中国文艺界贫弱得怪可怜”③，“近来出版界沉寂极了”④，“沉颓的中国文坛”⑤，“新诗坛在近年来是过度地沉寂了的”⑥，“近年来中国诗坛的沉寂，是决定的事实”⑦，“中国之战争文艺作品之贫弱”⑧，“近来国内的创作坛真萎弱得厉害”⑨，“沉寂的文坛”⑩，“中国寂寞的文坛”⑪，“中国的出版界是十分贫乏的”⑫，“中国的贫弱的文坛”⑬，“读书界精神食粮日渐缺乏的今日”⑭，“近几年来出版界的沉寂”⑮，“文学之业，久夷泯废”⑯，“出版界沉寂”⑰，“出版界沉寂万分”⑱ 等等。

文坛“荒凉”叙事可以被看作是书评界的一场共谋。坐在圆桌两边的，

---

① “中国的诗坛现在还是荒凉贫弱的很”，出自佚名：《评〈女神〉》，《清华文艺》1925年第1卷第1期。

② 康嗣群：《批评与介绍：最近出版的两部日本小说》，《现代文学》1930年第1卷第6期。

③ 一岳：《日人代庖的〈中国文学论集〉》，《中国新书月报》1931年第1卷第6期。

④ 朱翛：《搜罗宏富的小说甲选：上册—中国短篇小说名家集；下册—中国短篇小说杰作集》，《中国新书月报》1931年第1卷第9期。

⑤ 金思鸣：《〈少女的追求〉读后话》，《中国新书月报》1931年第1卷第12期。

⑥ 莲时：《读〈新月诗选〉》，《中国新书月报》1931年第1卷第12期。

⑦ 菊华：《读〈血泪〉后的印象》，《晨光》1932年第1卷第19期。

⑧ 赵芸堂：《〈出塞曲〉》，《中国新书月报》1932年第2卷第8期。

⑨ 佚名：《书评：〈大上海的毁灭〉》，《现代》1933年第2卷第3期。

⑩ 程心芬：《评〈望舒草〉》，《众志月刊》1934年第1卷第1期。

⑪ 全增嘏：《为什么不能产生伟大的作品》，《图书评论》1934年第2卷第10期。

⑫ 亚中：《编者按》，《妇女共鸣》1935年第4卷第1期。

⑬ 尚杰：《读〈倪焕之〉》，《青市女中校刊》1936年第1期。

⑭ 赵鲜文：《半月书评：〈燕草集〉》，《新民报半月刊》1942年第4卷第6期。

⑮ 文载道：《读郁达夫〈闲书〉》，《人间》1943年第1卷第4期。

⑯ 殷孟伦：《〈文学发凡〉序》，《斯文》1943年第3卷第13期。

⑰ 汀生：《〈天津作家小说集〉读后》，《新民报半月刊》1943年第5卷第23期。

⑱ 谭雯：《读〈入狱记〉》，《杂志》1944年第14卷第1期。

分别是期刊和书评者。积极鼓吹“荒凉”叙事的期刊，以《中国新书月报》[①]、《图书评论》[②] 为代表。《中国新书月报》宣称，刊物热忱为购书者服务，“对读者效点微劳”，“一方面求使全国图书馆，学校，个人读书者省时省力地找得合意而便宜的刊物，一方面求使全国出版家避免冲突，腾出余力，多出适时而有用的书类”[③]。为了兑现诺言，《中国新书月报》对新出版图书投以尖刻、挑剔的目光，所评之书以“新”为特色。《图书评论》的销售量比不上《中国新书月报》，但同样对所评之书持严苛态度。它们的期刊定位，乃是不折不扣的书籍“守门人”，因此，责备文坛、书坛“荒凉”在乎情理之中。

作为共谋的另一方的书评者，则充满了对中国文坛书评缺乏的由衷焦虑，张崧年、陈英士、吴世昌、杨缤等人对书评在中国的窳弱鄙陋格外痛心。在他们看来，专业书评在中国的出现不过是1920年代前期的事，以《晨报副刊》为发祥地对外辐散，但经过近十年的时光，其景况甚至算不得差强人意，只能说聊胜于无，落后于1930年代前后“出版业似乎日有胜势，新书日出”的形势，被投机者用来“取巧唬人”，被“文化人的乡愿主义、山头主义”包围[④]，没能“帮着读者择路”[⑤]，没有形成中国特色，多半因袭“西洋式的批评”，划不清与长篇广告、校勘记或读后感的界限[⑥]。至于书评的专业程度，则更为不堪，书评界严重缺少专一从事文艺批评、“肯专门顾问批评理论”的书评者，而充斥以“副业兼差”者和形形色色、半吊子的批评者[⑦]。书评界的落后、混乱是文坛怪相乱象的支脉，对书评界除旧布新和整治文坛是一而二、

① 月刊，1930年12月创刊于上海。该刊由中国新书月报社编辑，由华通书局发行。发行所位于上海四马路中段。发行人为王怀和，编辑者最初为余甦生，后由方万里和华狷公接任。该刊停刊时间和原因不详。

② 月刊，1932年创刊于南京。李梦欢为发行人，董任坚、周鲠生为编务实际主持者暨主要撰稿人。该刊无发刊词，从文章内容上可知，该刊专事批评介绍大中小学校所用教科书、参考书、地图表解等，客观上有助于提高国内新出版物标准。刊物主要刊登图书评介、指导青年思想与读书方法的论著、出版界消息、名著作家小传、国内各大学现用课本调查等。

③ 余甦生：《发刊词》，《中国新书月报》1930年创刊号。

④ 吴世昌：《中国目前需要书评》，《书人》1937年第1卷第1期。

⑤ 张崧年：《书评》，《流萤（北平）》1930年第2期。

⑥ 刘英士：《〈书评索引初编〉序》，《广州大学图书馆季刊》1934年第1卷第4期。

⑦ 杨缤：《书评的更生》，《书人月刊》1946年第1卷第2期。

二而一的事。以此为据，揭露文坛“荒凉”合情合理。

打扫、振兴文坛促成了书评者对自身使命的关注和厘定。虽说书评者使命到底有哪些具体内容，乃是仁者智者各有所见，但一部分书评者还是以支点为基点有所阐发。首先是自我期许和要求，从不同书评人的表述中，脱颖而出的是这样一句具有纲领色彩的话——“宣扬好的作品，鼓励新作家的产生，和一切恶劣的作品奋斗，充当向上的著作界的一个保卫者”①。这句话精辟精要地说明了驱动和鞭策书评者们不懈耕耘的责任意识和卫道意志，和“对于一般人读物之新旧著译各品，或批评其良否，或考订其内容，以供社会上有志读书者之抉择与参考也”② 有同调之妙。其他的一些书评者对此有增益、补充，如书评者要铁面无私，对人情私谊不予假借，“贡其愚诚，对于善者将称道书情，对于劣者亦不敢有所忌惮。学术，公器也；是非，公谊也，原非个人所得而假借。……若竟成闲怨，则亦记者所了受而不恤也”③。书评者还要具有高尚的人格操守，不为书做广告，不给熟人“捧场”，要端正态度、“敢于‘批评’”④，运用“裁判的批评”“解释的批评”“印象的批评”，在阅读和批评两者之间“架一道桥梁”⑤。

面向读者，书评者要主动做读者的引路人，帮助尚未读到一本书的读者提前完成书的写作、翻译质量、价格等指标的评估，节省读者的精力、金钱，让读者尽快找到与其文化水平相适配、有益心灵的好书⑥。这一方面，书评者弍纯的见解最为透彻、全面，他指出，书评者将对于一本书“所得的经验的一部分”，尽力去传给读者，“同时是评判这本书是否有传达给读者的价值”，而“这种在书中存在的价值并非绝对的‘善’，乃是批评家对于他所欲传达给读者的最善的部分，也可以说，是最能满足读者需要的东西，去使读者现在的经验更升高一步”，所以，批评家的责任是“应当引导那些趣味未能和这标准的

---

① 文：《读书的话：书评的功用》，《读书》1937 年第 1 卷第 1 期。
② 徐一士：《书评概说》，《报学月刊》1929 年第 1 卷第 2 期。
③ 傅斯年：《出版界评》，《新潮》1919 年第 1 卷第 1 号。
④ 白蕖：《短论：关于书评》，《现代文艺（永安）》1941 年第 2 卷第 5 期。
⑤ 李广田：《〈书评与批评〉（文艺书简）》，《中学生》1948 年总 198 期。
⑥ 河清：《新书评介：〈西洋文学鉴赏〉》，《中国新书月报》1932 年第 2 卷第 2 期。

人接近那种标准，那么，因为有了真实的评论，社会文化才有逐渐进步的可能，才不至于俯就于低级的退步而逐渐堕落”①。

面对创作者，书评者的态度不需要像面对读者时那样宽容和蔼，而是要以“严正的批评”为己任，行使“提出意见的权力”，以“下一个时代的创作的预言者”的身份指示创作者“以一条应走的路线”，“对创作者提出自己认为合宜的忠告和意见”②，真正成为“作家的一面镜子，使过于重视自己作品的作家清醒，使不太自信的建起自信，同时负着廓清流俗、动摇视听的褒贬，和影响作家，扫兴的舆论的职责”③。

针对被评的书，书评者提出的要求最为简单，不外乎不要掉书袋，而应开诚布公、开门见山。有论者提出，给书贴上适宜读否的标签，直接“说出该书是什么样的内容、值得看还是不值得看”④ 即可。

对自身使命的归纳最全面的，莫过于萧乾。他在《书评与做人》一文中，畅谈了自己的观点。择其大要，转述如下：

书评家“首先的条件”必须是个“酷爱书的人”，是“一个关心、护卫、促进文化的人”，他选择书评工作时，需另有一种理想——“像个中古的骑士，他自荐地要保文化的镖，不使它为劣质品所腐蚀”，而只有这种理想还并不够，他还“不可缺乏一颗公正的心”，毕竟，批评家“不是超人”，难免的是无意识的偏见，“不该宽容的是‘有意识的偏见’，屈着良心，翻着白眼说的瞎话”。对于文作，公正的书评家“不但不应冤枉原作，还得切实的发现它的价值”。批评的态度也是至关重要的：“一个才翻开书皮就正襟摆起批评家架子的人，是发现不出什么的”，因为只有肯“钻入”艺术的“怀里”、“经验”艺术的“经验”、“呼吸”艺术的“呼吸”的人，才能把捉它的实质。此外，书评家最基本、根本的态度是诚恳的，“包含公正、同情和其他一切美德，没有嫉妒，没有偏见，只有一颗清澄热烈的心，不马虎，可也不拘守固定

---

① 弌纯：《书评的研究》，《武昌文华图书科季刊》1931 年第 3 卷第 4 期。

② 振珮：《评罗著〈中国文学批评史〉》，《学风》1935 年第 5 卷第 4 期。

③ 全增嘏：《杂志论文分类摘要：〈论目前中国批评界的浅妄〉》，《图书评论》1934 年第 2 卷第 10 期。

④ 棱严：《我们需要书评》，《中央军校图书馆月报》1936 年第 28 期。

标准，不诋毁也不胡捧，对自己有信心，而永不视自己的批评为最后的，随时抱着探险的精神”①。

四、书评者对书评自由、平等精神的奠定

书评者是书评的行动主体，他们以先在的知识人身份、对使命的总体认同，奠定了书评的形与神。在“形”的部分，他们袭用或借鉴论文、随笔、随感、杂感、读后感、笔记、诗词等已有的文体，将自己的看法和意见敷演成文，使书评文体井然、文式俨然②。在“神”的部分，书评者赋予书评以自由、平等这两大基本精神。

先说自由精神。它的内涵是，书评者凭借不受干扰的自主权，评价生产者和书。对于书评者，“书评无禁区”，无书不能评、无人不能评是通例，也是共识。近现代书评文涉及2880多本图书，它们包括了文集、诗集、词集、曲集、说部、文学史、文学思想史及其他文学理论著述等，主题庞杂，数量巨大，面对山积的书，书评者因此获得了空前的选择自由。于是，具体到单独一本书，它在当时受读者青睐、市场欢迎、学界认同与否其实无关紧要，重要的是某位或者数位书评者曾经将它读过一遍，有所感触，有所生发，并形诸文字，经期刊登载，以书评文面世。

自由精神还表现为，书评者毫不顾忌生产者已取得的赫赫名声，直抒胸臆，喜恶分明。林纾是近代译书界的巨星，仅在1907年，他译的小说便达到了9种，占商务印书馆全年译书量的四分之一强③。林纾译作的风靡，与书评者对他的冷遇形成了鲜明对比。寅半生对比《迦因小传》蟠溪子译本、林译本之后，指责林纾刻意凸显迦因之丑恶，“不意有林畏庐者，不知与迦因何仇，凡蟠溪子所百计弥缝而曲为迦因讳者，必欲历补之，以彰其丑”，破坏了传体应当“传其品焉、传其德焉，而使后人景仰而取法者也”的宗旨，更可

---

① 萧乾：《书评与做人》，《国闻周报》1935年第12卷第25期。

② 这一部分见本章第四节。

③ 东海觉我：《丁未年小说界发行书目调查表》，转引自汪家熔主编《中国出版史料·近代部分补卷（下）》，武汉：湖北教育出版社，2011，第413—416页。

恶的是，林纾“自诩译本之富，俨然以小说家自命，而所译诸书半涉于牛鬼蛇神，于社会毫无裨益，而书中往往有‘赞吾书者’云云，其口吻抑何矜张乃尔！甚矣，其无谓也”①。同时，林纾的翻译能力也颇受质疑，如，林纾到底是否精通西文、精通到何种程度②，为何译文中会出现顾此失彼、左支右绌的纰漏，到了晚年反而更老到圆熟③。除了被批斥，林纾在更多时候只作为单纯的译者，而不是文作的“二次创造者”存在，书评者对其译著的兴趣远大于对他加以品评，这使林纾隐没在译作的背后，不被书评者提及。剑侯读了《迦因传》，油然而生对“情魔”的畏惧④，匿名的书评者从《黑奴吁天录》中读出了“国权削尽种堪哀”的悲凉无奈⑤，金一则从这本书里看到了“轮到黄人今第二，鸡栅豚栏也低头”的希望，从黑人的抗争活动中得到了巨大的鼓舞⑥。林纾翻译《恶之花》对于中国现代诗的萌发具有促生之功，但书评者所感佩的是原著者波特莱尔的艺术敏感及其遣用音韵的卓然天才⑦。在这些文章中，林纾不过是所译之书的陪衬和背景。

同为文坛高产者的张恨水，他的际遇比林纾稍微好些。1920 年代中后期开始，通俗小说风行京沪，张恨水以多产并得到“读者疯狂似的欢迎”而风头劲健，引起出版界的注意。当时世界书局特地派人上北京去向他买了许多种已写成的稿本，更向他预订，不论多少，包下来出版。“张接受了世界书局的定银只好像工厂里的机器一般，日夜开动引擎，不停地制造”。此后他的出品之多，超过了李涵秋，在世界书局出版发行的有《春明外史》《满江红》《金粉世家》《落霞孤鹜》等十余种，在别家出版的有《现代青年》《新斩鬼传》《胭脂泪》《秘密谷》《夜深沉》《秦淮世家》《平沪通车》《似水流年》《欢喜冤家》《如此江山》《蜀道难》《啼笑姻缘》等十余种，创下了“小说界一个

① 寅半生：《读〈迦因小传〉两译本书后》，《游戏世界》1900 年第 11 期。
② 宋思复：《读林译〈滑稽外史〉有感》，《约翰声》1909 年第 20 卷第 1 期。
③ 佚名：《〈黑奴吁天录〉（螺屋杂记）》，《民众文学》1926 年第 13 卷第 3 期。
④ 剑侯：《读〈迦因传〉寄友》，《公民急进党丛报》1912 年第 3 期。
⑤ 佚名：《读〈黑奴吁天录〉》，《国民日日报汇编》1904 年第 4 期。
⑥ 金一：《读〈黑奴吁天录〉》，《醒狮》1905 年第 1 期。
⑦ 李健吾：《林译鲍德莱耳〈恶之华〉序》，《宇宙风》1939 年第 84 期。

惊人的纪录"①。但张恨水在创作上的爆红并没有使他成为书评界的宠儿。相反，书评界对他的作品表现出的是冷漠，甚至无视。《啼笑因缘》问世并大卖，仅有老友严独鹤蜻蜓点水略略一读，从书中捡拾片段，肯定张恨水的"描写的艺术"，称许他深谙"暗示""虚写""结构""布局"之道②，此外不赞一词。1940年代后，张恨水虽不曾中断创作生涯，陆续推出《水浒新传》《芳草天涯》等作品，但书评者对他本人不予评议，而是关注作品的时代意义③、对人生的启迪④。据笔者所见的资料，仅钱芥尘公开表扬张恨水《过渡时代》突破《儒林外史》的叙事架构，"描写旧社会可谓淋漓尽致"，展现"新社会之状态"不遗余力，是一时无两的"经心之作"⑤。张恨水被背景化的窘态于此可见。

书评的平等精神可被概括成一句话：书评不是文学批评"家"的禁脔，而是具有大众性、公共性的文学事业，在此基础上，生产者与文作在书评者眼中一律平等，书评者之间一律平等。简言之，书评者承认文坛偶像的地位，但否定其地位能为其文作背书的可能。在书评领域中，书、生产者在文化消费、学术等领域所取得的声名、赞誉都会被直接清空，被书评者一视同仁、一体对待。与此相对应的是，书评者之间没有身份高低贵贱的区别。书评者的社会身份和文坛地位在书评场中从来不是优势，批评话语权的共享共有，阻断了少数人攫取、垄断批评话语权的通路。文学思想、文学观点彼此抵牾的两方，都能不受干扰地发表各自的书评文章，将反感、责难和指摘付之笔墨，

围绕胡适其人、其书的批评是呈现平等精神的典型案例。胡适是新文学的奠基人、开拓者，名震当时，彪炳史册。对于书评者，胡适的盛名不会增加他们的赞誉，也不会减少他们的指责。就《尝试集》论，极力称道者唯有钱玄

① 平襟亚：《六十年前上海出版界怪现象》，原《出版史料》1989年第3、4期，转引自宋原放主编《中国出版史料·近代部分（第3卷）》，武汉：湖北教育出版社，2004，第272页。

② 独鹤：《著作的方法：〈啼笑因缘〉序》，《新闻报》1930年12月24日、12月26日第13版。

③ 翼而：《书评：〈水浒新传〉》，《时与潮文艺》1944年第3卷第1期。

④ 秋云：《读〈芳草天涯〉后》，《现代生活》1946年第1卷第2期。

⑤ 钱芥尘：《序张恨水〈过渡时代〉》，《真报》1947年4月15日第2版。

同①，极力反对、讥诮的是胡怀琛、朱执信②、丹翁和胡先骕。胡怀琛、朱执信以书信方式评点《尝试集》对待旧诗的意见失之偏颇，寄语胡适自省自视。丹翁嘲笑胡适自居“新诗界之教祖”，貌似“以拉摧旧诗之力谋解放”，“以提倡新诗之力谋改造”，实则项庄舞剑，意图斩断中华文脉，用心之险，令人瞠目③。胡先骕从“《尝试集》诗之性质”“声调、格律、音韵与诗之关系”“文言、白话、用典与诗之关系”等六个方面不遗余力地揭露胡适所作新诗与诗歌创作所必需的理路、章法背道而驰，责备胡适企图以非驴非马的文字耸动人心，将旧文学等同于阻碍国族进化的障碍物，亟欲除之而后快，犯下因噎废食、一叶障目的过错④。《五十年来中国之文学》也被胡先骕批得体无完肤，胡先骕笔下的胡适托言拯救国家、人民，一味用蛮，径直拿旧文体开刀，人为切断文体的承继性，有意将中国文学拖入清浅浮躁的泥淖而不顾恤⑤。从更长的时段来观察书评世界中的胡适，我们会清楚地看到，胡适受到的攻击多于嘉许。梁启超纠正《中国哲学史大纲》的引文错讹⑥。黄乃秋指斥《红楼梦考证》所依材料、所采角度混淆了文学与真实，训斥胡适的索隐法偏离《红楼梦》研究的正途，开了一个恶例⑦。长虹讥笑《中国哲学史大纲》以“哲学”为幌子，满纸“劈空从天上掉下来的学说”，“浅薄妄谬”，误人子弟，是胡适妄想做通人，终而失败的铁证⑧。杨次道用冷峻的笔调，抓取《白话文学史》的中心论点，加以细致分析，得出了胡适“白话文学的主张”从根源上就是伪命题的推论。他指出，胡适刻意避谈散文与韵文一体两枝、白话文学自古至今从未消失的事实，生造出所谓“新造”白话文学之谬说。他还指出，胡适为得出有利于自己的结论，刻意误读、曲解古诗，“有许多谬误的解释”，如

---

① 钱玄同：《〈尝试集〉序》，《新青年》1918 年第 4 卷第 2 期。

② 胡怀琛、朱执信：《读胡适之〈尝试集〉：答胡怀琛先生》，《俭德储蓄会月刊》1920 年第 2 卷第 1 期。

③ 丹翁：《跋胡适之先生〈尝试集〉》，《晶报》1920 年 4 月 30 日第 2 版。

④ 胡先骕：《书评：评〈尝试集〉》，《学衡》1922 年第 1、2 期。

⑤ 胡先骕：《评胡适〈五十年来中国之文学〉》，《学衡》1923 年第 18 期。

⑥ 梁启超：《论坛：评胡适之〈中国哲学史大纲〉》，《晨报副刊》1922 年 3 月 12、13、15 日。

⑦ 黄乃秋：《书评：评胡适〈红楼梦考证〉》，《学衡》1925 年第 38 期。

⑧ 长虹：《评胡适〈中国哲学史大纲〉》，《狂飙》1926 年第 3 期。

《野田黄雀行》中的黄雀被胡适理解为“自由解放的意思”，无端删去“青青子衿”“呦呦鹿鸣”，且对优秀的白话文学著作如《史记》的列传部分“不置一词”，涉嫌断章取义、盗名自肥①。潘光旦在翻检《章实斋年谱》之后毫不掩饰自己对该书的失望：《年谱》只展露传主的文化因缘（师承关系），忽略了生物因缘（血缘关联），编著者如此自作主张，“岂不是美中不足？”②

与攻击者相对，黎锦熙表扬胡适的《国语文学史》应“国语统一运动”的“运”而生，并推助这个伟大的“运”往前发展，真乃善莫大焉③。徐哲夫将胡适主张文学改良归因于“受了现代教育思潮的暗示”，认定胡适虽“未能推翻传统文学，但颇能开一新的风气”④。叶光廷推崇《白话文学史》为中国白话文学正名，是新旧文学换代的转折点，也是新文学的方尖碑⑤。默庄视《四十自述》为青年正己、成才的教科书，“希望一般青年对于这本自传多下功夫，多用思想，不要视为一纸空谈一笔旧账，即使不是一个榜样，一个警戒，也可以发人深省”⑥。苏雪林评《四十自述》到达了入木三分的地步，在《自传文学与胡适的〈四十自述〉》篇首，她就直陈“‘我’对《四十自述》‘觉得很满意’”，接着解释了自己“满意”的原委在于胡适的自我揭丑、剖析的真诚和勇气。她写道，胡适在浅尝“半小说体”写作之后，回到了“谨严的历史叙述的老路上去了”，但呈现给世人以“尤其可贵的”“诚恳坦白的态度”，将自己做过的荒唐事“均毫无讳饰地抽写出来，这样使读者得见学者原来也不是超人，也有同凡人一样的缺点，便更对他发生亲切的情感了”，因此，想研究一点自传文学和想学一点做人的道理的青年不应轻慢《四十自述》⑦。值得咀嚼的是，苏雪林的这篇文章写得不温不火，有锋芒，也节制。对于同样写下自传《我的幼年》《反正前后》《创造十年》的郭沫若，苏雪林

① 杨次道：《读胡适之〈白话文学史〉》，《一般》1928 年第 6 卷第 3 期。
② 光旦：《书评：〈章实斋年谱〉》，《优生》1932 年第 2 卷第 2 期。
③ 黎锦熙：《评胡适之〈国语文学史〉》，《文化半月刊》1928 年第 1 卷第 2、3 期。
④ 徐哲夫：《论文：当代名人著作杂评》，《南星杂志》1932 年第 2 卷第 2 期。
⑤ 叶光廷：《评胡适的〈白话文学史〉》，《秀州钟》1932 年第 11 期。
⑥ 默庄：《书评：胡适著〈四十自述〉》，《人物月刊》1936 年第 1 卷第 1 期。
⑦ 苏雪林：《自传文学与胡适的〈四十自述〉》，《世界文学》1934 年第 1 卷第 2 期。

以“在时间上尚称连贯，不过文笔则极粗疏拙劣”一语予以唾弃，但对于胡适的这部自传，则只表示有限的欣赏，而不予以不加掩饰的褒赞，甚至不称胡适“先生”，而是直接称“胡适”“胡氏”。出现这样的细节，以其文风如此来解释固然合理，但也不妨揣测，苏雪林有意使用沉静幽冷的笔法，规避外界针对她所作出的“吹”胡、“捧”胡的谴责。无论真相如何，苏雪林所作评胡适《四十自述》的文章，显示出书评者的自爱、自律与彼此之间的他律，对抑制私情、遏制评论公义被人情侵蚀起到了制衡作用。正因植根于稳固的制衡作用，书评的公平精神得以植根、健康成长，并演化出种种气质。

“气质”一词是指书评者将自己的禀赋如机智、滑稽、狡黠、幽默、偏执、执着带入书评的写作中，使其别具灵动、活泼的类人化特征。书评有书卷气，“金鼓关山战血红，中宵起看蓟门烽”蕴含爱国者面对颓败国势的急切不安和振作企望①，“黑风夜撼天柱折，万里飞尘九溟竭。谁欲扶之两腕绝，英泪浪浪满襟血”抒发的是亲历国难的书评者对忠臣良将的刻骨追慕②。书评有道学气，评者以“光先哲而嘉来学”为一部著作青史留名的理据③，通俗小说家有功于文学的原因在于以雕虫小道绘人生图景，写生平快意，符合“道”的仪轨④。书评有洋气，书评者以域外文学的成果反观中国文学，以他山之石错金攻玉，师彼之长技以强大我国之文艺。此外，书评还有朝气、戾气、锐气、英气等等，其例都不在少，反映书评者的胸臆与个性。

书评者凭借多元身份，渗以各自的教育程度、生活阅历和行文习惯，通过自由、平等的意见表达，实现了对书评的内在与外在的不间断塑造与修整，保证了文学批评不滑向理论、思想、范式的同质一律，进而远离垄断—封闭，接近公共—开放，形成错落有致的文学批评景观，为后人保留了文学批评的原初本相。

---

① 佩蘅：《读〈俄事警闻〉有感》，《女子世界》1904 年第 2 期。

② 林德旸：《读〈文山集〉》，《含光青年》1936 年第 6 期。

③ 黄彭年：《〈畿辅丛书〉序》，《来复》1923 年总第 270 期。

④ 周瘦鹃：《〈逸梅小品续集〉序》，《金钢钻》1934 年 10 月 20 日第 2 版。

第二节　书评者常用的批评方法

批评方法是书评者通过文字对书、对人作出评判的工具。书评者使用的主要方法包括校勘、评点、索隐及其衍生的对译、勘误。书评者或分别，或混搭运用它们，自在灵活地表达意见、阐述看法，直观展现出书评者对书评话语权的掌控力。

一、校勘

校勘之学起源于春秋，经过汉唐、两宋，至清中期达到了巅峰，涌现出阮元《十三经注疏校勘记》、卢文弨《群书拾补》、王念孙《读书杂志》、王引之《经义述闻》、钱大昭《二十二史考异》、俞椒《群经平议》等扛鼎之作。校勘学的传统在民国时期不曾断裂、后继有人，陈垣以《校勘学释例》汇集校勘学精髓，明确了校勘学在文学研究、批评方面具有不可或缺的作用。相对于校勘学理，近现代书评人更关切和熟谙校勘之术，并将其广泛用于批评之中。大体上，他们校勘的首要对象是篇目、版本、版源，如史传①、古人及近人诗集②、小说③、笔记④、文集⑤的版本差异。晚近文学大家叶德辉最擅此道，凭借其汗牛充栋的藏书量、珍品得以过眼的阅历，他的校勘水平非泛泛之辈所能比肩。北宋本《春秋左传注疏》⑥，在南宋、日本流传的线索、下落、各本之间的细微差别，他都能娓娓道来，如数家珍，令人惊叹。专事研究宋元古籍的董康虽不及叶德辉之博闻多识，但也将校勘做到了极微细之处，他用了近一年时间，搜齐、比对各种宋本《刘梦得集》，甚至通过刻工姓名、所用字体反推

---

① 啸霞轩主人：《汉唐丛书本：〈汉孝惠张皇后外传〉并叙跋》，《瀛寰琐纪》1874 年第 26 期。

② 沈家本：《枕碧楼偶存稿：〈河南集〉跋》，《中国学报》1913 年第 4 期。

③ 文华：《读〈水浒后传〉杂识（未完）》，《晨报副刊》1924 年 4 月 25 日。

④ 刘樊：《书评：〈浮生六记佚稿辨伪〉》，《国闻周报》1937 年第 14 卷第 6 期。

⑤ 姚光：《〈钓璜堂存稿〉跋》，《国学》1927 年第 1 卷第 4 期。

⑥ 叶德辉：《序跋：宋本〈春秋左传注疏〉跋》，《图书馆学季刊》1926 年第 1 卷第 1 期。

出现内容歧义的原委，足见其独到造诣①。校勘讲求的“实”和“全”，在书评者身上也是寻常可见。赵万里对明代散曲家汤舜民创作的《笔花集》自明初至清末的各版本都作了精校，系统追溯集中所收套曲的渊源，一一列出著考仿作所依凭的母本②，将《笔花集》解读提升到了此前无人涉足的深度。

随着近现代域外书籍、文作传入中国，中西文化、文学交流之门洞开，版源校勘有了新的用武之地。眼界大开、见多识广的书评者具备了重评旧籍、审视西书版本的本领。《民众文学》的编者在翻检故纸堆的过程中，意外发现《申报》于同治十一年四月十五至十八日连载的《谈瀛小录》表面上是中国本土小说，实际上是译者将《格利佛游记》人物改为华名，对情节一丝不改而成，实乃《格》最初的节选华译本③。西方民间故事、童话、神话的来龙去脉在赵景深这儿无所遁形。他大胆打破中外文化隔阂，通过对高加索民间故事进行母本溯源，得出《金头发的孩子们》类似《天方夜谭》中的《能言鸟》，《美丽的海伦娜》情节上有《荷马史诗》的烙印，《三个愿望》和《格林童话》中的同名故事如出一辙④，推测出北欧童话集《龙王的女儿》中的《海龙王的女儿》《嫁蛇》《蟾蜍的故事》等十篇故事的源头⑤，甚至觉察出中国童话集《太阳和月亮》所收录单篇故事与东南亚民间传说的高度相似性，如《头帕》与《格林童话》中的《农夫的聪明女儿》大同小异，观音老母形象源于古印度宗教教义⑥，由此提出了童话萌生及变形的多源—流动假设，为比较文学在中国开枝散叶注入了养分。

书评者将外文功底融入到校勘中，演化出了对译的书评手段。所谓对译，就是节选或专门挑拣出译著中的片段、原句、词，按照自己所认可的译法加以翻译，在此基础上对译本进行指谬。自1920年代中叶至1940年代中期，对译长盛不衰，因其降低了批评的门槛，利于有外文读写能力的书评者挥斥方遒、

① 董康：《论著：宋本刘梦得集三十卷外集十卷跋》，《中国学报》1913年第8期。
② 赵万里：《序跋：跋〈汤舜民笔花集〉》，《图书季刊》1947年第8卷第3—4期。
③ 胡季尘：《文坛秘录（二十）：侨装的中国小说》，《民众文学》1927年第16卷第20期。
④ 赵景深：《高加索民间故事》，《文学周报》1929年第7卷第326—327期。
⑤ 赵景深：《〈龙王的女儿〉序》，《文学周报》1929年第8卷第370—375期。
⑥ 赵景深：《〈太阳和月亮〉序》，《民俗》1933年第114期。

激扬臧否，一度成为书评者挑战译者的首选利器，为相当数量的书评者带来了一场不收门票的狂欢。仅笔者所见，基于对译而产生的书评文不少于 130 篇，它们中的大多数都不同程度地掺杂着火药味和书评者对译者的优越感。

焦尹孚从《史特林堡戏剧集》原著中找出一段对白，译成中文之后，将其与张毓桂所译的结果，从用词准确、用语适宜等四个角度加以对照，并以此为据，抨击张毓桂对原文不忠实，存在数处漏译、误译①。焦尹孚应该没有想到，他为对译提供了最基本的范式，即找到外文原著，选段切片，将自译与原译并列在一起，以前者为标杆，竭力寻找后者的纰漏、瑕疵，即便吹毛求疵也不错译。

周名琯将李劼人所译《小物件》贬得一文不值②，柯尔达从蔡咏裳、董绍明合译的《士敏土》中译本第一章纠出错误 20 余处，讥笑"该书的译者可说是疏忽极了"③，叶维直言伍光建译《洛雪小姐游学记》纯粹是为了稿酬，而不是出于对原著的欣赏，有负读者期待④。同样是评论伍光建的译作，张家凤的措辞比叶维更刻薄无情，他在对译伍光建选译的《海上的劳工》之后，宣布此书几乎没有阅读的必要，且"售价贵至大洋五角，似乎不值，这售价要打一个对折才好"⑤。陈瘦竹在例行纠错程序后，提醒伍蠡甫译《新哀绿绮思》的读者们"自修之时尚须勤查字典，以免枉受伍先生那种无意的欺骗"，嘲笑伍蠡甫顶多只能糊弄不大通英文的青年，"至于英文程度稍高的人，极易看出译者之未卖力，甚或要疑译者之无能力。所以伍先生为体恤那些无力求学的贫苦青年计，并为证明其自身具有责任心与相当能力计，都应当把这书赶快改译"⑥。赵少侯指出李青崖译《波纳尔之罪》的错译处不胜枚举，"如果替它逐条校勘，那么，无论你从哪方面观察，都是不值得的"，到了无法卒读、不

① 焦尹孚：《书评：〈史特林堡戏剧集〉》，《现代评论》1926 年第 3 卷第 68 期。
② 周名琯：《书评：〈小物件〉》，《现代评论》1927 年第 6 卷第 134 期。
③ 柯尔达：《妙哉，〈士敏土〉中译本的错误》，《中国新书月报》1932 年第 2 卷第 6 期。
④ 叶维：《再评伍光建译〈洛雪小姐游学记〉》，《图书评论》1933 年第 2 卷第 3 期。
⑤ 张家凤：《评〈海上的劳工〉》，《国闻周报》1937 年第 14 卷第 12 期。
⑥ 陈瘦竹：《伍蠡甫译〈新哀绿绮思〉》，《图书评论》1934 年第 2 卷第 11 期。

必指正的荒唐地步①。李健吾先生新近译出的《司汤达小说集》被口口声声说自己“法文程度实在幼稚得可怜”的方光焘一口气找出了30多条错处，愣是写出了一篇洋洋洒洒的万言长文，文末还表示并不一定就此罢休，而是待闲暇时“再向李先生细细叨教”②。

书评者的自矜骄傲并非缺乏根基的妄自尊大，他们之中的确不乏精通西学和西语者。梁实秋以译坛后辈的身份，挑战前辈周越然，对周越然注释的《伊尔文见闻杂记》大加鞭挞。他另辟蹊径，一边以拉丁语词根作为依据，一边列举权威文献典籍，论证周越然“注释错误，错误到荒谬绝伦”，“注释糊涂，糊涂到莫名其妙”，嘲讽周越然有的不是文学根底，而是敢译、乱译的胆量，“牵强附会”“颟顸懒惰”，不少地方连常识都不懂。连珠炮式的痛批之后，梁实秋似乎还不过瘾，而是连同周越然所邀的校对者一锅端：“是书《凡例》中有一条说：‘书后汉文释义均经无锡王君蓴农校订……’。果如此，则无锡王君蓴农应与吴兴周君越然要共同负责的了”，并在截取原文各句的空当处挥笔圈点，留下“第廿一页Enamored一字，系形容词，而注作‘装饰华丽，以炫人目，而荡人心’。多么离奇可笑！”“第卅五页bloom注作‘斑点’，错了。应改注做‘一层粉膜’”“糊涂绝顶！”“简直莫名其妙！”等批语，下笔酣畅，用语痛快，显露出时年29岁的梁实秋在儒雅博学之外的傲岸和火气③。异于梁实秋有意挑起笔墨官司的纵横霸气，范存忠分外洒脱通达，他对顾均正译《宝岛》的兴趣不在乎对译，而是如何将旧时英伦的俗语、俚语精当地用中文译出，怎样为中土未曾有的Barbecue、Bucanier、Duff等职务、物件找到恰当无误的对应译词。范存忠从自己丰沛的知识储备中调出资料，向读者普及英法海盗的就餐器具、肉类烹制方法、探险趣事，推荐购买美国Ginn书局出版的《宝岛》，配上“一本好字典”，以“细细的读”④。

一部分书评者虽然也从事对译，但以宽和理解的态度对待译者。程会昌先

① 赵少侯：《李青崖译〈波纳尔之罪〉》，《图书评论》1934年第2卷第12期。

② 方光焘：《读〈司汤达小说集〉——对于李健吾先生译文的几个疑点》，《中流（上海1936）》1936年第1卷第1期。

③ 梁实秋：《评周越然注释的〈伊尔文见闻杂记〉》，《图书评论》1932年第1卷第1期。

④ 范存忠：《史蒂文生名著〈宝岛〉的中文译本》，《图书评论》1932年第1卷第2期。

肯定梁实秋翻译《织工马南传》的良苦用心和辛勤付出，指出梁实秋取得了“译文流畅的成功”，但牺牲了对原著的“忠实”，因此“我们不能认为是一部完美的译文”。接着，他将梁实秋所犯的错，归咎于“忠实与流畅代替了信、达、雅而成为现代翻译的标准”的翻译风尚，最后以劝勉梁实秋继续努力收束全文①，没有留下只言片语的责难。马宗融对《舅舅昂格尔》贺文林译本进行勘误纠错之后，列举了十余处硬伤，但也没有厉声呵责，而是鞭策译者领悟“一个译本的好坏、翻译得如何，是根本问题、不容宽假”的精义，希望“他于此书再版时，能细细校对、改正一遍，使成一个较完善的译本”②。张公量在纠正李若冰所著《〈花间集〉评注》的错处之后，总结曰“李先生的《〈花间集〉注》，本来很详征博引了，但距离‘寻源溯流’之旨，总觉得还是不够的。希望本书再版时，李先生能有订正的机会，使成完璧。相信这不仅是笔者的愿想，也是读者界的愿想，执之著者，以为如何？”③，实有温良淳厚、赠与醍醐的君子之风。李慕韩对田汉译《哈孟雷特》④、唐一粟对吴道存编译的《英文选读》⑤的批评贯注以忠厚长者的脉脉温情，和程会昌、马宗融的批评态度、语气并无二致。

从回顾的角度来看，作为校勘手段的对译自带没法消除的痼疾，这个痼疾就是缺乏公道。翻译技巧没有一定之规，翻译效果也是千人千面，不可能整齐划一，做到一刀切。对译者若以自己的翻译观念和水准为规、矩、权、衡，测量原译者并口诛笔伐，被批评者根本不会心服，更不会口服。周耘青批伍光建译《诡姻缘》“贪图省事”“不肯费力”，“结果弄出许多错误来”，落下9个错译之处。结果，这篇书评文虽在《图书评论》发表，却被加上一段编者按，按语为“评者所指各项大致不诬，伍译确是疏忽。但所指之‘错误’第六项、第七项，伍译不错，却是评者有误”⑥。书评期刊的编辑亲自下场作决断，这

① 程会昌：《梁实秋译〈织工马南传〉》，《图书评论》1933年第2卷第1期。
② 马宗融：《书评：〈舅舅昂格尔〉》，《文学》1934年第3卷第2期。
③ 张公量：《评〈花间集评注〉》，《国闻周报》1936年第13卷第4期。
④ 李慕韩：《书评：评田汉译〈哈孟雷特〉》，《国闻周报》1936年第13卷第41期。
⑤ 唐一粟：《图书评介：吴编〈英文选读〉注释匡缪》，《读书通讯》1943年第75期。
⑥ 周耘青：《伍光建翻译的〈诡姻缘〉》，《图书评论》1933年第1卷第6期。

样的例子仅此一个。但我们禁不住又要质疑：周耘青酷评伍光建不能不说年少轻狂（他其时就读于北平师大文学院）、有失公允，但编辑所持的标准难道就是真理？“菩提本无树，明镜亦非台”，既然对译者惯于主观评断而非客观品评，那么，对译的公正性压根就没有坚固基础。不但如此，对译者的洋洋自得也会被嫌恶，毛如升对梁遇春译注的《英文小品文选》大泼污水，《图书评论》的编辑在此文末尾加上附言，替梁遇春对毛如升提出的见解逐一作出解释，在承认译者梁遇春的几处笔误、感谢毛的指正之后，直言毛“太过责备求全”。该编辑向毛和读者交代，自己写出这段文字为梁遇春辩白的目的无他，乃在于梁“已死了两年”，期望书评者嘴下留情，尊重逝者①。书评者DD道出了深受对译折磨的译者的愤懑，他表示，“那些批评翻译者的态度，常常是太傲慢了”，自己在翻译工作上毫无建树且不提，偏偏还要用尖酸刻毒的语言打击译书者的热忱，尽失“君子风度和费我泼来（fair play）”，“除费油墨纸张、读者光阴外，毫无所得”。DD以中间人的口吻，嘱咐对译者、译者结成“燧石”和“铜”的关系，“互相打击而成了光明温暖的火花”，孕化出“好的批评”“真的批评”与“好作品”，“同向成功之路而进”②。

二、评点

如果说对译有剑走偏锋之嫌，那么评点则中规中矩，得校勘之助，补对译之弊。评点赋予书评者恣肆评价的权利，书评者不需要太高的西文修养，不用过于考虑文章的长短、篇幅，但凡能言之有物、言之成理便可，尽情享有评点带来的巨大自由，进而将书评的范畴、对象扩大到了无所不包的地步，“评”以独具慧眼的“点”为特色，“点”以公允持重的“评”为基准，实乃是“太史公曰”文脉的延伸③。

《读〈瀛海论〉书后》的佚名作者评点原著者的著书立说的初衷、论证中

① 毛如升：《梁遇春译注的〈英文小品文选〉》，《图书评论》1934年第2卷第6期。

② DD：《读林榕君所译〈小新房〉》，《中国文艺》1940年第2卷第1期。

③ 心侠：《〈吴禄贞遗诗〉序》，《北野杂志》1920年第1卷第2期。

的失实记录[①]。馆森鸿以原著为依据，发掘《东塾读书记》作者力图调和汉儒宋儒的初心，指出其所持观点的偏颇之处[②]。吴寿麒读《吴中风俗利病说》，联想到的是中国国民劣根性之难除、国势必然继续衰颓的惨景和提倡“道德问题、平民教育”的重要性[③]。佚名书评者就小说《醉人妻》的写作宗旨作了颇有见地的分析，他认为这部小说“全篇宗旨首在改良社会，借一村落为世界之缩影，而谓改良之道必由家庭以推及学校，其关涉教育之精理名言往往散见各处”[④]，值得国人细细一阅。《精忠传》的评点者快人快语，用批语形式，如“较《精忠传》稍有兴会而失之荒俚，……就其本传铺张已足震铄古今。此书多设支节，反令忠武减色”“《雪窟冰天录》，即阿替计《南渡录》而变为章回小说，然著者熟于宋人稗史，其增益者颇有所依据”[⑤]，极其精练地阐述自己的看法，令人依稀得见脂砚斋评批《红楼梦》、金圣叹批《水浒》、张竹坡批《金瓶梅》的风姿。

周作人在《读〈儿童世界游记〉》中从译者不了解日本民间器物、地理形势的弊端说开去，吐露自己对“日本人是秦朝时候，徐福的子孙”说法的反感[⑥]。赵荫棠对郑振铎《飞鸟集》的译法进行指点，逐一开列自己认为更妥帖的译法，并特地表态，自己“对于这通信研究上，深鄙谩骂，亦怯谩骂。我这封信是领教、学习的意思，不要看错了”[⑦]，以此打消郑振铎可能的不快。梁俊青对郭沫若译《少年维特之烦恼》四分褒、六分贬，赞颂歌德是欧洲近代文学史上的重要人物，其文作具有巨大的思想性，嫌弃郭沫若在翻译该书时发挥不稳定，“有时不但好，而且妙，简直能够传神，但是累赘的句语实在太多，不但不能引人阅读，而且使人看了头痛”[⑧]。姚民哀专一筛找《红楼梦》

---

① 佚名：《读〈瀛海论〉书后》，《万国公报》1880 年第 577 期。
② 馆森鸿：《读〈东塾读书记〉》，《亚东时报》1900 年第 21 期。
③ 吴寿麒：《读〈吴中风俗利病说〉书后》，《学生文艺丛刊汇编》1911 年第 2 卷第 2 期。
④ 佚名：《小说：〈醉人妻〉序》，《教育世界》1905 年第 97 期。
⑤ 佚名：《评林：〈精忠传〉（平衍）》，《小说林》1907 年第 4 期。
⑥ 仲密（周作人）：《读〈儿童世界游记〉》，《晨报副刊》1922 年第 4 月 10 日。
⑦ 赵荫棠：《读〈飞鸟集〉》，《文学旬刊》1923 年第 79 期。
⑧ 梁俊青：《评郭沫若译的〈少年维特之烦恼〉》，《文学旬刊》1924 年第 121 期。

的情节漏洞，“就原本立论、摘其疏漏者”，满足文人常有的考据癖①。闵正化一一“点”出程小青《黑鬼》的脱漏情节，提请作者及时更正②。慧尊女士将谢无量和曾毅所著的两部中国文学史放在一起评价，指出两本书的共同不足——“于每一个时代的文学之变迁大趋势，无提纲挈领的简明的叙述——无概括的观念——每一个时代的文学，有它的独立的主要的趋势。某派为主，则其他的为其附庸，而某派文学之所以成立的前因和它的发展的历程，和既成立以后的结果，著文学史的人应该给它一个提纲挈领的叙述，便于人们一读了就可以得到一个概括的观念”③。调孚列数《世界文学家列传》在传主选择上的不合理与体例上的不完备④，几乎一样的批语出现在顾文《中国文学年表》一文中，顾文批评该书编者无视古代作品的创作年代和作者生平无法确认的事实，疏于取舍，导致所收录的作家小传过多，喧宾夺主，致使该书更应该作为《中国文学史长论》附录面世，而不该独立成书⑤。

在李影心看来，林徽因选辑的《大公报》“文艺丛刊”小说佳作集在选作代表性、选本的排列次序上都很薄弱，林徽因个人在文学创作上的天才并不等于她自然而然就适合做编纂工作⑥。另一位才女陈衡哲的《川行琐记》经书评人正邦辨误之后，暴露出了著者在地理知识上的混淆不清、四川底层社会改革构想上的幼稚浅薄。正邦没有出言不逊，而是呼吁陈衡哲将“不正确的论断和推理须加以正确的辩白”，以此实现“对四川的观察，能够比较正确一些、不要大草率”⑦。

值得一提的是，有书评者曾运用评点投身捍卫新文化、新文学的浪潮之中。一位未署名的中学国文老师使用“改中学校学生文章之手腕，而施之于海内所称‘大古文学家’之林先生者”，逐句圈点林纾新作《荆生》，得出

① 民哀：《〈红楼梦〉质疑录》，《小说新报》1921 年第 7 卷第 3 期。
② 闵正化：《读程小青君〈黑鬼〉质疑》，《半月》1923 年第 2 卷第 16 期。
③ 慧尊女士：《评谢无量和曾毅所著的两本〈中国文学史〉》，《鉴赏周刊》1925 年第 22、23 期。
④ 调孚：《介绍与批评：世界文学家列传》，《一般》1926 年第 1 卷第 2 期。
⑤ 顾文：《书评：〈中国文学年表〉》，《文学》1934 年第 2 卷第 6 期。
⑥ 李影心：《书评：〈文艺丛刊小说选〉》，《国闻周报》1936 年第 13 卷第 36 期。
⑦ 正邦：《读〈川行琐记〉》，《西南评论》1936 年第 3 卷第 2 期。

“惟独以文论之，固不成其为文也。其结构之平直、文法之舛谬、字句之欠妥，在在可指”的结论，感慨“林先生号为能文章者，乃竟至于斯耶！殊非鄙人梦想所料及者矣”，嘲弄林纾不计腹中空空的事实，贸然“反对国语文学，梦想用武力来压制”（注：此句系《每周评论》记者所写的《荆生》案语）①。这篇用语文白参半的文章，有些掉书袋，也不乏“之乎者也”，但融入了作者真挚进步的文学寄托，传达出除旧布新的文化理想，生动记录了思想大转型时代的细微处及动人处，值得后人知悉。

三、索隐

何谓索隐？简言之，它就是研究者“行本好奇，知足索隐”，探幽搜奇，“穷极尽状”，发他人之所未见、未闻的尝试及其过程。刘勰云：“夫心术之动远矣，文情之变深矣，源奥而派生，根盛而颖峻，是以文之英蕤，有秀有隐。”文作著者，特别是他们当中的出类拔萃者，往往会将自己的身世遭际、兴亡感喟等不便明言、不可袒露的心曲，伏隐在结构、情节的基底。能够将它们和盘搜出、悉心清理，继而得以重新发现作者、发现作品，对于书评者来讲，是一件足资庆祝并值得骋力的事业，故而书评者喜用校勘、评点，也青睐索隐。

《红楼梦》是重点的索隐对象。鸠拙以中国历代小说家惯于“以自身所经过之历史为著述之资料”的传统为立论的逻辑起点，认为《红楼梦》是其著者身历明清易代之惨痛，看破红尘，以喜境写忧情，以热闹衬冷寂的愤世之作，并提请读者注意《红楼梦》涉及政治，而非儿女情的一面②。羽白从清代笔记、野史中搜罗证据，指明《红楼梦》中的人物并非完全虚构，如负责布置点缀观园的“胡老名公”，其实指的是明末清初著名画家傅山之子傅眉，从中可以窥见著者喜欢“随手拈来”，以及尽管身历困顿，但不乏幽默诙谐的豁达大气③。

《红楼梦》以外的中外图书，当然也是索隐对象。飘萍客推测出《品花宝

① 佚名：《评林蝟庐最近所撰〈荆生〉短篇小说》，《每周评论》1919年第13期。
② 鸠拙：《说部卮言》，《小说新报》1919年第5卷第9期。
③ 羽白：《读〈红楼梦〉之一得》，《星期》1923年第45期。

鉴》通过人物设定等途径暗示了成书时间，其实描绘的是“清乾隆全盛时事及京师梨园人物”，且“其书中人多有所影”，是著者以“细腻熨贴”之“笔墨”精心绘就的反映清代全盛时期各种光怪陆离的浮世绘。不仅如此，正是由于该书的寓言性和演义性，书中人物、情节，著者的真实身份和写作意图等“足资一代典物之考证”①。袁思亮读冒鹤亭编纂的《云郎小史》，读出的是著者借写清朝自建政之初的政治、文教、名人的典故逸事，来抒发遗民“文物邈焉、不可复见”的切肤之痛②。徐诚斌从海明威的生平过往、人生观念为出发点，推测《战地钟声》（今译《丧钟为谁而鸣》）用“钟声”做书名的深意、书中出现“钟声”的次数和每次响起的用意③。

由于“索”的是无从考证、无法定论的“隐”，“索”的结果泰半不具公信力、权威性。纯以索隐来代替严谨细致的文学探究，试图用各种奇形怪状的“钥匙”来“解”文作奥妙之“码”的做法，注定会受人诟病。黄乃秋对胡适《〈红楼梦〉考证》大不以为然，责备胡适脱离了《红楼梦》“为已经剪裁之人生”“为超时空性之人生”“为契合名理之人生”“为已经渲染之人生”这个基本前提，混淆了生活真实与文学真实的界限，误以为著者用论文注释的方法来写小说，犯了理念先行的毛病④。赵肖甫将自己的新著《〈红楼梦〉讨论集》寄送给俞平伯，请俞平伯为其作序。俞平伯通读之后，不客气地表示，赵肖甫坚持《红楼梦》属于如假包换的传记文学作品的观点，因而以为每段文字、每条线索，乃至一首诗、一句话必定有所本，于是陷入“处处以此求之，必不通”，但“不通，而勉强求其通”的怪圈。俞平伯还感叹，索隐成癖绝非善事——“索隐而求之过深，惑矣；考据而求之过深，亦未始不惑”⑤，言下之意，文学研究者不妨大胆假设，但须小心求证。

运用索隐之法，贵在辨析真伪、融会贯通，拿出自己的灼见。江崎进做到了这一点，他对《金瓶梅》作者真实身份的分析，内含索隐成分，但他非常

① 飘萍客：《〈品花宝鉴〉索隐》，《新声》1922 年第 9 期。
② 袁思亮：《〈云郎小史〉序》，《青鹤》1934 年第 3 卷第 1 期。
③ 徐诚斌：《关于〈战地钟声〉的书评》，《宇宙风：乙刊》1941 年第 52、53 期。
④ 黄乃秋：《书评：评胡适〈红楼梦考证〉》，《学衡》1925 年第 38 期。
⑤ 俞平伯：《〈红楼梦讨论集〉序》，《责善半月刊》1941 年第 1 卷第 21 期。

明智地避开因“隐”而“虚”、因“索”而“玄”的陷阱，选择将已确定、公认的信息碎片集中起来，形成一张关涉著者大体面目的拼图：

> 听说《金瓶梅》的作者在一豪富人家做过馆，大概是和西门庆家的温秀才那样的写写礼帖，陪伴主人和宾客说说话儿，对于西门庆家的生活空气很深入，但他到底只是各不相干的人，轮不到他羡慕，也轮不到他怜悯。正如温秀才在西门庆家是无足重轻的，作者在《金瓶梅》里也不能发见自己。他不能赋予故事以人生的完成，只能写出故事自身的完成。

在江崎进看来，生活远比文学复杂精彩，兰陵笑笑生对富贵人生的如实、逼真描绘，恰如蒙娜丽莎的微笑一般，获得了不动声色而声色俱备的效果，令解读者无法释卷、玩味不尽。和大开大合、气魄雄浑的笔法相对照，作者的灰暗的失落感凝结成了全书的情感基调，作者不给读者，也不给自己哪怕一星半点希望，刻意让所有人的感情“仍旧没个着落，只是壅塞的忧伤、解脱不了”①。在江崎进手中，索隐得体恰当地发挥了应有的作用，显示出它有资格和校勘、评点相并列，为书评者所用。

第三节　书评者所使用的书评文式

书评者具有书评文式的选择自由，他们先综合运用校勘、评点、对译等评价方式，再从自己的写作偏好、意见表达需求出发，为各自所撰写的书评文选定合宜的文式。这些文式包括赋体式、骈体式、八股式、诗式、书信式、论文式、纠错式、校勘式、评点式、钩沉式、逸闻式、考据式、摘录式、赏析式、随感式等20余种。每种文式所对应的文章数量自数篇至上百篇不等，既无法也无须逐一列举阐析，本节选取并探究其中使用频率最高的五种。

---

① 江崎进：《谈论〈金瓶梅〉》，《苦竹》1944年第2期。

一、韵文式

书评者中不乏传统文学素养超群之士，他们习惯以韵文来作书评文。这些韵文主要分为赋体式与骈体式两种。

赋有“短赋”“骚赋”“辞赋”“骈赋”“律赋”“文赋”之分，彼此之间在用韵用字上有同有异。书评者用赋体来写书评文，并不在意它们的区别和赋体写作的完整性、连贯性，而是借重赋体的整饬雅丽来显示自己的文辞修为，客观上达成对被评者及其作品的嘉许。

王樵麓以《旅行草》赠与文友林绍櫆，林绍櫆欣然写下序言，激赞“吾友樵麓胸罗二酉，袖握灵蛇，赋拟《三都》，文成绣虎”①。胥振瀛盛赞《筱山吟草》作者周芳园的文才和涵养，其辞曰：“受而读之则知先生妙年、历落秉质，岐岳系出濂溪，襟度光风霁月。居陵伊洛，乡关岳色河声，抱黄卷以励勤……予生也晚，公逝于前。先哲云，遥迟白传屏风之画，高山可仰，起襄阳者旧之思。谨次其生平，爰为之巷引。怅东亚风骚已矣，尚余鲁殿灵光。问北方文士何如？岂仅韩陵片石！”② 张秋爽夸赞“吾友”苦竹生“抱恢奇隽异之才，不克奋于功名”云云③。张仁甫将《胜游集》著者袁炼人比作当世的屈原、宋玉，有“吞来五色之云，视若百朋之锡。才惊白燕，何当播入弦歌。劫挽红羊，还应昌明诗教”的卓越才华④。《海日楼诗注》作者沈曾植被钱萼孙赞曰“乃鲁阳回戈、虞渊伊坠，而刑天舞戚，猛志犹存；泊信国黄冠，得归南土，仲连玉貌，欲蹈沧溟。遂效三闾之呵天，每命祝完而祈死。公之志节何如哉！”⑤。诸如此类，显示出书评者利用赋体作文，多出于人情考量的隐衷。

人情因素横贯于前，赋体式书评文因此缺少对人、书的批判性和思辨性。托名“书评”，其实不提书、人的不足，而是书评者为被评者记录学问渊源、

① 林绍櫆：《王樵麓〈旅行草〉序》，《翼社》1917 年第 1 卷第 1 期。
② 胥振瀛：《〈筱山吟草〉序》，《文化革新导言》1928 年第 2 期。
③ 张秋爽：《〈苦竹山房诗文集〉序》，《钱业月报》1929 年第 9 卷第 10 期。
④ 张仁甫：《袁炼人先生〈胜游集〉序》，《交通丛报》1935 年第 201—202 期。
⑤ 钱萼孙：《〈海日楼诗注〉序》，《小说月报》1941 年第 9 期。

个人行痕的学案精要或简略传记，如许正枢《〈幽居集〉序》①、郑永诒《〈海藻〉序》② 等，这些文章或直露，或暗含书评者对被评者人品、学品的无条件肯定，是文人相敬、彼此提携的产品。

骈体式书评文和赋体式书评文在数量上不相伯仲，有四五十篇。在写法上，骈体式书评文讲求用韵、格律和修辞技巧，但对形制的要求并不总是非常严格，偶尔也会借用赋体的体式要素。张樾侯《〈感怀唱和集〉序》③、伍倜《〈俳体诗史〉序》④、苏慕濂《〈海珠脩禊〉序》⑤ 等，都是典型的骈赋，《〈感怀唱和集〉序》《〈俳体诗史〉序》甚至掺杂了四六体的某些特征，将扬抑转阖之道操运至炉火纯青的地步。骈体式书评文的功用与赋体式书评文如出一辙，大半都是为了表达几近谄媚的赞许之意。在这些文章里，书的作者是“皖中耆宿”⑥、“董理百家，亦莫不旁搜远绍、不涉虚诬”⑦ 的儒学大家、“振绝甄业”⑧ 的一代词宗，而这些人所编、著的书，则多被评为继往开来⑨、必定为世代所传扬不绝的扛鼎之作⑩。平心而论，对于韵文式书评文中多见谄词的现象，我们不能单纯以文人之间互相取悦来加以粗评妄断。我们应承认，近现代知识分子深受传统文化、伦理观的熏染浸润，他们对待文友、亡友、先师、同门、前辈、后学、社友及其著述的态度，无不是尊人贬己、不出恶言，以示谦逊恭让，和所谓身在“现代”社会专事攻击的新锐书评者在理念、心态上南辕北辙。我们还须对其致以敬意，因为清丽雅驯的文字也足以开出素淡沁馨的鲜花——他们将自己对故人旧友的回忆穿插在段落中，情真意切颇令人感动。在《〈无恙续稿〉序》中，钱萼孙首肯杨无恙恃才而不傲物的胸怀与激

---

① 许正枢：《〈幽居集〉序》，《虞社》1935 年第 218 期。
② 郑永诒：《〈海藻〉序》，《小说月报》1944 年第 43 期。
③ 张樾侯：《〈感怀唱和集〉序》，《嘤声月刊》1921 年第 1 期。
④ 伍倜：《〈俳体诗史〉序》，《约翰声》1921 年第 33 卷第 1 期。
⑤ 苏慕濂：《〈海珠脩禊〉序（骈体）》，《潭冈乡杂志》1929 年第 10 卷第 2 期。
⑥ 金幼石：《〈绣溪草堂诗集〉序》，《虞社》1930 年第 165 期。
⑦ 王欣夫：《〈谢宣城诗注〉序》，《约翰声》1931 年第 42 卷。
⑧ 张尔田：《〈彊村遗书〉序》，《词学季刊》1933 年创刊号。
⑨ 李澄宇：《〈北岳骈文〉序》，《南社湘集》1937 年第 8 期。
⑩ 陈含光：《〈古文喜读〉序》，《中央日报》1947 年 8 月 17 日第 10 版。

流尚知勇退的智慧，接着表明自己对杨无恙的深切思念，以及斯虽乱世，友情绝不澌灭的信念："劳歌互答，投分益亲。当旧乡临睨之余，增永嘉流人之戚。江亭藉卉，顾南冠而喟然。东门虽芜，招楚魂而未断。"①

二、诗式

诗也是书评人对人、书予以评定的手段。缘何使用诗，书评者并没有明确作答或间接暗示，究竟是为了显扬文化修养，还是仅仅出于下意识的写作冲动，我们一无所知，只能就目光所及来加以讨论。

作为书评文的诗有传统—有韵、现代—无韵两种，传统—有韵的诗绝大多数是七言律诗，现代—无韵的诗则为白话诗和散文诗。书评者使用七言律诗的起始时间正是期刊书评的出现时间，红杏词人在《四溟琐纪》1875 年第 1 期发表的《林烈女诗并序》及稍后的饭颗山樵《读钱唐朱佩秋女史浣香楼遗稿即题其端》② 等初期书评文，泰半都是以"诗"而非"文"来写就，显示出尚处于幼稚阶段的期刊书评在体式上的相对单一。民国以后，"文"在书评文种类上的比例显著上升，迅速达到与"诗"分庭抗礼的程度并在新文化—文学运动的推助下，成为期刊书评文的主流。即便如此，诗始终没有失去其在书评文体系中的位置，1950 年之前，以诗来作书评的情况仍屡见不绝。

总体上，不论文白，诗是一种利于作者张扬表现意志的文体，渗透了诗作者的代入感，这使诗式书评文侧重于感性，具有醒目的个人化色彩。匿名书评者人《读〈杜少陵集〉》叹惋杜甫的流离岁月和忠肝铁胆③，孙绮芬《读〈杜少陵集〉》则不提杜甫生平遭遇，而是寄寓了作者兴亡丧乱之悲心④，萍枝《读〈旅顺实战记〉》⑤ 也表达了同样的心理。剑公《读〈明夷待访录〉》钦佩黄宗羲"眼大如箕罩古初，把将谬种尽芟锄"的政治远见和匡复社稷的伟大

① 钱萼孙：《〈无恙续稿〉序》，《同声月刊》1943 年第 2 卷第 12 期。
② 饭颗山樵：《读钱唐朱佩秋女史浣香楼遗稿即题其端》，《寰宇琐纪》1876 年第 10 期。
③ 佚名：《读〈杜少陵集〉》，《益闻录》1880 年第 33 期。
④ 孙绮芬：《读〈杜少陵集〉》，《木铎周刊》1924 年总第 210 期。
⑤ 萍枝：《读〈旅顺实战记〉》，《醒狮》1927 年第 167 期。

抱负[①]，雪如《读〈仁学〉》赞扬谭嗣同“咀冰嚼雪吐泥滓”“大声如雷发充耳”、为唤起民众而不惜牺牲的大无畏精神[②]。《读〈黑奴吁天录〉》的作者从黑人种族遭遇中窥见了华人的悲观未来[③]。黄天《读〈心史〉漫题》抒发“雷霆剔斩死弥坚，盼望中兴年复年”的急切之心和汉族“我生有恨痛无涯，眼看胡天泪如麻”的民族隐痛[④]。蒋观云《读〈离骚〉》传递出清政权摇摇欲坠，居于覆巢之下的知识分子的惶惑不安[⑤]。吕觞忼《读〈易秋河先生诗集〉》诗句中满是原著者行走南北所经历的寒霜风尘[⑥]。红鹃《读〈南宋史〉有感六首》从南宋的苟且偷安发散开去，暗讽当政者“败在和平和不得，好将误国说天祥”[⑦]的颟顸堕落。牧天《读〈鸦片战争史〉》则切齿于“盟成城下余残泪，士散行间剩血痕”的惨痛，懊丧自己身为书生的救国无门[⑧]。王陆一恻然于国民革命从最初的单纯激越倒向后来的复杂多舛，借一首《读蒲列哈诺夫〈中国革命史〉感赋》对这场扭曲、变味的革命寄予追思[⑨]。同样读文天祥的传略、诗文集，立谟吟唱出的是“故国已无干净土，偏师犹复破残城。但留正气光河岳，肯换南冠盛圣明”的不屈信念[⑩]，林德旸读出的是“书生倚剑歌激烈，万壑秋声助幽咽”的慷慨悲凉[⑪]。1938年后，沦陷区的文士益发青睐诗对于哀悯山河破碎、企盼恢复社稷的价值，在诗的掩护下，他们借古讽今[⑫]，宣泄挹郁[⑬]，发出“溅泪惊心杜老吟，依然烽火国仇深”[⑭]的警诫，为精诚团结、共同抗日作出了贡献。

---

① 剑公：《读〈明夷待访录〉》，《选报》1902年第33期。
② 佚名：雪如：《读〈仁学〉》，《新民丛报》1904年第3卷第6期。
③ 《读〈黑奴吁天录〉》，《国民日日报汇编》1904年第4期。
④ 黄天：《读〈心史〉漫题》，《醒狮》1905年第2期。
⑤ 蒋观云：《读〈离骚〉》，《东方杂志》1911年第1期。
⑥ 吕觞忼：《读〈易秋河先生诗集〉》，《铸强月刊》1922年第2卷第3期。
⑦ 红鹃：《读〈南宋史〉有感六首》，《一八社刊》1932年第2期。
⑧ 牧天：《读〈鸦片战争史〉》，《湖南大学季刊》1936年第2卷第2期。
⑨ 王陆一：《读蒲列哈诺夫〈中国革命史〉感赋》，《拓荒》1933年第1卷第2期。
⑩ 立谟：《读〈民族英雄文天祥传〉》，《珞珈月刊》1935年第2卷第7期。
⑪ 林德旸：《读〈文山集〉》，《含光青年》1936年第6期。
⑫ 佚名：《读明野史十三首》，《民族诗坛》1938年第2卷第2期。
⑬ 宗子威：《读〈宋遗民录〉书后》，《英江吟社合刊 》1941年秋冬季合刊。
⑭ 徐世璜：《读冀野师〈烽火集〉》，《民族诗坛 》1938年第2期。

以律诗作书评者在阅读爱情故事时，其代入感会被加倍强化，被缠绵悱恻的情节、坎坷辛酸的人物命运所虏获，搁置“评”者身份，转为专门的“颂”情者。诗作者或哀恸茶花女的爱情悲剧，“天生骨相是钟情，死后方知我负卿。缩命十年拚一哭，病中狂吃泪如倾”①；或羡慕英雄英雌锄强扶弱、琴瑟和鸣两不误，“桃花宝马梨花剑，万里中原素手擎”②；或谴责家族势力干涉情爱，棒打鸳鸯③，在因果因缘层面诠释青年男女爱无所得、命亦难全的悲剧结局④，对男（或女）主人公最终的离去而大发扼腕之情；或孑然登楼，望天际孤帆，叹息“孤雁不知人寂寞，声声犹过大江东”⑤；或默立于香冢之前，喃喃自语“不为湖光能入梦，年年万里望白云”⑥；或表示怜悯，祈愿“似催卿早归黄土，好结何郎在世缘”⑦。书评者并不总是牵绊于“情”之魔、“爱”之魅，而是从家国盛衰的角度来看待男女私情的微不足道、旋起旋灭⑧，及其对世运时变的隐喻价值⑨。

用白话诗、散文诗来作书评的情况很不多见，笔者所见者不过十余篇，它们的作者以诗代文，所要达成的写作目标不尽相同，但与以律诗代书评文的作者们一样注重自我表达。

袁家骅《图画中奏乐的女神：读〈女神〉的时候》⑩赞赏郭沫若《女神》对冲决封建思想枷锁的鼓励作用。谷风田《读〈少年维持之烦恼〉》⑪赞美青年面对压迫以死抗争的笃定决绝，“自杀虽为人情的残酷/但终不失其为青年的热血的果毅之本真!”王任叔通篇赞扬徐杰“搭起了她那破碎了的心琴，曲曲的弹起了无聊的哀音”，描绘“无可挣扎的灰色的人生”，将徐杰誉为“剪

① 佚名：《读〈巴黎茶花女遗事〉》，《国民日日报汇编》1904年第4期。
② 感惺：《读白话道人〈玫瑰花〉》，《中国白话报》1904年第16期。
③ 佚名：《读埃司兰〈情侠传〉》，《女子世界（上海1904）》1905年第2卷第2期。
④ 剑侯：《读〈迦因传〉寄友》，《公民急进党丛报》1912年第3期。
⑤ 诵之：《读〈雁声〉小说有感》，《小说月报》1913年第3卷第11期。
⑥ 任鸿依：《书〈鹡鸰风雨集〉后》，《留美学生季报》1914年第1卷第3期。
⑦ 天所生：《读〈玉梨魂〉》（梨娘），《师亮随刊》1931年合刊本。
⑧ 祁维谷：《读〈太真外传〉》，《国专月刊》1935年第2卷第1期。
⑨ 桃城布衣：《读〈桃花扇〉》，《西大学生》1934年创刊号。
⑩ 袁家骅：《图画中奏乐的女神：读〈女神〉的时候》，《创造日汇刊》1923年第1期。
⑪ 谷风田：《读〈少年维持之烦恼〉》，《民国日报·觉悟》1925年第4卷第21期。“持”，原文如此，后同。

裁的人生的片段来到了文字上的作者”，“带有很浓重的现代色彩的作者”，“是把看的透的人生的一面和看不透的人生的一面同时都给予了我们的作家”，“是能够以诚实的态度去观察人生的作家”① 云云。有恒《读〈血痕〉》倾吐的是作品将他深深打动的共情效果，“《血痕》里有我心灵上的友人/我的心脏让它《血痕》里激荡吧/那是我心灵上的泪痕呵，《血痕》！”② 念生《〈流浪诗〉序》表达自己“浜水暴发，泛滥天下/我要去归依大海，流浪天涯”，去寻求人间乐土的昂然志向③。吕荧《〈人的花朵〉序》其实是一篇自序，他用诗向读者宣布：“战争的烽火在燃烧着/突破了漫漫的长夜/历史和时代的声音都告诉我：这春天不会太远了/为了迎接中国的春天/我/送出了这本小书。”④

三、论文式

科学主义倾向在文学批评活动中萦绕不散，是论文式书评出现的观念根基。“科学的”文学批评，指的是，将自然科学研究思维全面移用到文学批评范畴来完成剖析、论证过程，以此屏蔽批评者的主观偏颇，实现客观确凿、理据兼强的批评效果。对于科学主义的内涵，刘真如的表述入木三分：

> 各种不久成为独立的科学的，如心理学，都依重自然科学而得以发展。我很敢武断的说句话：文学非依重自然科学也不能得到极致。⑤

“科学的”文学批评在文学界有市场，“年来国内社会科学思潮的高涨，使文学研究转向于社会学的方面，至于文学中的个人成分，则已跃出了人们的视线了”⑥，“几十年来知识的进步，渐渐将文学研究建立在科学的基点之

① 王任叔：《读〈飘浮〉》，《文学周报》1926 年第 232 期。
② 有恒：《读〈血痕〉》，《开明》1928 年第 1 卷第 5 期。
③ 念生：《〈流浪诗〉序》，《文艺杂志》1931 年第 1 卷第 1 期。
④ 吕荧：《〈人的花朵〉序》，《力报副刊・半月文艺》1942 年第 20—21 期。
⑤ 刘真如：《介绍〈文艺评衡之方法与资料〉》，《鉴赏周刊》1925 年第 5 期。
⑥ 洪深：《文学中的所谓个人成分》，《申报月刊》1934 年第 3 卷第 5 期。

上"[①] 的观察结论并非空穴来风。科学主义适用于书评的认知被部分书评者所接受，为论文式书评文的出现扫清了障碍。

最早开展富于科学主义精神的书评的人，是杨鸿烈。他以他山之石攻玉，凭其所著述的《中国诗学大纲》，"把中国各时代所有论诗的文章，用严密的科学方法归纳排比起来，并援引欧美诗学家研究所得的一般诗学原理来解决中国诗里面的许多困难问题"，来纠正以往诗学研究偏重评者主见、缺乏公信的弊端[②]。

继杨鸿烈之后，涛每、韦素园、李青崖、刘修业等人撰写的论文式书评文先后见诸报刊。他们的社会身份具有高度相似性，几乎都来自高校、中学，受过或至少接触过西式学术训练：朱无枉、李嘉言、张世禄各自就读于暨南大学、清华大学、南京中央大学，吴烈是暨南大学国文系教师，钟敬文在国立中山大学中文系担任助教并教授预科国文，厉啸桐是国立武汉大学教授，年纪最小的汪榕年是上海某中学"高级一年乙组六班"学生。

总观他们的文章，我们可以看出论文式书评文在格式上的高度一致：阐述观点开门见山、褒贬态度分明；分节论证，层次井然；参考附录一目了然。

李青崖在翻译、出版《波纳尔之罪》之后，为汉译版作序，交代原著体裁的独特之处，推测其原因，说明自己为译出该书而广泛搜求的几种底本，文末列明"本文引用书目"以资读者参考[③]。潮《评〈乐府古辞考〉》分析郭茂倩对乐府辞进行分类的用意和宗旨，肯定郭茂倩所做分类的合理性和系统性，接着比对考证者陆侃如的见解，批评其空言革新，实际上"错解了乐府的意义""紊乱了古今方俗乐府的系统"，文末嘲讽陆侃如《乐府古辞考》违背了原著者的本意，"不足以'引起读者对于乐府的兴趣'"，"本来就没有出版的必要"[④]。毓蘅在《读〈狱中记〉》一文开篇，阐述自己对王尔德[⑤]《狱中记》写作原因的推导结果，之后对王尔德、列夫·托尔斯泰的艺术观进行对比，论述王尔德所遵奉的、建立在宗教情怀之上的人道主义精神，接着大幅介绍欧洲

① 洪深：《〈法兰西文学史〉序》，《商务印书馆出版周刊》1936 年第 194 期。
② 杨鸿烈：《中国诗学大纲》，《晨报副刊：文学旬刊》1924 年第 48 期。
③ 李青崖：《〈波纳尔之罪〉的汉译本的引言》，《文学周报》1926 年第 230 期。
④ 潮：《评〈乐府古辞考〉》，《一般》1927 年第 2 卷第 4 期。
⑤ 笔者注：文中作韦尔德。

文学中的人道主义精神及其对中国现代文学的启示作用①。朱无挂《读〈白香山诗集〉后之一写》以“白氏历史及其环境”“白氏时代诗之背景及其诗之体格”“白氏诗之修养及论诗之用处”“白氏诗之普遍与社会功效”“白氏诗之特色及其著作价值”五部分来谈论白居易诗歌的多重价值，文章结构、条理与今日大学生每学期必作的小论文形神无二②。钟敬文《关于孩子们的歌声：序黄诏年君编的儿歌集》从原书作者的观点出发，加入了自己的研究心得，畅谈民间歌谣的类别系统、各自特征，儿歌的作者身份，儿歌意旨的解读关键③。刘修业从《西厢记》的人文主义精神、《西厢记》之来源、《西厢记》所演之故事、《西厢记》之优点等六个层面来加以品鉴，借助西方戏剧理论评析《西厢记》叙事节奏、人物对话之妙④。吴烈引用郑振铎《文学大纲》、章士钊《诗教》原文来说明“《诗经》对于后来文学的影响”，并追溯《诗经》的渊源、《诗经》与周代社会的关系⑤。

一风的《书评——〈曾国藩之生平及事业〉》⑥堪称论文式书评在格式、编排上的范本。该文结构整齐、条目清晰，是同类文章的代表。它的整体框架如下表所示：

行文顺序	框架（一级）	框架（二级）	批评标准
该书出版信息			出版的时效性
该书的出版价值			学术价值、阅读价值
该书的优缺点	材料方面	来源	权威性
		内容	综合性
		阅读体验	可读性、新鲜感
	编制方面	结构	严谨度
		文字	流畅、平易程度
		评判	公允度
该书总评			

① 毓蘅：《读〈狱中记〉》，《南开大学周刊》1927年第43期。
② 朱无挂：《读〈白香山诗集〉后之一写》，《暨南周刊》1928年第4卷第4期。
③ 钟敬文：《关于孩子们的歌声：序黄诏年君编的儿歌集》，《民俗》1928年第17、18期。
④ 刘修业：《读〈西厢〉后》，《国立北平图书馆读书月刊》1933年第2卷第6、7期。
⑤ 吴烈：《〈诗经〉在中国文学上的地位》，《国民文学》1934年第1卷第3期。
⑥ 一风：《书评——〈曾国藩之生平及事业〉》，《文化与教育》1936年第100期。

能与一风《书评——〈曾国藩之生平及事业〉》相伯仲的书评文，首推王榕年《读吴敬梓的〈儒林外史〉》①。该文也做到了形制谨严，于论于证一丝不苟。节录其各节标题②如下：

（一） 吴敬梓的传略
（二）《儒林外史》 的内容
（甲）《儒林外史》 的回数与真伪及成书年代
（乙）《儒林外史》 中所叙的人物
（丙）《儒林外史》 的蓄意
（丁）《儒林外史》 的技术批评
（三）《儒林外史》 对后世的影响
（四） 吴敬梓的年谱
（五） 后记

该文的"参考书名称"包括了胡适之《胡适文存》、容肇祖《中国文学史大纲》、傅东华《文学百题》、赵景深《中国文学小史》、鲁迅《中国小说史略》、胡云翼《中国文学史》等六本著作，表明该文作者所持见解有据可依。

驳论文也是论文式书评文中的一个分支。张世禄《评朱光潜〈诗论〉》③用先立后破的写法，先列举朱光潜《诗论》的主要观点，再征引苏俄的诗学理论逐一加以批驳，洋洋洒洒，近两万字，就其篇幅来说，实乃一篇标准大论文。

四、纠错式

从现有的文章整理情况来看，书评者实际上是将纠错当作校勘的补充来使

① 汪榕年：《读吴敬梓的〈儒林外史〉》，《铃铛》1937 年第 6 期上卷。
② 注：序号及二级标题之间的空格为原文所固有。
③ 张世禄：《评朱光潜〈诗论〉》，《国文月刊》1947 年第 58 期。

用，全篇为纠错的书评文的篇数不到50篇，占近现代书评文总数的1/62。尽管占比较低，纠错式书评文却全无用韵之约束，也少理据之要求，因而属于写作自由度最高的书评文体式之列，故而有加以介绍的必要。

俗话说，金无足赤，世上没有哪一部书能够达到完全、彻底、无条件的“对”。恰恰相反，从书中“纠”出这样那样、各式各样的“错”反倒能不费周章、手到擒来。纠错式书评文的作者与其说是在攻瑕指失，倒不如说是在抉瑕摘衅。无论巨细，但凡是不足之处，往往都会被他们爬罗剔抉、批判一番。纠错式书评文因此具有以纠错数高为荣、多尖言冷语这两个并不值得称誉的特性。但由于析疑匡谬要求以坚厚的知识素养打底，所以书评者并不真敢信口开河、无所顾忌地大肆攻击。如此一来，快意批评的殊非易得反过来倒逼纠错式书评文以批评质量获优，成为貌似最好写，实则最难写的一类书评文章。

通常情况下，被“纠”出的“错”在5个左右，最高记录是鲁左山《读〈南洋见闻志奇〉之后》的27处，涉及民俗、语言、方志、历史、中外关系等多个学科门类①，原著者的固陋被纠错者的博闻衬托得格外显眼。李笠《读〈文心雕龙讲疏〉》从“书考”“著者年谱”“刘勰遗文”“旁证”“引书出处”“注释”“校勘”“补辑”八个方面对范文澜所著《文心雕龙讲疏》作内容指正和增补②，化名“补血针”的书评者从法国小说家边勒·鲁意原著，病夫、虚白翻译的《肉与死》中选出一节，逐段指示出各处误译、错译、漏译，认定出版之前大肆做广告造势“轰传一时的《肉与死》竟是一本失败的翻译”③，要求真善美书店和译者向受骗上当的购书者郑重道歉，摆明了其立足于技高一筹的翻译才能以维护读者正当权益的严正态度。胡寿华结合自己对中国古代文学经典的理解，指出《中国文学评价》著者胡怀琛犯了四个错误。第一，胡怀琛“给《诗经》穿上了儒家的衣服”，将其视为彻头彻尾的儒学著作，忽视了《诗经》的民间性。第二，杜甫的诗偶尔带有“忠君”色彩，胡怀琛因此便对杜诗冠以“纯粹儒诗的代表”的头衔，是以偏概全。第三，胡

① 鲁左山：《读〈南洋见闻志奇〉之后》，《民众文学》1925年第10卷第7期。

② 李笠：《读〈文心雕龙讲疏〉》，《图书馆学季刊》1926年第1卷第2期。

③ 补血针：《〈肉与死〉的第一节》，《新文艺》1929年第1卷第1期。

怀琛将苏轼诗奉为滑稽诗的翘楚，实属误会，没有看到苏轼诗的多样性。第四，胡怀琛不满武松“与社会没有关系”，一叶障目，未理解武松是作为儒家理想人物的一种存在。胡寿华最后写道，“胡氏不但见解荒谬，就连几句普通文章，似乎都欠通”，而胡怀琛粗制滥造而成的《中国文学评价》可以被更名为《梦呓录》①，言锋所至，丝毫不留情面。

有些书评者的宽和给人留下了深刻印象。郑师许《杨铁夫〈改正梦窗词选笺释〉》全篇三分之二都在赞许著者杨铁夫《改正梦窗词选笺释》用功之勤、用心之深、周纳翔实等七条优点，剩下的三分之一“纠”出杨铁夫“错写太多，不观校勘表，使人疑为改易原书”等五条缺点，明显褒多于贬、鼓励多于贬低②。水天同《略谈梁译〈莎士比亚〉》找出梁实秋《莎士比亚》译文一连串“可说是俯拾皆是”的硬伤，但即刻笔锋陡转，表示自己“指出一种工作的弱点，并不就是菲薄那种工作的本身”，而是为了透过梁译的弱点——它们“实不是个人才力及意向的问题，而是时代对翻译文艺作品的认识的问题”，来看清中国翻译界的孱弱，警示包括梁实秋、“我”本人在内的“我们自己”深刻反省、有所改观③。这篇书评文平和中肯，不汲汲于纠错，更不贴便签、不扣帽子，下笔温良恭俭，令人如坐春风。阎简弼一方面指出《谈艺录》存在“疏于辨正”“造语失贴”“征引未周”“文有脱误”“诠释欠妥”“评语自相矛盾”“注或衍或漏”等纰漏，另一方面则强调“这些都是‘小眚’，是掩不了‘大德’的！而有些地方所以稍显冗蔓的，是因为钱先生要详证广征：由这些地方正可见钱先生的工力来”，称赞钱锺书“肯博览多读”、埋首学问，将批判的矛头从纠错转向了“举世都竞尚偷工减料，甚且束书不观，以枵响唬人误人的时代”④，作者为文的分寸感于今犹见。

五、评点式

传统文人在阅读文章的过程中，将转瞬即逝的灵光乍现和斟酌再三的深思

① 胡寿华：《对于胡怀琛氏的〈中国文学评价〉之评价》，《文学杂志》1931 年第 1 卷第 1 期。
② 郑师许：《杨铁夫〈改正梦窗词选笺释〉》，《图书评论》1934 年第 2 卷第 6 期。
③ 水天同：《略谈梁译〈莎士比亚〉》，《国闻周报》1937 年第 14 卷第 1 期。
④ 阎简弼：《钱锺书著〈谈艺录〉》，《燕京学报》1948 年第 35 期。

熟虑，标注在段句间隙和页面空白等处，渐渐形成了文章圈点传统。近代期刊出现以后，文章圈点传统在书评上找到了新的寄栖点，评点式书评文因此诞生。

寅半生《〈小说闲评〉叙》① 是评点式书评文的鼻祖。寅半生为了便于喜爱购阅小说的读者在琳琅满目的书中挑选出合意者，自编了一本小册子《小说闲评》，对市面上新出现的图书信息作精要介绍，内容涵盖小说类别、小说名称、作者（或译者）信息、出版机构名称，回目数、全篇故事内容梗概、各回（或若干回）故事情节简介，穿插以自己的简短评述：

·狮子血（冒险小说，一名《支那哥沦波》，保定何迥撰，雅大书社印行）“书凡十回。初叙……”“第一回至第五回 写查二郎不过一粗蛮武夫，毫无趣味”“查之出身不过第五回自述数语……不过药中之引耳，笔墨殊嫌太费。”

·黑行星（科学小说，西蒙·纽加武著，东海觉我译述，小说林印行）“全书叙一黑行星与太阳冲突，将太阳外壳冲破，元质便流散地球、焚烧殆尽，此外别无事实。科学家或有意味可寻，非小说家所能索解也。”

·手足仇（侦探小说，法国波罗·弥宁著，皖南江之冰口译，江之屏笔受，新小说社印行）“是案叙……”“全书叙侦探离奇恍惚、不可思议”“详简合宜，可云佳构”

·玉雪留痕（写情小说，英国哈葛德原著，闽县林纾、仁和魏易同译，商务书馆印行）“书凡二十三章，无回目。叙……”“奇事奇情，古今罕见”“叙米仁之骄踞，令人生怒；叙奥古司德之穷窘，令人生怜；叙幼司透司之义愤，令人生敬。中间叙米仁之结局，令人生快；叙奥古司德之受黥，令人生爱。末后叙公堂之涉讼，令人生急；叙二人之合婚，令人生羡。”

---

① 寅半生：《〈小说闲评〉叙》，《游戏世界》1900 年第 1 期。

寅半生显然受简明字典的启发来撰写书评文，他不会料到，自己在无意中不但揭开了评点式书评文的序幕，还提供了写作范本。迥异于论文式书评文的长篇大论，评点式书评文以体制小巧为特征，单篇文字数量以十、百为单位，书评者无须多费口舌，只求情畅意达，甚至有不少评点式书评文以随感面目示人，作者在写下寥寥数语后便遽然收笔。

充分的评论自由是评点式书评文最突出的特色。评点对象、评点角度、评点态度统统由书评者自行决定。书评者评点作家属于家常便饭，安徒生（Andersen）“以说平话闻于时”，“安徒生研求此术，乃至读书十年，而后成家”，“恒喜以诙谐之辞，强小儿而语之，使闻者不懈而几于道。其感人之速，虽良教育者不能及也”①。郎卿一次性评价了13位小说家，创造了评点作家人数的记录②。赵鲜文责备萧艾虽然“会利用简洁的诙谐的线条，使人发生一种所谓会心的微笑”，但用廉价的笑回避了“炮火连天的时代”“忧郁的时代”，所以“对于文艺的教养有些忽略”③。

评议作品更是题中应有之义，属于书评者的常规操作。《疯人日记》“文笔不甚妥帖，别字亦多，时时杂以歪诗”④，《儒林外史》“前面写的非常热闹，后面岂得轻易丢开？书中往往有起头、无煞尾，未免美中不足”⑤，黄照逐篇赞赏萧乾《篱下集》中的单篇小说在情感基调、谋篇布局、遣词措句等方面的过人之处，文末鼓励萧乾保持目前这旺盛的写作劲头，取得更大的成绩⑥。陈灨一在《湘绮楼日记》原文之后加眉批、按语，对日记中所涉人、事、物的相关史实加以补充、注解，生动再现圈点传统的原始样貌⑦。

兼谈著者及其作品者，往往有之。倪贻德《残夜》写三角恋，结构有条理，但有部分故事背景失真，小说像是“从日本影戏或小说里面改译过来

① 孙毓修：《读欧美名家小说札记》，《东方杂志》1909年第6卷第1期。
② 郎卿：《〈十三作家短篇名作集〉短评》，《国民杂志》1943年第3卷第2期。
③ 赵鲜文：《读〈萍絮集〉》，《中国公论（北京）》1944年第11卷第1期。
④ 程瞻庐：《评〈疯人日记〉》，《红杂志》1924年第2卷第32期。
⑤ 游国恩：《读〈儒林外史〉》，《文艺周刊》1924年第22期。
⑥ 黄照：《评〈篱下集〉》，《商务印书馆出版周刊》1936年新第186期。
⑦ 陈灨一：《读〈湘绮楼日记〉》，《青鹤》1935年第4卷第2、3期。

的”[①]。沈达材高度肯定胡怀琛的《中国文学评价》，觉得胡怀琛“对于中国文学的名称、界限，很能从客观的立场来整理浩如烟海的中国文学”，赞许该书“使从事文学批评的人，得了不少的法门”[②]。汤匡瀛将叶圣陶誉为中国童话界的新星，“创作能力远出近代一班人了”，逐篇评价叶圣陶《古代英雄的石像》所收单篇童话[③]，如“显示骄傲者自悔的寓意”（《古代英雄的石像》），续写了安徒生的同名原作，且“好过安徒生的结构”（《皇帝的新衣》）等。一位未署名的书评者赞叹施蛰存首创“古事小说”的道路，强调施蛰存领先于同时代的小说家的地方在于“完全是在不把他的人物来现代化——他们意识界没有只有现代人所有的思想，他们嘴里没有现代人所有的言语，纵然著者自己的观察和手法却都是现代的。古人的心理和苦痛，他们自己不能写，甚至不能懂，而著者却巧妙地运用现代艺术的工具写出来，使它们成为大家都能懂”，他将《将军的头》集子里的四篇小说《鸠摩罗什》《将军的头》《石秀》《阿褴公主》分别界定为“宗教和色欲的冲突”“信义和色欲的冲突”“友谊和色欲的冲突”“种族和色欲的冲突”，指出施蛰存以其小说写作来表现人的“两重人格”[④]。

一位作家的同一作品，不同书评者予以评点，也是常事。郁达夫在读了刘大杰所著的短篇小说集《昨日之花》后的感想是，“我看了刘先生的作品以后，觉得风气在转换了，转向新时代去的作品以后会渐渐产生出来了，而刘先生的尤其是适合于写这一种小说的原因，就是在他的能在小说里把他所想提出的问题不放松而陈述出来的素质上面。我希望刘先生以后能善用其所长，把中国目下的社会问题斗争问题男女问题都一一的在小说里具体描写出来”[⑤]。周乐山则对《昨日之花》收录的小说逐篇作点评，提出“在这种错综复杂的线索之下，作者用经济而细腻的手腕写了出来，这是值得佩服的”（《新生》），

---

① 顾仲彝：《评四本长篇小说》，《新月》1928 年第 1 卷第 10 期。
② 沈达材：《介绍一本解决中国文学批评的〈中国文学评价〉》，《中国新书月报》1931 年第 1 卷第 8 期。
③ 汤匡瀛：《读〈古代英雄的石像〉》，《开明》1931 年第 37 期。
④ 佚名：《书评：〈将军底头〉》，《现代》1932 年第 1 卷第 5 期。
⑤ 郁达夫：《读刘大杰著的〈昨日之花〉》，《青年界》1931 年第 1 卷第 1 期。

肯定著者真实深刻地描摹出了“老处女与寡妇的变态心理”（《昨日之花》），并作出“异国情调”“惟妙惟肖”（《戒指》）等评语。

评点式书评文的亮点在于书评者对文史典故的熟稔，一些书评者对文坛过往与历史人物、事件如数家珍，娓娓道来，平添了文章的趣味。化名“丽”的书评人一口气评了五本清末旧小说：《九命奇冤》结构“层次谨严，文字之流适不迫”，“是老练小说之手笔也”；《南巡秘记正编》“作者许指严是二十年前善写掌故小说者”，其人“演述多奇事，文章亦佳雅”；《文明小史》的情节，最早登于《绣像小说》杂志，“首尾完全”，“并有自在山民之加评”，作为单行本出版后，加评被删去；《锦香亭》“刻印均劣，错漏满纸”“叙事不自然，行文不清新，非上流说部也”；《玉梨娇》“情节极尽穿插之致，文意力谋妙合之工，虽不免俗套，实一有趣之故事”，百年前便有法文译本及英文转译本①。孔嘉对《日知录》② 及其作者顾炎武、校订者黄侃不予评价，而是在阅读该书的过程中，摘引片段，评点明清迭代时期的史事、臧否人物，对彼时的离乱和文士斯文扫地寄寓沉痛之感。

在前述五种之外，钩沉式书评文、考据式书评文也属于颇重要的文式，在这里略作提及。钩沉式书评文，旨在通过梳扒故纸、沙中淘金，打捞文坛掌故，客观上为著者生平履历、作品来龙去脉等添加注脚，进而给文学研究增加资料。寄尘《林琴南未刊译本之调查》③ 搜集整理林纾未曾刊印的小说译本（共十七种，计十九册，约一百二十万字），含美国雷克夫人原著《孝女履霜记》（同译人毛文钟）、法国洛沙子原著《奴星叙传》（同译人陈家麟）、俄国托尔斯泰原著《情幻记》（同译人陈家麟）、法国大仲马原著《学生风月鉴》（同译人王庆通）等。闻野鹤《纪两种隐僻之宋诗选本》④ 在整理宋诗过程中找出了两部未曾流传的自刊诗选——《宋诗啜醨集》《宋诗略》，通过查找资料，介绍辑录者及两部书的版本信息。徐心吾《〈海上花列传〉中之赵朴斋》

① 丽：《暑天无奈何，权来读小说》，《沙漠画报》1938 年第 1 卷第 17 期。
② 孔嘉：《读〈日知录校记〉》，《抗战文艺》1941 年第 7 卷第 2 期。
③ 寄尘：《林琴南未刊译本之调查》，《民众文学》1926 年第 13 卷第 5 期。
④ 闻野鹤：《纪两种隐僻之宋诗选本》，《民众文学》1926 年第 14 卷第 21 期。

揭示了赵朴斋是《海上花列传》中唯一不曾虚构的人物，他和作者韩子云本为挚友，并一度接济韩子云，后因“久而厌绝”，于是被韩以真实姓名不加隐讳地写在《海上花列传》中“以谤之”。赵对韩无计可施，以“急致重赂”换来韩笔下留情的一段恩怨故事①。胡寄尘《几则小说史料：〈警世通言〉失传之年代及失传之故等》② 从宋元笔记的记录出发，推测《警世通言》所辑录的《拗相公》等几篇小说失传的时间和原因。华狷公《读〈剪灯新话〉以后》③向读者介绍了《剪灯新话》著者究竟为谁在不同时代的争议和猜测。佩佩《日本花界名词录：偶读〈不肖生留东外史〉》④ 历数《留东外史》所涉日本色情行业的专用名词，侧面反映出原著者留日生活之实情。陶希圣从《明代弥勒白莲教及其他妖贼》说开去，谈自己所知晓的、记于明清笔记中的白莲教往事，如“永乐中唐赛儿之乱”“李福达案”“嘉靖万历间教徒之乱”⑤ 的起因、破坏力和参与者的结局。邓之诚《汪悔翁〈乙丙日记〉序》⑥ 复述书评者自己所听闻的太平天国史事，尤其是洪秀全初起经过、天国内讧等秘辛。谢兴尧《书评：〈盾鼻随闻录〉》⑦ 交代原本自日本引入并重印、重刊的经过，以及薛福成对此书大加鞭挞，放言“《盾鼻随闻录》当毁”的深层原因。黄照熹《读〈浙东纪略〉》⑧ 述崇祯朝浙江士民殉明往事，流露出书评者对明末抗清英雄的感佩之情。

考据是近现代知识分子治学之要径，民国取代清朝，大盛于乾嘉的考证学并未受到摧残，反而开枝散叶。考据式书评文就是考据之术嫁接书评的产物。书评者以考据文以此及彼，由表入里，扩大书评的疆域。

杨树达《读刘文典君〈淮南鸿烈集解〉》援引权威论断，结合本文证明该

---

① 徐心吾：《〈海上花列传〉中之赵朴斋》，《民众文学》1927 年第 15 卷第 20 期。
② 胡寄尘：《几则小说史料：〈警世通言〉失传之年代及失传之故等》，《民众文学》1929 年第 18 卷第 3 期。
③ 华狷公：《读〈剪灯新话〉以后》，《中国新书月报》1931 年第 1 卷第 9 期。
④ 佩佩：《日本花界名词录：偶读〈不肖生留东外史〉》，《风月画报》1934 年第 3 卷第 27 期。
⑤ 陶希圣：《读〈明代弥勒白莲教及其他妖贼〉（明史随笔之二）》，《食货》1935 年第 1 卷第 9 期。
⑥ 邓之诚：《汪悔翁〈乙丙日记〉序》，《人物月刊》1936 年第 1 卷第 3 期。
⑦ 谢兴尧：《书评：〈盾鼻随闻录〉》，《逸经》1936 年第 2 期。
⑧ 黄照熹：《读〈浙东纪略〉》，《全面战》1938 年第 40 期。

书体例大致仿王氏先谦《集解荀子》之法，荟萃清代诸儒成说而复广取唐宋类书所引《淮南》文本，详加勘校，用力甚勤，但“所据本之失择”“本文之失校”“高注之失校”“成说之失勘与失引”“体裁之失”“标题之失”也不容遮掩①。素痴从传记、笔记里找证据，批斥苏雪林《李义山恋爱事迹考》“贡献少，而附会穿凿多”②，是本趋时取巧、有失体面的著作。王献唐利用自己在藏书界的私人关系，得以先睹《海源阁宋元秘本书目》，并在阅后提笔作序，说明书目增减、版本流变之曲折③。蒋吟秋偶读《唐宋传奇集》，对其中所记载的“李吉甫撰、郑钦悦辨大同古铭论”大感兴趣并作详尽考据，将这篇铭文的原始内容弄得一清二楚④。闵孝吉以建安文学集团首领的认定程序为例，指出《〈诗品〉集释》著者叶长青学艺不精、不求甚解，“读书不观会通，其弊有如此者”⑤。吴晗通过引证史料、笔记来阐析王世贞父子与《金瓶梅》的问世、《清明上河图》与《金瓶梅》市井气质之间千丝万缕的联系，探究《金瓶梅》的幽暗意蕴及其对于古典小说的深远影响⑥。罗邑、沈祖基从“洪杨诸王倡民族之主义，导革命之先声”的理念出发，编纂《太平天国诗文钞》。罗尔纲从辨明太平天国的性质谈起，论证该书编者在史料选择、文献辨伪及资料读解上的硬伤，肯定编者搜罗稀见文件之功劳，希望编者在再版前删去不可信的部分，“使社会上一般人士，知道太平天国的文献究竟是怎样的一个面目，这是值得我们赞美的”⑦。谢兴尧就《江南春梦庵笔记》提及的“洪秀全的姓氏问题”“洪秀全父亲的名字”“省区的划分”“太平天国状元题名录”问题，提出自己的看法，并补充以新的资料来加以佐证⑧。王了一从寻常

① 杨树达：《读刘文典君〈淮南鸿烈集解〉》，《太平洋》1924 年第 4 卷第 6 期。

② 素痴：《书评：评雪林女士〈李义山恋爱事迹考〉》，《国闻周报》1928 年第 5 卷第 50 期。

③ 王献唐：《行将出版之〈海源阁宋元秘本书目〉的一篇序文》，《中国新书月报》1931 年第 1 卷第 6 期。

④ 蒋吟秋：《偶读鲁迅校录之〈唐宋传奇集〉》，《艺浪》1932 年第 7 期。

⑤ 闵孝吉：《评叶长青诗品集释》，《文学杂志》1933 年第 5 期。

⑥ 吴晗：《〈金瓶梅〉的著作时代及其社会背景》，《文学季刊》1934 年第 1 卷第 1 期。

⑦ 罗尔纲：《书评：读〈太平天国诗文钞〉》，《图书季刊》1934 年第 1 卷第 4 期。

⑧ 谢兴尧：《读〈江南春梦庵笔记〉跋尾》，《国闻周报》1934 年第 11 卷第 23 期。

处见不寻常，对左拉《屠槌》的译名由来作详细解释①。赵景深叙述了自己和周作人辨析《笑府》《广笑府》真正作者的经历，讨论了续本对原本的还原度问题②，考证出明代剧作家康海搭救李梦阳，而后康海有难而李梦阳未施援手的往事③。梁实秋在翻译《马克白》④ 之后意犹未尽，阐析了原著的出版年代、版本历史与故事来源，显示出文学翻译、治文学史两方面的骄人才华。

① 王了一：《〈屠槌〉再版译者序》，《商务印书馆出版周刊》1935 年第 129 期。
② 赵景深：《〈笑府〉与〈广笑府〉》，《十日杂志》1936 年第 14 期。
③ 赵景深：《读〈康对山文集〉》，《文潮月刊》1946 年第 1 卷第 2 期。
④ 注：今译作《麦克白》。

第三章

被评的书

图书是书评三“足”中的一“足”。它被生产、批评，受生产者、书评者的双重辖制。近现代期刊书评所关联的图书在各个时期的数量、著/译比、文类，直观映射出一时文学批评之风尚。近现代图书出版量巨大，但取得被评价资格的书只是其中一小部分，图书得以“被评”是书评者预设文学、文化理想及社会变革、政治革新企图的结果，这也是图书的被动根性的最大体现。图书包括了经典之作，它们的地位并不由书评者赐予，但必然会受书评者阐析、责难，最终在文学批评领域得到体认。

第一节　期刊书评所涉图书的分阶段简况

据笔者统计，近现代期刊书评所涉及的单本图书为 2270 本，在期刊书评发展演变的各时期，被评图书①的数量、出版地、体裁类别千差万别。为了便于阐述，笔者以阶段为序，统计制作了表格，在表格的基础上展开本节内容。

一、清末至民元

作品体裁	图书的出版地域及创作时期															
	中								外							
	先秦	两汉	魏晋	隋唐	两宋	元	明	清	英	法	美	德	日	沙俄	苏俄	他国
诗				3			1	26								
词								4								
曲				1												
小说									11	3	6		3			
传记									2							

① 为便于表述，本章部分段落会以“书”指代被评图书。

续表

作品体裁	图书的出版地域及创作时期															
	中								外							
	先秦	两汉	魏晋	隋唐	两宋	元	明	清	英	法	美	德	日	沙俄	苏俄	他国
散文																
骈（韵）文					6			16								
笔记（日记）								13								
游记								5								
童话																
合集①				5		2	3	4								
文学理论			1													
文学批评								1								
分项合计			1	9	6	2	4	69	13	3	6		3			
本阶段总计：116																

民国建元之前是近代期刊书评的发轫期。这一时期，书评者的主体是传统文士，西方来华人员也成为重要的书评力量，两者使书评“新”“旧”杂陈，一方面是文人雅士品文鉴墨、激扬文字，一方面是启蒙思想的积聚、高涨。然而，泾渭分明的彼此虽异质，但从不发生直接冲突，而是以不同的期刊为宿主花开两朵，各表一枝。期刊书评处在童稚阶段的环境基调使此时的“书”表现出以下特征：

最显眼的特征是“书”与“文”界限不清。当时的书评者没有今日出版学意义上的“书”的概念，评“书”的根本目的在于通过发表评论性文字显示自己的文学—文化修养，传递自己对此前未知未见的世界、人生、生活的全新观感。所谓得其意而忘其形，“书”的具体形态并不在计较之列。《西国农政说》《电气镀金》《化学卫生论》是在华传教士的科普长文，没有独立成书。

① 书中作品体裁达两者以上的“书”。

《圣经·出埃及记》《圣经·民数记》是《小孩月报》截取选登的《新约》章节，并且被书评者（极有可能就是该刊主笔）视之以童话，向中国少儿推荐，属于典型的、别有趣味的误读。《孤忠录》《长春花馆存稿》《辛丑大事记》《金陵卖书记》此时还是私人笔记，《变法平议》《吴中风俗利病说》是政论文，《剑侠传》《花月痕》此时正在报刊上连载，它们都不是成品意义上的出版物，但无一不被书评者纳入“书”的范畴。“书”“文”不分，是当时印刷、出版、发行条件欠佳的直接结果。全部印发业务几乎被上海的书局报馆和各种学会包办，如听邠馆、求是斋、锦文堂书局、申报馆、沪报馆、新闻报馆、美华书馆、日新社、商务书馆编译所、小说林社、群学社图书发行所、商务印书馆、国学保存会、国粹学报馆、经世文社、广智书局、广学会莫不云集于上海，这使北京的商务印书馆分馆、福州的美华书局相形见绌。

书评的中国本位是第二个特征。所谓中国本位，一指在数量上，中国书较域外书数量为多，书评园地中飘扬着浓郁的典雅气息。中国文化—知识精英从期刊书评问世之日起，就将其当作言论公器对待，紧紧攥住了它的控制权、使用权。他们的阅读视野、品鉴喜好、审美倾向、文化品位决定了这一时期的“书”的主体仍是《东耕集》《浣雪楼诗钞》《楼山堂集》《庚辛录》《蒙学举隅》《蹈海录》《南渡录》《妖乱志》《唾余集》《袁太常遗集》《飞素阁集》《唐珏传》《明儒学案》《明鉴举要》《桐城古文集》《桐城耆旧传》《夷坚志》《存复斋集续集》《剑门集》《人间词·乙稿》《五洲女俗通考》《悼粉集》《蛾述轩随笔》《慎独斋诗稿》《杨雄传》《梧笙馆唱和集》《玉箫集》《楚汉之际史》《禁书目录四种合刻》《全唐诗发微》《历朝诗集》，文士们留存传扬古典文学传统，确保其地位无法被撼动。

二指立足于中国实际，解决中国问题，缔造中国新生。文士们不会对巨变时代无所感知、无动于衷，而是将自己对国家前途的焦虑、民族未来的忧烦、域外世界的好奇表露无余，并尝试着透过读、评与古书大异其趣的新书、洋书纾解焦虑、清除烦忧、满足好奇，于是“书”的清单中相应出现了《天演论》《战血余腥记》《黄祸说》《旅顺落难记》《罗马史》《今后之满洲》《孤臣泣血录》《俄事警闻》《日本国志》《日本书目志》《仁学》《校邠庐抗议》《普法战史》《万国公法要略》《缅甸史》。一部分中国文士先用译介、改编、亲自创作等方式，以一定规模生产关涉国是的“书”，另一部分则通过评价它们支持同道的观点，寻找救国家于倒悬的方略。

三指直接勾连、引申出的是“书”具有启蒙色彩。“启蒙”非一役便可毕其全功，它涵义广泛、边界模糊，贯穿中国的近代、现代，以至于今，余脉不绝。对于生活在百年前的中国士人，启蒙实乃一个说不尽的大话题。

对于他们，启蒙是关切与“我”迥异、“我”从未体验过的生活方式，譬如爱恨鲜明、敢爱敢恨的私生活，譬如男女平等、为共同理想而奋战的两性关系。于是，《阱中花》《迦因小传》《日本维新英雄儿女奇遇记》《露漱·格兰小传》《巴黎茶花女遗事》《东欧女豪杰》《情侠传》《玫瑰花》进入了他们的视野，进入他们的阅读空间和思维体系。事实证明，他们是“不合格”的书评者，没有建立文学批评理论体系的意识，不能胜任理性、冷静评“书”的任务，而是过于轻易，甚至自觉地被“书”牵着走——书中人物的悲欢离合、贞烈慷慨既令他们倾倒、迷乱，也会被他们鄙夷、感佩，为文化冲击“立此存照”。启蒙是躬身自省，寻找和维护完整独立的人格，从西方的英雄伟人、强权的反抗者那里汲取力量，为将“我”和与“我”一样的人们从奴隶的悲惨境遇中解救出来、做堂堂正正的“人”储存动力，《噶苏士传》《科仑布传》《浏阳二杰集》《郑成功传》《黑奴吁天录》《日本中兴先觉志》由此被读、评，书中人物亦遂被树为楷模。启蒙是睁眼看世界，挣脱狭隘的天下观走向国际观，抛开自负的华夷之辨，易之以见贤思齐的文明信念。《大美国史略》《万国通史》《埃及近世史》《海国图志》《八十日环游记》《日本的国民》《欧洲十一国游记》《德国霍亨洛亲王日记》《出使日记》因而被摆上案头，为他们打开了新世界的大门。启蒙是反对清政府，呼唤建立崭新的中国。他们从弱国的命运里面预见中国的可悲未来，攻击时弊，嘲讽当国者，回忆反清的前辈，缅怀殉难的先驱，《印度古今录》《两晋演义》《滑稽外史》《官场现形记》《张苍水集》《甲申传信录》《南疆逸史》《精忠传》《秋女士遗诗》由此成为必读书。启蒙的光芒也照耀着文学的园囿，《彼得警长》《穷荒列女传》《侠史》《鬼山狼侠传》向中国文学人宣示一个事实：我国说部有烟粉、灵怪、传奇、公案、兼朴刀、捍棒、妖术、神仙等名目，西方亦有侦探、言情、冒险、感伤、推理、科学、骑士、流浪汉等名目，东西各有所长，无须彼此厚薄。

二、1912—1927 年

作品体裁	图书的出版地域及创作时期																
	中									外							
	先秦	两汉	魏晋	隋唐	两宋	元	明	清	民国	英	法	美	德	日	沙俄	苏俄	他国
诗								33	21	7	2	4		3	2	3	
词								19	5								
曲						13	2	9	15								
小说			4	6	3		13	54	16	9		3	3	8	7	3	5
传记							6	37	13	3	2	2		1	3	2	3
散文								10	15					1			
骈(韵)文								24	19								
笔记(日记)					1		10	5	11								
游记					3			13	3	2							
童话								7		1				2			
合集				2				15	7	4	1	1	2	3	1	1	3
文学理论		1					1	2	5	3				2		3	
文学批评				1			1		4	5				1		2	
分项合计		1	4	9	7	13	33	228	134	34	5	10	5	21	13	14	11
本阶段总计：542																	

民国建立及其前期，中国现代文学稳健发展，其间虽历经新文化运动的短时亢奋，但在总体上呈平稳上扬走势，富于生气活力。现代文学的演变轨迹在“书”上体现为以下四点。

“书”的总量明显增多，相比前一阶段，这一阶段的“书”的数目激增至4.5倍。这一情况的发生可溯因至多重因素，图书出版发行事业的整体景气在其中最具决定性。据时人回忆，1920 年前后，文明书局、中华书局、商务印书馆三足鼎立，中国图书公司、集成图书公司和大小书肆环伺并立①，形成公私出版机构并存相竞的格局。机构的繁荣兴旺致使“出版界出书的数量大增，就中以翻译东西洋文学的书为最多，几乎出版界没有一家不出几本文学书”②。经笔者粗略统计，这一时期“书”的出版发行机构有维新印书馆、新民书店支店、扬州书局、中华书局、扬州阮元文选楼、广益书局、民权出版部、共和日报社、叶氏观古堂、毛氏汲古阁、文明书局、国华书局、谷应山房、崇文书局、北新书局、（法国）Paf Leon Duguit、中华图书集成公司、新民图书馆、广益书局、亚东图书馆、泰东图书局、涵芬楼、惬心堂、新文化书社、（美国）World Book Company、（美国）Ginn & Co、（美国）美以美全国书报部、北京大学新潮社、科学书局、文瑞楼、湖畔诗社、上海会文堂书局、民智书局、上海书店、直隶教育图书局、出版合作社、利印刷公司、开明书店、创造社出版部、现代社出版部、未名社出版部、新月书店、新懋印书局、中学生书局、群益书社等近百家，它们在十余年中出版的文学类图书不下两千本，为书业的第一次繁荣作了注脚。

无论是初试啼声的文坛新秀，还是名声渐隆的文坛老将，他们创作的文学作品都在期刊的舞台上同台献技，其中包括了《雁声》《黑狱生涯》《铁樵小说汇稿》《南社小说集》《黑幕中之黑幕》《中国黑幕大观》《苏曼殊遗稿》《萍根诗稿》《民哀说集》《尝试集》《吴虞文录》《觉悟》《神曲》《呐喊》《彷徨》《灰色马》《卷耳》《春雨之夜》《海梦》《玉君》《魏默深文集》《志摩的诗》《玉君》《劳苦世界》《情书一束》《扬鞭集》《热风》等，它们当中的某些作品将在未来被奉为现代文学经典传世之作，而多数则会被后人遗忘，但至少在近百年前，所有文作没有高低贵贱之分，被书评者一视同仁，一体对待。

① 中华职业教育社编：《书业概况》，载吴永贵编《民国时期出版史料汇编》第 13 册，国家图书馆出版社 2013 年版，第 1—2 页。

② 李泽彰：《三十五年来中国之出版业：一八九七——九三一年》，载张静庐辑注《中国现代出版史料·丁编》，中华书局 1959 年版，第 387 页。

这一阶段，书评者对域外文学充满了好奇，他们用并不成熟的译笔，孜孜不倦地引进他国作家的各种文作。他们的辛勤译介表现出三个特征：一是有目的地选择已被公认的外国经典，集中力量呈现域外文学最精华的部分，避免翻译资源的浪费和滥用。经过他们之手，《鲁滨孙传》《巴伦诗集》《裴根文选》《茵梦湖》《低能儿》《福尔摩斯探案》《哈孟雷特》《雪莱诗集》《疯人日记》《海鸥》《少年维特之烦恼》《印度寓言》《荷马史诗》《俄德西冒险记》《黑假面人》《包弗瑞夫人》出现在中国现代文学的地平线上。二是力求译介作品的文类的均衡，小说、神话、童话、寓言、话剧、纪实文学、民间故事等都被照顾到，如《阿那托尔》《扇子》《史特林堡戏剧集》《阿丽思漫游奇境记》《列那狐》《拉风歹纳寓言》《达夫尼斯与赫洛蔼的故事》《青鸟》《梦》，域外文库初具雏形，为西方文学质素引入中土奠定了资源的基础。三是对俄国作家与印度文坛元老泰戈尔情有独钟。沙俄文学巨匠尤其是列夫·托尔斯泰、普希金对帝国暗影之下的凋敝民生、人民苦痛的描绘和同情，唤起了中国书评者的巨大共鸣，而苏俄作家对革命和建设的热情洋溢的刻画、对新生政权的深情讴歌，以及旧帝国焕然翻新的昭示效应，使中国书评者为之目眩神迷、着迷不已，他们以理想主义的心态将《罪案》《波纳尔之罪》《飘浮》《七个绞死的人》《外套》《羸疾者的爱》《光明之路》《柚子》《嘉尔曼》《工人绥惠略夫》等译成汉语，向中国读者暗示将“苏联的今天”与“我们的今天”之间画等号并非痴人说梦，而是有据可循。“泰戈尔热”是 1920 年代初中国文学的一次小高潮。1924 年，年事已高的泰翁以第一个获得诺贝尔文学奖的亚洲人身份翩然来华，受到各界人士的盛大欢迎。在他来华前后，《太戈儿传》《太戈尔戏曲集》《飞鸟集》等著作便畅销一时，受广大文学青年追捧，并因此顺理成章地走进书评的领地，而泰翁的生平、代表作经过书评界众口一词的传扬而愈加蜚声远播。

在这个阶段，文学无国界、有来有往成为常态。中国作家的文作被推介到了世界文坛上，获此殊荣的是鲁迅《俄文译本〈阿 Q 正传〉》。鲁迅在《俄文译本〈阿 Q 正传〉序及著者自叙传略》一文中，以他常用的冷峻淡然的口吻提及《阿 Q 正传》在国内一些评价者那里所遭遇的恶评，希望这部小说在另一种思想—文化空间中得到应有的地位：

> 我的小说出版之后，首先收到的是一个青年批评家的谴责；后来，也有以为是病的，也有以为滑稽的，也有以为讽刺的；或者还以为冷嘲，至于使我自己也要疑心自己的心里真藏着可怕的冰块。然而我又想，看人生是因作者而不同，看作品又因读者而不同，那么，这一篇在毫无“我们的传统思想”的俄国读者的眼中，也许又会照见别样的情景的罢，这实在是使我觉得很有意味的。①

1920年代，中国文学研究者的文学史意识、理论意识得到了加强。这一点在同时代的书评中得到了印证。反观、检讨中国文学源流，探究文学生成机制，介绍域外文学的研究著述相继诞生，如《中国小说史略》《近代批评杂话》《中国诗学大纲》《中国文学史》《文学之近代研究》《五十年来中国之文学》《近代文学》《文学大纲》《现代文学论》《文艺思潮论》《中古文学概论》《乐府古辞考》《中国民歌研究》《俄国文学史略》《欧洲文学入门》《苦闷的象征》《世界文学家列传》等，而对它们的“检讨之检讨”则接踵而至，书评者对原著的指摘远多于赞同。譬如，化名“潮”的批评者分析原著者郭茂倩对乐府辞进行分类的用意和宗旨，肯定郭茂倩所作分类的合理性和系统性，以此为基础，比对考证者陆侃如的见解，讽刺《乐府古辞考》著者陆侃如只会掉书袋，空言革新，实际上“错解了乐府的意义”“紊乱了古今方俗乐府的系统”②。又如，匿名书评者在对徐嘉瑞《中古文学概论》的体例设置、章节安排等大加鞭挞之后，讥讽亚东图书馆不辨菽麦、出版此等低劣不堪的文学理论书籍，为了营利而不惜误导青年③。

不仅如此，相关书评文记录了他们对刺激本土文学发育壮大的信念，也记录了他们所秉持的观点歧异。譬如，《近代批评杂话》填补了这个空白，它收

① 鲁迅：《俄文译本〈阿Q正传〉序及著者自叙传略》，《语丝》1925年第31期。
② 潮：《评〈乐府古辞考〉》，《一般》1927年第2卷第4期。
③ 佚名：《新刊介绍：〈中古文学概论〉》，《晨报副刊：文学旬刊》1924年第37期。

录了萧伯纳、希比尔、高尔斯倭绥等大家所撰写的论文四十七篇，“既可以使我们了解许多文学上的重要问题，更可为看到近代西洋各文学批评家的态度与思想，可以使得我们取法”①。厨川白村新著《文艺思潮论》，介绍欧洲文学古典主义、浪漫主义的演变脉络，是“新理想主义下的现代思想之一斑”② 的预见眼光，穿透时光的磨铣，泛黄的纸页直到今天尚有余香。

还有一个特点是新旧文学各自生发、相得益彰。1920 年代的文学创作领域，不同文学类型都有相对独立的发展空间，雅文学、俗文学齐头并进。和文学史教材实际所造成的印象截然相反的是，新文化运动的旗手们高声倡言要推倒的贵族文学、古典文学、山林文学其实依旧矗立，他们所要建设的国民文学、写实文学、社会文学则稳健推进。非此即彼、非黑即白的一元化认知方式注定受挫——新文学虽奋力赶超旧文学，有崛起之势，但旧文学牢牢守住自己的地盘，新替代旧的格局根本没有发生，双方对峙、激烈冲突的状况也没有出现。情况之所以如此，乃是因为，现代中国文坛为所谓新旧文学都提供了足够大的生存空间，双方没有“斗”或“争”的必要，而“旧”文化—文学教育的广泛性深刻性，对现代文学的塑形作用不容贬低，书评者更青睐评价民国之前的“古”书是最直接的证明。《退思轩诗集》《宋诸子近思录》《醉竹山房诗集》《吴日千先生集》《焚余稿》《昭明太子文选》《论语稽》《桃花扇传奇》《录鬼簿》《十六国春秋》《河南集》《天一阁书目》《玉斗山人文集》《宪台通纪》《刘梦得集》《水浒》《花蕊夫人宫词》《鹡鸰风雨集》《太白集》《红楼梦》《悼霞集》《安雅堂诗存》《红蚕茧录》《金正希集》《学制斋文集》《杜工部诗》《南山集偶钞》《兰芳集》《江阴丛书》《霜华影传奇》《素心簃外编》《拙存堂集》《香桃骨传奇》《李杜集》《湘痕吟草》《选楼诗稿》《汪梦仙女史诗稿》《红棉山庄宴集》《新乐府初集》《绮香阁诗》《红蕉集》《默庵诗集》《金玉缘》《望云楼集》《演义丛书》《松冈小史》《香艳丛书》《香苏山馆诗集》《谢亦器诗集》《山海经》《詹湘亭诗集》《陈同甫集》……这份“书”单

① 王统照：《介绍 L. Lewisohn 的近代批评杂话》，《晨报副刊：文学旬刊》1923 年第 17 期。

② 诵虞：《读〈文艺思潮论〉》，《小说月报》1924 年第 15 卷第 2 期。

之长，多少会令今人初投以诧异，继之以感佩。应该说明的是，书评者看待“古”书的视角并不抱残守缺，“新”文学思想和观念同样渗透到了他们的评价当中：王国维的《红楼梦》解析业已具备了“美学上、伦理上之价值”①。《三国》《水浒》都是包罗万千的、具有综合性的说部，两者蕴含的骑士精神、游民传统对中国人所产生的巨大影响力早已超出文学的边界，今人应以新眼光重新审读旧文学经典②。《搜神记》文字古奥，实际上是一部民间传说的大全，因此也是中国古代民间传说的资料库③。俗语云，一时代有一时代之文学，这句话稍加拓展，便是：一时代之文学有一时代之文学批评。在时代巨轮的碾压下，纯粹的“旧”不复存在，完全的“新”不曾创生，貌似陈滥的“新旧杂陈”一词用来评说此时及其他时期的“书”和书评，确是切中肯綮的实情。

三、1928—1937 年

作品体裁	图书的出版地域及创作时期																
	中									外							
	先秦	两汉	魏晋	隋唐	两宋	元	明	清	民国	英	法	美	德	日	沙俄	苏俄	他国
诗	2	6	3	10	6		26	41	48	9	2	3		7	2	4	3
词					9		7	11	8								
曲						11	5	8	3								
小说					3		6	21	176	19	6	12	6	15	7	13	7
传记							8	17	51	5	7	3		4	3	8	4
散文									64	6	2	4	2		6	5	3
骈(韵)文				3	7		17	32	96	21		7		6			

① 涛每：《读王国维先生〈红楼梦评论〉之后》，《清华文艺》1925 年第 1 卷第 2 期。
② 佚名：《〈三国〉〈水浒〉之势力》，《民众文学》1926 年第 13 卷第 2 期。
③ 胡寄尘：《读〈搜神记〉》，《民众文学》1927 年第 15 卷第 22 期。

续表

作品体裁	图书的出版地域及创作时期																
	中									外							
	先秦	两汉	魏晋	隋唐	两宋	元	明	清	民国	英	法	美	德	日	沙俄	苏俄	他国
笔记（日记）									23								
游记									21								
童话									10	3			3	8			4
合集							8	12	34	6							
文学理论		2	1	4	8		9	4	13	9						4	2
文学批评							5	3	11	7							
分项合计	2	8	4	17	33	11	91	149	558	85	17	29	11	40	18	34	23
本阶段总计：1130																	

1928 年至抗日战争全面爆发之间的十年时间，是现代史上所谓的“黄金十年”。在此期间，书评顺延上一时期的有序、健康状态往丰富、多元继续发展，书评的篇数急速上升。在其背后，书业进入了第二次发展高峰，“书”的总量、质量均达近现代各时期之冠。

“书”的生产者人数众多，在其中，作者涵盖古今中外，逾 1200 人，鲁迅、李希白、张恨水、赵眠云、方六岳、巴金、赵景深、克鲁泡特金（Pyotr Alexeyevich Kropotkin）、冰心、潘伯鹰、周大荒、李白、杜甫、鸟居龙藏（Torii Ryuzo）、唐仲、阮籍、许慎、叶德均、孙席珍、卢梭（Jean-Jacques Rousseau）、巴比塞、巴金、叶绍钧、郝立权、陈散原、凫公、沈启无、雷马克（Riha O.）、董人骥、冯叔鸾、霍布士、韦息予、史蒂文生（Robert Louis Stevenson）、莎士比亚（William Shakespeare）、徐志摩、梁实秋、家庭、茅盾、废名、郁达夫、蒋光慈、宋春舫、黄震遐、戴望舒、胡光炜、谢旡量、盛成、顾实、鲁一士、王实甫、苏曼殊等，悉数名列其中。编者为吴汝纶、苏渊雷、陈诗、钟宪民、娄子匡、魏应麒、刘麟、黄济生、屠伯华、冯化平、黄嘉德、丁丁、范志熙、邵洵美、黄诏年、王钟翰、陈元柱、钟敬文、陈穆如、柳亚子、刘万章、林兰、林志均、钱南扬、孙怒潮、刘汝霖、孙席珍、谭正璧、陈增善、顾惠民、汪辟疆、沈达材、舒新城、顾仲彝、岑有常、陈乃乾、曹松叶、孙寒冰、伍蠡甫、郑旭旦、林语堂、朱伯康、鲁迅、江绍原、何穀天、杨荫深、吴子筠、郑晓屏、周作人、黄仲苏、王宗炎，共80余位。评者有徐霞村、沈茹秋、邵洵美、沈泽民、郑振铎、胡愈之、林徽音、顾均正、病夫、曾虚白、马耳、张若谷、林疑今、鸾子、王鲁彦、潘修桐、方于女士、梁思成、洪深、马彦祥、张我军、钱歌川、杨人楩、汤尔和、伍蠡甫、成绍宗、蓬子、陈启修、笛秋、朱铁笙、章铁民、孙席珍、敬隐渔、汪馥泉、孔宪铿、郭沫若、郁达夫、谷非、葛尚德、林宜生、王晨颖、刘衡如、许达年、廖凡、郑晓沧、梁实秋、李健吾、伍纯武、刘衡如、朱契、赵少侯、蔡咏裳、董绍明、伍光建、徐调孚、徐亚倩、郑晓沧、孙洵侯、于熙俭、中山、杨骚、朱维基、江绍原、曹靖华、古有成、周作人、钟宪民、沈性仁等220余位。作者、编者、评者的重叠很常见，如鲁迅兄弟、林语堂、梁实秋、郑振铎、徐霞村、伍光建、郭沫若、林徽音、傅雷、夏衍、龙墨芗、王了一、孙百刚、黄一少、黄嘉德、李健吾、湛小岑、曹靖华、徐懋庸、丛芜、刘麟生、茅盾、胡仲持、马季廉、熊式一、兵谷、胡风、黄素封、姚枬、黎烈文，或亲自操刀三项当中的两项，或三项全能，包揽作、编、评，显露出过人的文学功底。

图书分类趋更精细全面。“书”的基数大，则更易于分门别类。上千本（部）书里面，诗集，词集，曲集，小说（集），传记，散文集，骈（韵）文集，旅行记，童话（集），文学理论、文学批评专著，不但面面俱到，而且各分项中的书数都较此前明显增加，其中，小说一枝独秀，遥居各项榜首，显示出书评者对这一文类的青睐。现代经典小说如《动摇》《追求》《幻灭》《倪焕之》《超人》《都会的忧郁》《昨日之花》《韦护》《莫须有先生传》《山雨》《啼笑因缘》《老张的哲学》《猫城记》《逸梅小品》《留东外史》《三个不同的女性》《倪焕之》《迟桂花》等，从出版流通领域进入文学批评领域，被书评者从艺术、技巧、意识形态等方面加以评断，而这些判断，要么是既成经典的挫折/加封，要么是跻身经典之前的反对/试炼，表明了书评界与出版界、批评者与一般读者之间泾渭分明。

值得一提的是，现代文学作品在数量上首次超过古代文学作品，“书”的古今比为315∶558。这样的成就是现代文学生产者勤勉耕耘结出的硕果，它也显示出这一时期的书评者的“评”书习惯发生了潜默的变化：“评”当下之“书”、新出之“书”成为一种风尚。不“评”则已，“评”则求新，虽不成为惯例，但的确被接受和默认。1920年代，当年出“书”当年“评”的情形逐渐普及，而在1928年，尤其在1930年之后，这一情形更加普遍，不少“书”的被“评”周期从“年”缩短至“月”，换言之，“书”新鲜出炉，“评”便步步紧随。这里聊举几例：英国作家乔治·奥利哀特（George Eliot）《织工马南传》由新月书店于1932年1月印行，《图书评论》1932年第1卷第4期便发表了该刊实际主持人陈英士对此书的书评文①，“书”—“评”周期未超过3个月，若减去图书推广、评者购阅、文章发表所耗时间的话，周期可以更短。铁池翰《齿轮》、林箐《义勇军》、李辉英《万宝山》都是以东北抗日为背景的小说集，由上海湖风书店出版于1932年9月、1933年1月、1933年3月，书评者东方未明为三本小说所撰的书评文②发表于1933年4月，周期只有一个月甚至不到。更多时候，周期在6个月以内：郁达夫评白杨女士中篇小说《爱情的梦》（北新书局1933年3月出版），周期为5个月③；程心芬评戴望舒《望舒草》（现代书局1933年8月出版），周期为3个月④；阳秋评杜衡《怀乡集》（上海书店出版社1933年5月出版），周期为3个月⑤；马宗融评罗马尼亚小说家依斯特拉谛（Panait Istrati）《舅舅昂格尔》（中华书局1932年9月出版），周期为5个月⑥。于此可见，文学生产—批评的流水作业业已

① 英士：《新书鸟瞰：〈织工马南传〉》，《图书评论》1932年第1卷第4期。

② 东方未明：《“九一八”以后的反日文学：三部长篇小说：〈齿轮〉〈义勇军〉〈万宝山〉》，《文学》1933年第1卷第2期。

③ 郁达夫：《序〈爱情的梦〉》，《现代学生》1933年第2卷第8期。

④ 程心芬：《评〈望舒草〉》，《众志月刊》1934年第1卷第1期。

⑤ 阳秋：《书评：〈怀乡集〉》，《文学》1934年第2卷第4期。

⑥ 马宗融：《书评：〈舅舅昂格尔〉》，《文学》1934年第3卷第2期。

定型，新文学运动经过此前十几年的萌生、蓄力，在这一时期才真正抵达创作、批评的成熟暨收获期。

古代文学作品保持稳健的出版发行势态。《元刊本四书章句》《抄本吴汉槎家书》《燕知草》《宋本南轩先生集》《筱山吟草》《宋内府写本洪范政鉴》《湘绮楼日记》《歧路灯》近代文选》《神交唱和集》《王介祉诗》《白香山诗集》《楚辞》《京本通俗小说》《水浒传》《荡寇志》《后水浒传》《前西游记》《后西游记》《儿女英雄转》《红楼梦》《儒林外史》《聊斋》《封神榜》《女仙外史》《野叟曝言》《未亡人》依旧被公、私机构刊行流转，古“书”从不缺市场和拥趸，但和之前相比，也有了些许的不同，那就是，整理古“书”的工作悄然进行，古“书”经之后搜集整理之后辑结、付梓的著作亦有 40 多种，如《三二家宫词》《杜诗地名考初稿》《民族正气文钞》《海源阁宋元秘本书目》《近代散文钞》《闺秀百家词选》《芝秀轩藏本天籁集》《墨香书屋丛著十一种稿本》《雍熙乐府本西厢记》《观海堂书目》《重刻元本题评音释西厢记》《西昆嗣响》《毛刻宋六十家词勘误》，而《英译古唐诗选》则是将唐诗传向英语世界的较早实践。古“书”底本的作者都生活在民国之前，但编校者则在 1930 年前后对它们进行了审订、校对和翻译，为它们在文士气质之外平添了学理气质、古典气质。从这个角度来说，今“书”、古“书”经书评者的推助，在固守原由畛域的同时，一起走入了现代。

作为“书”的重要部分，域外文作的译介出版成为一种日常。“黄金十年”是社会、经济、国防等诸多政制单元不断进步的十年，也是文学在整个近现代里最优裕自由的十年。引进的“洋”书不必刻意背负这样那样的义务，大幅脱离国家民族的宏大叙事，向文学本位回归。来自英、法、美、德、日等域外文学领军国家的古典主义、浪漫主义、自然主义、现实主义、人本主义、“私小说”、写实主义等诸般“主义”，经由布纶忒（Emily Jane Bronte）《狭路冤家》、莫泊桑（Henri René Albert Guy de Maupassant）《莫泊桑短篇小说集》、左拉（Émile – Édouard – Charles – Antoine Zola）《洗澡》、都德（Alphonse Daudet）《萨芙》、保罗·缪塞（Paul de Musset）《风先生和雨太太》、戴维·赫伯特·劳伦斯（David Herbert Lawrence）《却泰来夫人的爱人》、巴比塞（Henri

Barbusse)《地狱》、茄奈特(David Garnett)《蝗虫来了》、夏洛蒂·勃朗特(Charlotte Brontë)《洛雪小姐游学记》、约翰·高尔资华绥(John Galsworthy)《彼岸》、拉姆贝尔(Cb. Lambert)《花束》、露薏莎·奥尔珂德女士(Louisa May Alcott)《好妻子》、雷马克(Erich Maria Remarque)《西部前线平静无事》、哈姆生(Knut Hamsun)《饿》、叶山嘉树《卖淫妇》、江口焕《恋爱与牢狱》等"书"源源输入中国,为解答西方现代文学是何样貌、中国现代文学创作可否找到新的生发点等"问题"提供了有利无弊的参考资料。

俄文"书"的引进俨然自成一派,苏维埃俄国建设、革命两方面的巨大成功,对中国文学界、翻译界造成了此前未有的晕轮效应。以十月革命为分界点,"旧俄"文学经典和"新俄"著名作品的中文版一一推出,总数有 50 多本,俄国文学与欧美文学在中国"书"的擂台上拉开了架势,呈后来居上、分庭抗礼之势。俄国"书"能够对中国书评者、读者散发无穷魅力的主要原委在于,它向中国文学人展开两幅对比格外刺目的图景:一幅是由列夫·托尔斯泰①《哈泽·穆拉特》《复活》,爱罗先珂《狭的笼》,科罗连珂《玛加尔的梦》,阿志巴绥夫《朝影》《宁娜》《血影》《沙宁》,杜斯退夫斯基《白痴》等"书"连缀出的"旧俄",它的主题是荒诞、腐败与生活在其中的人的被剥夺地位与无力感。一幅是由亚非诺干诺夫《西班牙万岁》,富尔曼诺夫《夏伯阳》,铁霍诺夫《战争》,高尔基《高尔基代表作》、"人生三部曲",涅维诺夫《七人集》,法捷耶夫《毁灭》镶嵌成的"新俄",它的主题是正义与真理重回人间、照耀全球,人的解放、对黑暗的反抗和消灭。"旧俄"唤起了中国文学人(中国知识分子)对祖国自近代以来蒙尘受辱的痛苦回忆,"新俄"昭告中国文学人唯有见贤思齐才能使祖国改天换地,重新站在世界的中央。正是基于这一深层次的原因,或曰,俄国文学内蓄的意识形态激发—增殖机制,兼之以俄国文学家在文学思想、文学观念、创作艺术上的高深造诣,令俄国文学在 1930 年代成为许多中国读者和文学人心中的灯塔,俄文"书"中译本应势而出并广受欢迎。

---

① 为简略行文,俄国作家的俄文名不再标注。

在这十年里，文学研究广度、深度上同步延伸，文学研究体系日趋完备成熟，至少在11个方面取得长足进展。资料辑录搜集上，有《岭东情歌集》《高加索民间故事》《广州儿歌甲集》《潮州民间故事集》《祝英台故事集》《中华诗选》《近代散文钞》《中国通俗小说书目》《西洋文学名著选》《中国新文学大系》《五十年来百部佳作》《宋元南戏百一录》《清代燕都梨园史料》等；小说研究，有《小说学大纲》《英国小说发展史》等；诗研究，有《中国诗史》《宋诗研究》等；词学研究、戏曲研究、文章学研究、神话研究分别有《词学源流》《元明杂剧》《文选学通义》《中国神话研究》等；音韵研究有《敦煌唐写本切韵残卷》《歌曲·甲集》《现代英吉利谣俗及谣俗学》等；作家研究有《世界文学家列传》《崔东壁年谱》等；理论著述有《唯物史观与社会学》《唯物论与经验批判论中译本》《革命文学论》《现代文学评论》《西洋文学鉴赏》《文艺心理学》《思想方法论》等；综合性的文学研究专著则有《中国文学小史》《中国文学评价》《建安文学概论》《先秦文学大纲》《中国文学批评史》《艺术漫谈》《西洋小说发达史略》《中德文学研究》《苏联文学发展史》《中国文学史新编》《新文学演变史》《战争小说论》等。这些“书”共同支撑和构建起了文学研究大厦，为科学、公正、合理的“评”铺平了道路。

四、1938—1945年

作品体裁	图书的出版地域及创作时期																
	中									外							
	先秦	两汉	魏晋	隋唐	两宋	元	明	清	民国	英	法	美	德	日	沙俄	苏俄	他国
诗				4	3			7	19	3					1	3	5
词					9	5		5	8								
曲						3		1	3								
小说		2	1		5		6	9	53	2		3		3	7	11	2

续表

作品体裁	图书的出版地域及创作时期																
	中									外							
	先秦	两汉	魏晋	隋唐	两宋	元	明	清	民国	英	法	美	德	日	沙俄	苏俄	他国
传记							3	5	11	1	2	1					3
散文									23					2			1
骈(韵)文							2	6	14								
笔记(日记)			6		2		1	3	6								1
游记					2		1		9					1		2	
童话																	
合集	2	7	3	5	6	4	5	5	25	2			1	3		7	1
文学理论									2						3	2	
文学批评									1							1	
分项合计	2	9	10	9	27	12	18	41	174	8	2	4	1	9	11	26	13
本阶段总计：376																	

全国抗战爆发至日本无条件投降之间的八年岁月中，“书”原先的发展势头被强行打断，出版量较此前大幅下降，发行的稳定性也在较大程度上受负面影响。上海作为“书”主要来源地的地位没有改变，甚至被强化。良友图书公司、商务印书馆、上海国民书店、开明书店、独立出版社、生活书店、海燕书店、世界书局、大公报馆、文化生活出版社、人间书屋、中华书局、上海古书流通处、国民书店、上海杂志公司、宇宙风社等出版机构云集沪上，规避战争对书业造成的恶劣后果。北京、南京、武汉、重庆、桂林、广州、香港步武上海，为维系图书出版发行事业贡献了部分力量。“书”的古今比、中外比，“中”“今”占有优秀，“外”“书”的减少可以理解，但减少本身不是单向度的，俄“书”不降反升起，独领风骚。“古”“书”的绝对数下降，不及“今”“书”多，但两者比例明显缩小，换言之，“古”“书”在此时期的读者接受度、市场认可度都得到了较大提升。

总体而言，1938—1945 年间的“书”重点关注时政、动乱时代里的个人命运，对中国的未来兼有焦虑、憧憬并有所设想。“书”的基本主题可以被浓缩成以下四个关键词。

位居首位的关键词是“战争”。围绕“战争”，“书”生发出数个主题。出现时间最早、同时也贯穿十年的主题，是描绘战争、书写战争，以《死亡线外》《血的歌》《战地书简》《血雨腥风》《一切为着前线》《外人目睹中之日军暴行》《北方》《对敌斗争丛书》《兽宴》《谍话》《日本的间谍》《战地钟声》等“书”为代表，作者们以各种体裁揭露和控诉侵略者的邪恶无耻，反映战争的惨烈残酷。由于中国抗战是第二次世界大战的组成部分，中国译者们关心世界反法西斯的演变局势，陆续向中国读者介绍他国在战争中的表现，《希特勒的梦》《罗斯福总统自传》《在佛兰达田野：欧战史诗第一编》《使日回忆录》《逃出巴尔干》《欧洲内幕》《战时英国》《法国崩溃日记》等“书”分别从元首、高级外交官、普通民众、士兵的角度，来审视这场人类历史上规模空前的大决战，为读者解读战争的萌生根源、再现其进程、推导接下来的走向提供线索和佐证。

对战争仅作描绘和书写是远远不够的，反思战争的“书”填补了这个空缺，《日本作战力》《日本必败论》客观分析日本综合国力支撑对华战争的极限，《蒋百里抗战言论集》提出了以空间换时间、决不投降的抗战方针，《全民族战争论》指明了此次大战乃是民族之间角逐、相竞的本质，强调打赢这场战争对于中华民族雪耻复兴的伟大意义。《我怎样做了日本的间谍》《日本间谍与汉奸》以日本人、在日西方观察者的视角陈述原本良善的日本民众被帝国主义分子用各种伎俩手段“拉下水”、为虎作伥的经过，以及嗣后的悲惨遭遇和可鄙下场。《战时言论集》《抗战论文选集》从多个方面比对中日两国的战争能力，支持对日抵抗、不妥协的基本国策。《日本孩子》将中日和平的希望寄托在下一代日本人民身上，希望大和民族眼光长远，放弃所谓以侵略谋安全的既定政策，认真处理和修复中日关系，不要一意孤行，错上加错。

战争是一场最生动的爱国主义教育。宣扬爱国主义，歌颂各行各业、大江南北的爱国者们的“书”自当不在少数。《蜕变》写农家子弟因目睹日寇暴行而抛弃“好男不当兵”的老皇历，毅然从戎，成长为优秀的游击战士。《给战斗者》《打回老家去》吟诵出诗人对收复失地的渴望，对殒身不恤的中国士兵的景仰。《呈在大风沙里奔走的岗卫们》《边区自卫军》和《小英雄》《义勇少年》分别以纪实、小说的形式，描绘默默守护疆土的普通一兵，塑造响应“年无分老幼”号召而直面顽敌的少年战斗者。曾为抗击异族而作出贡献的历史人物及其丰功伟绩再次被提起，《民族英雄史可法》《杨家将故事考信录》一版再版，成为颇为畅销的读本。本是两个阵营的人物也会因为同样是民族功臣而被大书特书，如《忠王李秀成》与《左宗棠传》。《北行纪游》是作者游历华北沦陷区之后的一手资料，字句间处处是陷敌之痛与亡国之殇。《谢晋元日记钞》记录八百壮士死守四行仓库的悲壮史实，使壮士们的爱国情操和生死抉择纤毫毕现于读者眼前。

战争不总是战鼓、旌旗、血火与死亡，除去浪漫色彩，它展示出的是平凡细碎的一面。脱离日常生活轨道的个人会经受怎样的遭际、发生怎样的变故，以此两者为主题的“书”虽谈不上多，但并不缺席。《流浪的一年》记录作者辗转沦陷区、交战区，直到抵达大后方的完整经过，其间的辛酸苦辣、有惊无险令人咋舌，因为不甘心做亡国奴，便义无反顾地承受背井离乡、颠沛流离和大大小小的残酷考验，作者的赤子之心显诸纸上。《离乡集》《怀乡记》用情含蓄，文字清雅，表达乱世文士的漂泊之悲与故土之思，脱胎于旧式教育而形成的文化身份显然让他们更理解国家的含义，并以逃离来昭示自己的爱国情操。同为文士之作，《避地酬唱集》的作者以苦中作乐的心态与轻松的笔调，表明自己不畏艰苦、对逃难生活甘之若饴的原委无他，只为见证一扫妖氛，河山重光。

战争如同厚重的幕布，会掩盖正常社会生活中的冲突，但它的光鲜面却无法完全遮住阴暗面。一些“书”却揭开华丽的锦被，将内里的龌龊、不堪倾倒出来，曝晒在阳光之下。《一个女兵的自传》记述一个出于爱国热忱而投笔从军的女兵，置身淞沪前线，穿梭于死亡与血污之间，却由于自己的性别而受排挤——“英雌”之所以落泪，不是因为恐惧，而是缘于心寒，男尊女卑的文化传统的错与恶显露无遗。《有钱的同志》的情节是，负责某地后勤工作的办事人员当中，有人无私奉献、吃苦耐劳，有人却凭自己的优裕家境贿赂上峰、雇佣同事代劳本职工作，甚或从国难里面寻找发财的际遇。作者用该书警示读者，团结抗战所要求的人同此心、同仇敌忾并不意味着人与人之间的不平等被消除、抹杀，而是会变本加厉，此外，无处不在的腐败和堕落必定会侵蚀抗战的机体。《救亡者》《一个人的烦恼》叙述了青年救亡者的迷茫：自己的一腔热血在当局低效拖沓的官僚机制中磨蚀、消解，继而不自觉不可逆地陷入莫名的颓唐。这两部“书”的核心价值在于，探讨了抗日青年的另一种死亡——精神、意志上的死亡。而为何死亡、怎样死亡所激起的深沉思索，都是抗战建国所不可或缺的。当然，作者目光之敏锐、话题之尖锐，无疑都走到了时代的最前端。

战争对不同年龄段的亲历者都会造成伤痕，无论肉体还是精神。因其敏感多思、血气方刚，青年在这一变乱时期中该如何走好现在和将来的人生问题，受到一些作者的关切。他们奋笔著书，鼓励青年拨开迷雾，笃定信念，迎接动荡时局造成的人生变故和未知挫折。《最高级的人生》和《处世明灯》的内容大体相近，都向年轻人强调，务必脱离低级趣味的“小我”之境，以修身立志、修心定意进入“大我”之境，才不辜负今生。《思想与社会》《文学与青年》提醒青年不要忽略思想建设，而要自觉进行人生历练和道德自洁。《青年四大问题》没有掺杂点滴的心灵鸡汤，而是直面青年常常遭遇的求学、失学、就业、失业等问题，深入浅出地向青年传授寻求谋生之道、调适心理等的方法。此类“书”的初衷都是呵护青年，帮助青年安然度过战时岁月，堪称暗夜中的微光。

“中国”是名列第二的关键词。抗战期间，大量知识分子响应国民政府号召，随学校往西南、西北地区疏散，最终落脚于昆明、蒙自、成都、重庆，在特殊岁月续写出了衣冠南渡的传奇。告别象牙塔、长期“在路上”的经历使他们得以深度接触都市、校园、书斋、书本以外的广阔世界，刷新和锤炼了自己经年累月建构起的知识体系，令他们在眼界大开的同时，深化了对“中国”疆域、历史、社会、文化、风俗的理解。围绕“中国”的“书”由此呱呱坠地，它们分为两个大类。

第一大类可以称为重新“发现”中国，它是一个内容杂糅的混合体，包括三个细目。一是中华传统文化检讨。代表著述为《中国文化与中国的兵》《我国文字形体的源流叙》和《扶箕迷信底研究》。《中国文化与中国的兵》以中国的兵制为切入口，阐述古代兵制非专业化、职业化的成因。以此为基础，再分析中国文化文弱制度与观念根源。《我国文字形体的源流叙》探究中国文字“六义”的根源，以以形写意等元造字方式为例证，论述中国人惯于从视觉到思想偏好具象、轻视抽象，及其对习得和运用逻辑理性所造成的先天障碍。《扶箕迷信底研究》以历史和现实中的“扶箕”（扶乩）现象为研究对象，剖析中国人多神信仰为表、无信仰为里的现实功利主义，以及这种主义对于建设文明国家、现代社会的危害。二是中国风物考察。知识分子的大规模迁徙催生出丰硕的考察成果。《河南文物志》《四川禹迹之检讨》属于古迹考察专著，《安顺苗夷的生活》是专为少数民族所编纂的民族志，《河山万里》《入川日记》以游记形式记录了几位作者行走贵、川、滇所见的边远地区风土人情、边民的风俗习性，洋溢着对祖国大好山河的赞美，是一部融学理与文趣的佳作。三是国民性反思。在流亡与奔波的间隙，知识分子们重启了对国民性的返观和省察，如《中华民族小史》和《西北民族性》。

第二大类不妨被称为“预告”未来中国。“新中国”叙事起自晚清小说领域，是中国文学人对民族危机的自然反应。时隔三四十年，民族危机未曾解除，反而愈演愈烈，激发“新中国”叙事再度勃兴，不同的是，小说不再作为其体，取代小说的，是游记和论说文。《旧时代插曲》写“旧中国”的破败凋敝，《中国在奋斗中》《中国的新生》《新中国幼苗的长成》书写民族解放战争给中华民族带来的苦难与新变。《论新中国》和《中国的现在与未来》的近一半篇幅是对中国战后重建整体、振作经济、收拾民心、完成复兴的设想。“新中国”事业由谁执其牛耳？观察者们各有各的答案，相比国统区，解放区是寻解的唯一热点地区。《红星照耀中国》《陕北归来答客问》《延安归来》作出了截然轩轾的判断。

第三个关键词是“闲逸”。战争状态不等于战事从不休止、战火处处延烧不灭，中日军队厮杀的暴风眼之外，存在着相对平静的孤岛。与战斗者抛洒热血写春秋同时，在图书世界中缓步徜徉，舒缓精神、释放压力、排遣郁懑、遁世明志、打发时间的大有人在。他们读、评的“书”有野史《南巡秘记正编》《世界秘史》《钞本靖康稗史七种》《明野史》，演义小说《洪秀全演义》《董小宛》《西游补》《精忠柏演义》，侦探小说《霍桑探案袖珍丛刊》，笔记《晚清随录》，武侠小说《蜀山剑侠传》，言情小说《啼笑皆非》《解铃记》，报告文学《人间地狱之真相》，仙佛道杂著《幽冥索隐录》《灵源大道歌白话注解》《观无量寿佛经白话演讲集》《心经随闻记》《兴慈法师文集》《石谷成禅师语录》《大悲咒梵藏音义读本》《佛儒经颂》《法海搜珍》，诗集《花谿宴游诗》《舜若多斋诗草》《忏盦诗稿》《寥阳馆诗草》《白川集》《小泉集》《南窗随笔》《诗禅辑话》，随笔集《若定庐随笔》《花溪闲笔》《厚黑学》《平屋杂文》《一士谭荟》《凉台闲话》，文集《邕州小集》《大隐居士集》。这些“书”的共同点在于，将读者暂时和纷扰混乱的世界隔离开来，给他们带来片刻的、即便是镜花水月般的宁静和快乐，或者有助于读者抒发“即今破碎山河日，掩卷苍茫涕泗流”① 的哀痛之心。

第四个关键词是“停滞”。实事求是地说，八年全国抗战中的文学创作没有停止，但的确受到巨大的、不可逆的冲击，创作、修改、编辑、出版、流通所需要的诸多条件难以齐聚，生产者的写、译、编、校工作时常被粗暴打断，“新文艺作品有满目凄凉之感”的论断实为有感而发②。尽管如此，生产者们依旧笔耕不辍，拿出了不俗的实绩，用《骆驼祥子》《衡哲散文集》《主妇集》《怀旧京及其他》《生活在冰上》《浮世杂拾》《大地龙蛇》《知堂文集》《牛全德与红萝卜》《南洋风雨》《京华烟云》《生活艺术》《南冠草》《海河汩汩流》《看云人手记》《结婚十年》《鸭嘴涝》《财主底儿女们》《饥饿的郭素娥》《砂丁》《憩园》《张爱玲散文集》《龙套集》等作品，借以赓续文脉、续响弦歌。但必须承认两点：一是文学创作整体疲软，经典之作的产量和数量都无法与前一阶段比肩。作家当中，虽以老舍、林语堂、周作人、茅盾为首的前辈时有佳

① 杨叔明：《读〈文文山年谱〉》，《民族诗坛》1938 年第 2 卷第 1 期。

② 撞庵：《撞庵随笔：书评》，《杂志》1943 年第 11 卷第 5 期。

作，张爱玲、苏青、梅娘、路翎、严文井、沙汀等后辈声名鹊起，但除此以外能领一时风骚者寥寥无几。二是文学理论、文学批评体系建设后劲不足。出产于这一时期的《戏剧理论丛书》《古诗选评注》《通俗文艺五讲》《魏晋南北朝志怪小说书录附考证》《中国文学小史》《红楼梦研究》《中国文学欣赏举隅》《现代中国文学史》《隋唐文学批评史》《魏晋六朝文学批评史》《文艺创作论》等，尽管不乏新见、创见，但没有一部能突破既有文学理论的观点、史论的框架，创新之处和沿袭之处彼此抵牾、赫然在目，不足以承继此前十年的理论体系建设。除此之外，拿得出手的成果不但少，且“无论是在作为一般指导的理论基础上，在作为使得发展的文艺运动的体系建立上，都还显得很薄弱”①。文学理论家所处的研究环境普遍恶劣，加上不得不为生计奔波，以致其著述的水准必然打折扣、多遭恶评而非美誉的情形颇为常见，赵景深著《中国文学小史》疏于考证，干脆“往往由此涉彼，跑一趟野马”②，姚雪垠《小说是怎样写成的》一书内容芜杂琐碎，实际是其个人的写作体验与随感，说到底只能供初学小说写作者聊作参考③。在惨淡的光景中，“书”蹒跚走过了备受煎熬的八年，挪入下一阶段。

五、1946—1949 年

作品体裁	图书的出版地域及创作时期																
	中									外							
	先秦	两汉	魏晋	隋唐	两宋	元	明	清	民国	英	法	美	德	日	沙俄	苏俄	他国
诗		1						11	6								
词					2	1			3								
曲								2	3								

① 罗荪：《抗战文艺运动鸟瞰》，《文学月报》1940 年第 1 卷第 1 期。
② 吴伯威：《评赵景深著〈中国文学小史〉》，《读书通讯》1941 年第 20 期。
③ 秦：《书刊评介：〈小说是怎样写成的〉》，《文学修养》1943 年第 2 卷第 1 期。

续表

作品体裁	图书的出版地域及创作时期																
	中									外							
	先秦	两汉	魏晋	隋唐	两宋	元	明	清	民国	英	法	美	德	日	沙俄	苏俄	他国
小说									21		1	3			4	6	1
传记								4	7								
散文									5								
骈(韵)文							2	6	2								
笔记(日记)								2	5								
游记									4								
童话										1							
合集				3	1			4	5	2			1	1			
文学理论									3							2	
文学批评									2								
分项合计		1		3	3		2	29	66	3	1	3	1	1	4	8	1
本阶段总计：126																	

近现代期刊书评中的“书”在1946—1949年中最醒目的特征在于数量少、政治色彩浓郁。这一特征的产生，缘于特定历史环境及其造成的意识形态、社会思潮、文化品位对文学进行约制、挤压，并借由“书”的品流、种类、总量显现出来。

首先要认识到的事实是，作为本质属性的文学性在“书”中没有消亡，但极度萎缩。散文集《眼睛》《夜歌》《闲书》《日边随笔》《湘西》《国学常识》，小说《草莽英雄》《塔里的女人》《围城》《四世同堂》，笔记及随笔《小说搜奇录》《日边随笔》《离离草》《西南漫话》，诗集《刘荣恩诗集》《双水精舍诗集》《盟梅馆诗初稿》《枫帆阁诗稿初集》《寿庵诗存》《海天诗选》《石鱼斋宴集》《谢玉岑遗诗》，曲集《石承藕香馆曲》，文集《康对山文集》《吹万楼文集》《黔南别集三种》《贞松老人遗稿》《石怀池文学论文集》，文学研究专著《红楼梦研究》《三国人物新论》《历代女词人述评》《云南农村戏曲史》《八代文论》，回忆录《革命史谈》《辛亥忆旧录》，游记《粤北战地印象记》《西游笔略》，传记《张居正大传》等作品，是这四年当中，文学性相对较强的文学类图书，它们合计也不过40余本，勉强占此时期“书”全体的三分之一，生产乏力乃是不争的事实。无独有偶，文学理论著述、译作数量剧减，文学发展所应具备的内部省查、外部参照机制都在崩塌。对于文学生产者而言，能够坚守自己的文学理想，屏蔽喧嚷，隔绝环境干扰，从事纯然的文学写作几成奢望。

相对于文学性，政治性扩张势头之迅猛有目共睹。为数众多的生产者将文字武器化，将文学才干和写作技巧移用在文学创作之外，他们集中心力做以下三件事：

一是寄寓针砭、直面时弊。《文明与野蛮》以东西方文明根基和进化差异，阐述制度文明的诞生经过及其对现代国家、民族的重大意义。《时代的悲哀》以随感形式隐晦地表露作者对抗战胜利之后，时局越发混乱的迷惑、彷徨。《我的抗战生活》《方生未死之间》《逆流的日子》以第一视角回顾几位作者自全国抗战之初至目下的离乱生活，抒发个体对家国不宁、社会失序的悲凉感、无助感。《过渡时代》试图对“我”所处的时代加以解释、理解，作者自己对自己的说辞也报以质疑、动摇的态度，看似轻松的笔调难掩观点孱弱、信心不足的尴尬。《窃国大盗袁世凯》《历史故事集》影射当权者，都再现国之巨蠹的败亡实迹，令读者自然联想到现实中的窃国者。将对统治者的不满、憎恶作迂曲表达的，首推《后台朋友》《骂街集》《俏皮语录》，写作者们嬉笑怒骂、指东打西，用道出真相、揭露丑恶腐败的方式来解构威权。抛开委婉含蓄，以暴露罪恶为旨归的，为《上海大观》《中国四大家族》《蒋官秘闻》《蒋党真相》。《上海大观》串联起孤岛时期至国民党重新“接收”上海之后的数年间，上海地面发生的各种光怪陆离的事件，既反对日本侵略者的敲骨吸髓，也戳穿了当局大肆“劫收”的贪婪面目。《中国四大家族》《蒋官秘闻》《蒋党真相》参照了黑幕文学的写法，融入作者的判断，毫不留情地攻击统治阶级的上层结构及其首脑人物，唾弃反动政权。

二是反美拥苏。二战后的最初几年是冷战格局的成形阶段，它与地缘政治一起对中国产生重大影响。在阵营选择上，中国知识分子当中的大部分偏向以苏联为首的社会主义阵营，抵制和抛弃以美国为首的资本主义阵营。“书”体现了他们的取舍。苏联得到的是交口称赞，《苏联的民主》介绍了苏维埃俄国自建政至今在推进本国民主建设上的伟大成就和宝贵经验。《苏联纪行》赞许苏联各界人士的热情友善，对苏联社会的观察结果有褒有贬，但作者郭沫若强调，苏联政制的长处远大于短板，目前出现的商品供应不足、饥荒等问题都是外来因素，如纳粹德国入侵导致的暂时困难，苏联政府有实力、有能力以最快的速度化解危机。美国得到的是白眼和冷遇。《战后资本主义经济之变化》的主要观点是，美国在二战后已蜕变到帝国主义的新阶段，其经济、金融体系正在加速崩溃，其制度的虚伪性、脆弱性注定加剧。美国是资本主义国家的领头者，它的注定的败亡就是整个资本主义世界的缩影。《一个丑角所见的世界》是查理·卓别林的自传，这位喜剧电影大师以批判眼光评述自己在美国生活、工作的方方面面，客观展示出美国社会受丛林法则、交易心理、投机心态操控的事实。涉及苏、美的“书”传导的是中国知识人对“西降东升”提法的高度认同，数年后对苏“一边倒”方针在此时已打下了心理基础。

三是塑造农工劳动者形象。这一时期的农工劳动者不再是被启蒙、引导的对象，他们基本上具备了与生俱来的道德自守自洁、思想更新及批判能力，是推翻旧中国、建立新中国，创造幸福生活的主体。

生活在解放区、国统区的农工形象所呈现出的行为细节存在较大区别。在陕甘宁边区等解放区，翻身农民以饱满的热情投入到大生产运动和支持前线运动，并从反省之前的二流子、懒汉闲汉脱胎换骨，成长为人人称羡的劳动模范（《吴满有》），青年男女接受了婚姻自由观念，在党组织的帮助下和封建顽固势力斗争并取得胜利，获得了婚恋自主权（《王贵与李香香》）。1943 年发表的《李有才板话》在解放时期被书评者着重评介。李有才以“快板诗”为武器，带领一班“小字辈”，和篡权的地主阎恒元斗智斗勇，最终以斗倒阎恒元，教育了干部、革新阎家山村政权而告胜，显示出有政治觉悟的农民在基层政权建设上的巨大能量。《牛全德与红萝卜》同样出版在 1943 年，但也是在此时进入书评领域。和《李有才板话》不同的是，《牛全德与红萝卜》描绘的是落后农民的自我革新、自我觉醒的过程，通过对话、心理、细节描写，姚雪垠刻画出了“牛全德”、“红萝卜”、“坏女人”、来娃娘、宝倌等人物形象从“旧人”变为“新人”的心路—行动历程。

论及解放区文学中农村—农民书写的代表作，《李家庄的变迁》值得一提。在书评者看来，《李家庄的变迁》“不仅反映了被统治在土皇帝式地方军阀之下的政治的腐败与黑暗，更重要的是它指示了人民斗争的技巧与方向，所以它不仅是一部人民求解放的斗争活生生的记录，也是教育我们人民和做民众工作的同志们一部良好的教科书”①，作者赵树理全景式反映了“许多中国农民今天所走着的道路——一条历史的道路”，“不仅从过去来阐明了现在，而且也从现在指出了未来”②，是一部如实、深刻反映劳动人民思想进步，得到劳动人民喜爱的杰作③。

生活在国统区的农工形象，其阶级属性相对淡薄，身份为底层市民、流浪者。限于环境，他们不能做出明显的对抗行动，而是用眼观、用口言、用耳听、用心感受，记录“国府”总崩溃前的荒诞景象，揭露国民党统治的黑暗，用各种方式进行软性反抗。和李有才与他擅用的“快板诗”相似，马凡陀使用山歌、民谣指陈时弊，对污浊世道冷嘲热讽，是时代的忠实见证、评价者（《马凡陀山歌》）。黄谷柳《虾球传：春风秋雨》《虾球传：白云珠海》《虾球传：山长水远》于1947年11月开始陆续在《华商报》连刊，受到读者的热烈欢迎。小说中的主人公虾球和西班牙名作《小癞子》④ 中的小癞子身世一样，同是苦难世间的游荡者，不一样的是，小癞子最终改变了自己的处境，而虾球则自始至终在鳄鱼头等黑恶势力的压迫残害下挣扎求生，和阿娣、牛仔相濡以沫，熬过命运设置的一道又一道沟坎。

除上述三事之外，“书”的政治性扩张还表现为回忆鲁迅、纪念闻一多。

---

① 张兆科：《〈李家庄的变迁〉（书评）》，《雪风》1947年第5期。

② 荃麟：《评〈李家庄的变迁〉》，《文艺生活》1947年光复版第13期。

③ 何静予：《评〈李家庄的变迁〉》，《综艺》1948年第4期。

④ 原名《托美思河的小拉撒路》（*La Vida de Lazarillo de Tormes*），作者不详，16世纪中期于西班牙出版。1956年7月，由杨绛翻译的首个中译本由作家出版社出版发行。

对于鲁迅，知识界、文学界期待并称许《鲁迅全集补遗》《鲁迅传》的出版，用回忆鲁迅的方式，寄托对此时代的深深鄙夷。闻一多被害后，《一多遗集》《闻一多的道路》迅速问世，书评者忆述他的音容笑貌，被他作狮子吼的大无畏精神折服，为他的惨烈牺牲而抱长憾，“一多是永远不会回到书房了，他这个人却长留在历史上，他这部书却长留在每一个书房中”① 的话语言温而心热，足以动人、感人。

第二节　“书”的价值构成

晚清民国时期出版的文学类图书到底有多少，这个问题似乎不会有精准答案。散逸、私刻、水火、虫蠹、兵燹，皆会让书隐入尘烟。以目前华文图书搜集最全的瀚文民国书库为例，书库辑录保存的图书为 27 392 本（部）②。出版发行文学图书最多的机构依次为商务印书馆（2713）、中华书局（626）、文化生活出版社（382）、世界书局（378）、开明书店（369）、北新书局（282）、扫叶山房（244）、上海进步书局（231）、广益书局（201）、生活书店（192）、商务印书馆·上海（175）、大达图书供应社（167）、东北书店（166），最少的机构为大连图书供应社（46）、上海中央书店（45）、中华图书馆（45）、上海锦文堂书局（44）、亚东图书馆（33）、文化供应社（33）、北京国剧学会昆曲（32）、广学会（32）、广益书局（32）、海燕书店（32）、吴兴刘氏嘉业堂（31）、大中书局（31）、中国文化服务社（30）。

面对如同山积的图书，近现代书评者和“书”缔结因缘并非轻而易举，一方面，只有十分之一的书有幸被评价；另一方面，对于绝大多数没有赠阅机会的读书人，购书、读书所需的经费、时间、精力都缺一不可，读后还要撰文批评并投寄期刊发表，实际上乃是一种甘愿承受的负担。书评，因其不易，必

① 吴晗：《跋一多遗集》，《观察》1947 年第 3 卷第 12 期。
② 数据来源于瀚文民国书库。网址：http：//www. hwshu. com/front/search/navSearch/12. do.

然功利，一本书之所以能被书评者青眼有加，而成为“书”，必然归因于它具备某种或若干价值。立足于这一点，本节探讨“书”的价值构成。

一、文学主张的投射物

通过评价“书”申明自己的文学主张，是书评者的首要目标，也是“书”的起始价值。书评者浸淫于种种文学思想、思潮、观点，有所判别、汲取，形成了自己所坚守、笃信的文学主张。是否吻合、照应这些文学主张，成为不同书评者评析“书”的优劣标准。近现代书评者对现实主义、浪漫主义、现代主义、革命现实主义、革命浪漫主义、个性主义、为人生的文学、唯艺术论、唯物主义文学观、民族主义文学观等，都发表了各自的见解，拨开纷繁的论述，此处选择它们当中具有代表性的部分来加以论述。

大多数书评者支持现实主义的创作倾向。“好的文学作品第一要真。文学作品不但要技巧，更要对于人生有真的领悟，有真的感受。换言之，要有真切的内容、真切的材料”① 被包括作者、评者在内的文学人奉为至理。书评者秋隼的见解尤其精当：

> 文学和生活的绵密的渗透融和，已臻其极致。同时使我们可以深切的了解到，文学是怎样离不开生活而独在，和它反映实生活的力量，和一般过书斋生活，埋头在古籍中的人们，与创作关系，是怎样渐次绝缘的。②

在实际的书评中，与现实主义是相符还是相违决定了“书”及其作者究竟会获得怎样的评语。孙席珍《战争中》“客观地把战争的实象、兵士们的生活很忠实地告诉了我们。然而，它已够使我们十分的感动了”③。黑炎《战线》没有英雄，几乎没有正面的厮杀，但“描写当兵的滋味、军营的生活和士兵的心理，可称是前所未有的亲切”，所以，它会“因其材料的现实性将要永久

① 瞿菊农：《描写农村生活的文章——〈民间集〉序》，《宇宙风》1937 年第 40 期。
② 秋隼：《书评：〈商市街〉》，《清华周刊》1936 年第 45 卷第 9 期。
③ 张平：《书评：〈战争中〉》，《读书俱乐部》1931 年第 1 期。

被人激赏的吧？”[①] 刘倩新作、诗集《生命的微痕》“确乎够得上说是大众化的作品”，“委实是作者实地经验的生命的丝丝斑斑的痕迹”，是“贡献给大众的一些呼喊，在今日之下，确是难得的，那朵生命之花！”[②]。朱企霞《孱儿集》“少了生活。没有了生活上深深的陶醉”，这样的作品“又何尝能伟大？”[③] 张天翼写《小彼得》用笔简单轻快，“不带一些智识分子气分的写法”，尽力表现士兵的“那种自发的斗争和革命的要求”，凸显出作者的现实主义精神，但可惜的是，他以理念为前驱，没有能够“把生活的重心联系在一起”，远离了与现实主义精神一样重要的真实性原则，向读者贡献出的是一部夹生的小说[④]。

书评者会勉励作者走上现实主义的创作道路。王独清经过“时代的洪流”的锻炼，“像冷铁放在熔炉里，终于化作红焰焰的铁流”，他的可喜转变使他的文作踏上了新台阶，《我在欧洲的生活印象》，虽“在技巧上是远不及从前的作品”，但“的的确确能够抓得住大众的心理与时代的洪流”，往伟大的诗歌迈进了一步[⑤]。林庚的诗“现实主义的成分，是相当地稀薄”，而“象征主义”却很浓厚，对现实缺少观照，虽痛感于农村的破产和中国社会半殖民地程度的加深，却不愿、不敢将自己的心声和盘托出。因此，“说到底，他的诗的精神是空虚的。如果他能真挚地、科学地去认识社会现实的话，如果他的欲念上了正轨的话，他的诗作自然有较远的前途。这要看这位青年诗人之努力如何为断”[⑥]。巴金《雪》“可以算近年来中国伟大的著作、作者虚心的体验和观察的结晶”，“但我们更深沉企望着伟大的天才作家，更将从事走上现实主义的道路上，滤净浪漫的余渣，以更广大的社会事业来发挥他的天才”[⑦]。

书评者展现出了自己对现实主义的认识的深化。卞之琳看到了现实主义被

---

① 陶然：《书评：黑炎的〈战线〉》，《文学》1934 年第 2 卷第 4 期。
② 徐荫祥：《读〈生命的微痕〉》，《微明》1935 年第 1 卷第 5 期。
③ 韩起：《读〈孱儿集〉》，《幼稚》1930 年第 1 卷第 4 期。
④ 景星：《读〈小彼得〉后》，《文艺新闻》1932 年第 45 期。
⑤ 杨凡：《读〈我在欧洲的生活印象〉》，《读者月刊》1933 年第 1 卷第 1 期。
⑥ 穆木天：《现代评坛：林庚的〈夜〉》，《现代》1934 年第 5 卷第 1 期。
⑦ 王文修：《书评：〈雪〉》，《国闻周报》1936 年第 13 卷第 7 期。

空洞化、概念化的不良倾向，沙汀《淘金记》正是抵制这一倾向的榜样。卞之琳指出，沙汀意识到了当下小说创作“抱住了现实主义的教条，或者标榜着新写实主义的理论，不尝试也不容许独特多样的创作活动，囿于一般性而忽略特殊性，耽于抽象的空架子”的流弊，以及“只填公式、只描定型”的通病，他回到素材，回到真实的社会、人生，从原料中“抓住了像命运一样操纵全盘的总关键，已经有力量安排出一个有机的整体了”，使这本书不落窠臼，达到了一个“难得的高度”①。了之提出，现实主义不但要立足现实，还应该呈现超越现实的内容，从这个角度来看，郁茹《遥远的爱》女主人公维娜性格“特出”，懂得反抗社会、工作中的歧视，证明女性的独立价值，但没有在个人的反抗之外为全体妇女的解放作出贡献。所以，该书未能凸显“现实主义本身的含义就是不断的行动、渗透与创造”的真义，不曾更加贴近现实，向现实提出“更深刻的控诉”，算不得成功②。

与现实主义密不可分的是“为人生的文学”的创作宗旨，即“描写人生”，描绘“人生所应有之事”③，对人生寄寓发自内心的同情和悲悯。巴金短篇小说集《电椅》在技巧上不算上乘，但每篇“都写着我们在这个人主义思想下的烦恼，以及我们有价值有意义的生活之所在”，这些小说“都无非是要我们起来奋斗、忠于理想这些话，都无非是我每日在强权下在呼叫、苦闷的生活下所想说的话”，因此，“凡是我们怀抱爱人类的同情及持着最高理想的人，总都应觉巴金是在代我们说话，是我们最亲密的朋友”④，这部集子是为人生而文学的楷模。张志和《峨眉游记》是部优秀的游记，并不在于其中关涉山水的文字有多么优美，而在于作者在游览中脚踏实地地观察民情、了解民生，对民瘼酸苦作出公允见解，“表现出了他的思想之正确、研究之广泛和对社会生活的注意、对于大众幸福的关心。他很鲜明地表示出他的为人生而艺术的态度”⑤。

---

① 卞之琳：《读沙汀〈淘金记〉》，《文哨（重庆）》1945年第1卷第2期。
② 了之：《读〈遥远的爱〉后》，《潮灯月刊》1946年新第3期。
③ 独鹤：《〈啼笑因缘〉序（续）》，《新闻报》1930年12月25日第11版。
④ 冰：《读巴金的短篇小说集〈电椅〉》，《清华周刊》1933年第39卷第5期。
⑤ 张思闵：《书评：〈峨眉游记〉》，《研究与批判》1936年第1卷第8期。

对于文学大众化，书评者多持赞同、推进态度。有书评者认为，文学走出小我、拥抱大我是其演变的必然趋势，“文学大众化”是文学的必然宿命：

> 历史进展得是多么迅速，从文艺创作趋向底演变中可以推知。由个人单位出发的围绕于幻想、情爱、哭笑之间的文艺，虽说给留下了一点纪念：它们至少映出一个时代底汹涌的自由空气的活泼、天真与颓唐处，已不可免地转瞬成为过去；连姿态英武、立意可钦的、喊喊叫叫打打闹闹的文艺也如走马灯般飞开了。弃掉个人单位，踢倒幻想、情爱哭笑，止住喊叫打闹，而目光扫向集团、大众，擒住人生在现阶段中最需要凝视处，依老实手法达出所见的是：正走红运的现实文艺；走红运，是历史注定的命该如此。①

在文学大众化观念的指导下，书评者以评“书”来为之发声造势。《灵凤小品集》依旧不乏才子气、脂粉气，但“在现在文艺大众化的激流之中，处在逆境中挣扎的人们实在是没有余闲来赞赏这安逸清丽的作品”，作者有必要以这部集子为诫，“取材转移到大众方面去，多描写一点人间的苦痛和社会上深入的生活的情状”，“去发现充实的题材，而描写以一种斗争着的新的力量”②，唯有如此，才不辜负自己足以骄人的文学天分。田间《中国牧歌》“气魄雄浑有余，但作品内容的完整性在许多场合却没有获得”，这是缘于作者从一种形式主义倒向了另一种形式主义，“走入自我溺爱的路上去”，没能“更确切地、更圆满地表现内容——感觉力和想象力——所凝成的花朵”，没抓住“‘大众化’问题的本源意义”③。

何其芳经了全国抗战八年“实生活的火炼”，他不再是一个“留连光景的人”，“他大踏步地迈进了新的天地，勇敢地度着新的生活，而冷静地将腐朽神奇的世界遗留于后”。“由于现实的教训”，他认识了“艺术与广大的人生之

---

① 张振亚：《评〈多产集〉》，《国闻周报》1936 年第 13 卷第 40 期。
② 汤增扬：《读〈灵凤小品集〉》，《彗星》1933 年第 1 卷第 5 期。
③ 胡风：《田间底诗：〈中国牧歌〉序》，《现实文学》1936 年第 1 卷第 2 期。

不可分性”，“全盘否定了那种所为艺术而艺术的见解”——“他原来的一枝笔，不论是诗歌还是散文，可以说是声华茂美、采色缤纷，然而现在为了正确地抒写新的概念和生活，他不惜热情地加以简朴逼素的约束。这不是一件容易的工作!”“在时代的激流中，他蜕变着，像一只蝉，痛苦地而又非凡快乐地接受了这个必然”。何其芳《夜歌》正是“接受了这个必然”① 而诞下的宁馨儿。

对唯艺术论的态度颇为两极化。否定唯艺术论者大有人在，刘西渭赞许何其芳“安排成功一种特殊的境界”的“智慧”，但对《画梦录》“精致到了浓得化不开，到了颜色抹得分不清颜色”的面目予以“这不复是精致，而是偏斜”的断语，叮嘱何其芳“扩展他的宇宙”②。胡卜人讥讽沈从文的中短篇小说“追还着一个空虚的幻影——‘人性’”，妄图用艺术的、超脱的，而非现实的笔触还原、干预“现实的社会”和“现实的生活”，暗示沈从文式的写作不值得效法——那样做的结果注定是“和读者之间的距离只有越拉越长”③。袁勃对《汉园集》的批评近乎谴责，他诟詈诗人卞之琳、何其芳、李广田“好像未曾感到一丝风雨”，沉湎于对“梦”的追索、对“生活的悠闲与颓废”的渴慕，他们的笔下从未“出现过‘泥手黑脚’的人们的影子，那或者是怕破坏了艺术的神圣原故吧?”，呼吁他们“以灵活的笔效力于我们争生存的民族”，停止写那些“于己无益、于人有损的‘靡靡之音’”④。

认同唯艺术论者亦不乏其人。冉伯认为张岱的写作水平在明代文士当中堪为翘楚，其传世之作《陶庵梦忆》融华藻、雅洁、奔放、谨严于一炉，风味疏淡，不落痕迹，是明清笔记中的上品⑤。何逢辨析田间诗集《给战斗者》的“好”与“坏”，他将田间诗的“好”定位为高超的、“让人心折”的艺术构思和文字驾驭力，将“坏”界定为“政治意味太浓”，笑话集子中的少数作品

① 辛笛:《〈夜歌〉(书评)》,《文艺复兴》1946年第1卷第2期。
② 刘西渭:《读〈画梦录〉》,《文季月刊》1936年第1卷第4期。
③ 胡卜人:《读〈沈从文习作选集〉代序》,《新东方》1936年第1卷第5期。
④ 袁勃:《读〈汉园集〉》,《诗歌杂志》1937年第3期。
⑤ 冉伯:《文艺: 读〈陶庵梦忆〉》,《龙蟠校刊》1937年第1期。

"只是一些政治揭帖而已"，"那直白而无曲折的程度，简直像腔肠动物似的了"①。许衡盛赞诗友路易士《夏天》，认为《夏天》就是路易士卓越诗思的外化，"给人一种世外的美，而又提示着包括着美的时空是个什么样儿"，是干净的、纯粹的诗②。谢紫评王进珊《山居小品》以"古典圆案的穿插，造成一极新风格，从宁静和朴素中，迸发出内蕴的美"，是这个时代不可忽视的美篇佳构③。

异于存在争议的唯艺术论，书评者对"通俗化"的态度是一致提倡。《马凡陀山歌》在问世之初得到的并非好评，而是尖刻的批评。江流将它比作"很深刻的愤怒、很坚实的意识，再配以很浅薄（或者说是轻淡）的抒情"的大杂烩，是马凡陀"硬'套'某些'民间形式'"而结出的畸形果实④，更言之，马凡陀在提高读者的兴趣、加倍发挥"'通俗化'的长处"的道路上还有很长一段需要艰苦跋涉。在舒群看来，刘白羽用《无敌三勇士》证明了他自己在不"减损或伤害内容的准确性或完整性"的前提下，圆满克服"涩性的欧化语言"的牵累，终于锤炼出了"使人'通行无阻'"的、属于人民大众的小说⑤。谷斯范《新桃花扇》的文字"也经通俗化大众化这条路上着力""可谓到了纯而醇的境界。芜词的提炼与淘汰，已经做到了相当功夫"，虽然是历史小说，却有意识加入几节当时的歌谣，以至"令人想起了《李有才板话》，觉得暗暗有些吻合"，因而，这部新作是讲唱文学走上"通俗化大众化的道路"的标志⑥。

民族主义文学观往往被书评者众口一词鞭挞到一无是处。几乎每一本贯彻民族主义文学观的新作，都会唤起书评者的攻击欲。黄震遐《黄人之血》写的是蒙古人西征俄罗斯的故事，"'艺术的'外衣"下面其实是"政治上的问题"，暗示中日结盟，共同攻打苏俄，联合扼杀人类的正义事业。《国门之战》

① 何逢：《评〈给战斗者〉》，《时与潮文艺》1944年第3卷第5期。
② 许衡：《书评：〈夏天〉》，《读书杂志》1945年第1卷第5期。
③ 谢紫：《读〈山居小品〉》，《文潮月刊》1947年第3卷第3期。
④ 江流：《评马凡陀的山歌》，《十月风》1947年创刊号。
⑤ 舒群：《评〈无敌三勇士〉》，《文学战线》1948年第1卷第2期。
⑥ 许杰：《谈历史小说——序谷斯范〈新桃花扇〉》，《大公报》1948年4月3日第7版。

是作者万国安关于“中东路”事件的亲历记，污蔑苏联人民保家卫国的正义之举，实际上写出了“国民党军人在哈尔滨惨杀苏联人民的‘狞相’”。两部作品标榜“民族主义”，骨子里是“大亚细亚主义”“拍马主义”，更是向英美日法帝国主义献媚的“奴族主义”①。例外当然也会出现，郑振铎《桂公塘》是难得的好作品，不但叙事方式老到，给人以“实感”，更“在国家民族意识上说起来最为可取，实在是近年来文坛上仅有的收获”，远胜一班“不自量力的、日在从事于所谓民族主义的文学，终于没有一篇好东西产出来”，只知道“叫嚣于文坛的傀儡文艺的健将们”②。化名“列车”的书评者对民族主义文学观的思考相对最为深彻中肯，他以《俞锡南诗集》为例，提出“要建立民族文艺，不外乎不断地发展自己和吸收外来的，然后通过民族特具的性质，适应于种种条件的限制，从而提炼”③的观点，纠正了民族主义文学观在意识形态上的偏颇。

二、新锐思想的播种机

中国近现代史可以被析解为文明史、文化史、思想史、观念史的庞大集合。经魏源、郑观应、王韬、郭嵩焘、梁启超和游历留学者手写口传，“公理”“权利”“科学”“民主”“国民”“公民”“个人”“国家”“社会主义”等概念④被引入并完成本土化改造和重构，内化为中国走向现代的内驱力。这一内驱力的创造者和运用者，无疑是近代中国知识分子，一方面，他们中的主流，“逐渐由以文化为志业的通识之士，转变为以追求知识为志业的学术人士，与以知识为工作资源的专业人士”；一方面，他们“由此可以摆脱政教不分的特性”，“变得愈来愈重视自己的意愿”⑤，成为一股相对独立的社会力量。

① 石崩：《〈黄人之血〉及其它》，《文学导报》1931年第1卷第5期。

② 天狼：《评〈桂公塘〉》，《新垒》1934年第3卷第5期。

③ 列车：《洞萧怨序——〈俞锡南诗集〉》，《宇宙风：乙刊》1940年第20期。

④ 金观涛、刘青峰：《观念史研究：中国现代重要政治术语的形成》，香港中文大学出版社，2008，第97—174页。

⑤ 许倬云：《中国历史转型时期的知识分子》序二，载余英时主编《中国历史转型时期的知识分子》，联经出版社，1992，第6页。

身份变化并不意味着知识分子使命感的缺失，相反，他们具备针对国族危机、社会危机的天然应激机制，始终被胸怀天下、以生民为心的道义感和使命感支配。面对近现代涌入中土世界的新锐思想，他们常常有所反应，对自己所执信者冠以“主义”之名加以传扬，“书”便是重要的一种媒介。近现代“书”当中所牵涉的思想林林总总，为免枝节蔓生，本段阐释与其中最具影响力的几种相关的“书”。

爱国是近现代思潮、文学的母题之一。倡扬、激发爱国主义的“书”屡见不鲜，它们从不同角度阐释著者对“爱国”的理解。《全台游记》是作者池志澂游览被日本初据未久的台湾的游记，著者追寻台人抵抗日本殖民斗争的遗迹，为金瓯有缺而痛心不已。《英雄安在吟》是安重根生平事迹的简传，书评者澄缘向青年读者推荐此书，显然旨在鼓励广大青年见贤思齐。《东北作家近作集》被书评者徐绿比作“精神上情绪上的刺激的国难的歌声”，是惊醒国人、唤起民族魂的良药，因此值得专门推介给“安居在内地的有血性的青年”①。布德《第三百零三个》为年轻的殉国者立传，同具“唤醒那些醉生梦死的人”的效用，所以“这个集子，是值得介绍的”②。

在文学界，平民主义的拥趸自1920年代初出现。平民主义的核心要义在于正视普通民众，尊崇民众的力量，为民众发声。文学中的平民主义和文学大众化、普罗文学有着千丝万缕的联系。“平民”“大众”“民众”“群众”“农民”的热度经久不衰，被一些书评人奉为“书”价值的核心标准之一：《郑板桥家书》里有“不朽的精神”，这精神就是平民主义，他最敬重农夫，“工商次之，士为最末”，并对贫苦者有强烈的“济穷之心”。“予读《郑板桥家书》愈咀嚼愈有味。他的集中很能‘亲亲仁民，仁民而爱物’，这就是他家书不朽的地方”③。穆时英《南北极》的过人之处乃是“尽力描写到了无产阶级的挣扎、他们的痛苦、内心的愤怒、资本家所赐予他们的悲凄和苦难”④。张天翼

① 徐绿：《读〈东北作家近作集〉》，《火炬》1936年第1卷第2期。
② 星子：《第三百零三个》，《大观楼旬刊》1943年第2卷第7期。
③ 杨尚松：《读〈郑板桥家书〉》，《学生杂志》1923年第10卷第2期。
④ 罗秀贞：《评〈南北极〉》，《风藻》1934年第14期。

《团圆》“六个短篇中差不多都是描写一种贫民生活的苦恼，而间接反映出资产阶级的可恶”①。《骆驼祥子》写的“是一个实心、卖力、求生，而挫折、失败，堕落的劳动阶级者的一段生活惨史”②。《泥土的歌》是臧克家从“一个农家之子，终于由都市还了乡”的成功转折，是带着“泥土味的农民文学”的杰作③。

平民主义内含的阶级意识推毂阶级斗争意识在书评中萌发、积聚。进入1930年代后，书评者的关切焦点多从“平民”转向“无产阶级”，作者对无产阶级的感情，是否书写阶级斗争及书写的技术性、深刻性，成为评“书”新指标。李守章《跋涉的人们》戳破小资产阶级投机、虚伪、奸险、怯弱、龌龊的画皮，他们高喊革命却没有实际行动，只会在捞取好处之后躲到安全的地方“欺诈大众”。这本书使“我们可以打破了对于小资产阶级者的憧憬的幻影，根本驱除了对于所谓知识分子与青年的信赖，加强了我们对于无产大众的信赖”，启示我们“不使无产阶级站在领导的地位上，反资本主义与反帝国主义的革命是没有保障的”④。《炭矿夫》以《炭矿夫》《裁判》《矿山祭》三个专篇，生动写出煤炭工的非人处境、悲惨际遇和矿主的骄奢淫逸，字里行间可见作者对无产阶级的真挚情意⑤。《中国农民诗集》“是这四千余年中的农民的血、农民的泪、农民的真情实感的总结晶。倘若有读完这本诗集而不感激兴起者，请听一听他的来历!”⑥ 尹永梅《我爱》没有应予嘉许的文学价值，尤其是“如传统上的所谓‘结构’这东西是没有的”，但这并不妨碍这部小说“故事的完整”和主题的正确——它“叙写着一个穷苦的无产者，怎样在不良的社会制度下，被迫着堕落下去，然而大革命的风暴又把他救出来”，通过参与社会主义建设，“重新找回了自己”⑦，故言之，该书指明了青年克服弱点、走

① 朱宝琨：《书评：〈团圆〉》，《新学校刊》1936年第2期。
② 树棠：《读书：〈骆驼祥子〉》，《宇宙风：乙刊》1939年第5期。
③ 李长之：《读〈泥土的歌〉》，《时与潮文艺》1944年第3卷第4期。
④ 桐华：《读〈跋涉的人们〉》，《现代文学》1930年第1卷第1期。
⑤ 晴新：《一本有价值的真的文艺创作：读〈炭矿夫〉》，《现代出版界》1932年第5期。
⑥ 朱云影：《〈中国农民诗集〉序》，《读书杂志》1932年第2卷第1期。
⑦ 尹永梅：《我爱》，《人生与文学》1935年第1卷第2期。

出迷惘的正途，因而有名列佳作的资格。叶紫《丰收》和《火》“长处在于作者绝不观念地引导农民接受革命，而是十分谨严地由自然的需要上展开他们行动必然的步骤，它不是公式的演绎，而是事实的复现”，实际上将反映阶级斗争的小说在思想层面提升到了罕有的高度。史笃高度评价艾芜的《山野》，最大的理由在于“这种由于阶级对立而反映到抗日斗争里的分歧、复杂，是本书的主要着力点之一”①，申明了民族解放战争阶级斗争本质上的同步、同构。

关爱女性、两性平等的呼声长久回荡在书评的天空。女性主义文论集《自由的女性》集中介绍女权主义的起源、发展情况，被评者当作女权知识教科书推向读者界②。A. 史沫特莱《大地的女儿》比其他关注女性问题的书在思想上更深彻，它不但证明“一个精神不能自由的妇女，要达到经济独立与人格独立的地位是很不容易的”，更是将女权问题归因为阶级问题，将解放女性与消灭阶级制度等同起来③。巴金《春》值得赞善，乃是缘于它透过现象看本质，揭示出“社会的革命运动成功，妇女问题才能得到全部的解决”的真理④。郁茹《遥远的爱》隔着时空回答了“娜拉出走之后”的探问，女主人公维娜性格“特出”，通过反抗社会和性别歧视，证明女性的独立价值，彰显出职业女性在现代社会为自己开辟新的生活方式的胆识和勇气⑤。

三、文学写作技术的武库

从“道”与“术”的角度来说，文学主张、新锐思想属于前者，书评者更乐于为之倾注心力。写作技术属于后者，书评者并没有加以充分重视，但也不乏表述，面对汗牛充栋的图书，他们选择出合宜的“书”，从若干方面出发，来谈论作品的写作技巧。

就框架搭建的水准而言，《虎国游记》堪称范式，它全景式展示各种

---

① 史笃：《评艾芜的〈山野〉》，《小说（香港）》1949 年第 2 卷第 2 期。
② 鉴尝：《读〈自由的女性〉》，《开明》1928 年第 1 卷第 2 期。
③ 杨铨：《〈大地的女儿〉序》，《妇女杂志》1931 年第 17 卷第 7 期。
④ 风展：《怎样读〈春〉》，《妇女生活》1940 年第 9 卷第 1 期。
⑤ 了之：《读〈遥远的爱〉后》，《潮灯月刊》1946 年新第 3 期。

"虎"拉帮结派、钩心斗角的情景，以"虎国"喻指假托立宪以续命的清王朝①。和《虎国游记》不相伯仲的是《海上花列传》，它以欢场为纽带，连接官场、商界以及广阔的社会，对清末沪上世情作了淋漓尽致的刻画②。《镜花缘》以诗作来勾连情节、串联故事，是一种独具匠心的框架③。《战时日记》以日记体来重现战争，"日记"就是框架，"日记"的连续和中断，形成了内在的叙事节奏，也赋予框架以文本质感，表明战争文学也可以细腻有致，而不仅停留于所谓应时的"急就章"④。

锤句炼字是中国文人的长久传统，文字技巧当然不会被书评者忽视。文字之是否可观可叹、可圈可点，成为衡量"书"价值的重要指标。书评者多列举文字优美之"书"以为范式。文言之作中，《悼粉集》"哀艳悱恻，凄我心脾"，字字含泪，字字含血，是哀情之佳作⑤。《苦竹山房诗文集》是作者"苦竹生"苦吟的结晶，"诗笔表襮当世"⑥。白话文作中，叶圣陶《稻草人》有"移人的美的叙述"和"完美而细腻的美的描写"，取得了艺术上的成功⑦。叶圣陶《火灾》恰如其分地写出了他"理想中"的"美满世界的精魂"，"可说是成功了"⑧。应修人《春的歌集》以清越的嗓音呼喊出了作者对"春"的渴望和赞美，文字清丽，音韵和谐，拓展了新诗的表现力⑨。赵景深《寂寞的国》分为上下两辑，上辑"排比过甚"，下辑吸取了上辑的教训，打碎了"排比的镣铐"，取得了文字遣用上的圆满⑩。刘半农《扬鞭集》语言灵动，"白话、土话，兼有歌谣体"，令人"读得有时发笑，有时愤怒，有时觉得油然自得，有时觉得想向天上飞去!"，作者以此证明，写新诗大可不必

---

① 佚名：《长篇名译：〈虎国游记〉小序》，《小说时报》1911年第10期。
② 徐心吾：《〈海上花列传〉中之赵朴斋》，《民众文学》1927年第15卷第20期。
③ 蒋瑞藻：《小说枝谈：〈镜花缘〉》，《民众文学》1927年第16卷第5期。
④ 吴家盛：《〈战时日记〉的批评》，《中国新书月报》1932年第2卷第8期。
⑤ 笑：《〈悼粉集〉序》，《风雅报》1907年第247期。
⑥ 张秋爽：《〈苦竹山房诗文集〉序》，《钱业月报》1929年第9卷第10期。
⑦ 郑振铎：《〈稻草人〉序》，《文学》1923年第92期。
⑧ 顾颉刚：《〈火灾〉序》，《文学》1923年第93期。
⑨ 冯至：《读〈春的歌集〉》，《文艺周刊》1924年第45期。
⑩ 朱湘：《评〈寂寞的国〉》，《开明》，1929年第2卷第4期。

“套公式”，但须锻炼文字以化繁就简、简而脱俗①。汤增扬赞赏叶灵凤才华横溢，认为叶灵凤对文辞善推敲、爱斟酌，轻易不落笔，但下笔则有神，其新著《灵凤小品集》足谓尽显“妙手偶成”“兴到神会”的上品②。徐一士《凌霄一士随笔》行文老到，轻快则顺风行舟，沉郁则别有怀抱，如“白头宫女在，闲坐说玄宗”③ 一般对故人故事如数家珍，令人如在目前。马君玠《北望集》“在日常的小事物上分出层层的光影。头发一般细的心思和暗泉一般涩的节奏带着人穿透事物的外层到深处去”，谈古都，谈旧人，忆旧事，给战争中的漂泊者以莫大的慰安④。

除了赞许，书评者会举出文字使用的反面案例。杨凡指出，余慕陶小说集《春泥》算是失败的集子，根根到底，“文字”频频出现“松”的症结，以致“每一段的结尾空气”不“紧张”，文段之间距“承上起下、圆滑自如”的要求相去甚远，脉络稀碎，文气不连贯，令读者“不期然而然产生出一种不耐烦的情绪”⑤。书评者对“书”的文字表现也会褒贬兼有，蒂克《小兰花》“与道白式语汇堆砌不同”，以“简洁、明朗、生动的用语”抒写诗人心迹，但在文字上刻意简白，也会催生副作用，即“外形的沉繁的拉张”与“内经验的失调”，对此，诗人当有所反省，截长补短，早日形成自己独有的诗风⑥。

对“书”的人物塑造，书评者也多有评议。《黑狱生涯》是作者邓孟硕的生活实录，因是亲历，监狱中的各色人等跃然纸上，绘制出了边缘社会的真相⑦。书评者“陇西武人”读了《红楼梦》续书《金玉缘》之后联想到了楚汉争霸，他在书评文中写道，薛宝钗、林黛玉如同刘邦、项羽，林“以慢笃知人心”而薛“以和媚牢笼之”，“金玉缘”说穿了就是“富贵利达之道”，林不懂、不屑此道，“曲高和寡终以亡其身”，而薛谙于此道，“通权达变”，

① 沈从文：《论刘半农〈扬鞭集〉》，《文艺月刊》1931 年第 2 卷第 2 期。
② 汤增扬：《读〈灵凤小品集〉》，《彗星》1933 年第 1 卷第 5 期。
③ （唐）元稹：《行宫》。
④ 朱自清：《〈北望集〉序》，《民族文学》1943 年第 1 卷第 1 期。
⑤ 杨凡：《读〈春泥〉的印象》，《读者月刊》1933 年第 1 卷第 2 期。
⑥ 纱雨：《〈小兰花〉读后》，《文学评论》1943 年第 1 卷第 1 期。
⑦ 汉民：《〈黑狱生涯〉序》，《民国》1914 年第 1 卷第 6 期。

胜黛玉一筹①。匿名书评者考查了《断鸿零雁记》主人公“三郎”的身世之后，推定该书是作者苏曼殊的自叙传，人物的凄凉心境是苏曼殊对个人厄运、国家危途的直接反馈②。楼崇崙称道《文天祥传》中的文天祥不是高高在上的“文丞相”，而是孜孜以求学问与治道的朴素学子，《文天祥传》的意义正在于，刺激青年感佩、汲取文天祥百折不挠的精神，早早立志，锐意修学，为有所作为夯实根基③。盛成《我的母亲》被贺永年所鄙夷。贺永年认定，盛成“打起那‘沟通中西文化’的招牌”塑造含辛茹苦、拉扯子女的母亲形象，好把“几十年前的中国旧家庭生活状况给欧洲人看了，只能坚强他们对中国人的旧观念”，暴露出见识的浅薄和取悦外人的嫌疑④。袁克文离世，留下的遗文、日记被刘少严等生前好友结集、编纂成《袁寒云手书日记》，陈灨一受邀为此书作序，得以先睹。他表示，袁克文自己担任了此书的主人翁，如实记录了自己半生中所见、所闻、所感，为还原历史保留了一手资料⑤。

“书”中的情节安排是否精彩高妙，也是书评人大感兴趣的事项。魏秀仁《花月痕》巧妙设置痴男怨女相识相会的机缘，甚得《西厢》之精髓⑥。路宝生《中国黑幕大观》以上海为中心向外辐射，对大小“马扁”的伎俩、设套欺诳逐一揭秘，道尽了社会良心沦亡、污秽横流的本质，书中所涉骗术的“巧”“妙”和使用诀窍在使读者拍案唏嘘之余，却不禁为之黯然⑦。30年后出版的杨乐郎《洋泾浜猎奇录》与《中国黑幕大观》形神一致，挥笔绘出市井浮世绘的全貌，寄寓作者暧昧的批判⑧。向恺然《江湖奇侠传》甫一连载于各大副刊，便大受读者好评，作者将丰富的人生阅历和各种知识融化在文字当中，情节铺排“既工且细”，其“魔力远非一班小说所可比概，盖其描写真

① 陇西武人：《读〈金玉缘〉书后》，《文友社杂志》1915年第6期。
② 佚名：《〈断鸿零雁记〉之主人兼作者苏元瑛》，《民众文学》1926年第13卷第10期。
③ 楼崇崙：《读〈文天祥传〉后》，《一中学生》1932年第4期。
④ 贺永年：《盛成著〈我的母亲〉》，《图书评论》1933年第2卷第4期。
⑤ 陈灨一：《〈袁寒云手书日记〉序》，《青鹤》1936年第4卷第14期。
⑥ 钝锥：《读〈花月痕〉传奇有感》，《游戏杂志》1913年第1期。
⑦ 晦厂：《读〈中国黑幕大观〉感言》，《广益杂志》1919年第5期。
⑧ 勤孟：《〈洋泾浜猎奇录〉序》，《飞报》1948年3月11日第3版。

肖、文笔警透，驾乎凡流之上”①。《西行逐日记》线索单一，但以长度独步游记之林。它是辛亥革命元勋叶夏声自清末至1930年代参与辛亥革命、反袁斗争、反日运动的奋战史，以及他因反日被放逐、被迫远走美国的种种遭遇，其线索“放”“收”自然，与作者人生轨迹同步，值得借镜②。现代散文是否需要线索？童庵借评柳雨生《怀乡记》的机缘陈述了自己的一家之言。他认为，“近代的复杂的思想和情感，只有依照自由而无所拘束的散文的形式，才可以表现地出来”，韵文被抛弃乃是历史的必然，散文是解放的文体，其线索有、无并不需要刻意追求，顺着情感表达自然而出，藏巧于拙便足矣③——即便从今天的眼光来看，童庵的想法未免过于超前。

总之，“书”的价值包括但不限于前述三种，譬如，它有时会充当士人之间的情感纽带，是社友、故旧之间密切关系的手段。沿着工具性的路径往下延伸，我们还能看到“书”被当作文坛登龙术的媒介，“书”的作者会主动将它寄送给有知名度的书评人，征得对方的评价，以为登堂入室之阶。文学生产者“人”本性的多样参差，决定了此类现象实不足为怪，因而我们无须多言。

第三节　“书”中的文学经典与文学经典化

何谓“文学经典”④，是一个道不尽的话题。总体上，文学经典以“创作者的杰出贡献”为起点，经多种要素联动运作而产生。政治权力介入、经济力量推助，兼以教育子系统的机制运作、历代选家与文学批评家的坚实支撑是最常见的要素⑤，文学作品的经典化道路注定布满荆棘：新技术、新思维、新信念进入文学批评所导致的“阐释目的与文本的疏离”⑥，多元价值诉求、政

---

① 于梦梅：《书报评：〈江湖奇侠传〉评注》，《天津市市立通俗图书馆月刊》1934年第3期。

② 萧佛成：《〈西行逐日记〉序一》，《小日报》1935年12月22日第2版。

③ 童庵：《读〈怀乡记〉》，《杂志》1944年第13卷第4期。

④ 下文简称“经典”。

⑤ 周晓琳：《中国古代文学经典化机制研究》，北京：九州出版社2019年版，绪论。

⑥ 卓今：《文化批评的经典化难题》，《甘肃社会科学》2020年第3期。

治话语、文化资本的逐鹿相竞①，都会使经典在“恒”与“变”两极之间沉浮。从大体上来划分，期刊书评中的“书”包括了既认的经典、作为前经典的名篇佳构、不过泛泛的非经典。三者之中，非经典数量最多，但因无关本节主题的宏旨，不予展开。深析经典如何被对待、未来经典缘何及如何产生，才是我们的探究任务。

一、经典所受的待遇

经典，与其说是文本概念，倒不如说是个时间概念。当一本书已被大家视为经典而变得司空见惯、寻常无奇的时候，这本书其实已经经受住了时间的试炼，完成了所谓“经典化”（canonization）流程，换言之，“时间”究竟是书的敌人还是朋友，关键在于，书能否经受时间之河的磨洗、冲刷、裹挟。最终，到底是“水”落“书”出，被后人赞赏传承，还是“书”随“水”去，被后人轻视淡忘，乃是“经典”是否铸成最直观的分野。因此，“经典”意味着筛取和扬弃的“已完成”，意味着后人对其采取以嘉许代批判的根本立场。

经典—时间的内在关系直接反映为，期刊书评中的“经典”，清一色都是具历时性，已获共认的中国古代、外国前现代文学杰作。

中国经典以四大名著为基干，《史记》《两汉文选》《杜工部集》《李长吉诗》《温飞卿集》《白香山诗集》《清风明月集》《剑南诗》《杨诚斋集》《太平广记》《陈同甫集》《西厢记》《桃花扇》《月浦里志》《诚斋乐府》《剪灯新话》《笑府》《广笑府》《陶庵梦忆》《张苍水集》《明儒学案》《明夷待访录》《阅微草堂笔记》《沧江乐府》《炳烛斋杂著》《桃花扇传奇》《日本国志》《花月痕》《迦因小传》《兰娘哀史》等近百部作品为辅翼，构成先秦两汉文、唐诗、宋词、元曲、明清小说的经典排布格局，或者说，“教科书式格局”。

中国经典被当作描写人之共情、人生兴味的典范，文学技巧的借鉴之源，对作者及书中人物、情节寻微探幽、寄托心怀的绝佳对象。

---

① 谭军武：《论“经典”——对一个文学概念的问题式考察》，南京师范大学博士学位论文，比较文学与世界文学，2014 年。

《红楼梦》是被评价次数最多（26次）的中国经典，自晚清到民国结束，它如全牛一般，被诸多“庖丁”（书评者）以各种方式分割、解剖，取出自己青睐的那一块来烹制佳肴。明镜室主人①、陈铨②、姚民哀③等人整体评价它的思想意蕴、艺术价值。瘦蝶④吟咏回味《红楼》蕴含的佛、道余韵。鸠拙⑤、羽白⑥、家铭⑦等人索隐追溯红楼人物的真实原型。农泉将《红楼梦》与《茵梦湖》一体相待，奉为“描写小儿女的绮腻情态，极其缠绵尽致”“写景言事也有无上的妙处”的典范⑧。东方未明批评丁玲套用《红楼梦》家族叙事来写《母亲》的斧凿之痕过于显眼，需要弥补“描写时代不够深彻”的不足⑨。孙家琨以《红楼梦》为例，阐释“旧文学”“在思想方面是很灵活的，各性的人物都不同，节目更有趣”的超越之处，认为老舍的作品与之相比，“还相差的很远”，提醒新文学的改革者“不应该把旧文学看轻”“更应该摹拟故有的优点”⑩。

对《儒林外史》，游国恩赞誉其“描写人情之精妙”“写景状物之老到”，与春秋笔法的老辣熟练⑪。姚民哀评点其“刻画人情妙入微，穷形极相是耶非”⑫。何碧清赞佩其“描写真切，没有肤泛语，没有过火语”“没有淫秽语”“是国语的文学”⑬。中人称其“揭破科举制度的蒙弊，痛斥八股文人的鄙陋”⑭。钱芥尘将张恨水《过渡时代》比作此时的《儒林外史》，表扬《儒林外史》“描写旧社会可谓淋漓尽致”，遗憾其“限于时代，对于新社会之状态

① 愿为明镜室主人：《读〈红楼梦〉杂记》，《瀛寰琐纪》1874年第17期。
② 陈铨：《〈饮水词〉与〈红楼梦〉之关系及其文艺》，《清华周刊·书报介绍副刊》1924年第11期。
③ 姚民哀：《花萼楼小说羼评》，《红玫瑰》1929年第5卷第19期。
④ 瘦蝶：《读〈石头记〉书后》，《游戏杂志》1914年第9期。
⑤ 鸠拙：《评林：说部卮言》，《小说新报》1919年第5卷第9期。
⑥ 羽白：《读〈红楼梦〉之一得》，《星期》1923年第45期。
⑦ 家铭：《读〈红楼梦〉杂说》，《香海画报》1939年第133—137期。
⑧ 农泉：《读郭沫若译〈茵梦湖〉有感》，《中国新书月报》1931年第1卷第8期。
⑨ 东方未明：《丁玲的〈母亲〉》，《文学》1933年第1卷第3期。
⑩ 孙家琨：《读〈老张的哲学后〉》，《津汇月刊》1934年创刊号。
⑪ 游国恩：《读〈儒林外史〉》，《文艺周刊》1924年第20、22期。
⑫ 姚民哀：《花萼楼小说羼评》，《红玫瑰》1929年第5卷第20期。
⑬ 何碧清：《读〈儒林外史〉》，《学生文艺丛刊》1934年第7卷第8期。
⑭ 中人：《读〈儒林外史〉后》，《正中》1935年第1卷第7期。

阙如，新旧未能对照”，而《过渡时代》续写了《儒林外史》，是《儒林外史》跨越时空的回声①。

对《金瓶梅》，小英读出了富贵无常、因果循环，以及著者提出的、以积德积福应对“世运代谢”的观念②。江崎进赞叹它所包含的写实主义精神，与令读者的心灵“往下沉”、得不到拯救的魔力③。王瑶评价《金瓶梅》是进入中国文学史的起点，他指出，《金瓶梅》和《红楼梦》“对于明朝士大夫生活的堕落，和这两部小说的内容，都有深刻动人的写出”，堪称中国古代文学的里程碑④。

外国经典以俄（苏）、英、美、日、德国文豪的作品为大宗，如《黑奴吁天录》《巴黎茶花女遗事》《侠隐记》《八十日环游记》《沙斐伯雷传》《鲁滨孙传》《巴伦诗集》《神曲》《灰色马》《工人绥惠略夫》《雪莱诗集》《疯人日记》《哈孟雷特》《列那狐》《外套》《威廉·退尔》《包弗瑞夫人》《荷马史诗》《莫泊桑短篇小说集》《肉与死》《屠场》《木偶奇遇记》《浮士德》《西部前线平静无事》《易卜生语录》《夜莺》《安徒生童话集》。从实际影响来看，外国经典无疑为中国近现代文学的理念革新、技巧提升提供能量，而另一方面，中国书评者则有意识地选择一些外国经典加以批评阐析，以此达成非文学的目标。

获评次数最多的外国经典约有三分之一来自沙俄和苏联，这一比例的出现当非偶然。相比其他国家的经典，沙俄和苏俄经典最投合中国政治、社会、经济制度变革，及至国民性格、唤醒国人良知的现实需要。

证明苏俄、沙俄经典得到中国书评者的功利性偏爱的例子很容易找到。例如，“中国人的心理被数千年的成训、旧社会的信仰所蒙蔽，竟一些也没有反抗社会和觉悟的勇气”，“胆怯、畏缩、敷衍、残酷”已经深深嵌入中国人的心灵，“只有用伟大的人生的文学作品”《复活》才能切除国人精神层面最朽

① 钱芥尘：《序张恨水〈过渡时代〉》，《真报》1947年4月15日第2版。
② 小英：《〈金瓶梅〉序词录》，《晶报》1934年1月29日第3版。
③ 江崎进：《谈论〈金瓶梅〉》，《苦竹》1944年第2期。
④ 王瑶：《书评：林庚著〈中国文学史〉》，《清华学报》1947年第14卷第1期。

烂、晦暗的部分，“增加我们奋斗的燃料和改善我们人生的态度”①。《母亲》再现了无产阶级为改变自身和阶级受压迫的命运在斗争中获得阶级觉悟，并从单打独斗走向齐心协力，成长为自觉的斗士的故事，不仅如此，它“是一部伟大的创作，这里面展示了革命斗争的英勇的雄姿，更暴露了这为这一部分人的欢乐而牺牲了大多数人的生命的黑暗社会的姿态”②。《战争与和平》“宣扬了俄罗斯民族纯粹的爱国主义精神”，书中的人物“没有一点怨恨，只是仇恨敌人”，它是中国军民抵抗外辱的精神指南，鞭策国人“彻底地反省”爱国意识淡薄的通病③。《前夜》中的革命者拥有“那样忠诚，那样慷慨，那样艰难，那样美，那样英雄，那样崇高的牺牲精神，那样坚定的忠于信仰”，他们“为了使命，为了任务，为了救世的缘故，这般新的圣哲便恶魔般的，在血泊里去干那杀人的勾当，去从容就死，这种义务观念使我们十分感动而非常赞叹”，“我们”中国正需要这样的英雄④。《死魂灵》的作者果戈理面冷而心热，他不动声色地揭露俄国社会的黑暗、卑琐、下作，实际上是对祖国充满了炽爱，对人民充满了怜悯，他“对于俄罗斯民族的爱国之心，谁都会感到可敬：一种教育的诚意贯穿了全书”⑤。需要说明的是，书评者对俄（苏）经典的评价从来都不是一成不变、没有歧见的，对于同一部经典，每人都各有见解，但整合在一起则有主流、支流之分。外国经典构成了外国“书”的核心部分，而外国“书”⑥ 本身所呈现的域外文学镜像则更具深入探究的价值，值得用专节来阐析。

二、从现代文学六位大师作品际遇看经典化

有研究者指出，文学经典的生成，必须基于三个元素，它们分别是：文本独具的“杰出的文学价值”，批评界的共同认可，文学“公器”（literary insti-

① 梅生：《〈复活〉给我的印象》，《文学旬刊》1922 年第 59 期。
② 铁羽：《读高尔基的〈母亲〉》，《新社会》1935 年第 8 卷第 10—12 期。
③ 秋水：《读〈战争与和平〉》，《国是》1944 年创刊号。
④ 陈联萼：《我最爱读的一本书：关于〈前夜〉》，《学生生活》1936 年新 2 卷第 4 期。
⑤ 吴世昌：《书评：〈死魂灵〉》，《大众知识》1936 年第 1 卷第 2 期。
⑥ 为便于表述，后文略作“洋书”。

tution，包括文学流派运动、出版社、批评与理论工作、修史与教学、政权等）的推动和维系。“经典化”是“自然形成”与“人为形成”的对立统一①。

在笔者看来，一部杰作、名作蜕变成经典的过程各有千秋，绝不可一概而论。在文学批评层面，经典的诞生是文作“经典要素”层积累进的结果。所谓“经典要素”指的是它被批评者不断发掘的独有价值，如思路独树一帜、理念领先时代、技巧出类拔萃、结构独具匠心等等。经典要素的增多，起到了为达成质变而预备量变的效果，一旦时机成熟、经过某个转捩点，经典便有可能破茧而出。

经典要素的积聚，有两个特点：其一，它们集中出现在经典的“前经典”阶段。读者、书评者是这一阶段的主导力量，他们共同剔出、筛取作品中的经典要素，将它们在书评文中加以公布，让它们接受时间的检验，其中通过检验者，方有机会成为作品的“经典”标识，为经典之作的最终诞生和地位巩固提供理据；其二，积聚不是类似一加一等于二的单线进程，而是增多与消减彼此相竞、余数制胜的灵动过程。为了把经典化说清楚，我们应选择后世公认的经典，观察它们向经典宝座跋涉的经过，找出异同点，从而对经典的生成建构起较全面立体的认识。通过比对、斟酌，笔者选定了现代文学六巨匠的文作来完成论述任务。

1956年2月27日至3月6日，中国作家协会第二次理事会会议（扩大）在北京召开。2月27日上午，周扬作了《建设社会主义文学的任务》的长篇报告，在报告第三部分结尾处，周扬说：“鲁迅的创作开创了整个新文学的历史，他留给我们的遗产是一切文学遗产中对我最亲切的，也是最宝贵的和最有价值的，我们必须首先认真地加以研究。郭沫若的《女神》开辟了一个新诗的时代。作家茅盾、老舍、巴金、曹禺、赵树理都是当代语言艺术的大师。”文学界共奉的现代文学六巨匠“鲁、郭、茅、巴、老、曹”自此滥觞，以王瑶《中国新文学史稿》、蔡仪《中国新文学史讲话》、张毕来《新文学史纲》、

① 余嘉：《中国批评视野中的俄苏“红色经典”》，华东师范大学博士学位论文，比较文学与世界文学，2005年。

刘绶松《中国新文学史初稿》、丁易《中国现代文学史略》、唐弢与严家炎共同主编《中国现代文学史》为代表的文学史权威教材袭用并巩固了这一提法，至此，六位大师在文坛的地位已无可撼动。

回到近现代文学的历史现场，回到“大师”名号尚未加封定谳的时代，他们的文作并不享有免于质疑、直接进封的特权，而是踏上了经典化认证的传送带，接受批评者的测评。

曹禺作品在六大师作品中获评次数最少。他的天才之作《雷雨》① 和《日出》② 虽得到读者好评，但距离经典尚有漫漫长途以待跨越。对于《雷雨》，赵景深的评价是“真是一部难得戏剧”，“创作态度的严肃和三一律的遵守一说，单就气分的阴郁、定命论的表现以及遗传的证明，都是一致认为自然主义的杰作”③。王连成赞叹其戏剧冲突设置的精妙，但又嫌阶级冲突刻画力度不够④。霍威在具体阐析了《雷雨》的主题、人物、结构之后，提出了自己的见解，他强调，《雷雨》是曹禺“脱下这件陈旧的浪漫主义的外衣，而彻底地走上写实主义的道路”的里程碑，也是“这十几年提倡新文艺的历史，不是白白地空过去”的“证明”⑤。苏茹捕捉到了曹禺不断突破创作瓶颈的努力精进，认为《雷雨》堪称当前戏剧的高峰。与此同时，她对《日出》没有达到《雷雨》的艺术成就而颇为不满⑥。对于《日出》，张振亚以曹禺提升了对工人阶级生活的关注程度为由，肯定它是曹禺的创作“从宗教性转入非宗教性，从观念转入现实，从天堂转入人间”的“一大契机”⑦。姚溱从故事情节编排层面赞许《日出》“处理得很清顺，安置得极妥帖”，但他也批评《日出》表现

---

① 文化生活出版社（社址在上海）出版，有 1936、1940 年两个版次。（版本信息来源：全国图书馆参考查询联盟，“雷雨”词条）

② 文化生活出版社出版，共 1937、1946、1947、1948 年四个版次。（版本信息来源：全国图书馆参考查询联盟，“日出”词条）

③ 赵景深：《读曹禺的〈雷雨〉》，《新闻报本埠附刊》1935 年 12 月 13 日。

④ 王连成：《书评：〈雷雨〉》，《南开高中》1936 年第 8 期。

⑤ 霍威：《评〈雷雨〉》，《嘤鸣杂志》1936 年第 1 卷第 1 期。

⑥ 苏茹：《书评：从〈雷雨〉到〈日出〉》，《宇宙风》1937 年第 40 期。

⑦ 张振亚：《评〈日出〉》，《国闻周报》1936 年第 13 卷第 46 期。

出的、对社会真相不尽明了、以想象代现实的“知识分子气”①。胡可摘录和赏析《日出》中的对白，佩服青年剧作家以语言来塑造形象的构思之妙②。亚峰认为，《日出》将“极严重的社会问题”“摆在我们眼前”，“又展示给我们一个很好的教训：因为它不仅暴露给我们最深的黑暗，而且又曙起了灿烂的黎明”③。曹禺作品在期刊书评中受冷遇，多半是缘于它们偏于戏剧而非文学，而多数读者对剧本的兴趣不大（至少不足以促使他们积极撰发书评文）。

在笔者看来，除了“权威文学批评人对它的推荐以及相关批评的导引”“文学史的叙述与评价，特别是被纳入文学教育体制的文学史叙述”④，五位巨匠的杰作成为经典的关键在于“保持热度”。“热度”指的他们的代表作一直不离开现代文作的舞台中央，“热度”的“保持”有赖于读者的长期欢迎（关注）、评者的持续批评与跨媒介传播。以三者为重要指标，立足作品的开创性、思想性等，我们来还原五巨匠作品的经典化轨迹。

鲁迅的个人魅力、文学天才，与其作品在思想性艺术性上的超绝地位互相加持，形成了彼此回馈式的增殖效果，鲁迅的作品经典化过程因此最平淡无奇，他的几乎每部作品一经推出，便会受到广泛好评，其佼佼者在问世不久便成为人们口耳相传的巨作，他“从一九一八年作《狂人日记》以来，直到现在在报章杂志上发表的作品虽不及二十篇，但每篇都是成功的作品”。⑤ 对鲁迅其人其文的全面评价时常出现，如：

> 他的处女作《狂人日记》开初便颤动着人类灵魂的呼喊，和有力地对旧制度作了反抗。《阿Q正传》更遗下了一副时代的典型，从《彷徨》《呐喊》，一直到近年来充满战斗性的杂感集著，它们都整个反映着中国大时代的呼吸，一部史诗，决非一般的文学所能评衡其价值的。他的《中国小说史略》更是希有的整理造［遗］产的宝藏，至于近年来巨部的

---

① 姚溱：《介绍您一本可读的戏剧：关于〈日出〉》，《濠上》1937年第4期。
② 胡可：《书评：〈日出〉读后感》，《关声》1937年第5卷第11期。
③ 亚峰：《介绍〈日出〉》，《关声》1937年第5卷第6—7期。
④ 李明彦：《〈饥饿的郭素娥〉的经典化历程》，《中国文学研究》2017年第2期。
⑤ 佚名：《书报介绍：呐喊》，《学生杂志》1925年第12卷第1期。

国外名著的翻译上，木刻版画的提倡上，这些都成了他不朽工作的一部。①

所以他就完成了一个时代艺术家的任务，达到了现实主义的高峰，这种成功映照在他的创作上的，就是各个时期的各种不同形式与色彩的各种作品——从《狂人日记》《药》《孔乙己》《阿Q》《祝福》到《故事新编》，以至和现实短兵相接的肉搏时代的杂文。

他的语言上最大的特色是高度的朴素与简洁。从这篇作品中，找不出字句的浪费和不必要的铺张，但他所给予读者的并不是故作的枯涩和悭吝，而是浑厚、结实、和谐、明朗与畅达，这种幽美的风格是一直贯彻到此后所有的作品中的。

凭着他高深的思想艺术修养和科学的宇宙观、勇武不屈的战士风度以及浑厚朴实的风格等等综合的天才伟力，而走向人民大众、走向时代的高峰，从而雕塑了概过时代的典型，这功绩是不朽的。②

鲁迅代表作无一不是自带光环，赞词如雪片般堆积，具有超时代性。“一九一八年，在中国文坛上，出现了鲁迅的《狂人日记》，这，简直是个奇迹。”③《狂人日记》使读者“觉得受着一种痛快的刺戟，犹如久处黑暗的人们骤然着见了徇绝的阳光。这奇文中的冷隽的句子，挺峭的文调，对照着那含蓄半吐的意义，和淡淡的象征主义的色彩，便构成了异样的风格，使人一见就感着不可言喻的悲哀的愉快”④，“真算一副照妖镜，使我窥破社会上罪恶的秘密，看清社会上青面獠牙吃人的魔鬼面目的狰狞”⑤，“是动人真心的伟大作品”⑥，“他竟然能够拨开历史上的一切欺骗、隐瞒，将血淋林的历史的本来面

① 吴山：《铁篷车中追悼鲁迅记》，《联合文学》1937年第1卷第2期。
② 胡征：《〈狂人日记〉的时代和艺术：读书随笔之一》，《北方杂志》1946年第1卷第5期。
③ 汪华：《评〈畸人集〉》，《国闻周报》1936年第13卷第30期。
④ 雁冰：《读〈呐喊〉》，《文学旬刊》1923年第91期。
⑤ 蒋箭标：《〈狂人日记〉读后感》，《江苏学生》1933年第2卷第6期。
⑥ 胡祖培：《读〈狂人日记〉后》，《初杭》1934年第1期。

目示给我们看，这是多么使我们惊异于他的深刻！”① “是五四运动思潮中的一股主流，是五四运动的一篇代用的或非正式的宣言，是五四运动中新文艺部分的一篇奠基的或示范的作品”②。

《阿 Q 正传》“是旧中国的灰色人生的写照……给读者以难磨灭的印象。现在差不多没有一个爱好文艺的青年，口里不曾说过‘阿 Q’……我又觉得‘阿 Q 相’未必全然是中国民族所特具，在‘色厉而内荏’这一点上，或者写出了人性的普遍弱点来”③，刻骨地暴露出中国人文化基底中普遍存在的卑怯、精神胜利法、善于投机、夸大狂与自卑癖、色情狂、萨满式的卫道精神、多忌讳、贪小利、富饶得心、麻木不仁等④，“一方面表现出中国人听天由命的思想，一方面表现出地主阶级的残恶。同时，他也表现出辛亥革命时代的中国人的性格，给时代留下一个永远磨不掉的烙痕”⑤，“描写深刻而动人，读之像吃了辣椒一般的快慰”⑥，“是现实中国的种种荒谬的镜子。阿 Q 的经历和莫名其妙的被枪毙，揭露了司法的黑暗，也暴露了人民对于革命党的隔膜，以及中国革命的真相”⑦，“近代中国小说的发展大部分是写实的，写实有大半是写农村的，鲁迅先生的《阿 Q 正传》已开其端”⑧，“鲁迅以自己的含着新内容的、用群众都了解的语言，写的现实主义作品，奠下了现代中国文学的开端。在新中国文学的最初的作品中，第一个位置是属于中篇小说《阿 Q 正传》的”⑨。

“《呐喊》的价值，固然不用我们来介绍，但他那种特殊的风格、讽刺而带有深重的悲哀的笔锋，使阅者读后惊心而有回味。鲁迅先生的小说，实在另有他的异常的领域。这差不多在中国几年来的新文坛上，是有目共睹的。”⑩

① 欧阳凡海：《鲁迅先生逝世三周年纪念：我对于〈狂人日记〉的再认识》，《国民公论》1939 年第 2 卷第 8 期。
② 孙伏园：《〈狂人日记〉》，《生活与学习》1946 年第 1 卷第 3 期。
③ 雁冰：《读〈呐喊〉》，《文学旬刊》1923 年第 91 期。
④ 苏雪林：《〈阿 Q 正传〉及鲁迅创作的艺术》，《国闻周报》1934 年第 11 卷第 44 期。
⑤ 张露薇：《现代中国文学的总清算》，《文学导报》1936 年第 1 卷第 1 期。
⑥ 刘玉珍：《读鲁迅〈阿 Q 正传〉》，《南昌女中》1936 年第 3 期。
⑦ 黄琦：《书评：读鲁迅〈阿 Q 正传〉》，《南昌女中》1936 年第 3 期。
⑧ 李长之：《书评副刊：〈淘金记〉与〈奇异的旅程〉》，《时与潮文艺》1944 年第 4 卷第 2 期。
⑨ ［苏］罗果夫，葛达译：《〈阿 Q 正传〉俄译本代序》，《友谊》1947 年第 1 卷第 8 期。
⑩ 记者：《文坛杂记》，《晨报副刊：文学旬刊》1923 年第 12 期。

《呐喊》属于“不朽之文”，“用戏剧的态度来描写人物，虽寥寥数字，能使各个人的面目、性情活然纸上，这种手段，可与《红楼梦》《水浒》并驾齐驱了”①。“在这十多年来中，鲁迅这人在文学上的努力毫无疑义地，是值得我们提起的。他对于中国文艺界的影响的大，也是更不会给我们记忆不起来。他在文艺上的成就，固然，他的小说集《呐喊》与《彷徨》曾被奉作近代中国短篇小说的典型。”②

鲁迅的作品极罕有反对声，少有的例子都与《伪自由书》有关。罗曼指责《伪自由书》所收录的，都是在《申报》“自由谈”专栏已悉数发表过的旧文，鲁迅涉嫌用旧文来变现云云③，曾今可诟骂鲁迅指桑骂槐④，莘抨击鲁迅结集出版《伪自由书》是为了攻击政府新闻与出版不自由，执行左翼的文化路线⑤。然而不出意外地，他们的责备没有引起丝毫的反响或共鸣，反衬出鲁迅经典作品在读者中已拥有了不可撼动的位置。

和文学史评价大相径庭，郭沫若的作品通常是毁多于誉。它们得以跻身经典行列，从很大程度上乃是因为郭沫若敢于开风气之先，在时代的风口浪尖为文化、文学的新形态摇旗呐喊，是新文学界不世出的泰斗级人物，而非其作品自身内含质素能获得广泛认同。

郭氏是《茵梦湖》最早的译介者，评者对他的译本，一方面赞许其首创之力，希望其他译者见贤思齐，“多择德奥大家名著译述，引起国人研究的兴趣”，一方面则嫌弃他夹生不熟的“语体文”⑥ 和对翻译标准、翻译原则的忽略，以及“再现原著的艺术”的能力匮乏⑦。

《卷耳集》是郭沫若用白话文摘译《诗经》的试水之举。在书评者那里，他的尝试明显是失败的。小民直接嘲讽郭沫若文学能力低下，文作中往往有错

① 宗绪：《评〈呐喊〉》，《南菁学生》1931 年第 7 期。
② 何德明：《评鲁迅的〈三闲集〉与〈二心集〉》，《拓报》1933 年第 1 卷第 6 期。
③ 罗曼：《关于鲁迅的〈伪自由书〉》，《新垒半月刊》1933 年第 1 卷第 7 期。
④ 曾今可：《鲁迅的狂吠与〈伪自由书〉》，《新时代》1933 年第 5 卷第 6 期。
⑤ 莘：《读〈伪自由书〉书后》，《社会新闻》1933 年第 5 卷第 13 期。
⑥ 有是：《〈茵梦湖〉之印象批评》，《民国日报·觉悟》1921 年第 7 卷第 10 期。
⑦ 厚生：《校〈茵梦湖〉谈到翻译》，《日出》1928 年第 2 期。

字、漏字和荒谬不通之处，空喊“直观”“直接追求生命”等口号，将自己列为“天才”一流，欺世盗名，认为这样不入流的书“顶好让蠹鱼读去，读后可以成‘脉望’，而我服之可以成仙”①。慧剑承认，郭沫若选取《诗经》译作新诗的尝试勇气可嘉，刻意打破“墨守《诗经》旧解之非是”和“旧儒之传统解释”，但郭沫若“间有设想太奇、去题太远之处，似亦不足为训”②。梦韶责难郭沫若《卷耳集》根本不是翻译《诗经》使之生发新意，而是“自写自的话而已”，而且郭沫若不通古史、古文，譬如把“静女”理解为“牧羊女子”，“不近情理”地曲解附会《柏舟》的主题，“湮没”“《狡童》一诗的原意”，违背了“译古人的诗，至少须要还留给它的本来面目和原有的情感”的基本原则③。陈子展没有直接臧否，而是自己动手直译《卷耳集》中所涉《诗经》原诗，说明自己的译法细节和历史依据，暗示郭沫若译笔不通④。

《女神》甫一问世，一度引起文学青年的追捧。但对于书评者来说，《女神》的暴得大名，有其时代背景，那就是，正值新诗作者“情感与想象的枯窘狭促”“智慧的简陋”的当儿，郭沫若拿出了这部“受人赞誉，共尊为‘艺术的艺术’”的佳作，但说到底，“这一半确因佳作稀少之故，一半也因群众井底窥天所致”⑤。另有评者指出，《女神》的成功原因在于郭沫若“镕化中国旧诗的音韵、节奏、词藻，借镜西洋诗的意境”，《女神》的败笔在于“粗野，全无诗意的狂叫”“西文与中文字夹用”⑥。

和《女神》齐名的《屈原》的遭际甚至不如《女神》。丁雪汉通过梳理发表在《人道》《合作月刊》《联华书报》《西北杂志》《自觉月刊》《中国学生》《国光杂志》《浙东民报》《时代日报》《益世报》等刊物上的指正文章的观点，整理出文化界对郭沫若《屈原》的总体批评，分为“对于问题的研究多凭推想”“曲解古人文意以造史实”“自己的话前后矛盾”“《离骚》的作期

---

① 小民：《十页〈卷耳集〉的赞词》，《文学旬刊》1923 年第 93 期。
② 慧剑：《读〈卷耳集〉一》，《时报》1926 年 12 月 25、27、28、29 日。
③ 梦韶：《读郭沫若的〈卷耳集〉以后》，《泰东月刊》1928 年第 1 卷第 11 期。
④ 陈子展：《谈〈卷耳集〉》，《华美》1934 年第 1 卷第 1 期。
⑤ 子潜：《郭沫若〈女神〉与〈星空〉》，《清华周刊：文艺增刊》1924 年第 6 期。
⑥ 记者：《评〈女神〉》，《清华文艺》1925 年第 1 卷第 1 期。

考证失实”“《离骚》今言译的错误”“对于屈原的研究忽略了几个重要点”六个弊病，将《屈原》列为名实不副的三流制作[①]。徐沁君从《屈原》中一口气找出了12处硬伤，以不明言的方式给出了负面评价[②]。公开赞扬《屈原》者，唯有何只苦一人。他认同《屈原》所含的政治观，并表明《屈原》在文学上的价值不应被轻视，“在这里我得判定，这书是难得的，也许可说是研究文学中的杰作”[③]。

《甲申三百年祭》本是发表在《新华日报》副刊上的一篇重量级政论文，刊出不久便以单行本付梓发行。《甲申三百年祭》所受的评价发生了由贬至褒的转变，折射出了鼎革之前的政治底层逻辑。起先，一士嘲弄郭沫若作为“拜伦雪莱的信徒”，对于在混乱时局中火中取栗有种本能的嗜好，抗战初期，“抛妻弃雏，兴奋的不得了，大有当年拜伦往希腊助战的气概”，抗战愈艰苦，而“郭氏‘局促文工’（郭氏贺潘郭订婚诗），既不愿在朝，又找不到一位李自成，似乎境遇比屈原、李岩还要不如，满肚皮牢骚”，“于是乎，当大家正要在今年努力反攻获胜的时候，他来一盆冷水”：《甲申三百年祭》大有投靠李自成、“串演一角李岩”之意[④]。奴斋指出郭沫若《甲申三百年祭》存在的注释和观点错误，提醒郭沫若客观理性地看待农民战争——“开国的流氓大抵是枭雄”，不应因为李自成的失败，而给予对弱者的同情，假想其坐稳江山之后定会与民生息、慈悲为怀[⑤]。

至抗战胜利后短短数月，国民党当局的声望因严重腐败、举措失当而迅速下降，《甲申三百年祭》的评价触底反弹。边星赞扬郭沫若纠正了历来对农民革命的诬蔑，分析了李自成失败的原因，“作为我们的殷鉴”，并用史料为我们证明了“政治重于军事”的真理[⑥]。鼎堂、佐行也表达了类似的认同，肯定

① 丁霄汉：《文化界：评郭沫若著〈屈原〉》，《文化建设》1935年第2卷第2期。
② 徐沁君：《屈原的生年与卒年：纠正郭沫若先生的错误》，《青年生活》1946年第8期。
③ 何只苦：《屈原》，《人间世》1935年第33期。
④ 一士：《关于〈甲申三百年祭〉》，《尖兵》1944年第7卷第11期。
⑤ 奴斋：《读〈甲申三百年祭〉》，《书报》1945年第1期。
⑥ 边星：《读〈甲申三百年祭〉后》，《综合》1945年第1卷第1期。

农民战争的正义性和合理性①。陈鉴提出，“郭沫若先生的《明末亡国史》，对于中国历史的一章又做了一个有力的翻案，使得中国循环式的农民运动显示了真相，使得从秦亡汉兴已至太平天国、现在的政治斗争内幕，都可有类比的说明，实在是值得重视的”，“郭先生这书有助于我们理解历史的真相，更有助于我们对现实的估量，这是值得研究的问题”，他还希望，中国知识分子以李岩为镜鉴，“超出历史循环圈外”，以阶段斗争观来理解农民运动的本质，刷新自己的历史观②。

茅盾以擅长写作鸿篇巨制而闻名遐迩。他的用功之勤、措意之深保证了每部作品的质量，吸引了读者、评者的巨大关注。茅盾迅速捕捉时代、深刻反映时代的优势，使评者习惯性地将他视作时代的忠实书写—再现者，没有及时意识到这个共识自带的机械性和自限性，导致茅盾作品的评判过程时或出现明显的不公允，甚至是偏激情形。“左”的评价态度与“进步/落后”的一元批评思维一直被批评者沿用，贯穿茅盾作品经典化进程。

《幻灭》是茅盾作品中最早被评价的一部。钱杏邨将茅盾誉为“认清了文学的社会的使命，在创作中把整个的时代色彩表现了出来”的“创作家”，而《幻灭》被定位成了“把整个的小资产阶级的病态心理写得淋漓尽致”的“一部有时代色彩的小说”③。和思想性相比，《幻灭》的艺术性不被论及，而茅盾对无产阶级作家“有革命情热而忽略文艺的本质”和“把文艺也视为狭义的宣传工具”的异议也被严厉批判④。张眠月佩服茅盾“把我所欲表现的很精细地、强有力地表现了，把我所欲说的话而自己不会说的，说出来了”的“艺术手腕”，同样将《幻灭》看作是“很自然、很忠实地将这个非常的时代描写出来了”的巨作⑤。

继《幻灭》之后的《动摇》依旧盛名不减。周宗棠认为《动摇》是茅盾

① 鼎堂：《〈甲申三百年祭〉》，《文史（上海）》1945年第3期；佐行：《〈甲申三百年祭〉》，《生活知识》1945年第4期。
② 陈鉴：《读〈甲申三百年祭〉》，《新文学》1946年第2期。
③ 钱杏邨：《〈幻灭〉》，《太阳月刊》1928年第3期。
④ 钱杏邨：《〈幻灭〉〈动摇〉的时代推动论》，《海风周报》1929年第14期。
⑤ 张眠月：《〈幻灭〉的时代描写》，《文学周报》1929年第8卷第9期。

对“复杂的社会现象和社会心理”“加以精密的分析、原理的探讨，和静心的研究”的呕心之作，小说“把现实的一点扩大起来，造成一个想像中逼真的世界，从琳［淋］漓的笔致里，含蓄着暴露中深思的所在，人生上的渴望和纠纷，莫不曲曲折折地显示”，达到了“是深刻的但又是浅鲜的”“是繁复的但又是清顺的”“是幻构的但又似事实的”“是起伏的但又是平庸的”的思想境界，一扫文艺界的沉沉死气，是同时期长篇小说的扛鼎之作①。克生就《动摇》的灰色人生的描写谈了自己的看法，他主张，茅盾应该克制自己不自觉、不自查的幽暗意识，“用美善的艺术，去调剂畸形的社会人群的各种病态的心理，用艺术去引导大众向光明的前路进发。用伟大艺术去感化大众、淘涤大众”，免得“可能灰化青年的心，教他们混乱了意识，迷失了历史社会进化路径”②。

应看到的是，克生的批评仅及于“指瑕”而非激烈的指斥，显露出青年对茅盾作品的厚爱和期待。《三人行》却没有《动摇》的好运，而是因“色彩灰暗”以及在主题上的缺少开拓而走了一趟麦城：“《三人行》是茅盾的流产的胎儿。像这样的题材，不该这样短促地、轻率地写成这样破碎支离的东西。而想以最经济的笔墨表现最伟大的内容，作者又没有这样的力量”③，“作者不能透彻的表现小资产阶级的苦痛，而且以虚无主义者的态度来掩没了种种的因果……是一部失败的作品”④。唯一的好评来自于知白，他坦承《三人行》不可与此前的三部曲相提并论，但“用笔经济些”，显示茅盾“认识”社会现象的深广度、“感情的”去影响读者的“艺术手腕”的高超，显示出茅盾笔力不减、才气未消⑤。

对《路》的批评充满了浓厚的意识形态色彩，是否为迷茫的小资产阶级青年指出前“路”，成为论衡《路》成败的中心标准。匿名评者“我们向作者要求的只是真实，不是‘绝对的’正确，‘绝对的’正确是不存在的，而也就

① 周宗棠：《评〈动摇〉》，《荒原》1929 年第 1 卷第 2 期。
② 克生：《茅盾与〈动摇〉》，《海风周报》1929 年第 17 期。
③ 金花：《茅盾的〈三人行〉》，《新贡献》1932 年第 1 卷第 3 期。
④ 禾金：《论茅盾的〈三人行〉》，《中国新书月报》1932 年第 2 卷第 2 期。
⑤ 知白：《茅盾的近作》，《大公报》1933 年 1 月 23 日第 8 版。

是不真实"① 的辩白没有激发丝毫波澜，更多的是口径相近的指责。评者的时代观决定了《路》似乎生不逢时。瑞民指出，当下已经进入了"妥协了的流氓阶级与觉悟了的小资产阶级的肉搏的时代"，"在这显然着阶级对立的突变时代，文学不应该光是描写什么心理、什么典型人物能了事的"。《路》偏偏没有遵循群众的召唤，去"描写大众生活苦痛的情形和斗争"，"描写在这社会下的小资产阶级而近乎无产阶级的生活的苦痛缩影"，因此辜负了时代的迫切的期许。茅盾的阶级意识薄弱，导致了《路》徒有其表，他"应该进一步将这小资产阶级的心理反应到时代中，敲起觉醒的洪钟来"②。贺玉波揶揄茅盾一直就是个"描写小资产阶级的革命与恋爱的专家"，用"带着很重的灰色的感伤主义"来描绘革命，《路》虽减弱了感伤主义的调门，"稍稍渗混着前进与光明的气分"，但对"只有到社会上去实际斗争，总能获到相当的效果，这是革命的学生应有的认识"的真理没有作更深彻的揭示，抵消了"他已经渐渐淘汰颓废与感伤的情调，而悲哀与幻灭的气分也已变谈。这是他另一种的革新"的功绩③。希孟开篇就攻击茅盾，他抱怨道，自己"没有看见茅盾先生所指示的'未来的途径'，也没有看到哪里是'路'。作者能够告诉我们的，只是这样一个恍惚的轮廓和一些迷离的暗示，并没有更进一步的说明，未给读者指示一条'未来的途径'"，"希望作者提供我们以更进步的作品"④。

对《路》的讨伐和讨论因全国抗战即将爆发而匆匆画下休止符。顾光认为，中国社会的新陈代谢注定充满冲突、产痛，"新"取代"旧"绝非一蹴而就，文作但凡符合"极端反对的贵族主义、资产阶级的个人主义、小布尔乔亚的改良主义，以及一切富于观念论色彩的空想主义"的信条，践行"扬弃了旧矛盾，统一了新事物"的"新信仰"，就足以配得上优秀的名号，至于它的艺术价值，"时间匆促，容俟机会，再做讨论吧"⑤ ——在"时代"的操控下，《路》戏剧性地避免了更多的贬斥。

① 佚名：《书评：〈路〉》，《现代》1932 年第 1 卷第 4 期。
② 瑞民：《茅盾的〈路〉》，《读书月刊》1932 年第 3 卷第 5 期。
③ 贺玉波：《茅盾的〈路〉》，《文坛》1932 年第 4 期。
④ 希孟：《茅盾的〈路〉》，《夜莺》1933 年第 1 卷第 2 期。
⑤ 顾光：《茅盾的〈路〉》，《内地青年》1937 年创刊号。

《子夜》是茅盾创作成熟期的结晶，也是中国现代小说的杰出代表，没有书评者反对这一点。但恰恰因为《子夜》的不同凡响，书评者更乐于作非正面的评析，他们不约而同地从各自的利益诉求出发，彰表各异的文学价值观和政治立场，这使得关于《子夜》的评述存在巨大的争议性。

吴组缃是《子夜》最初的评价者。他将鲁迅与茅盾并称为“中国自新文学运动以来，小说方面有两位杰出的作家”。他认为，《子夜》从态度到内容都显然“与作者早年的《三部曲》不同”，是茅盾试图摆脱单纯的时代书写者，转向时代的审查者、评判者的里程碑。茅盾通过《子夜》将社会科学者“用许多严密精审的数字”所传达的“中国社会经济已走上怎样的一个山穷水尽境界”的抽象的、数字的概念，化作“一个具体的事实的例证”，“暴露了民族资产阶级的没落”并“宣示着下层阶级的兴起”。吴组缃还兴奋地表示，《子夜》的艺术性无可指摘，茅盾“安排与表现这些复杂的东西，很用了一番艺术手腕”，利用人物对话和明快流丽的文字“使读者在这纷繁的头绪中周旋着，能一直维持住紧张的心绪，并不感到厌倦松懈”。非要指摘不足的话，那就是“没有除尽为大众所不懂的词汇”，一些对白的构设“用力过火，时有勉强不自然的毛病”①。

绿曦称《子夜》“是中国文学创作上一部空前的重要的巨制”，其“内容撰材，是把握了中国的复杂的城市，以至农村而做剖解的”，更重要的是，《子夜》超越了“从实生活里抽出了条款的科学理论”，全面、彻底地“描画出整个的现代没落、恐慌、挣扎和残杀的混乱错杂的中国的从伟大的都市到深藏的农林社会的形态来”，“写给我们了种种的目前中国社会动变着的深藏的缘因、种种变整的一致的前途、种种在这目前动变的辗转着的人群”，以不言自明的巧妙方式，“给我们的伟大的推动前行的力量”②。

郁云同样认可《子夜》在小说史上的尊贵地位，但不满意《子夜》没有突出无产阶级斗争，没有聚焦工潮，他说，“本书中自然也有些地方显示这斗

---

① 吴组缃：《新书介绍：《〈子夜〉》，《文艺月报》1933 年第 1 卷。

② 绿曦：《介绍茅盾底〈子夜〉》，《读书中学》1933 年第 1 卷第 1 期。

争：工厂的风潮、农村的骚动、南京路上的示威等。可是若和全书中的其他事件一比，这只是一些闪耀的星光而已”，而普罗文学与普罗运动之间，需要“伟大的著作”来加以“联系”，“这是每一个文学家在目前所应负的责任”。茅盾无疑具备这种能力，但缺少承担责任的自觉意识，因此，《子夜》不是普罗文学需要的作品①。

韦特深化了郁云的阶级斗争观并将矛头指向了茅盾自己的阶级立场。他承认《子夜》“在贫乏荒芜的中国文坛”不啻“丰实而巨大的收获”，第一次“把都市中许多方面的社会现象，很巧妙地运用高度的艺术手段，连贯在严密的总结构中，而加以相当的正确而合理的叙说，这在技术上算是很成熟的”。赞许之后，随之而来的是不留情面的质疑。韦特强调，《子夜》“仅仅止于暴露现实而已”，是茅盾“旧的写实主义的”翻版，它“虽然比过去的《幻灭》《动摇》《追求》在思想上、结构上、描写的技术上，都有了若干的进步，而且相当的克服了在三部曲中那么浓重的感伤气氛，但是依然没有把握住将来的必然，没有确定历史的前进的立场”，只知道一味暴露现实，“在《子夜》的全部结构里，完全是对于‘黑暗面’的描写和暴露，而忽视社会的‘光明面’，使读者无由从时代的‘光明面’去体认‘历史的必然’的‘伟大的将来’，从而发生信赖”，总言之，《子夜》不是“表现了充分的时代空气的作品”，文字背后“没有时代的性”，而造成《子夜》差强人意的根源，还是因为茅盾本人是顽固地“站在小资产阶级的观点”，把创作“当成个人的英雄的事业”，而不是“献身历史，站在时代的前面”，“创作真是现代的新写实派所要表现的作品”②。

陈思从《子夜》中读出的是茅盾这位文坛“老将渐渐幻灭了”的印象，他历数前三章的结构松散处和第四章与此前章节在情节上的缺损。对于吴荪甫最终上庐山度假的安排，陈思将其解读为“轻工业资本是打败了。代表金融资本的买办是得胜了”的隐喻，以此为依据，他责备茅盾“要卖的投降或反

---

① 郁云：《读茅盾的〈子夜〉》，《文学旬刊》1933 年第 1 期。
② 韦特：《茅盾的〈子夜〉》，《自决》1933 年第 1 卷第 5 期。

抗的关子”。不仅如此，他还嫌恶《子夜》的两个短板：一是重暴露、“不指路”的取向，通篇乃是《交易所外史》，充斥着“大王斗法的故事”或“上海人爱听的故事”；二是满纸淡薄的革命意识：屠维岳、克佐甫作为阶级对立的两方，一个“沉着有机谋”，一个“盲目用公式”，“若不是吴荪甫太燥急一点，屠维岳简直可以把敌人打得落花流水”，“这是对于近几年上海工运的嘲笑！”，有鉴于此，《子夜》不单不成功，甚至是有毒素的①。

禾金评《子夜》不过是“一部在含量上突破一切记录的创作长篇小说”，其不足有四：一是“主要的贯线还是很简单的：一个企业家和一个金融巨头斗争的故事”；二是“在技术上说是非常失败的”，东拉西扯，为了说故事而拼凑情节，“主要的故事发展得太慢，原因是小故事太多而杂，而作者又没有加以适妥地布置，使它们发生严密而不可分离的统一”；三是偏爱屠维岳，在人格描写方面不突出工人阶级；四是作品的立场“是非常的模糊的”，“只是有意无意的刻画了一点劳资的对立、资方的恶毒而已”，对近几年来“在中国铁一般事实地演出”的“鲜明而兴奋的故事”视而不见，其结果，是《子夜》只是一本“‘资产阶级生活素描’，或是‘XX斗法记’而已”。《子夜》证明茅盾“无可讳言的”的志大才疏②。

泉影嘉许茅盾“苦心地选择题材与冷静观察”、扫除创作“偷懒主义”的勤勉精神。尽管《子夜》“在目前的中国文坛，是不愧于夸耀的光荣”，但泉影的态度也是由衷的不满：在《子夜》中，城乡对立与资本形态对立之间的切换非常突兀，对农民的觉醒的反映，“作者是一点没有负起这个责任”。另一方面，以吴荪甫、赵伯韬的角逐厮杀来映射工业资本与金融资本的整体冲突，只能算是有“野心”而无实效，此外，配角的出现和命运安排“都是弄得虎头蛇尾”，作者的角色意识“不是失之太浓就是太淡”。泉影还点评道，茅盾“对于都市生活的嘲笑”，“算是”“尽力了”，“而对于农村生活的暴露，作者是完全给读者一个大大的失望，因此，描写中国社会现象的‘野心’，毕

---

① 陈思：《评茅盾〈子夜〉》，《涛声》1933年第2卷第6期。

② 禾金：《读茅盾底〈子夜〉》，《中国新书月报》1933年第3卷第2期。

竟是‘野心’罢了”①。

赵家璧感言，身处“这多事的一九三〇——帝国资本主义的压迫、民族资本主义的挣扎、革命势力的逐渐展开，合着上海工人的大罢工、交易所、市场上的大混乱，还有中央军西北军的内战和步步崩溃的农村，病态发长中的都市，社会许多方面的惊人变动，真如乱丝一般，纵令聪明的史家，也许要在这一堆事实前发颤”，“可是小说家的茅盾先生，确抓住了一个活生生的吴荪甫，把许多线索，都在他身上穿上了贯通了”。可以说，《子夜》“不特是吴荪甫个人的传记，也是中国民族资本主义的惨落史，也是小布尔阶级幻灭的始末记”，它的诞生，得益于茅盾“精慎的布局”，“应用了高明的艺术手段”，是“一部成熟的艺术品”。当然，《子夜》在艺术上不能堪称完美，尽管“没有或条的漏洞足以被人家看出来了”，“但是假若在太阳光下细细的观察，许多没有结清的线脚，是随处暴露着的——虽然大体上并不妨碍整部作品的真价值”②。

左翼文学的理论旗手杨邨人对待《子夜》显得颇为敦厚温和。他表示，在“荒芜的中国文坛，有作者这一部大作品，也算是可喜的事”。《子夜》“展开”的是民族资产阶级的困境、“产业资本家和都市社会的黑幕”、小资产阶级的动摇性、农村无产阶级的无助挣扎。《子夜》沿用了《幻灭》《动摇》《追求》的技巧，在写作层面没有创新，“浪漫主义的气分”比“三部曲”更浓郁。《子夜》的不尽如人意，根源于茅盾出众的“捕捉人物心理、刻划细节、社会经济分析的能力”，他的卓越才能使他沉迷于“庸俗”的写实主义，疏忽了对读者的“启发性”③。

常风将《子夜》看作一场彻头彻尾的“惨败”，理由是，茅盾虽费尽心力“布置了那样广阔的场面，海错山珍，无美不臻”，但是“他却明显的表现出他需要更大的魄力——关于处理题材，和描写，和深刻的观察力”，综言之，“关于抉择和认识题材，《子夜》是一个失败，一个惨痛的失败——那样丰富

① 泉影：《〈子夜〉》，《学风》1933年第3卷第6期。

② 赵家璧：《书评：〈子夜〉》，《现代》1933年第3卷第6期。

③ 杨邨人：《茅盾的〈子夜〉》，《时事新报》1933年6月18日第12版。

的一席盛宴”①。

对《子夜》的几乎一边倒的赞许者是化名“云”的书评者。他列出了《子夜》的两个值得“激赏”的优点，第一个是“此书乃作者著作中结构最佳之书”，第二个是“此书写人物之典型性与个性，皆极轩豁，而环境之配置亦殊入妙”。云对茅盾的钦佩溢于言表：“茅盾君之笔，势具如火如荼之美，酣姿喷薄，不可控抟，而其微细处，复能宛委多姿，殊为难能而可贵。尤可爱者，茅盾君之文字，系一种可读可听、近于口语之文字……其清新锤炼之处亦更显著，殆所谓渐近自然者，吾人尤钦茅盾君于文字修养之努力也”②。

不同于云的单纯感性的褒赞，欧阳文辅的着眼点在于《子夜》独具的理智气质。他写道，《子夜》展示出茅盾“理性处理”的写作特质，“理性处理”赋予《子夜》以亦平静亦动荡的“感情氛围”、严肃庄重的立场、对世俗的好恶褒贬、“苍劲”的风格和洗练的形式。同时，茅盾以“否定原理”来完成“异常的构思”、处理题材、刻画人物，将《子夜》与其他小说区分开来，在小说领域占据了超越凡俗的地位。更可贵的是，欧阳文辅提出，文学作品不应是政治的附庸，期望批评者就文学论文学，不要拿“主义”来批判《子夜》③。

对《子夜》的重要评价止于摩西。他总结了《子夜》达到的艺术境界及其跋涉所至的思想高地，“《子夜》又是中国新文艺创作界中仅有的长篇，量的丰满没有阻碍质的成就，这又是可贵的特点”，“在这书里给我们瞧见的不但是技巧圆熟、典型人物活生生地具体化在眼前，并且有力地以光彩显耀在读者精神系上。他报告丑的荒唐腐化、旧组织的命运已呈现了摇荡不安之状，新的已经开放了嫩芽，不久就将从鲜血中怒发出来的暗示”④。关于《子夜》的早期争论至此画上了一个不算圆满的句号。

抗战末期及解放战争期间，茅盾作品批评的争议性反而烟消云散。1930

① 常风：《论茅盾的创作：从〈蚀〉到〈子夜〉到最近的〈泡沫〉》，《书人》1937年第1卷第1期。
② 云：《茅盾著长篇小说〈子夜〉》，《大公报》1933年4月10日第11版。
③ 欧阳文辅：《论茅盾的〈子夜〉》，《榴火文艺》1936年第1期。
④ 摩西：《〈子夜〉的作者茅盾》，《力报》1938年7月14日第3版。

年代早期，对他长于暴露、短于剖析的“自然主义”诟病在此阶段倒成了突出的优点，故而不复出现。之所以发生这样的翻转，归根结底，还是“时代需求”对文学批评发挥了主导作用。

剧本《清明前后》收获了一堆赞词。它的发表，“说明了茅盾先生用刀跟用枪一样，他塑造了个正著”，“启示了那一班更年青的，他们该怎么写、为什么写”①。紧抓住了“若要中国的工业发展，首先得政治的民主”这“原是极正确的指示”，并且真正做到了“刻画人物的细腻和生动，把每一个人赋予了一种特性的性格和行动”②，不但属于艺术性、政治性俱佳的佳构③，“无论就内容技巧各方面说，《清明前后》应该是一部巨著，它的成就当不在《子夜》之下”④。不但如此，《清明前后》也是抗战当要结束时，在蒋管区所发生的悲惨现象：大资产阶级垄断操纵，民族工业破产，小资产阶级知识分子无法生活的生动写真，“欲了解蒋管区社会状况者，不可不读”⑤。

“时代需求”的不确定性为茅盾作品的批评增添了出人意表的变数。《腐蚀》的最初际遇和《清明前后》大同小异：《腐蚀》“刻画出一个过着不光明的生活的集团。这集团，对外，是那么阴险恶毒；对内，还是那么阴谋恶毒”，“划出了人间的悲凉阴险，写出了中国青年的灾难，同时让我们明白和知道我们年青人的面前，潜埋着这些豺狼虎豹、阴险怪物时，我们应该警惕”⑥。《腐蚀》揭示出“斗争”才是社会得以发展的铁律，预示民主对独裁的必然胜利⑦。然而，时至国民党政权全面崩溃在即，知识分子改造已被提上日程的1948年，《清明前后》又被判定为犯了严重“错误”的卑劣作品。嘉木严厉指责《腐蚀》“没有进入和获得较深的内容，更没有能够进入我们时代的历史现实的本质的内容”，仅止于“暴露黑暗”，但没有触及到“先进人民

① 佩安：《茅盾的〈清明前后〉》，《前线日报》1945年12月22日第8版。
② 东方曦：《茅盾的〈清明前后〉》，《民众杂志》1946年第1卷第1期。
③ 景山：《读茅盾的〈清明前后〉》，《世界文艺季刊》1946年第1卷第4期。
④ 谢伏琛：《茅盾的〈清明前后〉》，《益世报》1948年2月1日第6版。
⑤ 佚名：《〈清明前后〉：继〈腐蚀〉后又一名著》，《军政大学》1946年第5期。
⑥ 春亭：《失不得足：茅盾先生〈腐蚀〉读后杂感》，《青年创作》1946年第1卷第1期。
⑦ 势月：《〈腐蚀〉读后记》，《朝声》1947年第1卷第7期。

的崛起”和“先进人民的客观意志的人生斗争”。嘉木以《腐蚀》为突破口，针对茅盾的创作姿态、写作习惯、阶级属性大加鞭挞：茅盾“资产阶级写实文学的创作方法，在那个时代是存在着明显的斗争性，或者正确说，抗议性的。但在今天的人民崛起的中国，它已经毫无生机了”，“无法把握现实的真实运动本质及斗争过程”，向读者贩卖的是“没落资产阶级‘写实文学’里面的‘进步’观点、‘物质文明’的色彩和‘人生气息’‘人性’等”这些“在中国，是早就变成腐臭的东西”。顺带着，嘉木还警告广大读者，不要被“投机家和掮客”魅惑，万万不可“不看作品只问人，不看实质只喊口号”，甚至还“特地歌颂这有着如此的坏倾向的小说《腐蚀》”①。茅盾试图摆脱时代的束缚，成为时代的鸟瞰者，甚至时代的超越者，但“时代”从边界到内涵的诡异多变，使他到底无法如愿，其作品的经典认定流程也因之缺乏足够的稳定性，直至1980年代初方才尘埃落定。

读者意见和批评者意见的割裂甚至对立导致巴金作品的评价呈现两极化特征。一方面，巴金是大量青年读者的偶像，“握着了一时代的一般青年的心”，“在中国在文坛上的确是一个幸运儿，以一个无声无臭的人，一跃而在文坛上占了相当的地位”②，其文作以富于感染力而深得人心：

> 巴金先生的文章就像用“血”与“泪”交织成的“热”与“力”充满了的艺术品！巴金先生运用的笔锋是尖锐的、犀利的，他的脑汤结晶的每一篇作品都有着独具的特点，作品中的一字一句，能够生出一种大的“神秘性”的力量，冷冷地弹动读者的心之短弦，读者只觉得由于受到了大的“共感”，而奋然的发生不自禁的“共鸣”！③

另一方面，巴金文作在思想性上的薄弱、艺术创新力的匮乏则被多数批评者诟病。其文作得以名列经典几乎大半是读者拥戴的结果。

---

① 嘉木：《评茅盾底〈腐蚀〉兼论其创作道路》，《蚂蚁小集》1948年第5期。

② 郦崇业：《巴金与其〈死去的太阳〉及其它》，《中国新书月报》1931年第1卷第9期。

③ 张文麟：《〈点滴〉》，《潇湘涟漪》1936年第2卷第7期。

《死去的太阳》是巴金在文坛声名鹊起的起点。郦崇业表扬它在“技巧方面是值得称赞的”，但又责备其“在全体的力说，则未免稍微软弱一点”。郦崇业还看出了巴金在创作能力上的短板——不善于组织大跨度大纵深的结构，建议巴金专攻短篇，以此扬长避短①。宋诗抨击巴金作为小资产阶级知识分子，“不革命”的成分多于“革命”的成分，对自己所属阶级基础业已动摇的事实置若罔闻，创作立场的偏斜决定了他的《死去的太阳》“已经是失败了的”②。明赞许《死去的太阳》帮助读者“认清我们民族的不幸”，“能以文学的情绪，多少振发我们民族的精种”③。柔曼归纳了《死去的太阳》在故事编制、思想与人物、技巧三方面的优劣点，指出巴金因能够巧妙汲取屠格涅夫、托尔斯泰、阿志巴绥夫，及路卜洵的影响，实现了“文字上，剪裁与重复较为合度，能将兴奋、细腻、激烈等加得更深刻”，具备了问鼎文学巨匠的资格，“确是中国现代一个伟大的作家！”④

《复仇》是《死去的太阳》与《雾》《雨》《电》之间的衔接之作。《复仇》评者寥寥，书评者认可巴金文字的“稳妥、纯熟”和“干净而文法精密”，但对巴金要“写人类的痛苦，却放过了自己（自己国人）切身所感到的痛苦，而只搬演了一些和国人痛痒不相关的故事”而颇为不屑⑤。

批评者们迫切要求巴金补上思想深度这一课，但没有给巴金以足够的转变时间，而事实也证明，巴金并没有使他们如愿。在此背景下，《雾》《雨》《电》被书评者付以白眼，指责不断。《雾》“虽然于现实不满，但仅是不满”，只能算是“带着泪发出人道主义的虚无的呻吟”⑥。《雨》“专从冥想的概念的‘创造’来‘硬写’”，“现实性太少，虚无主义的倾向太浓”⑦。《电》掺杂了巴金的生命体验，对读者造成了隔膜，使读者难于克服“情感的翳障、接受

① 郦崇业：《巴金与其〈死去的太阳〉及其它》，《中国新书月报》1931 年第 1 卷第 9 期。
② 宋诗：《巴金〈死去的太阳〉》，《文艺新闻》1931 年第 31、32 期。
③ 明：《〈死去的太阳〉》，《浙江省立图书馆月刊》1932 年第 1 卷第 3 期。
④ 柔曼：《论〈死去的太阳〉：巴金创作考察之一》，《河南民报副刊》1932 年第 59—61 期。
⑤ 佚名：《书评：〈复仇〉》，《现代》1932 年第 1 卷第 5 期。
⑥ 飞也：《巴金的〈雾〉》，《夜莺》1933 年第 1 卷第 1 期。
⑦ 石衡：《巴金〈雨〉》，《现代》1933 年第 3 卷第 5 期。

他（注：巴金）情感的存在"①，"论感情，无论怎样激昂和热烈，而是基于人类的本能的冲动；论思想，空空泛泛，充其量不过是一种乌托邦式的抽象的思维的体现"②。

《家》《春》《秋》之前的几部小说得到的评价既不冷，也不热，巴金作品的可辨识度维持在很一般的水平，而批评者似乎也接受了巴金在创作思想、创作技巧上的"不改变"。隐芝小结《光明》富有异国情调、结构采用故事的叙述体、完全应用第一人称的写法、"美丽的故事"、"充满着感伤悲哀的气分"五个特征之后，给了一句"内容与形式都还不错"的平淡评语③。冰以《电椅》解读巴金文学观念体系的理想主义本色，告诫巴金"对于理想是应忠实的"乃无可厚非，但不能忘却"还要考定理想本身是不是伟大的"，这是因为"如果理想狭隘于私己个人之一方面，只有个人的幸福的理想，则结果只仅有烦恼苦痛罢了"④。中学生夏一粟的《长生塔》读后感浸透少年的单纯的热情和激越，他感谢巴金以《长生塔》"清晰的告诉我们世界上竟有这许多人，他们都是为了自己个人的利益与幸福起见，并不惜任何残酷的手段，拿别人的血汗和肉体，甚至每一个人的灵魂拿来建筑自己的永久的'长生塔'，让自己登上去在塔的上层过着挺快活的日子"，表示自己和同学们在阅读之后同感"我们的身子都燃烧了起来，感到包围在我们周围的一切不幸、忧悒的气氛缭绕着我们了，我们就好像堕入在一个黑暗的苦海之中，似乎全个世界都沉溺在黑暗的苦海之中了！"。文末，夏一粟以巴金作品拥趸的口吻对《长生塔》作"不但是形式美，内容更是无可否认地充实的"⑤ 的总评。他的好评显现出一般读者和评价者在阅读期待、接受角度上的重大区隔。

刘西渭反对巴金在《神·鬼·人》中"几乎不加约束地抒情"，但他也揭示出巴金正力图"带着读者去发现、阐明它的人物，他不试图去说服读者，

---

① 刘西渭：《〈雾〉〈雨〉与〈电〉——巴金的〈爱情的三部曲〉》，《大公报》1935 年11 月3 日第11 版。

② 莲湖：《〈电〉〈家〉〈夏伯阳〉》，《浙赣路讯》1949 年第 529 期。

③ 隐芝：《读巴金底〈光明〉》，《读书周刊》1933 年第 32—36 期。

④ 冰：《谈文艺作品和理想：读巴金的短篇小说集〈电椅〉》，《清华周刊》1933 年第 39 卷第 5 期。

⑤ 夏一粟：《〈长生塔〉》，《中学生文艺季刊》1935 年第 1 卷第 4 期。

这让读者自己去感受、去领悟”，期望巴金早期完成这场试验，实现叙事方式的重大转型①。

“激流三部曲”为巴金文坛至高地位背书，但组成“激流三部曲”的三部小说其实各有其命运。先面世的《家》《春》夯实了巴金作品的经典地位。它们最先获得的是以学生为主体的读者的钟爱②和共鸣，他们热情洋溢地欢迎《家》和《春》，溢美之词纷至沓来——“我流泪读完了他的《家》，又流泪读完了他的《春》，不过，看完了《春》后，泪干了，我也不禁欢欣地高呼：‘春天是我们的！’”③《家》和《春》“虽没得理想中的甜，但是别有风味，而且大得可爱”④；“《家》是告诉我们光明开始，但不是黑暗终了！我们固然应该学习觉慧的那种勇敢精神，但我们得清算血账，团结大家力量，把这恶势力根本铲除，这才是我们光明前途到来，这才是真正的懂得《家》给我们的启示作用”⑤；《春》“最成功的一点自然是在于典型人物的刻画。全书的人物很多，但作者都能描摹出各个不同的性格，确是难能可贵的”；“加上巴金过去的安其那主义的热情的感人之深，终于使他的新作《春》继续获得了广大的读众”⑥。《家》虽有瑕疵，但确凿证实了“巴金是中国文坛上伟大的存在”⑦。

《家》《春》的成功和《秋》的寂寥形成了巨大反差。《秋》广受读者、评者厌弃的根本原因在于后者使读者对巴金产生了江郎才尽的直接感受，以《秋》为续貂之狗尾。匡瀛的陈述甚具代表性，他对巴金小说“最初是钟爱，现在是厌倦”，对巴金惯用的渲染虚无主义、“以骗取人类的眼泪为对策”的写作策略深深厌倦，对《秋》的定位是《家》《春》的急就篇，诟病该书在读后“看不出一个很清澈的书中人的个性出来”，更恶劣的是，《秋》乃是巴金在创作长期没有突破，啃青年厚爱这个老本的证据⑧。洪庆章的批评较匡瀛稍

① 刘西渭：《〈神·鬼·人〉》，《大公报》1935年12月27日第10版。
② 非君：《中学女生爱读的巴金之〈家〉与〈春〉》，《辛报》1936年10月18日第2版。
③ 罗国基：《评书：〈春〉》，《孤光》1938年第2卷第3期。
④ 许寰：《巴金的〈家〉和〈春〉》，《众生》1938年第2卷第3期。
⑤ 燕子：《是光明开始不是黑暗终了：回忆巴金先生的〈家〉》，《妇女界》1940年第2期。
⑥ 周起风：《评巴金的〈春〉》，《前线日报》1940年7月19日第7版。
⑦ 无咎：《略论巴金〈家〉的三部曲》，《奔流文艺丛刊》1941年第2期。
⑧ 匡瀛：《巴金的〈秋〉及其他》，《前线日报》1941年11月29日第5版。

为客气几分，即便如此，《秋》“力量不及‘激流’之一的《家》，因为叙事时说明个人的感觉的话太多一点，旧势力的压迫，写得不及《家》里的那样强。对青年人怀的反抗心和反抗力也是”的表现力度，和“修辞上没什么特点”“结果有点糊里糊涂”还是被他吐露无余①。

出人意表的是，巴金的两部相对小众的小说《发的故事》《灭亡》比声名赫赫的“爱情三部曲”“激流三部曲”更能获得好评。细思下来，这种“意外”并不值得惊讶：两个“三部曲”读—评者基数大，所受的褒贬易被放大，而小众作品的评价则往往会被个别好评一锤定音，使我们形成巴金经典反不如非经典优秀的错觉。这两部作品的统一成就在于以情动人，充分贯注了巴金富于感染性的内在激情的魅惑力。在这股力量的牵掣下，评者的批语也是同质化的，“那隽逸的风格、优雅的情调、劲悍的力量，都能加增了你的生命力，在你拓阔的生之途上，永远是一只熊熊的火炬，辉煌的烈焰把你导向了灿烂的光明”②（《发的故事》），“我们知道了一条我们应走的道路，这时代决不是才子佳人的时代了，我们求的不是‘黄金’‘颜如玉’。而是事业。将生命建筑在‘烫头发’‘旧西装’上，这不是光荣。手上有了巴的，才是顶了石起的人物”③（《灭亡》）。

新中国成立之前，巴金的最后一部小说《静夜的悲剧》被强行纳入到了改造小资产阶级知识分子的政治语境当中，这部小说的批评成为新政权对文学工作者进行思想解剖、更新的样本之一。迎接它的是此起彼伏的反对之声，责难集中在巴金的“个人主义”立场和拒绝战斗的思想立场：巴金“确是有无视一切的倾向，这不是说他骄傲。作者有虔诚，虔诚的人不会有轻视别人的冷酷，因此说他无视一切，是他自己已经成了一种固定的人品，不习惯于和现实生活接触，而且近乎是一种僻性，他怕接触，而且好像用双手蒙住了眼睛，但我不愿说他是逃避”。小说的“主观太强，强到了过分的地步，因此无意中，历史也成了他自己主观的替代品。这是一种想象，当想象成了真理时，现实是

① 洪庆章：《国文教学研究报告：〈略读〉报告：巴金的〈秋〉》，《学文》1948年第1卷第1期。
② 白璎：《读〈发的故事〉》，《市师周刊》1937年第49期。
③ 寸心：《杂谈巴金的〈灭亡〉及其他》，《江声》1948年6月10日第2版。

绝无说话的余地了”，“过分的主观是永久不能给我们透见生活的真实的。可惜的，是作者的虔诚；可怕的，是作者的独来独往，这害苦了无数知识分子的个人主义！”①。当“天翻地覆慨而慷”的时代降临，巴金作品也逃脱不了重重试炼的宿命，其经典与否，反而无法作答，而只能等待时间的淬炼和沉淀，以及当代文学批评的自省和刷新。

自《老张的哲学》到《四世同堂》，老舍作品受到的赞誉远多于毁誉，高超的文字驾驭能力、敏锐捕捉京味文化以及坚持不懈的突破自我是老舍作品能够纵横文坛的秘诀所在。

《老张的哲学》是老舍的早期作品，也是书评界最先关注的老舍经典。不同书评者发现老舍的作品表现出两个优长处，一是老舍擅长书写“极有味的故事”，几乎天然的“讽刺的情调”“轻松的文笔”，使“文笔不干燥有趣味，内容很丰富”②，二是融会贯通了古典小说的写作技巧，使小说有《儒林外史》的影子，但又做到了“摹拟故有的优点”而不呆板、重样③。

幸运不单单笼罩《老张的哲学》，其他作品也大抵如此。《猫城记》在《现代》连刊后，评论者的好评便纷至沓来。谐庭视其为老舍式幽默完全成熟“艺术思想到了成熟的地步”的标志，小说“内中情节完全是独创的”，虽然暴露出社会批判思想尚不成体系的弊病，但确是近年来极难得的佳构④。姒将《猫城记》的亮眼之处归纳为“浅白轻快的词句，自然的俏皮话、夭矫句法、奇突情节，虽大体看是很平凡，但却没有枯涩，抓得住观众”，称许它是近年来暴露文学的巅峰，“把和猫一样的中国现代社会，写得是痛快淋漓，与其说是猫国，毋宁说是这个社会的本来面目”⑤。观客的看法比姒更进一步，他认为，《猫城记》不但巧于讽刺，同时也是幽默文学的“一个肥硕的果子”，它“‘诙谐里有庄严’‘讽刺里有启示’，不低级，不肤浅，不颓废，不风凉，不反革命”，是兼采暴露文学、幽默文学要旨的硕果。不仅如此，老舍是名副其

---

① 友宇：《读〈静夜的悲剧〉》，《大公报（香港）》1948 年 10 月 12 日第 7 版。
② 知白：《〈老张的哲学〉与〈赵子曰〉》，《大公报》1929 年 2 月 11 日第 15 版。
③ 孙家琨：《读〈老张的哲学〉后》，《津汇月刊》1934 年创刊号。
④ 谐庭：《〈猫城记〉》，《益世报》1933 年 9 月 23 日第 10 版。
⑤ 姒：《老舍近著〈猫城记〉》，《益世报》1933 年 10 月 8 日第 5 版。

实的“幽默大师”的说法，在书评界首次由观客提出①，此后，这个称号被人们沿用，成为老舍的专属标识。李长之的观感比其他评者更冷峻，他赞赏《猫城记》当中由“作者有组织的表白”与“讽刺的方面之多而且备”所构设出的艺术成就，但他对《猫城记》灰暗的情绪基调与国家观念和爱国主义的匮乏不以为然，李长之将老舍与鲁迅并列，他表示，“同是讽刺，鲁迅的是挖苦，而老舍的乃是幽默，鲁迅能热骂，老舍却会俏皮”，而鲁迅的深刻则是老舍远远不及的——毕竟，老舍“丰富的是智慧”，但“情绪为智慧所掩，力量就缺少”②。

在书评者笔下，《离婚》的长处多、短处少。先说短处，说来说去，不过是感情色彩灰暗，没有给读者指出正确的婚恋之路，并过多使用土语、口语，缺少“正当的国语”③ 云云。

相比之下，《离婚》的长处甚多，且各有所表。陈芳若指出，《离婚》“有特殊的风格，全篇都呈现着技巧精致，体现地入画、生动并且丰满，而周围又糊上了一层幽默的外圈，于是显得出色”，它在思想上的深彻性体现为，为小布尔乔亚的摇动的青年展开了“正确的道路”，告诫他们，婚姻的“诗意”会被生活的“真实”所摧毁，婚姻制度的畸形也会使青年被戕害，而“真正的幸福，是出自健美的文化，要重新地、整部地建设起来”④。常风赞叹老舍在文学创作上的砥砺精进，他写道，以《离婚》为分水岭，在此之前，老舍常常刻意夸张，忽略了人物塑造的整体性，不注意“各部的匀称与和谐”，而在《离婚》中，老舍保持住他原有的一切长处，创造出了属于自己的典型人物，他们“不是天才的夸张，而是平庸的可爱”，谋篇布局上，“又顾到全篇小说结构的和谐”，堪称“作者自己创作中的第一本完美的作品”和现代小说杰作⑤。

赵少侯重点解读《离婚》的幽默性，他说自己从这部小说中，读出了两

---

① 观客：《读〈猫城记〉》，《众志月刊》1934 年第 1 卷第 2 期。

② 李长之：《〈猫城记〉书评》，《国闻周报》1934 年第 11 卷第 2 期。

③ 吴联：《老舍的〈离婚〉给予读者灰色的印象》，《益世报》1933 年 11 月 23、24 日第 14 版。

④ 陈芳若：《〈离婚〉——老舍创作》，《时事新报》1933 年 10 月 29 日第 11 版。

⑤ 常风：《论老舍〈离婚〉》，《大公报》1934 年 9 月 12 日第 12 版。

个卓越不凡的地方：一是“不流于‘低俗’、为‘逗笑’而‘逗笑’”而是相反的、“上升到了深具思辨力的哲理境地”的幽默；二是，突破了“写现实”就是“一把鼻涕一把泪”的悲情窠臼，代之以混杂了幽默的、内涵丰富的现实主义写作方式①。尹雪曼认为，《离婚》展示出了老舍所独具的一种“特殊的力量”，这力量基于老舍“最懂得故事，而且又是最会说故事”的过人本领，展现为幽默和讽刺，“能够把每一个读者的灵魂牢牢的抓住”，《离婚》的另一个优点在于，它“在各方面论起来都是较作者过去的作品进步的多了”，洗净了说教气、“教训的色彩”。唯一需要警惕和防范的是人物的“一概‘老舍化’”，此外无可挑剔②。

《离婚》与《骆驼祥子》之间的几部小说亦大受好评，但相关的书评文数量寥寥，显露出书评者对老舍作品的高度信任和无法求疵而导致的倦怠。这些短评的口吻、对作品的态度大同小异：《赵子曰》“气魄的宏雄、题材的冗长、诙谐的巧妙”，“‘文似看山不喜平’，作者恰得其妙”；写人物“用各异的修词”“逼肖的口吻” “独具的身分”③。《小坡的生日》凭借“字句的灵活”“尽情地采纳方言”，“给一个明晰的图画”，“有着轻快讽刺的描写”，是一部玲珑可爱的作品④。《牛天赐传》表明老舍原有的讽刺态度“似乎拉低了很多”，而转向了狄更斯的“多情味儿”，进而“补充了《阿 Q 正传》的前半段”⑤，发出了“奋斗是一切成功与胜利的唯一工具”的时代强音⑥。《樱海集》“写法比从前更切合人生，更细腻了，自然也更容易使读者兴奋”，“这书还有一个特点，就是俗语的应用及语气的通俗，比《离婚》等等，百尺竿头更进一步了，而且都这样美丽、生动、有劲”⑦。

《骆驼祥子》的出现，使老舍作品的书评再次众声喧哗、人声鼎沸，自

① 赵少侯：《论老舍的幽默与写实艺术（评〈离婚〉）》，《大公报》1935 年 9 月 30 日第 12 版。
② 尹雪曼：《老舍及其〈离婚〉》，《文艺月刊》1936 年第 9 卷第 1 期。
③ 尉迟憩亭：《书报评介：〈赵子曰〉》，《津汇月刊》1935 年第 4 期。
④ 朴园：《书报评介：〈小坡的生日〉》，《清华周刊》1935 年第 43 卷第 7 期。
⑤ 苏茹：《读了〈牛天赐传〉之后》，《是非公论》1936 年第 2 期。
⑥ 罗捷：《人生是一奋斗的历程：老舍〈牛天赐传〉读后》，《江声》1948 年 6 月 10 日第 2 版。
⑦ 程心芬：《老舍〈樱海集〉》，《书人》1937 年第 1 卷第 3 期。

1939 至 1949 年的十年间，《骆驼祥子》的书评文达到了 57 篇，创造了六大师作品书评文数量的最高纪录。

对《骆驼祥子》的第一个评价者是化名“天”的批评者。他认为，《骆驼祥子》是老舍先生改变作风的一部长篇小说，取材于北平的洋车夫之生活，描写动人，尤其对于书中人之个性刻画深刻，“故事发展亦极紧凑”，“虽仍不失其幽默笔调之处，但并未影响书中情绪，且更增兴趣”，实乃是“近代一部成功作矣！”① 紧随“天”之后，毕树棠独具慧眼地揭示出《骆驼祥子》继承了《阳光》《月牙儿》的创作意旨，但“故事写得更真实了，性格表现得较复杂了”，而不止于此的是，《骆驼祥子》的脉络乃是“一根一根的扎进纸去，又跳动纸上，连缀成那么阴暗的一片，而又那么轻便的抓弄着，灵巧的透视着，浸着地方的趣味”，昭示出老舍创作技巧的新飞跃。就艺术特色来说，《骆驼祥子》“写出了北平的真美，言语、风俗、习惯、气象、景物，所有色色形形的调子，无论美丑好坏，都是道地北平的，用北平的滋味咀模，就都是美的”“写出了洋车夫生活的内幕……使我们见识了一种劳动界的真实情形”“细细的写出了心里的动向”，堪谓京味小说的骄傲②。司徒珂评说的是《骆驼祥子》的幽默风格。他的评语是，《骆驼祥子》的幽默其实“没有幽默，没有诙谐，没有可笑，有的却是人间的爱与同情，是人世的不平与悲哀”，老舍有意识地对幽默加以改造和分层，使之融聚思想、热泪、对平凡人的怜悯，转变为深含“同情”与清醒的幽默，深沉的幽默奠定了《骆驼祥子》大为成功的基础③。北田在读了《骆驼祥子》之后大为感动——《骆驼祥子》唤起了他对北京的记忆。他强调，这部小说的艺术成就已经没有评说的必要了，它的真价值在于寄寓“苦痛的生活和苦痛的心灵之震颤，交感与激动”，让读者不断地“从片断的真实看到通体的真实”以及老舍对幽默的崭新理解和颠覆性的革新，“几乎找不出一处的幽默不充满着动人的情感，是的，这本书是伟大的，因为它进入在人生的深处，进入在劳苦大众的人生的深处，而有力地巧妙

① 天：《介绍〈骆驼祥子〉》，《弹花》1939 年第 3 卷第 1 期。
② 树棠：《读书：〈骆驼祥子〉》，《宇宙风：乙刊》1939 年第 5 期。
③ 司徒珂：《评〈骆驼祥子〉》，《中国文艺》1940 年第 1 卷第 6 期。

地写了出来”①。

抗战结束后，对《骆驼祥子》的评说进入高潮。书评者扬“道”弃“术”，不再关心老舍在小说技法上取得的新进展，而是向《骆驼祥子》投射出自己的思想观念，并透过这块三棱镜窥见到各种镜像。

美籍作家华思将《骆驼祥子》誉为中国小说海外传播的样本，因为它“不但把普通中国人民表现得真实，而且平易可解，并且把中国人民写得温暖、不单调，谦和而又勇敢。全世界都可以从本书了解到，为什么那些深知中国人民的外国人，这样的珍爱他们”②。强的评价侧重于小说的现实意义——它暴露出了产生骆驼祥子的罪恶肮脏的社会土壤，“对中心人物的祥子描绘地深刻、入微、细致，而对衬托的人物也毫未马虎、放松，使祥子的个性更显得明朗透澈”，不是“一般只顾‘主’不顾‘宾’的作品所可比拟”③。刘民生佩服老舍先生俯下身子，深入到底层群众当中，“简直像是从那一个阶级里生长出来的人物，摸熟他们的一切”，拿出了一部无可媲美的“描写低层阶级的小说”④。金甯呼吁中国的文艺作家向老舍学习，在写作者责任层面，真诚、深刻地表现“下层社会劳苦大众的凄厉的生活”，在文学思想层面，能勘破“残忍与丑恶”的表面，“在残忍与丑恶的后面”发掘祥子堕落的根本原因⑤。

卢嘉圣读出了“个人的幸福，必须依靠大众的幸福为基础。个人的问题，必须放在整个社会问题中去求解决。个人的努力，应认为是集体努力的一部分。人类群体、社会大众生活的提高，是我们个人生活提高的前提”⑥。遍采读出了抱定个人主义的“自我”只会被盘踞了千年的封建势力“逐一毁灭”的定数，认为《骆驼祥子》以小说形式，指明了“敌人”是谁，也批判了“自我”的缺点，吹响了“团结起来，坚决与之斗争，直到获得最终的解放”

① 北田：《评老舍的〈骆驼祥子〉》，《中央日报》1940年7月5日第1版。
② ［美］华思：《老舍及其〈骆驼祥子〉》，《大公报》1945年12月8日第4版。
③ 强：《〈骆驼祥子〉读后感》，《中央日报》1946年2月18日第6版。
④ 刘民生：《〈骆驼祥子〉求疵谈》，《上海文化》1946年第7期。
⑤ 金甯：《读〈骆驼祥子〉》，《前线日报》1946年10月20日第8版。
⑥ 卢嘉圣：《从〈骆驼祥子〉说起》，《友声纪念刊》1948年第5期。

的号角[①]。毛锡成的见解与遍采如出一辙，他赞叹小说“写活了书里的主人翁”，“也替许许多多只会吃苦，而不会把词意表达出来的人们说了要说的话”，点醒读者“思考‘是谁毁了他呢？’”[②] 丁东别出心裁地提请读者注意，骆驼祥子其实没有死去，仍有众多祥子以备受压迫的姿态活在世间，而老舍先生和“别的中国作家”的职责便是，“能够向他们发掘，指引他们，导领他们走上一条着实的、崭新的路”[③]。

由《惶惑》《偷生》《饥荒》组成的《四世同堂》是老舍作品中创作时间最长的一部巨制。第一部《惶惑》于1944年在重庆《扫荡报》开始连载，至1946年《惶惑》《偷生》由晨光出版社出版，《饥荒》文稿的集结、编修、出版因散逸等原因而经历曲折、几成当代文学史上的一桩公案，三部书的完整版由百花文艺出版社出版时，已是1985年。因此，1950年关于《四世同堂》的书评仅限于《惶惑》《偷生》。站在回顾角度来看，书评者的兴趣点都在于这两部书的认识论价值。栢肯定《四世同堂》的爱国主义启蒙作用，强调它“刺激故事中的人物以及读者，懂得了个人命运、家族兴衰”都“和国家有关”，而所有中国人在面对国难时，“再不能置身事外”[④]。这两部作品没有明显的说明中国人几十年来进步的趋向，如《四世同堂》这书名给予的暗示，但我们可以从书中看出这种迹象，虽然这进步是缓慢的。凡乃认为，老舍先生对“爱国”这个抽象概念有自己的独到理解，将对家国的热爱和忠诚落脚到了潜移默化的觉醒和持之以恒的不屈上，《四世同堂》中没有天生的“战士”，“也没有为我们善良的老百姓高声地呼吁什么”，但却描摹出了“中国已在这巨大的变动中走向新生之路”的曲线，延绵不断地激发起读者对现代国民教育思考和热情[⑤]。翟放评价，《惶惑》以家族史的框架，“对传统文化作剖析”，对“被传统孵育的众生作精神”分析，是“大气滂沱的史实，也是回肠

① 遍采：《劳苦人民的道路：〈骆驼祥子〉读后》，《大公报》1948年6月22日第6版。
② 毛锡成：《〈骆驼祥子〉观后感》，《大锡报》1948年10月21日第4版。
③ 丁东：《读书杂记之一：〈骆驼祥子〉》，《白水》1948年第14期。
④ 栢：《批评与介绍：〈四世同堂〉》，《读书与出版》1946年第2期。
⑤ 凡乃：《书评：〈惶惑〉与〈偷生〉》，《妇女月刊》1947年第6卷第3期。

荡气的史诗"①。

三、经典化的内生与外援要素

总的来看，六大师作品得以经典化是他们内在素质主导与外在因素辅助的结果。其中，前者有决定性，比后者更值得细说。大师们的内在素质分为三个要件：第一是他们非同凡响的文学创作能力，这一点如定理一样，无须展开表述。第二是他们通过作品所传达的思想的前瞻性、深刻性、批判性。第三是观念的超前性、普世性。这三点，尤其是后两点相互合成，作品便能初具经受时间考验的资本，《猫城记》这本"战前老舍笔下的童话，竟是今日中国的缩影"②，"过去认为足以喷饭、捧腹的，或者便是最令人悲痛的啜泣"③，表明的就是这个道理。另外还有一个应当予以承认的事实是，大师们对批评的漠视和忽略，也是其作品成为经典的重要程序。这是因为，"师"与"匠"之间有一道不可逾越的鸿沟："师"有自己的文学主见和文化立场，绝不为外界的喜恶所动，而"匠"则多无定见，容易被舆论风评左右，纵使对"师"模仿得惟妙惟肖，也只能传其形而无法传其神。

归根结底，成为大师级的作家，需要按照自己的规划和见地，排除干扰，完成自我表达，写作过程中的忧、惧、喜、乐，从来不以评价者的见解和意志为转移。右南观察到了这一有意思的现象，他说：

> 舒舍予先生本来是位很怕麻烦的人，他的态度最妙，就是，说话够了之后便不再絮絮叨叨。作品，写成了之后，便不再枝枝节节。姐姐式的批评或外甥式的质问，也可以一概谢绝。正因这样，他才能正正经经的写他的文章④。

---

① 翟放：《读老舍的〈惶惑〉》，《中央日报》1947年9月22日第8版。

② 石光：《关于〈猫城记〉》，《大锡报》1946年6月13日第4版。

③ 杜宇：《〈猫城记〉的新体验》，《益世报》1947年6月19日第3版。

④ 右南：《〈猫城记〉书后》，《南风》1935年第9期。

循着右南的基本逻辑，我们可以说，伟大的作家是文字瀚海中的探索者和寻路人，他们穿梭于无我之境与有我之境，倾听本心，而对身外的喧嚣一概无感。另外，无视评价，也因书评者诉求各异，无法一一满足而致。以《骆驼祥子》为例，它在美国文学界、电影界掀起了热潮，它的英译本在美国售出50万本，创下了中国现代小说的发售纪录①。面对这一情形，钟子芒、许杰、徐徐担心老舍误入歧途，刻意丑化中国的劳苦大众，将一个扭曲异化的中国社会呈现给外国人②，甚至为了“被高鼻子看中”而故意污化可怜无依的贫苦中国人③，须知洋人“对《骆驼祥子》大有好感的原委在于骆驼祥子脖颈后的辫子”④。无独有偶，刘民生提出《骆驼祥子》有三处弊病：“没有把祥子怎样离开农村而跑到北平去的理由有所叙述”，“太强调了祥子的成功性”，“各种人物在作者的笔底下，都给写成仁慈可爱，这或是老舍先生的人道主义”。钟子芒、许杰、徐徐的担忧未必不是出于对老舍的尊重和爱戴，刘民生对小说的指瑕固然也有他的理由，但问题是，文学作品不是电脑程序，没有一定的模式可言，书评也只是见仁见智、千人千面的个人行为，包括老舍，没有一个作家能听从每个读者、评者的看法，修改到人人叫好的境地。于是，作家们共同选择了对批评、抨击不反击，对夸赞表扬不回应，保持创作活动的独立性。作家们并是孤军奋战，也会有评者站出来为他们辩白，例如，李兆麟借刘民生的底层逻辑，也对《骆驼祥子》“指疵”，如，“应该”将祥子晚出生十年，好让他投身大革命，消除祥子捡到骆驼、被刘四爷招赘的“偶然性”，使祥子形象更符合普通人而非故事中的人物，以此嘲弄刘民生无中生有⑤。李兆麟们无异于书评界的一股清流，对书评活动起到了不可小觑的纠偏作用。

外在的辅助因素不外乎读者的广泛拥护和作品热度的长期保持。评者对某位大师的某部作品是否青睐、能否一直厚爱大半取决于大师的思想深度的感召

① 徐徐：《〈骆驼祥子〉的辫子》，《前线日报》1948年3月22日第7版。
② 钟子芒：《谈〈骆驼祥子〉之出国》，《辛报》1946年5月24日第2版。
③ 许杰：《论〈骆驼祥子〉》，《文艺新辑》1948年第1期。
④ 徐徐：《〈骆驼祥子〉的辫子》，《前线日报》1948年3月22日第7版。
⑤ 李兆麟：《与刘民生先生论〈骆驼祥子〉》，《上海文化》1946年第8期。

力及其文学造诣的感染力。作品热度的长期保持，或者说，成为长期“焦点”，除了有赖于读者与评者的厚爱支持，更离不开跨界传播的大力推助。这里所谓的跨界传播，指的是他们的作品被改编成广播剧、话剧、舞台剧、电影，以光影、声音，而非单一的文字形态推介给尽可能多的受众。它的功用在于，文学作品经过包装和重塑，转变为抽离了文学评价、方便大众参与的公共话题，再在由报刊构建出的媒介空间中反复加工、发酵、扩散，以此获得经久不息的生命力。

跨界传播的主要操刀者是剧团（社）、电台、报刊社和电影制作发行机构，它们的趋利本能决定了并不是大师的每部作品都有跨界传播的资格。实际情况是，它们会自主选择它们认为有炒作价值的作品，它们所看重的作品与大师经典之间的重合关系绝非偶然。

《阿Q正传》是经典改编的大热门之一，传播兼具公益和纪念意味，改编后的主要形态为话剧和舞台剧。相关的新闻报道有《光明剧社搬演鲁迅的〈阿Q正传〉》①、《鲁迅死了，〈阿Q正传〉红了，舞台上要它，银幕上也要它》②、小吕《有人预备把鲁迅的〈阿Q正传〉搬上银幕》③、慕维《沈西苓拟赴鲁迅故乡，找寻〈阿Q正传〉的参考资料》④、O. K.《鲁迅遗著〈阿Q正传〉将由华安公司拍摄，北平鹦鹉剧社亦将公演》⑤、《田汉许幸之同时进行，改编鲁迅的〈阿Q正传〉加入〈呐喊〉其它人物，过分割裂原作》⑥、李尧生《北平剧团，最近在平公演鲁迅名著〈阿Q正传〉》⑦、范正任《北平剧

① 佚名：《光明剧社搬演鲁迅的〈阿Q正传〉》，《铁报》1937年1月12日第3版。
② 佚名：《鲁迅死了，〈阿Q正传〉红了，舞台上要它，银幕上也要它》，《影与戏》1937年第1卷第18期。
③ 小吕：《有人预备把鲁迅的〈阿Q正传〉搬上银幕》，《星华》1937年第2卷第11期。
④ 慕维：《沈西苓拟赴鲁迅故乡，找寻〈阿Q正传〉的参考资料》，《电影周报》1937年第2卷第15期。
⑤ O. K.《鲁迅遗著〈阿Q正传〉将由华安公司拍摄，北平鹦鹉剧社亦将公演》，《大公报》1937年5月14日第13版。
⑥ 佚名：《田汉许幸之同时进行，改编鲁迅的〈阿Q正传〉加入〈呐喊〉其它人物，过分割裂原作》，《电声》1937年第6卷第5期。
⑦ 李尧生：《北平剧团，最近在平公演鲁迅名著〈阿Q正传〉》，《天津商报画刊》1937年第24卷第13期。

团上演鲁迅先生原著〈阿Q正传〉》①、《慈善公演舞台面特辑(三):〈阿Q正传〉》②、《鲁迅名著〈阿Q正传〉搬上银幕:主角问题难解决,姜明?韩兰根?》③、《鲁迅先生逝世纪念,"上职"公演〈阿Q正传〉》④、木风《纪念·鲁迅先生公演〈阿Q正传〉》⑤、薇《鲁迅与〈阿Q正传〉》⑥、张建勋《轰动全国文坛鲁迅先生之杰作〈阿Q正传〉,闻中联当局欲摄成影片》⑦等。

茅盾的《子夜》《腐蚀》是其作品当中改编频率最高的两部,基本情况可以从《茅盾之〈子夜〉将改编话剧》⑧、《茅盾小说〈子夜〉搬上舞台》⑨、《曹禺已着手工作:茅盾的〈子夜〉将上舞台,白杨也要参加饰一角色》⑩、苹子《白杨刘梨影等已决定上演茅盾所作〈子夜〉》⑪、《某公司有郑重摄制之宏谋,又一文艺巨著茅盾〈子夜〉将上银幕》⑫、《茅盾的〈子夜〉将搬上银幕,在宣传部长建议之下国华有摄制此片之意》⑬、兆君《茅盾小说〈腐蚀〉上银幕,于伶在港改编电影剧本》⑭、《茅盾小说〈腐蚀〉,于伶在港改编上银幕》⑮、《"文华"计划拍摄茅盾名著〈腐蚀〉》⑯、《茅盾有名小说〈腐蚀〉

① 范正任:《北平剧团上演鲁迅先生原著〈阿Q正传〉》,《中华》1937年第55期。
② 佚名:《慈善公演舞台面特辑(三):〈阿Q正传〉》,《剧场艺术》1939年第10期。
③ 佚名:《鲁迅名著〈阿Q正传〉搬上银幕:主角问题难解决,姜明?韩兰根?》,《电影生活》1940年第16期。
④ 佚名:《鲁迅先生逝世纪念,"上职"公演〈阿Q正传〉》,《电影日报》1941年10月17日第2版。
⑤ 木风:《纪念·鲁迅先生公演〈阿Q正传〉》,《新闻报》1941年11月17日第11版。
⑥ 薇:《鲁迅与〈阿Q正传〉》,《中国文艺》1942年第5卷第6期。
⑦ 张建勋:《轰动全国文坛鲁迅先生之杰作〈阿Q正传〉,闻中联当局欲摄成影片》,《新影坛》1943年第7期。
⑧ 佚名:《《茅盾之〈子夜〉将改编话剧》,《中央日报》1937年5月26日第7版。
⑨ 佚名:《茅盾小说〈子夜〉搬上舞台》,《世界晨报》1937年6月3日第3版。
⑩ 佚名:《曹禺已着手工作:茅盾的〈子夜〉将上舞台,白杨也要参加饰一角色》《电声》1937年第6卷第23期。
⑪ 苹子:《白杨刘梨影等已决定上演茅盾所作〈子夜〉》,《时代报》1937年6月25日第4版。
⑫ 佚名:《某公司有郑重摄制之宏谋,又一文艺巨著茅盾〈子夜〉将上银幕》,《电影日报》1941年5月23日第4版。
⑬ 佚名:《茅盾的〈子夜〉将搬上银幕,在宣传部长建议之下国华有摄制此片之意》,《小说日报》1941年5月27日第1版。
⑭ 兆君:《茅盾小说〈腐蚀〉上银幕,于伶在港改编电影剧本》,《铁报》1949年2月23日第4版。
⑮ 佚名:《茅盾小说〈腐蚀〉,于伶在港改编上银幕》,《青青电影》1949年第17卷第6期。
⑯ 佚名:《"文华"计划拍摄茅盾名著〈腐蚀〉》,《青青电影》1949年第17卷第18期。

上银幕》[1] 等报道中加以管窥。

巴金作品以《家》《春》《秋》改编—曝光率为最高，现成的故事情节、戏剧化冲突与精彩对话，以及青少年读者对其痴迷不已、趋之若鹜的市场潜力，似乎是它们被传播主体青眼有加的根本原因。有关三部曲改编的报道数目甚多，刊的时间集中于1941—1943年的三年里，可被看作是抗战长期相持阶段都市大众娱闲追求的真切写照。《巴金之激流三部曲〈家〉〈春〉〈秋〉，自吴村获得作者同意，以〈家〉改编舞台剧消息传出之同时，电影界亦已开始注意等》[2]、《巴金之〈秋〉，麒麟童嘱王熙春多读》[3]、蓬子《巴金的〈家〉〈春〉〈秋〉将编成电影与话剧》[4]、《巴金名著〈家〉昨午签约售与国联，〈春〉〈秋〉亦将摄制》[5]、《闪电手段果然出色，国联秘密购得〈家〉摄制权，周贻白受托出马与巴金至友索非接洽结果夺得〈家〉〈春〉优先权利不久摄制》[6]、《巴金的〈春〉与〈秋〉将继〈家〉上银幕》[7]、《巴金说：〈家〉并不就是真实的故事，作者也不是里面的一个人物！〈春〉〈秋〉也要改编了》[8]、小春《巴金〈家〉上演风头十足，〈春〉和〈秋〉将改编为舞台剧》[9]、《大动作：巴金的〈春〉由顾仲彝改编》[10]、一宜《〈春〉由姚克任导演，巴金与胡导同抽上演税》[11]、杰美《水银灯下：巴金名著〈秋〉将开拍，

---

① 佚名：《茅盾有名小说〈腐蚀〉上银幕》，《电影话剧》1949年第25期。

② 佚名：《巴金之激流三部曲〈家〉〈春〉〈秋〉，自吴村获得作者同意，以〈家〉改编舞台剧消息传出之同时，电影界亦已开始注意等》，《中国影讯》1940年第1卷第35期。

③ 佚名：《巴金之〈秋〉，麒麟童嘱王熙春多读》，《中国商报》1940年7月27日第6版。

④ 蓬子：《巴金的〈家〉〈春〉〈秋〉将编成电影与话剧》，《上海小报》1940年10月28日第4版。

⑤ 佚名：《巴金名著〈家〉昨午签约售与国联，〈春〉〈秋〉亦将摄制》，《新闻报》1940年11月8日第14版。

⑥ 佚名：《闪电手段果然出色，国联祕密购得〈家〉摄制权，周贻白受托出马与巴金至友索非接洽结果夺得〈家〉〈春〉优先权利不久摄制》，《电影日报》1940年11月8日第1版。

⑦ 佚名：《巴金的〈春〉与〈秋〉将继〈家〉上银幕》，《大众影讯》1941年第2卷第14期。

⑧ 佚名：《巴金说：〈家〉并不就是真实的故事，作者也不是里面的一个人物！〈春〉〈秋〉也要改编了》，《电影日报》1941年2月25日第2版。

⑨ 小春：《巴金〈家〉上演风头十足，〈春〉和〈秋〉将改编为舞台剧》，《上海时报》1941年3月27日第5版。

⑩ 佚名：《大动作：巴金的〈春〉由顾仲彝改编》，《中国艺坛日报》1941年第4期。

⑪ 一宜：《〈春〉由姚克任导演，巴金与胡导同抽上演税》，《社会日报》1942年3月11日第1版。

李丽华饰主角翠环》[①]、行者《中艺剧人跳龙门第一部戏是巴金的〈春〉》[②]、海风《巴金之〈秋〉将在兰心上演》[③]、朱柱《陈西禾埋头改编〈春〉，同为巴金指定》[④] 等资料记录下了这一过程。

老舍作品是跨界传播最大的对象和受益者，他的《骆驼祥子》《离婚》《我这一辈子》是电影改编的热点。单单一部《骆驼祥子》在 1946 至 1949 年的四年里，就为传媒机构，尤其是各种小报提供了一次集体狂欢的绝佳机会。四年间见报的花边新闻、记者短评、简讯等，仅笔者所见者便有 92 篇之多。电影《骆驼祥子》之所以备受瞩目，乃是因为筹拍、实拍、上映全过程派生出的各种消息热辣刺激、铺天盖地，从最早的钟子芒《谈〈骆驼祥子〉可上银幕》[⑤]，到《〈骆驼祥子〉八月开拍，摄影棚借中电三场》[⑥]，投资方变更、导演黄宗霑实地采风、换角风波、落实拍摄地点、女主角临时解约传言、老舍卖改编权发大财、好莱坞有意翻拍等各种消息漫天飞舞[⑦]，人为合谋，制造出了一场沸反盈天、久热不退的娱乐事件。对于大报小刊而言，《骆驼祥子》的书评文曲高和寡、可有可无，在增加销量方面与八卦文字不在一个层级。对于海量读者来说，读不读《骆驼祥子》这本书根本不重要，但不妨对同名电影有所了解，免得缺少谈资。如此这般，便形成了一组荒诞的反差：小说《骆驼祥子》既被大众忽略，又被大众铭记，而它能位列现代小说经典，小说领

---

① 杰美：《水银灯下：巴金名著〈秋〉将开拍，李丽华饰主角翠环》，《游艺画刊》1942 年第5 卷第2 期。

② 行者：《中艺剧人跳龙门第一部戏是巴金的〈春〉》，《社会日报》1942 年 5 月 8 日第 1 版。

③ 海风：《巴金之〈秋〉将在兰心上演》，《海报》1942 年 5 月 13 日第 3 版。

④ 朱柱：《陈西禾埋头改编〈春〉，同为巴金指定》，《海报》1943 年 11 月 29 日第 4 版。

⑤ 钟子芒：《谈〈骆驼祥子〉可上银幕》，《前线日报》1946 年 1 月 26 日第 7 版。

⑥ 佚名：《〈骆驼祥子〉八月开拍，摄影棚借中电三场》，《戏世界》1948 年第 397 期。

⑦ 相关新闻报道数量过多，仅举数例如后：梦平《〈骆驼祥子〉搬上银幕》（《大众夜报》1947 年 8 月 4 日第 3 版）、《〈骆驼祥子〉将上银幕，老舍出售摄制权》（《申报》1948 年 1 月 28 日第 2 版）、《〈骆驼祥子〉摄制权，老舍卖给好莱坞》（《大公报》1948 年 1 月 28 日第 3 版）、《〈骆驼祥子〉选进好莱坞，老舍一跃成万万富翁》（《新闻报》1948 年 1 月 28 日第 2 版）、黛绿《〈骆驼祥子〉在哪里？黄宗霑决定影剧圈中找寻》（《和平日报》1948 年 3 月 13 日第 8 版）、白岭《〈骆驼祥子〉女主角已找到》（《铁报》1948 年 4 月 11 日第 4 版）、凤三《〈骆驼祥子〉女主角》（《飞报》1948 年 4 月 19 日第 3 版）、薇薇《演员全部用国人，先受英语训练，〈骆驼祥子〉决定在港摄制》（《诚报》1948 年 5 月 15 日第 4 版）、《黄宗江的太太朱嘉琛将拍〈骆驼祥子〉》（《青青电影》1948 年第 16 卷第 13 期）。

域之外的助力厥功甚伟。

如本节开篇所述，文学作品经典化的原料兼动力是各种因素，它们之中最具可控性的因素是作者的文学素养，他必须保证作品具备佳作、名作资格，胜出一般的作品，参与经典的角逐筛取。最不可控的因素是“时代”。文学史语境中的“时代”的内涵和外延始终在变化，这就意味着主动或被动“顺应时代”“书写时代”充其量只是“成为经典”的非必要，甚至是不必要前提。作家只能凭借自己的人生阅历、创作实力，表达自己对“时代”的认知和理解，为此，“背叛时代”“梳理时代”也在所不惜。简言之，经典是作家“人”与“时代”或拥抱，或搏击，或撕扯，或妥协的结晶。

第四章

域外文作及域外书评

域外文作进入中国近代期刊最早可以追溯到《格致汇编》1880年第3卷的《〈电气镀金〉序》。从现代出版学的角度看，《电气镀金》是英人怀特的一篇科普长文，以至于难以以著作视之，但它的译者兼评者英人傅兰雅（John Fryer）却用形象生动的语言复述了怀特阐述的知识，提醒读者注意“电气”在当下和未来的广阔应用图景。这篇文学化的书评文有叙述，有评价，算得上是中国域外文作书评的鼻祖。

《言情小说：阱中花》① 标志着中国人开始从事域外文作书评。同年，寅半生《读〈迦因小传〉两译本书后》②、蔡尔康《〈万国通史〉前编自序》③、任廷旭《读〈中东战纪本末〉三编谨跋其后》④ 步武其后，自此，域外文作书评⑤的舞台正式由国人占据。至1950年前，近现代期刊文作中的域外书评文合计688篇⑥，涉及26个国家和地区的近600位作家的作品，构建起了完璧庞大的域外书评体系。

如域外书评的年代分布曲线（图4－1）所示，新文化—文学运动之前的四十年是蛰伏期，域外书评文数量徘徊在个位。1923—1932年的近十年是持续上升期，中间的数量波动不改变总体向好趋势。1933—1938年的五年时间是黄金期，文章数量、质量都达到了巅峰。1939—1944年陷入低谷期，显示出文学活动在战争环境中的脆弱性，1945年下半年到1946年上半年出现了一次短时修复期，1946—1948年呈现出小幅上扬态势，直到1949年末，恢复期被终结。

域外书评发展的关键阶段是1920年前后，此时，国内出版机构、文学研究团体如商务印书馆、未名社出版部、北新书局、泰东图书局、开明书店、文学研究会、光华书局、社会问题研究社、新生命书局、明日书店、启智书局、

① 佚名：《言情小说：阱中花》，《游戏世界》1900年第9期。
② 寅半生：《读〈迦因小传〉两译本书后》，《游戏世界》1900年第11期。
③ 蔡尔康：《〈万国通史〉前编自序》，《万国公报》1900年第134期。
④ 任廷旭：《读〈中东战纪本末〉三编谨跋其后》，《万国公报》1900年第136期。
⑤ 后文简略表述为“域外书评”。
⑥ 见本章附表：近现代期刊域外文学图书书评篇数统计表。另见本书附表：域外文学书籍及其书评情况统计表。

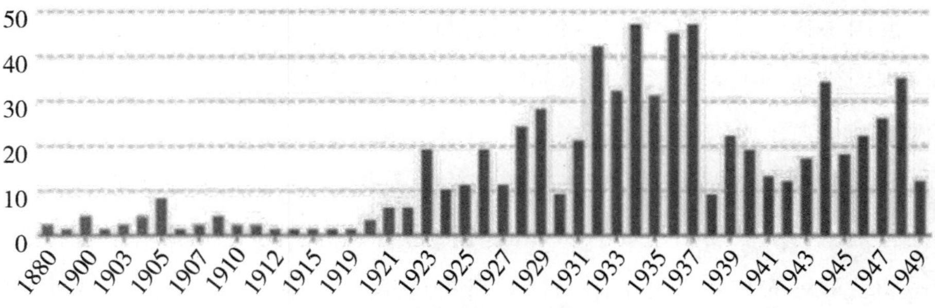

图 4 －1　近现代域外书评文数量增减情况一览

南强书局、野草书屋、大江书铺、世纪书局、文化生活出版社、良友图书印刷公司纷纷进场，大力开展域外文作的译介、出版，耿式之、夏衍、鲁迅、韦丛芜、佩秋、曹靖华、茅盾、徐百齐、丘瑾璋、舒湮、石国雄、王西凡、石枕川、尤竞、辛人、张肖梅、齐明、虞人、易默、高地、郭沫若、贺非、什之、亦枫、林淡秋、傅学文、宗玮、白寒、黄膺白、林疑今、郑振铎、洪深、马彦祥、钱君胥、伍光建、钟国仁、吴寿彭、周学普、徐祖正、鸾子、张我军、钱歌川、汤尔和、查士元、胡山源、周作人、郑震、斐丹、孙百刚、孙鉴秋、尤炳圻等文学、文化界人士发挥自己的外语才能和文学天分投身其中。依托天时地利人和等多项优势，域外书评的总体大格局于此时段奠基。

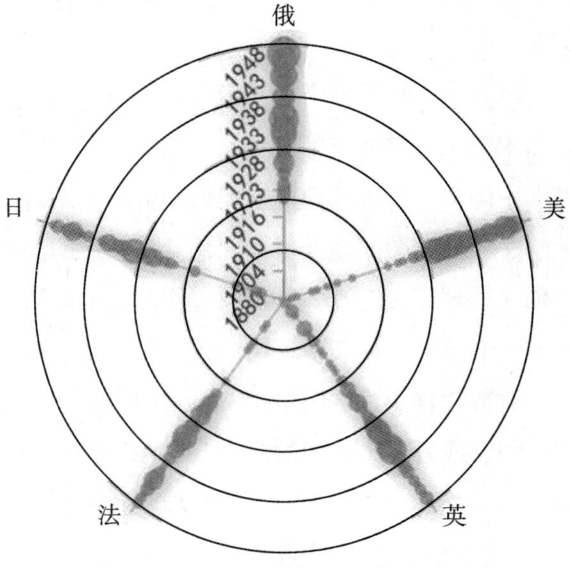

图 4 －2　域外书评所涉文作主要来源国影响力纵览

域外书评的对象——海外文学书籍的最大来源地依次是俄（包括沙俄和苏俄）、美、英、法、日，这五个国家的近现代文学作品多层面、多角度对中国书评产生多重影响。它们的影响并不同步，而是有各自的侧重点和着力点（图 4 －2）。对中国书评的综合影响力上，五国不相伯仲，但各自影响力的连贯情况、施力点和角度不尽相同。按照持续程度排列，英、美最强，日、德又次之。俄国看似较弱，但实际影响力的积聚程度最大，施力最集中。

“五强并立、俄国居上”现象的产生，其根源在于域外书评的中国化转型：它是一个从被动向主动、从外向吸收到内聚转变的“中国化”过程。五四运动结束后的几年中，中国书评者自主选择、评析“洋”书成为域外书评的主流。

西人引火，国人续薪，意味着中国书评者持有对域外文作的选取权。尽管如此，仍需要承认的是，“选择”本质上是对“非中国”的文学质素的判别、剔除、筛取、改造，为将它们内化为“中国的”文学质素打基础。域外文作所蕴藏的思想、艺术、观念结晶，受制于中外在政治制度、文化观念、外交关系上的分合纠葛，也受制于中国知识—文学精英集体对中国现在的思考和中国未来的设计。换言之，中国近现代文学场中弥漫着拿来主义观念和现实功利需求，两者同时引导为数甚多的中国书评者“评什么”和“怎么评”，这决定了作为文学活动的“域外书评”全程都没有纯粹单一的“域外”，而只有无处不在的“域内”。这是近现代域外书评的既成事实和基本特征，也是无法回避的软肋。

域外文作和域外书评互为表里。域外文作对中国文学具有重要意义。它们充当中国文学批评—鉴赏对象，向中国作家呈现和示范文学表达的新的可能，推助中国文学批评理论体系建构和资源积累，由点到面，为中国读者绘制出了域外文学全景图。域外书评固化域外文作的前述意义，汲取文学创作理念、文学创作技巧等文学资源，以及文作蕴蓄的政治、文化、意识形态质素，推动中国本土文学批评、文学理论向现代和当代迈进。

对待“洋书”，中国书评人在不同时代的视角都可能是仰、平、俯三者中的一种，或者当中几种的混合。总体上，他们从域外文作中汲取提炼出的内蕴分为三类：文学本体质素（含文学创作的起始价值、服务对象、艺术标准等），文学创作技巧质素（包括布局安排、结构组织、情节设计、人物塑造等），文本读解所衍生出的思想质素（含文作所展现的政治、社会现实，作家预设、宣扬的意识形态观念，以及前述两者对中国作者、读者、批评者的启发性)。实际上，域外书评和国内书评的质素汲取框架没有差异，彼此的分野在于具体的汲取方式和汲取结果。

本章以国家为经，以时代为纬，阐述域外文作在中国的发展流传情况，阐析域外书评的主体、对象的转变，域外书评对中国近现代文学的整体影响。

第一节　英国文作的书评

最先进入中国书评领域的是英国文作，英国文作的书评①自 1880 年代初拉开序幕，至 1940 年代末落幕，在时间和分期上与中国近现代书评高度重叠。70 年里，英书书评的数量合计 120 余篇，刊发在期刊上的年均数量一般都保持在个位数（见图 4－3）。这不表示英书书评对于中国近现代书评来说并不值得关注，相反，英书书评所涉及的原著囊括了英国近现代文学的优秀制作，译者、书评者也多是中国文坛深具影响的人物，他们的书评对中国近现代文学的创作与理论建设必然具有建构力。本节在历时性分期的基础上，阐析英书书评的主体、对象，评析书评者作出的见解。

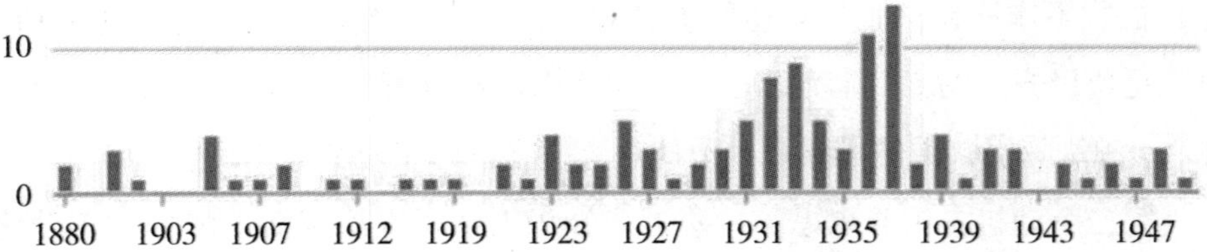

图 4－3　英书书评篇数

① 下文简称“英书书评”。

一、清末至 1910 年代中期

这一时期英书主要包括《电气镀金》、《化学卫生论》、《阱中花》、《迦因小传》（也被译作《迦因传》）、《万国通史》、《万国公法要略》、《天演论》、《埃司兰情侠传》、《旅顺落难记》、《今后之满洲》、《鬼山狼侠传》、《日本治韩新政》、《欧美名家小说》、《印度古今录》、《宇宙进化论》、《天演学图解》、《巴伦诗集》，作者有托马斯·赫胥黎（Thomas Henry Huxley）、哈葛德（Henry Rider Haggard）、詹姆斯·阿伦（James Allan）、利俾瑟、莫安仁（Evan Morgan）、柯南达利（Arthur Conan Doyle）、高葆真、汤姆生（J. A. Thomson）等。译者为傅兰雅（John Fryer）、林纾、魏易、林乐知（Young John Allen）、蔡尔康、严复、魏易、莫安仁、曾宗巩、吴敬恒、商务印书馆编译所成员，他们的共性在于，没有职业翻译人员，而是在华的“中国通”、见识过西方世界的中国知识分子、为谋取收入而做译述工作的文化人。他们当中，以林纾最为勤勉尽责，以一人之力承担并完成了近四分之一的译介工作。

这一时期的书评动机主要有三个。第一个动机是打开清帝国紧闭的闸门，帮助国人开眼看世界，英国传教士傅兰雅、莫安仁，美国传教士林乐知，林乐知的朋友、我国最早通俗报纸《民报》的主编蔡尔康介绍西方科技常识、法律知识的目的正在于此。他们对书（有时候是登于中国报纸期刊上的长篇大论）往往不作评介，而是复述原著者观点，提醒中国读者和有志之士有所领悟、见贤思齐，“探索新理新法”①，知晓中国对外开放、“维持联络”的必要性②，淘汰陈腐狭隘的民族观、地理观，代之以国家观、世界观。

第二个动机是国族焦虑。一些近代知识人亲历并深感清王朝的腐朽没落，他们对国家落后、民族衰微有切肤之感。作为书评者，他们认同来自西方的物竞天择观，对宇宙运行的冷酷无情深感忧虑，预感亡国在即、无力回天③，发

① 佚名：《〈电气镀金〉序》，《格致汇编》1880 年第 3 卷春。
② 《读〈中西关系略论〉论后》，《万国公报》1876 年第 417 期。
③ 曹曾涵：《〈印度古今录〉序》，《大同报》1909 年第 11 卷第 18 期。

出“繁华能几时，过眼伤憔悴。长松傲岁寒，物以后凋贵”的哀叹①，同情在日俄战争中备受蹂躏的东北人民，长叹“我中国人无有留心于国事者”的冥顽不灵②，羡慕、景仰西人的贵族精神和为国捐躯的烈士情结③。

第三个动机是猎奇冲动。清末沪上社会风气相对开放，报刊上的情爱纠葛大受欢迎、长盛不衰。写爱情故事、译爱情故事成为一门生意。于是，西人的男女恩怨以英译汉的方式被展示给中国读者，满足国人窥探西方世俗生活的好奇心。平民女子迦因（Joan Haste）的爱情悲剧最具典型。经过林纾的润色和重构之后，“迦因”自此风靡当时、洛阳纸贵，《迦因传》的几种版本红极一时，连带着作者哈葛德《埃司兰情侠传》《鬼山狼侠传》也被先后译成中文，编译发行，供中国书评者领略爱情的缠绵悱恻、苦痛波折，复之以唏嘘感喟④。相比以哈葛德小说为代表的俗世写真，拜伦（George Gordon Byron）的诗集、柯南达利（Arthur Conan Doyle）⑤的探案小说集并不很受书评者欢迎，这个有趣的事实从侧面反映出20世纪初期中国都市市民阅读的尚“爱”偏好。

清末民初的英书书评者比其他时代的同道更无所顾忌，他们在批评理念、方式上既没有先例范式可循，也没有条条框框的限制，他们以初生牛犊不怕虎的单纯和莽撞评价英国文作。今人所谓的误读和过度解读，或许是他们无从察觉，甚至期望达成的结果。

安徒生童话被理解为作家假托童稚之口传授人情世故，达成潜移默化的社会教育目标，“以诙谐之辞，强小儿而语之，使闻者不懈而几于道。其感人之速，虽良教育者不能及也”⑥。狄更斯的《滑稽外史》被理解成借小说的外壳宣扬伦理教化的样本⑦。书评者运用自己的礼教素养，批判文学世界中的英国

① 申叔：《读〈天演论〉》，《醒狮》1905年第2期。
② 佚名：《〈旅顺落难记〉批评》，《新新小说》1905年第2卷第7期。
③ 金一：《读利俾瑟〈战血余腥记〉》，《女子世界》1905年第2卷第2期。
④ 佚名：《读〈埃司兰情侠传〉》，《女子世界》1905年第2卷第2期。
⑤ 今译柯南·道尔。
⑥ 孙毓修：《读欧美名家小说札记》，《东方杂志》1909年第6卷第1期。
⑦ 宋思复：《读林译〈滑稽外史〉有感》，《约翰声》1909年第20卷第1期。

社会，提醒中国读者修身立志、清心寡欲，不要蹈西人的覆辙。翻译是公认的二次创作，中国译者垄断了原著的处置自由权，催生出不同译本。译本之间在人物形象等方面的差异令读者难以适从，在一些书评者看来，译者武断颟顸的再诠释有失公道，不足为训。寅半生比对林纾、蟠溪子（杨紫麟）的《迦因传》译本，指出“知有情而不知有欲者，蟠溪子所译之迦因是也；知有情而实在乎欲者，林畏庐所译之迦因是也”，痛诋林纾罔顾说部的教育价值，散布建立在肉欲基础上的恶趣味，“凡蟠溪子所百计弥缝而曲为迦因讳者，必欲历补之，以彰其丑”，自视过高，以揭丑博取读者注意，并恶意戕害人心，“传其淫也、传其贱也、传其无耻也”“俨然以小说家自命”，“而所译诸书半涉于牛鬼蛇神，于社会毫无裨益”①。

总言之，这一阶段的时间跨度大，书评者在写作书评文过程中无所拘牵，将制度革新、社会改良的企盼和精神形诸笔端，文学理想反倒被搁置在一边。尽管如此，处于原生形态的英书书评显露出了纯系天然的生趣和简白淳然的野趣。

二、1919—1928 年

1920 年代，老牌出版机构商务印书馆、中华书局，后起之秀开明书店、黎明书局是引进英国文学书籍的主力。域外书籍的进口数量较此前有明显增多，英国的书籍进入中国大陆需时大大缩短，从译本行世到对应的书评文见诸报端中间的时差绝大多数都在一年以内，甚至数月而已。一些书评者不待中译本出现，直接读、评原著，这是此前罕见的。这个时代是译者和书评者都发生代迭的时代，译者队伍的外语素养大幅增强，如沈茹秋、胡仲特、赵元任、郑振铎、潘家洵、田汉、伍光建、傅东华、鲁彦、张闻天、汪馥泉、沈泽民等，他们除了具备过人的翻译能力之外，在戏剧、语言、诗歌、戏曲、编辑等方面的造诣在当时也是首屈一指。相对于译者的群英荟萃，书评者反而显得逊色三分，代表者有吴昭、徐志摩、王靖、西谛、莺池、菊农、千贻、S. M. 、均正、

① 寅半生：《读〈迦因小传〉两译本书后》，《游戏世界》1900 年第 11 期。

周建人、邓西林、调孚、郢生、焦尹孚、傅东华、周作人、毓蘅。书评者不乏有留学英伦、专事英国文学研究的经历，这个优势是上个时代的中国籍书评者所望尘莫及的。虽然书评者的文学理想未必共同或相近，但他们和译者无疑都属于现代文学发展早期的中坚力量。

约十年时间中，被批评的英国文学书籍立体全面地勾画出了18世纪至20世纪前期英国文学的基本面貌。一方面，这些书囊括了文作的主要门类：小说（《觉悟》《福尔摩斯探案》《花束》《鲁滨孙》《劳苦世界》《谈瀛小录》）、诗歌（《雪莱诗集》）、游记（《游俄记》）、童话（《阿丽思漫游奇境记》《列那狐》）、戏剧（《梦》《结婚的爱》《罗蜜欧与朱丽叶》《温德米尔夫人的扇子》）、回忆录（《狱中记》）、文学理论专著（《中国文学史》《文学之近代研究》《文学大纲》）、文艺研究专著（《文艺复兴研究集》）。另一方面，书作者丹尼尔·笛福（Daniel Defoe）、韦尔思（H. G. Wells）、高尔士委士（William Wordsworth）、翟理斯（H. A. Giles）、柯南·道尔（Arthur Conan）、多伊尔（Doyle Walter Peter）、雪莱（Percy Bysshe Shelley）、威尔士、司托浦司（M. C. C. Stopes）、刘易斯·卡罗尔（Lewis Carroll）、威廉·卡克斯顿（William Caxton）、王尔德（Oscar Wilde）、莎士比亚（William Shakespeare）、查理斯·迭更斯（Charles Dickens）、摩尔顿、拉姆勃特、乔纳森·斯威夫特（Jonathan Swift）、罗萨·卢圣堡（Rosa Luxemburg）皆是一时之雄——英国文学第一次以全貌出现在中国文坛的地平线上。

英书的体量、经典性，著者的知名度，使英书书评的特征发生了改变。一是注重批评的严肃性，杜绝、排斥对文作的误读，将正读文作列为批评的前提。传统中国文人的批语、评点被无情淘汰，张竹坡、李卓吾、金圣叹、林纾的灵光闪现、天马行空统统失去了光芒，代之以并重理据的批评方式。以小说批评为例，其方式更多显出多模块拼合的趋向：模块一是简介，内容为章节骨架、情节梗概、故事结局等；模块二是书评者的意见。两个模块可以对换位置，也可以糅杂相融。模块之间的黏合剂是书评者的人生感悟、文学见解、理论依据等。王靖《高尔士委士的短篇小说〈觉悟〉的评赏》①、均正《威尔士的新著〈梦〉》②、编者《侨装的中国小说》③ 等文章一读便知其大概。

二是译者削弱了自我意识，这一点和上一点其实是一体两面的关系。文学批评讲求“我”的存在，但1920年代的英书书评则抑制主体性，“我”的意见、看法被压缩在相当小的范围内，《福尔摩斯探案》是一部巨著，而莺池的评价却极为简略，不过读者容易入迷，混淆虚构和真实，对著者的生平感兴趣，“亦思评骘途人，以其人之举动形色，而揣测其心理与家世”④，言简意赅，寥寥数语而已，至于柯南·道尔文笔的高妙之处，莺池几乎不置一词。郢生对《温德米尔夫人的扇子》的评价只有数十字的一小段，不外乎王尔德在英国文坛的地位，文章其他的部分都在指责译者潘家洵辜负了这部名作，没有忠实于王尔德的原文。他的这篇书评文与其说是“评”“书”，倒不如说是在和译者打擂台，用对译纠错来维护原著文本的权威性，为此，他不惜矫枉过正，主动抹杀“批”和“评”不可获取的性灵成分⑤。

三是用西方社会的普世价值观来看待英国文作，这不是为了达成“以子之矛，攻子之盾”的目标，而是与等级严明、男尊女卑等观念决裂，接受和宣扬西方普世价值观。毓蘅分析王尔德（注：文中作韦尔德）写作《狱中记》的原因、该书的重要内容，总体评价该书“所表现的是一个挟慈悲心肠的善士的告白词，同时也是一个贪图肉欲的游荡者的忏悔书”。接着，他对王尔德、列夫·托尔斯泰的艺术观进行对比，论述王尔德所遵奉的、建立在宗教情怀之上的人道主义精神，做“灵与肉的调和”“个人主义的宗教”“人道主义的艺术观——托韦二氏艺术观之比较”，文末，他提出，“中国现在的这种情形，民众的痛苦达到极点，艺术家、文学家更应当对于民众表深的同情，实际上这几个够不上文学家的文学家们，没有一个能够作到这种地步。所以，现在

① 王靖：《高尔士委士的短篇小说〈觉悟〉的评赏》，《文学旬刊》1921年第14期。
② 均正：《威尔士的新著〈梦〉》，《文学旬刊》1924年第127期。
③ 编者：《侨装的中国小说》，《民众文学》1927年第16卷第20期。
④ 莺池：《读〈福尔摩斯探案〉后》，《晨光》1923年第5期。
⑤ 郢生：《温德米尔夫人的扇子》，《一般（上海1926）》1926年第1卷第1期。

我觉得，在我们中国文学界，有一提倡这种人道主义的必要”①。

四是初次树立了对英国书评的自信。这种自信集中表现为，客观辩证、不卑不亢地看待英国文作的优劣。西林赞许赵元任翻译出了《阿丽思漫游奇境记》的“神味”，传递出了西方文化特有的 humor，赞叹《阿丽思漫游奇境记》对童真的呵护②。西谛虽肯定 H. A. Giles 新著的《中国文学史》是第一部系统研究中国文学的“最初的著作”，但通篇细数这部书存在的疏漏、滥收、详略不均、编次非法等四大不足，并简要分析该书出现不足的原因在于作者“对于中国文学没有系统的研究”“对于当时庸俗的文人，太接近了”，最后，他希望中国人可以后来居上，能做出一本英文的《中国文学史》来“矫正他的错失”③。

三、1929—1938 年

1930 年前后至 1938 年是英书书评最发达的时期。商务印书馆、中华书局、文化生活出版社、开明书店、天马书店、新月书店、黎明书局、儿童书局、心弦书社等出版机构加大了翻译部门的工作量，英书被批量译介进中国。《中国童话集》《世界史纲》《绝岛求生记》《鲁滨孙漂流记》《金河王》《旧欢》《玫瑰与指环》《哈代短编小说选》《洋鬼》《余波》《霍布士》《宝岛》《哈姆雷特》《希腊民族的故事》《织工马南传》《续木偶奇遇记》《佳壤》《懒散赞》《失乐园》《加力比斯之月》《诡姻缘》《人与超人》《洛雪小姐游学记》《希腊战歌》《黑女求神记》《未来世界》《约瑟·安特路传》《彼岸》《骄傲与偏执》《杨柳风》《中缅边地纪游》《乌托邦》《十七世纪南洋群岛航海记》《穷儿苦斗记》《德伯家的苔丝》《黑水手》《不安的故事》《哈孟雷特》《意义与诗》《英国小说发展史》《希腊神话》《马克白》《三杰士》《上海：冒险家的乐园》《生之舞》《蔼玛姑娘》《法老》等 60 余部中译本被推向图书市场，它们涵盖小说、诗歌、戏剧、散文、文学理论、文学史等文类，集英国近现代

① 毓衡：《读〈狱中记〉》，《南开大学周刊》1927 年第 43 期。

② 西林：《国粹里面整理不出的东西：〈阿丽思漫游奇境记〉》，《现代评论》1925 年第 1 卷第 16 期。

③ 西谛：《评 H. A. Giles 的〈中国文学史〉》，《文学旬刊》1922 年第 50 期。

文学之大成，英国文学在两个多世纪里结出的硕果第一次如此齐备地盛放于中国读者眼前。

译者队伍的构成也发生了一些可见的变化：一边是文学翻译界的名家，如梁思成、梁实秋、朱维基、伍光建、章衣萍、郑振铎、顾均正、袁家骅依旧是不可替代的核心成员，其中尤以伍光建为勤勉尽责的典范。另一边，相对年轻的谷非、刘衡如、朱生豪、廖凡、徐亚倩、古有成、罗牧、陈若水、梁镇、董仲篪、尤炳圻、刘麟生、黄素封、姚枬、楼适夷、关琪桐、杨缤、周其勋、李末农、周骏章、徐霞村、包玉柯、罗家如、王庆华、瘦石、瘦竹、张谷若、吴直由、杨明同台献技，他们当中的朱生豪在此时期完成了小试牛刀向锋芒渐露的过渡，以翻译莎士比亚作品蜚声海内。

评者人数陡增，结构也有巨变。除译者如钱歌川、许钦文、梁实秋，期刊主笔如陈英士、李应元、王文山、程忆帆、赵景深等撰写英国书评之外，殷紫震、林才、孤家、奚行、俞斯锦、韩起、史声、范存忠、高望天、胡越中、张梦麟、程会昌、叶维之、芬君、林众可、惕若、徐益棠、天同、鄞冰、江穆、顾献梁、李慕韩、心谷、罗正晫、继民、顾良、程忆帆、曹日昌、顾宪成、王栻、青采、王文山、沈曙、黄嘉德、吴雁等青年书评者，他们以职员、大中学生、教员、低级编辑、文学爱好者等身份写作书评，虽然他们的文字大多至今仅有孤篇存世，但多少削弱了英书书评的精英程度，足以使之趋于参差多元。

从书评文的内容上看，评者对译者的恶评多于好评，对原著者的好评多于恶评。产生这一现象的原因在于，被译介的英书大都完成了经典化，成为欧洲乃至世界文坛公认的上乘之作，贬低它们和它们的作者所需的理据要足够严肃、权威，经得起反复推敲，“攻击”的“弹药”难以找到，且期刊也不愿捋虎须。反观译者则不然，翻译的优劣、精粗本来就是读者见仁见智的一己之见，相比著者，译者注定处于弱势地位，因此，评者“批”起译者手到擒来、得心应手。

对译者不吝美言的书评文，只有孤家《新书评介：何能忘情乎——〈旧欢〉》[①]、奚行《谈〈玫瑰与指环〉》[②] 等数篇，而在其他书评文中，评者则对译者大加笔伐，如白朗“译音讹误”“插图牵强”[③]，刘衡如迁就原文的文法，用所谓“直译法”来翻《霍布士》，其“译文太过晦涩”[④]。顾均正以无知为有知，所译《宝岛》的俗语和俚语和实际意思往往风马牛不相及，自己没见过实物，也不设法考证，“不知何所据而云然”，甚至连买一本“好字典”来查资料的工夫都不肯做[⑤]。邵挺的《哈姆雷特》译本和“林琴南等专译了许多不三不四的小说”的本子遥相呼应，他的潦草做法“不但是不能提高读者的兴趣，同时也糟蹋了译者的天才”，更显出出版方商务印书馆“太无人了”[⑥]。古有成翻译《加力比斯之月》虽“煞费苦心”，但“译文中仍有耐人寻味之处，读来不甚了了”[⑦]。伍光建翻译的《诡姻缘》错漏频出，足见他“贪图省事、不肯费力”，急功近利，不愿“在未译之前先把原文细读一遍，译时对于字句稍加斟酌”[⑧]。同由伍光建所译《洛雪小姐游学记》则是更加自郐以下，目之所及皆有纰漏[⑨]。还是由伍光建译出的《新哀绿绮思》，“对于英文程度稍高的人”，“极易看出译者之未卖力，甚或要疑译者之无能力”[⑩]。丘瑞曲选译的《英文情诗选》鼓弄“情诗”的噱头，纯粹是为了销量而炮制出的坏书[⑪]。郑振铎译的《希腊神话》在人物姓名、字句搭配和对原著的忠实上少有可取之处[⑫]。

指责英国著者的记录屈指可数。赵景深反感亚当氏（Marion L. Adams）用

---

① 孤家：《新书评介：何能忘情乎——〈旧欢〉》，《中国新书月报》1931 年第 1 卷第 4 期。
② 奚行：《谈〈玫瑰与指环〉》，《中国新书月报》1931 年第 1 卷第 8 期。
③ 赵景深：《白朗的〈中国童话集〉》，《文学周报》1929 年第 8 卷第 5 期。
④ 英士：《新书鸟瞰：〈霍布士〉》，《图书评论》1932 年第 1 卷第 1 期。
⑤ 范存忠：《史蒂文生名著〈宝岛〉的中文译本》，《图书评论》1932 年第 1 卷第 2 期。
⑥ 梁实秋：《莎翁名著〈哈姆雷特〉的两种译本》，《图书评论》1932 年第 1 卷第 2 期。
⑦ 钱歌川：《古有成翻译的〈加力比斯之月〉》，《图书评论》1933 年第 1 卷第 5 期。
⑧ 周耘青：《伍光建翻译的〈诡姻缘〉》，《图书评论》1933 年第 1 卷第 6 期。
⑨ 叶维：《再评伍光建译〈洛雪小姐游学记〉》，《图书评论》1933 年第 2 卷第 3 期。
⑩ 陈瘦竹：《伍蠡甫译〈新哀绿绮思〉》，《图书评论》1934 年第 2 卷第 11 期。
⑪ 毛如升：《丘瑞曲选译的〈英文情诗选〉》，《图书评论》1934 年第 2 卷第 11 期。
⑫ 罗念生：《书评：〈希腊神话〉》，《宇宙风》1936 年第 20 期。

西方的思维来理解、评价中国人，以《格林童话》为标杆来品评中国古代童话①。曹日昌厌弃蓝姆逊（H. D. Lamsen）以偏概全，夹杂私人情绪，对中国社会的所谓劣根评头论足、胡说八道②。

肯定英书及其著者的文章则随见皆是。哈代（Thomas Hardy）的短篇小说是英国近代社会人生的一面明镜，镜子里善恶两分，妍媸毕露③。女作家乔治·奥利哀特（George Eliot）是刻画人性的圣手，她“借了一个故事做骨干，而从各方面来分析人的心理、人的情感”，“真是钻到了小说里去，钻到了小说里的人的心里去”（梁实秋语），她的杰作《织工马南传》对时代背景的展现、对细节的精密描写、对人物的巧妙塑造都堪称精湛完美④。拜伦（George Gardon Byron）的诗具有穿越时空的永恒性，它们“苍凉雄壮、沉痛感人”，足以唤起我国人收复故土，“誓愿走上‘自由回照’之路”的勇气⑤。简·奥斯汀（Jane Austen）为发表《骄傲与偏执》⑥虽四处碰壁、经历挫折，但始终不气馁，终于使这部巨作得以问世，也以此证明了自己的文学造诣，以及美好人性对各国人民所具的共通性和感染力，“至今仍能给作者读者以新鲜的感动”，“经得起时间淘汰”⑦。康拉德（Joseph Conrad）善于利用“氛围”来统摄情节与人物，这一点和他以追求小说气质为核心的创作价值观对于中国作家有启示之功⑧。丹尼尔·笛福（Daniel Defoe）创作《鲁滨孙漂流记》的动机虽然庸俗，且书中不免有粗制滥造、前后矛盾的地方，“文笔太草率”“对于人物的心理欠缺揣摩”，但他偏偏做到“生动而精张的叙述”，以此抵消了弊病，使该书成为人人传诵的经典⑨。

不是所有的译者都会对英书作出褒贬，跳出文字、贡献灼见才是他们所追

---

① 赵景深：《亚当氏的〈中国童话集〉》，《文学周报》1929 年第 8 卷第 5—9 期。
② 曹日昌：《中国社会病理》，《书人》1937 年第 1 卷第 2 期。
③ 俞斯锦：《读完〈哈代短编小说选〉以后的几句话》，《中国新书月报》1931 年第 1 卷第 10 期。
④ 英士：《新书鸟瞰：〈织工马南传〉》，《图书评论》1932 年第 1 卷第 4 期。
⑤ 佚名：《读拜伦诗有感》，《行健月刊》1933 年第 3 卷第 1 期。
⑥ 注：今译作《傲慢与偏见》。
⑦ 梁实秋：《〈骄傲与偏执〉序》，《益世报》1935 年 4 月 10 日第 11 版。
⑧ 常风：《书评：两本翻译的康拉德小说》，《国闻周报》1936 年第 13 卷第 17 期。
⑨ 徐霞村：《〈鲁滨孙飘流记〉译者序（摘录）》，《商务印书馆出版周刊》1937 年第 229 期。

求的目标。英国作家茄奈特（David Garnett）《蝗虫来了》的故事梗概是探险家李克斯因坠机而不得不在荒野中以蝗虫为食，直到获救。这部鲁滨孙式的蛮荒故事被汪倜然品读出了现代人的生存困境，他看出“作者似乎颇有拿蝗虫来象征现代人的地方”及其对人类的深沉悲悯①。吴景超透过《家庭》遥望到了资本主义制度对西方家庭制度的瓦解作用，预言作为社会组织的家庭必将崩解，将来的西方，人人都会过上今天所谓“去中心化”的生活。另外值得提及的是，他倡议其他读者亲自读原著，再作出自己的判断，“养成独立的眼光、批评的态度，而不致为一家学说的应声虫、一种主张的奴隶”②，他的公允和持中无疑令人感佩。胡越中认为，罗素（Bertrand Russell）《懒散赞》以“把钱交给政府，不过是增加了帝国主义者的侵略力”“把钱投资于工商企业，不过加浓了社会混乱的发酵”为主要观点，尖锐批判资本主义经济制度。胡越中敏锐地察觉出，罗素提倡的“阻止现代科学的发展”的观点绝不是“绝圣弃智，民利百倍；绝仁弃义，民复孝慈；绝巧弃利，盗贼无有”③ 观的英国版本，而是罗素勘破科学技术被资本主义制度垄断、为己所用之后发出的警告。胡越中写道，西方人奉行的“懒哲学”本质是个人对体制性剥削的消极反抗，它不解决问题，只能掩盖问题，个人的彻底自由必须以“科技建设的普遍化、平等化”和科技的民主化为前提。最先读到胡越中言论的编辑被深深打动，给出了“这篇却是富于新意的文字，极有价值的思想，幸读者注意”④ 的按语，时隔90年，笔者重读该文后，仍感到胡越中的话言犹在耳。

战争画下了发达期的休止符。在山河震动的年代，书评的自由程度、观点的生发维度必然被时代重新规制，甚至改写，书评者由此被取消了悠然自在品读英国文作的权利。英书书评在硝烟中进入了现代期的末一阶段。

四、1939—1949 年

1940 年前至此后近十年中，英书书评长期不景气，文章数量、书评者人

① 汪倜然：《茄奈特底〈蝗虫来了〉》，《现代文学评论》1931 年第 2 卷第 1 期。

② 吴景超：《弥勒娄著的〈家庭〉》，《图书评论》1932 年第 1 卷第 3 期。

③ 语出《道德经》。

④ 胡越中：《读罗素〈懒散赞〉引后》，《斗报》1932 年第 2 卷第 32 期。

数都很少，书籍编译出版机构萎缩至商务印书馆、众生社、国民出版社、生活书店、时与潮社、正风出版社、台湾省编译馆、文星书店这几家，译者缩小为黄素封、吴直由、杨明、春雷、李霁野、张谷若、刘麟生、吕天石、田禽、杨缤组成的小圈子。在此环境中，英书在华的出版、发行、流通接近枯竭。

唯一值得圈点的是时代性得以彰显，书评者梅汝璈、张憬、张易、何述道、始四十斋主、石殊、涂长望、季云、石殊、王伯英、李霁野、紫天、孙本文、黄炳坤、常风、梁实秋、韦人除了在文学层面解读英书，还从书中搜集过滤部分英书所透露出的讯息，了解二战进程，认真审视战争，预判中国政治体制的走向，从实际层面强化了书评的现实针对性。

十年里被评的英书主要为《十九世纪的现实主义》《在佛兰达田野：欧战史诗第一编》《苏联实况考察记》《战时英国》《我怎样做了日本的间谍》《简·爱自传》《德伯家的苔丝》《最高级的人生》《乌托邦》《奥赛罗》《战时言论集》《罪人》《归来》《四季随笔》《恒利·欧文评传》《苏联的民主》《乌托邦》《新极权论》《傲慢与偏见》《仲夏夜梦》《两年中国共产党区域的生活》《西方在绝境》。其中，以《苏联实况考察记》《战时英国》《苏联的民主》《两年中国共产党区域的生活》最具时代敏感性。

《战时英国》是中国出版界巨擘、商务印书馆元老王云五的英国访问记，记录英国各界在大战中的反应，对现代英国国民素养、气质作了些许评价。王延超感谢《战时英国》为中国读者打开了一扇面向英伦的窗户，并鼓舞中英两国人民同仇敌忾，携起手来，与法西斯势力殊死搏斗①。

《苏联实况考察记》是 Walter Citrine 爵士的苏联游记，他忠实记录了苏联工人的工资待遇，女性的劳动条件，苏联的重工业和城市建设成效、思想管制与法治建设，取缔酗酒、卖淫等丑恶现象的实况，或褒扬，或“大以为不然”，“或者表示怀疑”，评者梅汝璈节选原文供读者阅看，“简单提叙于此，以供一时无法得读原著者之考察参考”，他对 Walter Citrine 的意见和结论不予

① 王延超：《书评：〈战时英国〉》，《新经济》1944 年第 11 卷第 4 期。

置评，不干扰读者对苏联的观感①。《苏联的民主》是英国观察家斯隆（Pat Sloan）的政论文，紫天评价《苏联的民主》的立场、态度和梅汝璈截然不同，他认可书中对苏联的正面评述，反对负面的成分，讴歌苏联在革命、建设、卫国战争中的巨大成就，认定苏联的民主是人类历史上出现的真正的、彻底的民主②。对 Claire 和 William Band 合著的《两年中国共产党区域的生活》，韦人看到的是解放区消灭了官民差异、种族歧视，赋予人们“不虞匮乏的自由”，实现了“官兵真正如兄弟、老百姓与军队打成一片”，知识分子报国有路的“一团和气”，以及“解放军近来之捷报频传”的“不难了解”③。对 Barliara W. Bay 的《西方在绝境》，韦人的评语更直白——帝国主义注定走向总崩溃，社会主义必将强势崛起，中国走到了历史的十字路口，必须慎重抉择，走上正确的道路④。

和上一时期一样，英文经典书评维持常态化，但显出明显的疲态。对英国经典文作的批评很少有新意、创意，张易评哈代的《苔丝》，用将近一半的篇幅复述情节，称许作为人格独立的“自然人”的苔丝捍卫自己的独立意志而不惜任何代价，“手刃亚历克·德伯，是她最后，也是最决绝的手段”，另一半篇幅则用来赞许哈代描写手段极为高明，“将外界的事物，与内心的情绪结合到恰到好处，便是哈代的伟大处、难得处、动人处。”⑤ 卢式从米丽·勃朗特的人生经历出发，探索它对勃朗特创作《呼啸山庄》的直接的、间接的影响，全篇没有自己的观点，而是援引 R. 伏克斯的评价，将《呼啸山庄》视为“一本‘恋爱对于十九世纪的报复’的书”⑥。书评的灵魂在于书评者的慧心独具和精当批判，张易、卢式的书评文或许连差强人意都算不上，然而，他们的表现并不是孤例，而是普遍情形，英书书评者进入了集体性的心不在焉状态，没有拿出高质量的文章。更令人大跌眼镜的是，在 1940 年代即便结束的

---

① 梅汝璈：《书评：〈苏联实况考察记〉》，《中苏文化杂志》1939 年第 4 卷第 1 期。
② 紫天：《评〈苏联的民主〉》，《新生中国》1946 年第 5 期。
③ 韦人：《评〈两年中国共产党区域的生活〉》，《时代批评》1948 年第 5 卷第 101 期。
④ 韦人：《书评：〈西方在绝境〉》，《时代批评》1949 年第 6 卷第 111 期。
⑤ 张易：《介绍哈代名著〈苔丝〉》，《读书通讯》1941 年第 21 期。
⑥ 卢式：《爱密莱·白郎代及其〈咆哮山庄〉》，《世界文艺季刊》1945 年第 1 卷第 2 期。

1948年末，有评者表达了对英国小说的不屑，这从侧面为我们提供了英书书评式微的重要线索。常风在《傲慢与偏见》一文中，认为它的卓越处在于“表现了英国人的面貌与民族性”“人物都写得非常成功”，并借考林司这个“平淡无奇的人物”造成让人们释放压力的“谐趣”。接着，常风评叙道，英国小说“没有俄国小说那样雄浑的气魄，也没有法国小说那样精细的分析”①，言下之意，英国小说的局促、狭隘是它无法克服的短板，没有必要对英国小说另眼高看。

比常风更极端些，梁实秋直接宣布没有必要刻意索解《仲夏夜之梦》的内涵，他告诫读者，《仲夏夜之梦》“是想象的一场狂欢，我们应该以快乐的心情去欣赏它”，“我们若是想从这戏里寻求些什么，发掘什么‘意识’‘思想’，我们不免受线团的那句奚落：‘如果有人想解释这个梦，他便是个蠢驴’”②，与其说是蓦然回首后的顿悟，倒不如说是文学理想消解、破灭后，内心涌起的虚妄与轻松。怀有复杂、怪诞心态，放弃诠释的书评者，不仅只有梁实秋一人。一位匿名的《明灯》编辑和职业译者田禽对《爱伦·凯日记》③、恒利·欧文的“剧场剧”手稿④仅摘录片段，提醒读者关注这两位英国作家的新作、近作之外，没有“批”，也不予“评”，将“书评”降格到了“摘要”“摘录”的层面，比梁实秋更露骨地表达出不复对评英书有兴趣、有激情的心声。

书评者的倦怠感、内在自由度的下降，加上冷战话语体系的扰动，导致英书书评在1949年暂落帷幕，告一段落。回顾前述四个时期，我们大抵可以说，英国文作是中国书评陈列室中的一尊精致的陈设物，它散发出璀璨的光芒，但和中国的观者之间却因玻璃（地理、民族性等因素）的阻挡，彼此间有一层天然的隔膜，英国文作的被引入、被批评从不是众人之事，它的淡出、隐没也不曾激起涟漪。

---

① 常风：《傲慢与偏见》，《文学杂志》1948年第3卷第3期。
② 梁实秋：《〈仲夏夜梦〉序》，《文潮月刊》1948年第4卷第6期。
③ 记者：《日记心得：读〈爱伦凯日记〉》，《明灯》1941年第285期。
④ 田禽：《评〈恒利欧文底艺术生活〉》，《文潮月刊》1946年第1卷第3期。

第二节　俄国文作的书评

俄国文学对中国现代文学的影响极其巨大，俄国文作[①]的书评在中国现代书评中的地位举足轻重。俄书书评文的篇数比其他国家都多，自1921年铁郎《读〈狭的笼〉》[②]至1949年徐中玉《〈高尔基论文学〉序》[③]，俄书书评稳健、连续，其间没有间断（见图4-4）。它所表现出的旺盛的活力，反映出中国书评者对俄书的情有独钟。俄书魅力恒久，具有耐久性。俄书备受青睐的要因，值得思考、探究。

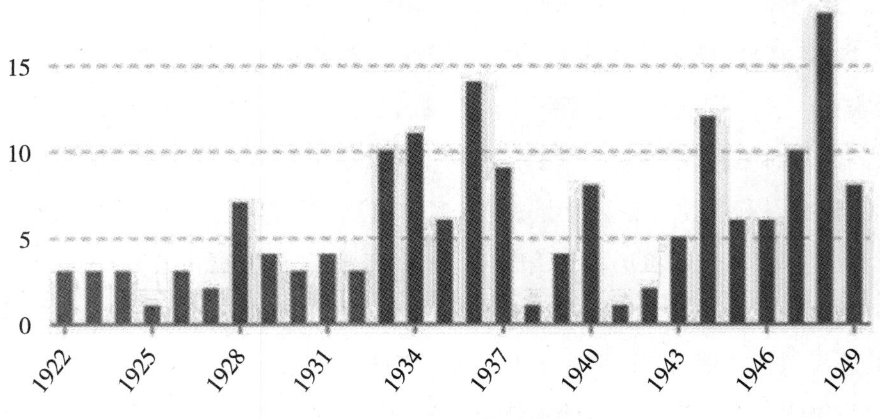

图4-4　俄书书评文篇数

一、俄书著者、译者和评者简况

从分期角度来看，俄书的译介没有出现过疲软，先后出现过1928年前后、1933年至1937年底、1944—1949年三次繁盛期，这在域外书评领域是绝无仅有的。

① 下午简称“俄书”。
② 铁郎：《读〈狭的笼〉》，《民国日报·觉悟》1921年第12卷第23期。
③ 徐中玉：《〈高尔基论文学〉序》，《春秋》1949年第6卷第2期。

1928年前译介的俄书为《狭的笼》《童话》《工人绥惠略夫》《复活》《“爱”字的疮》《疯人日记》《海鸥》《灰色马》《七个绞死的人》《外套》《往星中》《黑假面人》《玛加尔的梦》，著者包括爱罗先珂、高尔基、阿尔志跋绥夫、列夫·托尔斯泰、路卜洵、果戈理、契诃夫、安得列夫、安特列夫、科罗连珂，他们当中，沙俄作家有8位，苏俄作家为2位。译者包括鲁迅、耿济之、郑振铎、韦素园、李霁野和周作人。郑振铎、韦素园二人承担的翻译工作就占到了总量的一半。书评者有铁郎、齐天授、孔生、梅生、赵保光、俞平伯、沈雁冰、程瞻庐、生为、增恺、梁叔莹、调孚、韦素园、李霁野、静闻等。俞平伯、沈雁冰、吴调孚、韦素园、李霁野都是新文学运动的干将，其他人的社会身份大多为期刊的编辑、大学教授、翻译工作者。总体上，在此时段，中国书评者青睐旧俄文作，同时对苏俄文作已有所注意。

1928—1932年的约四年时间中，书评所涉及的俄书为《血痕》《复活》《柴霍甫小说》《朝影》《宁娜》《东方寓言集》《十五封信》《沙宁》《罗亭》《法国大革命史》《狱中记》《我的童年》《唯物史观与社会学》《唯物论与经验批判论》《莎氏比亚论》《士敏土》《铁流》，数量较上一时期没有明显增多，但单部作品被评价的频率有了显著提高，如《东方寓言集》《复活》《铁流》被评的次数都在3次之上，表现出读者、书评者对它们的欢迎态度。这些书的著者包括沙俄时代的阿尔志跋绥夫、列夫·托尔斯泰、佛拉斯·米恰维支陀罗雪维支、屠格涅夫、克鲁泡特金，苏俄时代的高尔基、布哈林、革拉特珂夫、绥拉菲摩维支，从著者所处时代的差异看，中国书评者对苏俄文作越发重视。从书评角度来加以评估，苏俄文作对中国现代文学的影响力在此阶段快速上升。

沈泽民、郑振铎、胡愈之、黄维荣、赵景深、杨人楩、蓬子、许楚生、笛秋、朱铁笙、蔡咏裳、董绍明是此时期的主要译者，作为撰稿人，他们和《开明》《民众文学》《小说月报》《文学周报》《民国日报》《北新》《文学杂志》《书报评论》《真美善》《中国新书月报》之间有良好互动关系，对苏俄文学成就的好奇和好感、原本就笃信的左翼文学思潮应是他们推介俄书的内驱力。俄书书评的大众化程度被推进，书评者中，除去钱杏邨、胡愈之、张慧剑、郑振铎这几位文化精英，其他都是不知名的投稿者，如有恒、孟斧、怀瑾、司君、炎德、杨人楩、士声、谦弟、陈英伯、凯丽、王启荧、柯尔达、景贤、李梨。他们各自的确切身份无确据可追溯，但从行文句式、语法、内容上作综合估量，都可纳入城市小知识分子的范畴，他们阅读、评价俄书，也从俄书中获得朴素的感动，寻找中国社会的问题和症结，以及阶级斗争的正义性与合理性。

1933年至1938年前，俄书的译介数量达到第一个峰值，俄国经典文作、苏俄新作如双子星般闪耀在书评的天际，《不走正路的安得伦》《毁灭》《苏联的文学》《白痴》《小金牛》《战争与和平》《铁流》《罗亭》《丰饶的城塔什干》《工人绥惠略夫》《前夜》《贵族之家》《生与死的平衡》《士敏土》《淑女》《烟》《三部回忆录》《樱桃园》《中国苏维埃》《童年》《母亲》《我的大学》《罪与罚》《死魂灵》《远方》《七人集》《新时代》《前夜》《托尔斯泰自白》《处女地》《夏伯阳》《柏林斯基文学批评集》《波利斯·哥东诺夫》《甲必丹之女》《西班牙万岁》纷至沓来，集一时之盛。著者有陀思妥耶夫斯基、法捷耶夫、亚历山大·聂维洛夫、伊尔夫、彼特洛夫、绥拉菲摩维支、班台莱耶夫、普希金、果戈理等近20位，高尔基的声名热度首次和列夫·托尔斯泰持平，中国现代文学的建设者对苏俄文学的好感高涨。

译者的人数和人次进一步增多，知名译者有鲁迅、郭沫若、夏衍、曹靖华、赵景深等数位，相对不知名的译者则有隋洛文、蘅静女士、盈昂、幸夫、穆木天、沈颖、高滔、董绍明、蔡詠裳、何道生、樊仲云、耿式之、韦丛芜、佩秋、徐百齐、丘瑾璋、柏两、舒湮、石国雄、王西凡、尤竞、辛人等30余人，译者队伍扩大到了此前未有的幅度。作为俄书汉译的受惠者，普通读者获得了成为书评者的机会，职业书评者只有曹靖华、王任叔、常风、许钦文，非职业的书评者则包括王陆一、雪笙、翼、J. M.、幸夫、邱运熹、扬戈、胡今虚、炮手、黄德、谭仲超、味茗、李宽、芬君、黎明、子雨、子峤、槑子、黑婴、铁羽、汪藻香、功隽、吴世昌、子峻、傅灵、殷霞、雨梅、陈联萼、朱寒修、陈瘦竹、傅云、致之、伊林、邱野、欧阳文辅、苹子、孙用、宋士娥、尤竞、张振亚等五六十人。有意思的是，他们有近半数是中学生，沙俄文作的人道情怀、苏俄文作中的革命气质深深感染他们，这使此时不过十几岁的他们对俄书产生了由衷的喜爱，不夸张地说，中国当代文学对俄国文作长期的青眼有加似乎在1930年代中期，甚至稍早一些时候，就扎下了无法撼动的根苗。

1938—1943年是俄书的相对沉寂期，但要看到，这不是俄书独有的际遇，充其量不过是差强人意，谈不上惨淡。日本侵略的重压之下，中国书评人通过批评赏鉴《保卫察里津》《前进呀，时间!》《静静的顿河》《丹娘》等苏俄文作，为抗日的伟大事业输入能量。另外一个应予注目的变化是，被译介的俄书种类趋于多样，不仅有小说《战争与和平》《安娜·卡列尼娜》《盒里的人》《铁流》《我爱》《火圈里》《孔雀石箱》，还有游记《生活在冰上》，传记《大彼得》《俄罗斯人》，考察报告《日本作战力》，文化著述《佛教逻辑》，美学著述《实证美学的基础》。相应地，苏联现代作家O. Tanin、E. Yohan、卢那卡尔斯基、肖洛霍夫、A. 雷森、彼·里多夫伊万·巴巴宁、西蒙诺夫、巴若夫、史车巴茨基的作品被同步引进，俄罗斯文学、社会、政治的全貌首次较清晰地展示在中国读者面前。

此时期的俄书译者、评者人数锐减。译者为张肖梅、齐明、虞人、曹靖华、易默、高地、郭沫若、贺非、什之、亦枫、林淡秋、贺非、傅学文、宗玮、白寒、桴鸣、李俍民、金克木。他们的译书目的与其说是出于对文学的热爱，倒不如说是出于救国的本心。书评者为陈绍箕、齐明、肇初、易默、梅英、郭沫若、黎璐、曹靖华、戈宝权、安莱、林淡秋、柳叶长青、郑学稼、灵费、刘念渠、金克木，合计也不过三十余位，即便如此，两者还存在重叠。

刊登俄书书评文的文学期刊除了《新大夏》《读书月报》《综合半月刊》《读书通讯》《文艺》《文学月报》《现实评论》《上海周报》，还出现了中苏友好协会主办的《中苏文化杂志》，中苏合作关系与俄书书评的观念导向之间构成了微妙的关联。

从1944年开始至1949年末，俄书的数量激增，多数中译本与原著初版时差缩短到了一年乃至数月，文作的体裁终于完备，囊括小说《毁灭》《穷人》《几点钟》《黑白》《人和山》《不夜天》《前线》《复活》《前夜》《悬崖》《白痴》《罗亭》《团的儿子》《战争与和平》《安娜·卡列尼娜》《索特》《钢铁是怎样炼成的》《打南边吹来的风：农民翻身的故事》《父与子》，少儿百科全书《十万个为什么》《一个伟大的队长》，散文集《不朽的青年》，回忆录《逃出巴尔干》《旅顺口》，报告文学《前线》，文学理论集《给青年作家》《高尔基论苏联文学》，传记《布罗斯基》《克鲁宰儿·索娜达》《哈泽·穆拉特》《生平回忆：一个苏联飞机构造者的自述》《列宁的故事》，考察记《马纳斯》，时事评论集《战后资本主义经济之变化》等，俄书书评以晚熟的姿态进入全盛期。

著者方面，列夫·托尔斯泰、屠格涅夫、陀思妥耶夫斯基、契诃夫集体离开舞台的中心，聚光灯所照射的，是法捷耶夫、伊林、考尔尼楚克、保·巴介甫、冈察洛夫、考纳丘克、潘非洛夫、瓦希烈夫斯、卡娅、瓦西里·谢苗诺维奇·格罗斯曼、L. 列昂诺夫、瓦连京·彼得洛维奇·卡达耶夫、瓦尔加、尼古拉·奥斯特洛夫斯基、温别格尔、阿瓦林、斯杰泮诺夫、M. 左琴科、马卓里柯夫等苏联时代的文学巨匠和新人，他们的作品被书评者重复评说，并将在未来的时光中熠熠生辉。

译者的人数快速恢复到战前的水平，译俄书成为文坛宿将、俄文翻译家、进步人士的共同事业，具代表性的译者有韦丛芜、茅盾、郭沫若、董纯才、萧三、高植、沈颖、陈翰伯、方敬、李林、徐霞村、高滔、林淡秋、曹靖华、绮雨、朱葆先、磊然、未艾、金人、耿济之、董秋斯、吴清友、陈桥、段洛夫、陈非璜、丽尼、贾午、李葳、愚卿、戚继、陈西滢、高地、罗稷南、芳信、文颖、梅益、夏衍、陈昌浩、刘辽逸、逸尘、叶至美等，他们高效率地进行翻译工作，缩短俄书进入中国的周期。

评者依然呈现大众化的面目，活跃的书评者包括王恒珍、侯岚、夏衍、高植、未明、老舍、方敬、君平、文之、冷火、心诚、何行、朱心、毅公、金丁、李健青、末艾、沙逊、启云、常风、董秋斯、黄雨秋、斯人、周明、赵令贻、冯亦代、苏恩伦、阿奭、戚继、苏燕英、蜗牛、徐弘毅、吴文、愉若、罗稷南、少木、爱星、曹靖华、李何林、雪帆、立粒、艾耶、谢挺宇、春来似、章芹路、萧效、徐中玉等人。他们的书评文章较集中发表在《中苏文化杂志》《友谊》《苏联介绍》等期刊上，公开或半公开地从俄书中寻找反对国民党政府的理据，梳理俄国的革命和建设经验，提出并倡导中国知识分子的自我改造，参与草拟推翻旧中国、缔造新中国的宏大蓝图。

二、俄书所受的广泛好评

在域外文作中，俄书的好评率首屈一指，令其他国家的文作望尘莫及。书评者对其艺术性、思想性的称美达到了一边倒的地步，负面评价几无立锥之地。甚至有俄国文作被书评者视为“顺利地生产”“利于抗战、有益于人民的伟大的作品”的指南①。不但如此，俄国的文学理论著述也被书评者称赞有加，柏林斯基的《文学批评集》所呈现的“深刻周到的科学分析”和“历史的观点”，对于中国批评文学者将“文学批评”“作成一种‘批评文学’”大有裨益，因此该书具备“大量介绍”和“评介的必要”②。倍斯巴洛夫的《批评论》对于中国文学批评界而言，不啻空谷足音。它指示出，“批评应以现实为出发基点”“以群体为出发基点”“攻击人间魔鬼”“新社会理想”“以提高群体的文化水准为己任”“联系政治机构，为一强有力工具”。它“提供出现实主义和浪漫主义的综合，现实和理想的交织，且言明：现实主义是社会主义的现实主义，浪漫主义是革命的浪漫主义”，它“驳倒‘直接印象论’和‘活生生的人’说，申明思维、态度之重要和绝对典型人物的机能”，诘难“繁琐的自然派的叙述和公式主义”倾向，指明“艺术意义和多面活泼发展性的必要”，告诉中国的现实主义作家领悟“文艺艺术性和政治性的兼具、糅合，才是理想的极点”这一真理，不要一味排斥英雄典型，而是要领悟“新的集团性的英雄典型在文艺的政治作用上的意义”③。高尔基《给青年作家》对站在历史十字路口的中国青年作家有醍醐灌顶之效，他提醒和宣示，文学创作只有具有人民性才能获得真正的生命④。《高尔基论文学》所包含的批评理论，“虽主要是针对着俄国的文学而说的，但由于现在国际间文化的交通，尤其社会组

① 夏衍：《新与旧，明与暗：读考尔尼楚克〈前线〉所感》，《文学》1944 年第 2 卷第 2 期。
② 欧阳文：《书评：〈柏林斯基文学批评集〉》，《大众知识》1937 年第 1 卷第 11 期。
③ 张振亚：《读〈批评论〉》，《国闻周报》1937 年第 14 卷第 18 期。
④ 毅公：《书评：〈给青年作家〉》，《智慧》1946 年第 6 期。

织与生活改造的愿望和斗争之联结一起，使国与国间的文学情势已逐渐减少了差异，因此，高尔基的许多意见和指示，对别国的文学和作者，也一样有用”，作为中国文学批评者，“我们自己当然不应，亦不会例外”①。相比而言，俄国文作所得到的褒扬远多于文学批评理论，它们体现在以下四个方面。

第一个方面，文作的表现域广阔，布局、人物塑造、情节设置诸元素皆臻于完美。果戈理小说“初看似乎无甚伟大的理想，只是些民间的平常的生活，而带着滑稽和讽刺的意味罢了。然而，这滑稽固然足以使你欢笑，但同时又不由得使你不发生悲感，甚而至于使你流泪：这‘笑中的泪’就是他的作品的特色”②。

“屠格涅夫的作品，是任何受过教育的人的知识的一部分，尤其是青年人，不能离去它。”③《前夜》中的英雄“殷沙诺夫的事迹”荡气回肠，女主人公叶林娜“写得很精彩”④，她“正如易卜生在一八七九年发表的《娜拉》一样的伟大”⑤，舒宾和别尔谢涅夫的高尚情操令人为之深深钦佩⑥。《贵族之家》“整体的阴郁氛围”对主人公拉尔夫斯基的性格的形成和发展既是一种解释，也是一种隐喻，两者有回环相扣之妙⑦。

陀思妥耶夫斯基描写俄国大革命前夕的恐怖状态的深度、广度的“艺术手腕的高超是一般所不及的”，在《罪与罚》中，“他把剧中一群革命者描写得那样忠诚，那样慷慨，那样艰难，那样美，那样英雄，那样崇高的牺牲精神，那样坚定的忠于信仰。为了使命，为了任务，为了救世的缘故，这般新的圣哲便恶魔般的，在血泊里去干那杀人的勾当，去从容就死，这种义务观念使我们十分感动而非常赞叹！”⑧《白痴》对19世纪后期俄罗斯上层社会的人的

---

① 徐中玉：《〈高尔基论文学〉序》，《春秋》1949年第6卷第2期。
② 调孚：《介绍与批评：外套》，《一般》1926年第1卷第3期。
③ 未明：《读书杂感：读〈前夜〉》，《现代妇女》1944年第3卷第6期。
④ 谭仲超：《书评：读屠格涅夫：三，〈前夜〉》，《文艺》1934年第2期。
⑤ 未明：《读书杂感：读〈前夜〉》，《现代妇女》1944年第3卷第6期。
⑥ 陈联萼：《我最爱读的一本书：关于〈前夜〉》，《学生生活》1936年新2卷第4期。
⑦ 谭仲超：《书评：读屠格涅夫〈贵族之家〉》，《文艺》1934年第2期。
⑧ 殷霞：《〈罪与罚〉读后》，《中学生文艺季刊》1936年第2卷第1期。

堕落和异化作了全景式反映①，它虽然有“冗长的枝节”和“三角四角恋爱”，但不落窠臼、出奇制胜，以“罗思静的妒忌仇视的心理、娜司泰谢的自卑错综、梅思金的单纯清白虔诚的天性组成这个爱情故事的结构”②。

《复活》是托尔斯泰思考土地问题、司法问题、青年思潮的，充满焦虑和煎迫的答案，字里行间闪烁着人道主义的光芒，主人公南赫留道甫、玛司洛娃是“托尔斯泰化”的结晶，前者是作者人道主义与尼采超人哲学的产物，后者象征崇高的自我牺牲精神，是“坚强的个性和纯洁的灵魂”的化身③。《复活》中的人物极具个性④，性格转变自然流畅，显现出伟大的人格力量⑤。

阿尔志跋绥夫《工人绥惠略夫》全书共分十五章，体量大，然而“每章都有精彩”，人物“心理状态的变迁”可谓“曲尽其妙”，“这在世界的名著中，也是不可多得的”⑥。《沙宁》“的艺术是很可赞美的，它可以代表阿志巴绥夫的艺术的成绩，在他平平淡淡的率直的写出的文字中，我们读到却感到一种婉曲的、秀美的、动人的描写，他是无所讳忌的描写人间的兽的方面的丑恶，却一点不使读者起一种无理之感，读来极为自然”，主人公沙宁（Sunin）是阿志巴绥夫创造的“极趋的道德的虚无主义者”，“表白出人间的永久不息的，且将永继续的一种情欲的，是代表了永久而且永将占据于人类的心里的强烈的个人思想”，具有鲜明的时代性⑦。《朝影》既写出了革命青年的幻灭、动摇，也给出了疗治的药方，即永不妥协的精神。它不仅能被作为“一部小说读”，也能够“把它看作俄罗斯革命史的一页”，提醒我们中国青年不要再蹈人物的覆辙⑧。《宁娜》的“思想是虚无的，技巧却是很完善”⑨。

《静静的顿河》将俄国的历史长卷巨细靡遗地展开在读者眼前，活跃其中

① 文之：《陀思妥耶夫斯基〈白痴〉研究》，《读书杂志》1945年第1卷第2期。
② 常风：《陀思妥也夫斯基的〈白痴〉》，《文学杂志》1947年第2卷第1期。
③ 司君：《读托尔斯泰的〈复活〉》，《文学周报》1929年第326期。
④ 宋士娥：《读〈复活〉》，《青市女中校刊》1937年第3期。
⑤ 孟斧：《评〈复活〉》，《华北画报》1928年第7期。
⑥ 仲持：《读〈工人绥惠略夫〉》，《文学旬刊》1922年第52期。
⑦ 西谛：《阿志巴绥夫与〈沙宁〉的译序》，《小说月报》1929年第20卷第1期。
⑧ 钱杏邨：《阿志巴绥夫的短篇小说评：〈朝影〉》，《小说月报》1928年第19卷第1期。
⑨ 钱杏邨：《阿志巴绥夫的短篇小说评：〈宁娜〉》，《小说月报》1928年第19卷第11期。

的人、事、物各个都有自己的灵魂和生气①，即便是景物描写，也是“提到了诗一般的高度”②。

《丰饶的城塔什干》语言简练不啰唆，“以景物描写来表现人物情感”，好似油画技法一般，别具一格③。《城与年》采用的是“章目的倒置”结构，处处有伏线，有秘密，“没有一般平铺直叙，头绪简单的小说容易读，非静静地，紧张地集中自己的注意力，是不容易了解的。这不但是中国新文学作品中所没有的一种结构，也是苏联文学中仅有的作品”④。

肖洛霍夫《处女地》⑤“就故事与表现方法的全体说，这部作品是很成功的”，为中国作家如何“描写群众”提供了样板⑥。伊林以工程师身份来写科普散文，他的作品短小精悍，“立论非常正确，描写极其动人”⑦。《逃出巴尔干》的作者保·巴介甫本职是记者，他以新闻报道的笔法来写作，并融入了敏锐、深彻的思考，这使得这部作品“内容就更显得丰富”，虽“不甚长”，但“指出了巴尔干的问题，并提供了解决问题的意见”⑧。

列昂诺夫《索特》的主体是第一个五年计划中的阶级斗争，它完全没有被“僵硬的公式”和标语口号所统摄、牵绊，而是尊重了革命要素与反动要素此消彼长的“活泼的、多变化”的现实，确是一部“依照事物内在的自然逻辑写成的真正现实主义的文学”⑨。《打南边吹来的风》“深入去理解、探究、发现、分析”农民的精神世界，发掘和探究“他们所蕴藏的内心美、他们内在生活的复杂性、他们在理智上情感上超出本能的一切价值”，写活了农民，写出了农民的“精神深度”和遭受到的精神桎梏，得出了农民具有自我解放潜力的答案，对于有志于表现农村、农民的中国作家，这部作品极具启发

---

① 戈宝权：《萧洛浩夫及其〈静静的顿河〉》，《文学月报》1940 年第 2 卷第 5 期。
② 柳叶长青：《向〈静静的顿河〉学习描写景物》，《文学报》1942 年第 1 期。
③ 黄德：《读〈丰饶的城塔什干〉》，《读书生活》1934 年第 1 卷第 3 期。
④ 李何林：《读〈城与年〉》，《文艺春秋》1948 年第 6 卷第 5 期。
⑤ 后被译作《被开垦的处女地》，今译作《新垦地》。
⑥ 陈瘦竹：《唆罗诃夫的近作〈处女地〉》，《国闻周报》1936 年第 13 卷第 5 期。
⑦ 侯岚：《评〈伊林的作品〉》，《新民声》1944 年第 1 卷第 14 期。
⑧ 老舍：《读〈逃出巴尔干〉》，《文汇周报》1944 年第 3 卷第 12 期。
⑨ 董秋斯：《怎样读〈索特〉?》，《读书与出版》1947 年复 2 号第 1 期。

性、示范性[①]。

第二个方面，思想深刻，对国家、社会、人生都有深彻的认知和评价，引导读者过正当的生活，走正确的道路。克鲁泡特金《狱中记》揭示了“监狱不能改造罪犯，只会制造罪犯。犯罪行为是社会和制度的错，个人是无辜的”[②]，监狱中人与人之间充满关怀和温情，将神甫的虚伪说教撕个粉碎[③]。冈察洛夫《悬崖》捕捉和书写时代的新旧更替，“使我们从旧的观念中解放出来，让我们大胆地想，大胆地怀疑了那些几千年人们认为不可动摇的东西”[④]。高尔基的作品“不是安慰我们的书”，“还是惊醒我们的书”，“教会我们明天怎样去生活”[⑤]。《钢铁是怎样炼成的》教导青年人应该怎样在革命中发挥自己的力量，应当如何对待病痛、死亡以及人生的终极意义，让个人有限的生命焕发光彩[⑥]。《母亲》告诉我们中国知识分子，要和群众融成一体，“在工人大众里面包藏着一切胜利的可能，民众才是无穷的力量”，而这种意识恰是“我们知识分子”“值得学习的”[⑦]。

第三个方面，对黑暗和不公的无情揭露，以及对平民百姓的人道关怀。《玛加尔的梦》“暴露了人间专为欺凌弱者而设的法律不公平的罪恶之外，一切的思想动作更全是文化未开辟的民情的最真切的表现”[⑧]，《罪与罚》对农奴制度的残酷作了真实写照[⑨]，《新时代》写出了旧俄民间生活的悲惨凄凉[⑩]，《死灵魂》译《死魂灵》揭开了潜藏在俄国社会背后的虚伪、暗淡和乞乞科夫式的贪婪和无耻[⑪]。相对揭开假、恶、丑的伪饰，俄书也不乏对底层人民的真

① 春来似：《序叶译〈打南边吹来的风〉》，《大公报》1949 年 3 月 21 日第 5 版。
② 谦弟：《序〈狱中记〉（上）》，《开明》1930 年第 25 期。
③ 谦弟：《序〈狱中记〉（下）》，《开明》1930 年第 27 期。
④ 君平：《冈察洛夫的〈悬崖〉》，《世界文艺季刊》1945 年第 1 卷第 1 期。
⑤ 黑婴：《我在青年时代所爱读的书：我爱读高尔基的小说》，《青年界》1935 年第 8 卷第 1 期。
⑥ 雪帆：《生命只有一次：读〈钢铁是怎样练成的〉后记》，《燕京新闻》1948 年第 14 卷第 18 期。
⑦ 章芹路：《读〈母亲〉散记：列宁——“这是一本最合时宜的书”》，《友谊》1949 年第 4 卷第 12 期。
⑧ 静闻：《读〈玛加尔的梦〉》，《北新》1927 年第 47 期。
⑨ 功隽：《〈罪与罚〉读后》，《扶中学生》1936 年第 1 卷第 1 期。
⑩ 傅灵：《屠格涅夫的〈新时代〉》，《沩风》1936 年第 1 卷第 12 期。
⑪ 朱寒修：《〈死灵魂〉读后感》，《社会日报》1936 年 7 月 1 日第 3 版。

挚关爱。《我的童年》“不仅是高尔基的自传”，“而是俄国十九世纪的一般的无产者的自传”，更“是一群生活在悲惨的黑暗的角落里的大众的家谱”①。陀思妥耶夫斯基“对穷人受压迫、被虐待的深切明了”决定了他成长为“全体受困苦的人类的代言人”，他的处女作《穷人》“是一本穷人们的情书”，“人生的困苦与欢乐、崇高与卑下、同情与真爱，以及说不尽、写不尽的小人物的悲欢，都在一个小公务员和一个孤苦的贫家少女来往信函中，尽量地写得出来，将穷人的心情及遭遇刻划尽致”②。

第四个方面，贯通于文作中的无产阶级立场。《铁流》再现了群众被帝国主义势力及其走狗压迫的实情和群众的觉醒和斗争，“非常忠实于群众。群众在各方面的表现，都给作者描写地恰到好处”，“群众哭的时候，就写哭；群众骂的时候，就写骂；群众笑的时候，就写笑”，完全没有“许多作家把群众的一切，都凭自己的想象力、构造出来”的弊病，可以说，是扎根群众、倾听群众心声，有了“体验”与“真实的知识”才能写得出的杰作③。《死灵魂》这部“俄国文学史上第一部写实小说”，“从现实生活中取材，在广大的俄罗斯疆土中揭开一幕一幕的平凡的日常生活”，书中“那样质朴有力而生动的描写，在果戈理以前实在无人有过这伟大的企图，并且也无人有这样的能力”。这部小说，“让贫贱的人能在小说中作为郑重描写的对象，占一席地方，容许他与高贵的人受到作小说的人同等的重视，也是果戈理以前的作家所不屑为的”，正是因为如此，“反对农奴制度，以及后来的解放农奴运动，那要以此书为始作俑者”④。《穷人》感人至深，兼有“艺术的艺术”与“人生的艺术”之长，显露出“对于穷人的同情，对于充满了苦痛的人间以及作者的爱”⑤。

责难俄国文作的实际案例少之又少，从未形成声势。一些负面批评自身都经不起推敲，雪笙坚信“左”的创作公式，指责安得伦被作者聂维洛夫写成了“一个受了‘十月’洗礼的李逵”、一个“独来独往，没有注意群众的煽

① 佚名：《〈我的童年〉》，《文学杂志》1931 年第 1 卷第 1 期。
② 佚名：《〈穷人〉》，《国立中山大学校报》1948 年第 14 期。
③ 李梨：《评〈铁流〉》，《红叶》1932 年第 8 期。
④ 常风：《书评：〈死魂灵〉》，《国闻周报》1936 年第 13 卷第 3 期。
⑤ 王恒珍：《读〈穷人〉》，《中国文学》1944 年第 1 卷第 6 期。

动、群众的，争取群众的头领”，“作者未曾理解群众可以作为书中英雄这一新的规律”，并在描写农村暴动时“竟忽略了斗争中，革命阶级所呈现出来的英勇的情绪、组织的力量”，总之，对“诗”的色彩的执念催生出“不扼要的芜词”，也“有意抹杀了历史”①。冷火则以青年的激进心态来评价罗亭，认为他罔顾文学与现实之间存在的鸿沟，以及著者的良苦用心。他嘲讽罗亭和堂吉诃德高度相似，属于“言语的巨人，行为的矮子”，而作为生活在“二十世纪五十年代的今天”的青少年，“我们”对待“由于计划和实践不合拍，以致失败的”人不能假以辞色、稍加宽贷，所以，罗亭不值得“慷慨地给与同情”，顺带着，小说的“相当长的美好的尾巴”则“是多余的了”②。幸夫贬低《小金牛》，源自他的苏俄观。在他看来，纵使“伟大的计划经济与新世界的巨人的建设已劈入庸俗的俄罗斯”，“一向是霉臭的、可怜、渺小”的本质并不会有彻底的改观，身在实际上横行、表面上被掩盖的庸俗主义氛围，著者的困恼是沉重的，但由它所产生的讽刺却孱弱无力，作品本身注定缺少足够的表现力③。郑学稼反感《大彼得》的理据在于，这本书存在“显露的‘民族主义’的内容”，而对共同制造“民族主义”的沙俄时代思想遗存应予以警惕④。

三、俄书书评的“亲俄”性及原因

俄书书评显示出强烈的亲俄属性，这种属性最早在文学运动时期就开始生根、发芽，茁壮成长。对此，常风的观点很有启发性，他认为，“文学运动以来，我们介绍翻译最多的是俄国小说”，“俄国小说受到我们热烈的欢迎，因为它适应我们的一种迫切的需要：它呈现出在渴望着社会与政治改革的一群改革者的抱负与理想、被压迫者对于压迫者的反抗、对于一切不合理的反抗”⑤。作为现代文学的亲历者，常风道出了俄书备受读者眷爱的事实，但俄书为何大

① 雪笙：《书评：〈不走正路的安得伦〉》，《文学杂志》1933 年第 1 卷第 3 期。
② 冷火：《演说家罗亭：读屠格涅夫的〈罗亭〉》，《中学生》1945 年第 86 期。
③ 幸夫：《幽默与严肃：序伊尔夫与彼特洛夫合著的〈小金牛〉》，《国际译报》1933 年第 5 卷第 7 期。
④ 郑学稼：《〈大彼得〉读感》，《现实评论》1942 年第 1 卷第 11 期。
⑤ 常风：《〈傲慢与偏见〉》，《文学杂志》1948 年第 3 卷第 3 期。

行其道，却没有详说。这个问题的解答，需要从期刊书评中寻找。

《狭的笼》最早进入中国书评人视野，它使书评者注意，并大有共鸣的，是俄书对本民族“奴隶性”的暴露。铁郎在读《狭的笼》之前，“本来是麻木的”，但“越看越惊讶，继而心潮澎湃、不能自已”，他惊讶于爱罗先珂对“奴隶性”的无情袒露，想到亡国奴的悲哀和无助，继而检讨中国人成为亡国奴的内在原因便是这“奴隶性”，以及奴隶们漠视解放者“燃着烈火般的生命的火焰，放松他们独立，扶持他们过人的正当的生活”的牺牲，而“安于窘迫的境遇，过那奴隶的生活”，甘于做“下流的奴隶”和安稳的“畜生”①。齐天授也看到了“奴隶性”，他赞同爱罗先珂对奴隶性是人类本性的判断，援引《狭的笼》中的原句和对白，发出感慨，“许多民众，只是满足‘奴隶的下等的生活’，不特不知反抗，而且觉着美的、有趣的呢！”②。

铁郎、齐天授的《狭的笼》品读，对于俄书书评的意义不在于首开纪录，而在于预演了俄书书评的几个特点。一是书评人有意识地通过读俄书，发见其中的人物、情节、主旨和中国文学、文作，乃至国家、社会之间的关联性，换言之，以俄书作为观察中国的显微镜、放大镜。钱杏邨从《死魂灵》中看到了“俄罗斯的文网”“统治阶级的残暴与丑态”“小有产者阶级的思想与行动”“民众的愤懑与反抗”，而它们也在中国发生着③。苹子读《死魂灵》感到“惬意和痛快、几于要流泪”的原因在于，“我想，是我对于我的同胞生活太亲切的缘故吧！使我在祖国一些地方、一些聪敏的角色中，发见了保甫尔·伊凡诺维支·乞乞科夫的现形来”④。君平在读《悬崖》后感慨，“我们不难在我们的生活周围，发现许多与他们性格相同的人物，也不难在自己身上找到罗亭和阿 Q 的成分”⑤。

二是中国人对俄书、俄国、俄人、俄国革命报以深切的好感，暨俄书书评的主调。激发好感的缘由有十几个，归并为三个方面。

---

① 铁郎：《读〈狭的笼〉》，《民国日报·觉悟》1921 年第 12 卷第 23 期。
② 齐天授：《读爱罗先珂的童话》，《晨报副刊》1922 年 12 月 15 日。
③ 钱杏邨：《阿志巴绥夫的短篇小说评：〈宁娜〉》，《小说月报》1928 年第 19 卷第 11 期。
④ 苹子：《书评介绍：〈死魂灵〉》，《图书展望》1937 年第 2 卷第 5 期。
⑤ 君平：《冈察洛夫的〈悬崖〉》，《世界文艺季刊》1945 年第 1 卷第 1 期。

第一个方面是俄书对中国社会变革和革命事业的推动作用。俄书是刺激中国人摆脱浑噩的猛醒药、清醒剂。“中国人的心理被数千年的成训、旧社会的信仰所蒙蔽，竟一些也没有反抗社会和觉悟的勇气。胆怯，畏缩，敷衍，残酷，……等。都成了他们底特点。平淡，显明，正大的文字只能作一般人的耳边风耳！那能深入你们的心坎里呢！因此我觉得只有用伟大的人生的文学作品来引导你们了。《复活》一书，实是最适切于这个要求的。”①《灰色马》作为单篇小说被译介到中国，登于《小说月报》，至今没有得到人们的注意。而在眼下“国内的政象日益反动，社会革命的呼声久以沉寂”的时期，《灰色马》单行本应当能“发聋振聩，挽既死之人心”②。

苏俄革命是中国革命的成功范例，苏俄为巩固政权而推行的政策和措施一贯正确。“新经济政策”克服了农民“私有财产观念的牢不可破，集团性的缺少”③，镇压以托洛斯基为首的托派是极为正当、必要的④，苏联工人在成为国家的主人之后，迸发出的巨大创造力，击败阶级敌人、帝国主义势力破坏生产的阴谋，“对于我们中国——建设中的中国，社会意义仍是异常深刻”⑤。

苏俄人同情和支持中国革命。《中国的再生》中的苏联人 Skar Erdfero 参加过北伐战争，在广州、上海、汉口，亲身感受到中国被帝国主义经济实力渗透、掠夺，而有“中国不存了!”之惊呼，但在大革命势力的蓬勃发展中，他看到了中国收回主权、民族独立的希望，凭“真实的刻画，不用一点花头，一字不废的刺激着人心”⑥。

俄书激励中国军民英勇抗日。《铁流》里所描写的群众的斗争生活，“十足地饱藏着黑暗、烦忧”，它告诉我们“奔向新生活的道路是艰难的，拼命斗争，特别是咱们在民族解放斗争的第二阶段中，艰苦的工作真多着呢!”，尽

① 梅生：《〈复活〉给我的印象》，《时事新报·文学旬刊》1922 年第 59 期。
② 沈雁冰：《郑译〈灰色马〉序》，《时事新报·文学旬刊》1923 年第 95 期。
③ 黄德：《读〈丰饶的城塔什干〉》，《读书生活》1934 年第 1 卷第 3 期。
④ 曹靖华：《A. 托尔斯泰的〈保卫察里津〉》，《文学月报》1940 年第 2 卷第 5 期。
⑤ 林淡秋：《书评介绍：〈前进呀，时间!〉》，《上海周报》1941 年第 4 卷第 19 期。
⑥ 致之：《中国的再生》，《清华周刊》1936 年第 45 卷第 9 期。

管如此，“真正的抗日战士要像他们一样，不苟且，不丧气，要艰苦”①。《铁流》让人们深深“感觉到农民的雄大的原始的力量，感觉到无产阶级把这力量组织起来领导到自己的道路上来”，它的译介，让中国读者看到群众在抗日中的力量，了解到了游击战的打法②。《铁流》昭示我们“要具备《铁流》中的战士的勇气，向哥萨克般残暴的日寇，争取最后的胜利”③。丹娘“为争取国家民族自由而死了”，但“她的精神永远不死，她的悲壮牺牲的光芒将照耀着每一个中国妇女的心灵，激励她们的勇气为世界，涤尽罪恶，造成来日的光明”④。

俄书为推翻国民党反动统治提供弹药。“现在沙皇和史特塞尔等是没有了，而承袭他们精神的徒子徒孙们，还在国际国内的舞台上愚笨地蠕动着，想步史特塞尔们的后尘”，继续“发国难财和欺压老百姓”，他们的丑恶行径“远在他们的师爷爷沙皇和史特塞尔们早就做过了，而且都失败了。如果现在的这群借尸还魂者，还以为是新发明，那简直是等于自杀”⑤。《旅顺口》“所要告诉我们的，是沙皇政府的无能、无耻”和“他们那一群狐朋狗党的丑态和结局”，《旅顺口》“已充分证明俄国官兵的真正力量是伟大的，俄罗斯的光明在黑暗里闪耀着。果然，不久，在列宁、苏共党的领导下，革命成功了，并且在斯大林领导下，赢得了世界反法西斯战争的胜利”⑥。“在今天的中国，类似尼古拉一世皇朝的反动派匪帮——蒋介石和他的一撮狐群狗党，为了维持他们官僚资本与封建的大地主阶级的利益，出卖民族与人民的生存权，拿美帝国主义的金钱与枪炮，妄想镇压中国人民的革命力量”，他们的罪恶将被人民清算，“中国的暴君和他残余的匪帮的全部覆灭，已指日可数了”⑦。

第二个方面是俄书所塑造的文豪、革命党人和广大俄国人民对中国书评者具有各种魅力。俄国文豪是俄国精神的化身，“烛天照地”⑧。果戈理是俄国文

---

① 肇初：《读〈铁流〉后》，《效实学生》1939 年第 2 期。
② 易默：《〈火圈里〉译序》，《文艺》1939 年第 3 卷第 2 期。
③ 梅英：《铁的洪流：读〈铁流〉后的小感》，《学习生活》1940 年第 1 卷第 1 期。
④ 蒋宋美龄：《〈丹娘〉小序》，《现代妇女》1943 年创刊号。
⑤ 蜗牛：《〈旅顺口〉读后小感》，《友谊》1948 年第 2 卷第 6 期。
⑥ 艾耶：《〈旅顺口〉读后》，《文学战线》1949 年第 2 卷第 3 期。
⑦ 谢挺宇：《〈哈泽·穆拉特〉》，《文学战线》1949 年第 2 卷第 5 期。
⑧ 梁叔莹：《读安得列夫的〈七个绞死的人〉》，《莽原》1925 年第 29 期。

学全盛时代的揭幕者，“开俄国写实主义的先声，植国民文学的基础，所以他被称为‘写实主义的父’”，首创“歌郭里时代”①。果戈理和普希金共同为19世纪俄罗斯文学奠基，他们将“俄罗斯从未显现过的真面目”“几乎没遮掩地呈现在俄罗斯全民中之前，使他们同时代的兄弟们见到了这些所谓精神上意识着的悔悟纠正更新”②。普希金是“俄国最伟大的天才、最可敬的民族诗人”，他“不夸张他叛逆的灵魂，不忘却他自持的理性”，“奠定了俄国国民文学的基础”③。杜思妥耶夫斯基将“伟大的人格，变成了艺术”“直接注入于每一个读者”，“煽动了爱，以及人类的典型的解剖”④。列夫·托尔斯泰背叛自己的阶级，是堪为世人仰视和追怀的“俄罗斯的良心”⑤。高尔基“对现存社会之不公平、不坚实、不合理，一边激烈地加以反抗，一边提倡绝对的个人主义”，“他一边巧妙地解剖各种社会集团，一边竭力想在他们之间，为人间个性找出一条可走的、合理的、自由的幸福生活之道路”，“是现代世界上最大的文豪”⑥。不仅如此，高尔基奋力“暴露出了资本主义社会的崩溃”，“为新的自由的生活而斗争”，“是我们最忠诚最勇敢的，最有力量的国际的战友”“对于中国人民，在精神上是兄弟、是同志”⑦。俄国革命党人为追求真理不惜代价，“大胆、不惧怯的反抗”⑧。俄国人民即便身处战争的艰难环境中，表现出的是乐观豁达和爱国的赤诚之心，他们“没有一点怨恨，只是仇恨敌人”⑨。他们对祖国倾注以“崇高的真挚的爱”，对敌人则怀着“彻骨的憎恨”⑩ 并与之殊死搏斗，直到胜利为止。

第三个方面是苏联散发出巨大吸引力。作为人类历史上第一个无产阶级领

---

① 调孚：《评〈外套〉》，《一般（上海1926）》1926年第1卷第3期。
② 韦素园：《〈外套〉的序》，《莽原》1926年第1卷第16期。
③ 王任叔：《叛逆的灵魂：读〈波利斯·哥东诺夫〉后杂写》，《中苏文化杂志》1937年第2卷第2期。
④ 子雨：《书评：〈淑女〉》，《青春周刊》1934年第3卷第14期。
⑤ 许钦文：《托尔斯泰自白》，《华年》1936年第5卷第6期。
⑥ 傅云：《评〈高尔基代表作〉》，《国闻周报》1936年第13卷第31期。
⑦ 张忠溥：《〈高尔基与中国〉读后》，《学习》1940年第1卷第8期。
⑧ 梁叔莹：《读安得列夫的〈七个绞死的人〉》，《莽原》1925年第29期。
⑨ 秋水：《读〈战争与和平〉》，《国是》1944年创刊号。
⑩ 金丁：《〈人民是不朽的〉与〈虹〉》，《风下》1946年第19期。

导的社会主义政权，对外，苏联不但以一种“前进、正确的宇宙观打开一条可走的坦路”① 抵御住了帝国主义的联合绞杀，更为对抗国际法西斯势力，大力支援西班牙人民的正义斗争②。对内，苏联将旧俄的一切腐败、堕落和黑暗“一扫而空”，在制度、社会、人心等层面都造成了新的“巨变”③。生活在苏联的新人的精神面貌较旧俄时代焕然一新，他们自觉并正确处理个人与集体之间的关系，将自己投入到群众的烘炉中燃烧自己④，他们在灾难和困难目前“面目一点也不忧郁、感伤、失望和悲观”，“他们的心，是铁般的坚；他们的血，是沸水般的热”，内心奔涌着“战斗的布尔塞维克的革命的精神”⑤。原本思想落后的贫农经过教育引导，在“意识上的桎梏解除了”之后，“突破了农民式的贪婪本能所产生的愚昧观念”⑥，参加对顽固势力的斗争，以实际行动“响应集体化的要求”，“成了从旧农民向新农民的蜕变”⑦。苏联军人为国家的主权完整和世界人民的解放而战，反映出“一个进步国家的精神，便是不断要求进步”⑧。

在域外文学作品中，俄书被译介的时间最晚，但影响力最大，俄书书评起步迟，但格外火热。中国书评者对俄书的欣赏、喜爱，甚至奉为圭臬，折射出的是中华民族对自由、解放的热切追求。沙俄文学在艺术与思想上的辉煌成就，苏俄文学所折现出的国家、社会、人心的新变，催生并孕育出中国书评者见贤思齐、“以俄为师”的思想根苗，它不断成长，并在中国文学进入当代阶段后结出了硕大的果实。

---

① 邱野：《读〈战争〉》，《群鸥》1937 年第 1 卷第 3 期。
② 尤竞：《〈西班牙万岁〉译序》，《大公报》1937 年 7 月 10 日第 12 版。
③ 苹子：《书评介绍：〈死魂灵〉》，《图书展望》1937 年第 2 卷第 5 期。
④ 陈非璜：《评〈钢铁是怎样炼成的〉》，《星火》1947 年第 10 期。
⑤ 李梨：《评〈铁流〉》，《红叶（汇订本）》1932 年第 8 期。
⑥ 春来似：《序叶译〈打南边吹来的风〉》，《大公报》1949 年 3 月 21 日第 5 版。
⑦ 何行：《评〈布罗斯基〉》，《综合》1946 年第 1 卷第 8 期。
⑧ 心诚：《读考纳丘克的〈前线〉》，《中学生》1945 年第 93 期。

第三节　美国文作的书评

近现代美国图书的书评文总数有一百余篇，涉及的图书接近一百部（见图4－5）。美书对于中国读者、书评者的综合影响不及俄国、英国图书。美书书评析出的质素当中，文学质素比例稀薄、乏善可陈，意识形态质素丰沛充盈。中国书评者关注美国图书的主要原因在于，它们交代了帝国主义阴暗面的直接证据，暴露出资本主义社会的邪恶本质。这一倾向自1920年代早期萌发，经过二十多年的积累、蕴蓄，最后呈现出反美亲苏的形态，从思想层面为嗣后的中国道路选择提供了基础。不同于他国书评注重文学性的相对单纯，美书书评因裹挟着浓厚的政治因素而具有别样的特殊性。

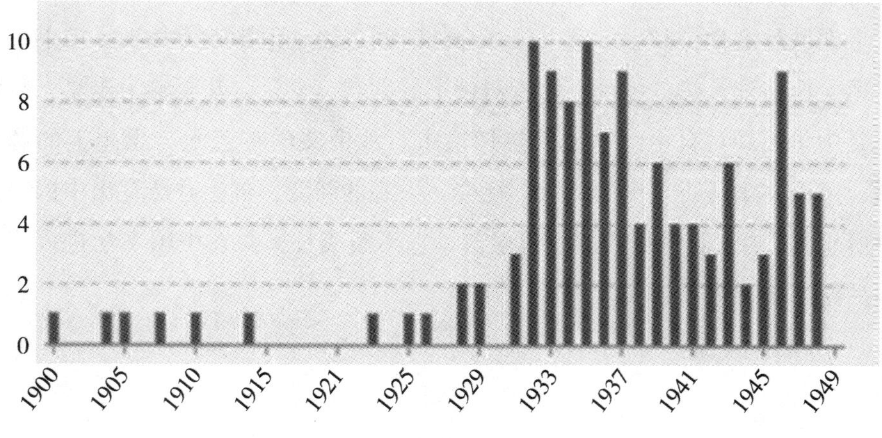

图4－5　美书书评文分布简况一览表

一、美书书评的概观

美书书评以1930年代初为分水岭，之前处于断续状态，时有时无，之后虽具有了连贯性，但除了几个较繁荣的年份如1932、1935、1937、1946之外，整体呈现“V”形趋势，书评文的数量阶梯性减少，反映出美书在中国书评者心目中的地位并不足以和俄、英文作相比肩。

1899—1931 年的三十多年里，是美书书评的零散分布期。这一期间，美书书评数量少，对于中国批评者而言，美书似乎仅是域外文学的一个不起眼的部分，没有批量译介、评价的必要，所涉美书的出版方只有福州的美华书局，上海的广智书局、开明书店、神州国光社、生命书局、北新书局六家，书评者不过金一、范祎、瘦崖、王善铨、王统照、刘真如、鉴尝、郁达夫、白凯、刘穆、清明、铁史、曹聚仁等十余人，他们从自己的需求出发，撰写和发表书评文。

第一篇美书书评涉及的是美国历史学家高仰之在 1894 年出版的《大美国史略》，书评者是来华多年、身兼数职的美国人林乐知（Young John Allen）①，林乐知推介《大美国史略》，向中国读者简要介绍美国的基本国情，实际是借此增进中国人对美国的了解。1900 年，任廷旭节译并评价了林乐知编纂的《中东战纪本末》，其目的也不在于批评原著，而是为了表达自己对中国在甲午年被日本重挫而一蹶不振的焦虑，呼吁有志之士能挺身而出，为国效命②。王善铨在《读〈富兰克林自传〉书后》中，感佩华盛顿、富兰克林的修身之道、道德操守、政治智慧，希望我国“有志之士曷读二氏之书，而益查之有得焉。则以济吾国之弊端、以振学者之气，则吾国其庶几乎!”③。郁达夫《〈古代的人〉序》赞叹房龙“将文学家的手法拿来用以讲述科学”的才学和该书的别开生面④。白凯介绍美国学者 Arthui Waley 以日文版《红楼梦》为蓝本所展开的“东方”（中国）想象，赞许译者 Young hill Kang 的翻译功底和尊重中国经典小说的态度，但认为西人将“红楼”列为典型的自然派作品，对封建时代的中国在认知上存有隔膜和误区⑤。

《黑奴吁天录》是这一时期最受瞩目的文作。但是，书评者的所思所感各有不同。一位未署名的书评者从黑奴的遭遇中联想到在美华工被歧视压榨，以

---

① 佚名：《林乐知先生〈大美国史略〉跋》，《万国公报》1899 年第 128 期。
② 任廷旭：《读〈中东战纪本末〉三编谨跋其后》，《万国公报》1900 年第 136 期。
③ 王善铨：《读〈富兰克林自传〉书后》，《益智》1914 年第 2 卷第 4 期。
④ 郁达夫：《〈古代的人〉序》，《文学周报》1928 年第 276 期。
⑤ 白凯：《东方生活》，《晨钟》1929 年第 275 期。

及中国积弱以至无力保护海外华人的惨淡困局①。金一致敬废奴先驱的深明大义和黑奴的反抗斗争，从作品中看到了中国人若昂扬奋起，也会大有可为的可能性②。另一位匿名书评者表扬《黑奴吁天录》“为弱小民族鸣其不平，措词极其悲哀恳切，有千古不朽之价值”，并对林纾的翻译备受质疑和轻蔑而抱不平③。

美国文作书评为中国现代文学批评体系建设提供了启示，刘真如受《文艺评衡之方法与资料》的启发，认为“文学非依重自然科学也不能得到极致”，“文学如不服科学的方法或参正，也不能发达”④。王统照从《近代批评杂话》中看到了文学批评精神对于实际批评的指导作用，提出要将批评的公正性放在首位，使之成为文学场中的公器⑤。

另一方面，美国文作对阶段对立、阶级斗争的描绘开始引起书评者的注意，他们肯定美国进步作家对工人阶级的热情讴歌和忠实表现⑥，窥见“资本主义社会的美国的前因后果”和注定的“今后的未来世界”⑦，痛斥“资本帝国主义是如何的奸恶”，感谢作品“将帝国主义的战争与一个正确的、严重的批判，指示出它的罪恶和他们的矛盾与虚伪”及“正确的给我们一个道路和将来新世界产生的必然”的卓识远见⑧。

1931—1937 年是美书译介频率最高暨美书书评最繁荣的时期。民智书局、光华书局、生活书店、商务印书馆、开明书店、水沫书店、黎明书局、商务出版社占据了美书翻译出版的半壁山河，南强书局、南京钟山书局、大江书铺、大公报馆、光明书局等出版机构合分杯羹。译者方面，人数少的状况一直没有改观，不过吴鹏飞、孙洵侯、于熙俭、沈性仁、郭沫若、林徽音、伍蠡甫、郑晓沧、梦中、伍光建、项远村、郑振铎、龙墨芗、黄一少、胡仲持、邱韵铎、

① 佚名：《读〈黑奴吁天录〉》，《国民日日报汇编》1904 年第 4 期。
② 金一：《读〈黑奴吁天录〉》，《醒狮》1905 年第 1 期。
③ 佚名：《〈黑奴吁天录〉（螺屋杂记）》，《民众文学》1926 年第 13 卷第 3 期。
④ 刘真如：《介绍〈文艺评衡之方法与资料〉》，《鉴赏周刊》1925 年第 5 期。
⑤ 王统照：《介绍 L. Lewisohn 的〈近代批评杂话〉》，《晨报副刊：文学旬刊》1923 年第 17 期。
⑥ 刘穆：《〈一亿二千万〉》，《文学周报》1929 年第 370 期。
⑦ 清明：《新书评介：读〈辛克莱评传〉后的一种感想》，《中国新书月报》1931 年第 1 卷第 3 期。
⑧ 悍生：《读〈光明〉》，《书报评论》1931 年第 1 卷第 4 期。

方安、马季廉、常吟秋等人，但他们的效率弥补了人手的不足。经过他们的努力，露薏莎·奥尔珂德（Louisa May Alcott）、巴比塞（Henri Barbusse）、馥特夫人、赖尔夫·汤生得（Ralph Townsend）、萨克莱、Thomas Francis Carter、Kate Buss、Eddy. S、Hans Fallada、Winther S. K.、Joseph Freeman、赛珍珠（Pearl S. Buck）、蒲寇·华盛顿（Booker Taliaferro Washington）、路易莎·梅·奥尔科特（Louisa May Alcott）、H. G. Wells、卜凯夫人、Duranty. W、维拉·凯漱、斯汀生（Henry L. Stimson）、无名氏、斯汀生（Henry L. Stimson）、杰克·伦敦（Jack London）等作家所著的《福地》《好妻子》《巴比塞短篇作》《下场》《黑暗的中国》《浮华世界》《中国印刷术之发明及其西传》《中国戏剧研究》《艾迪论苏俄》《小伙计，现在怎样呢?》《战争小说论》《苏俄之劳工》《大地》《黑奴成功者自传》《小妇人》《大地》《分裂的家》《房龙地理》《我要怎写就怎写》《我的死敌》《大地》《远东的危机》《深渊下的人们》《总统失踪记》《活的中国》纷纷进入中国书坛，并成为被阅读、批评的对象。

书评者的人数较其他时期为最多，有絜非、哲、赵真、林语堂、陈衡哲、方吉、梁实秋、陆海藩、成德、李梨、瘦影、郑晓沧、白云、陈涛、王伯祥、味茗、邓嗣禹、赵景深、左、俞荻、顾榖宜、谈仲超、曹芳洲、惕若、殷霞、龙墨芗、林幽、吴宝初、宋以忠、郭根、李惠芳、樊仲云、戴平万、方安、周其勋、方道石、季振恩、顾良、剑冈、黎平、聿飞、楞斯、朱翊新、常吟秋等，其中以梁实秋、谈仲超、陈衡哲等最为活跃，他们对美国文化、文学的熟谙，对英语的运用能力使他们足以游刃有余。

七年当中，1932、1935、1937 三年的书评文数量最多，这三年分别是辛克莱、赛珍珠、斯汀生的高光时刻，他们的文作《屠场》《大地》《远东的危机》是这三年中最受关注的美书，这三本书和著者的其他作品或唤起中国书评者对资本主义罪恶的怨憎，或引起中国读者对美国人眼中的乡土中国的同感与反感，或激起国人对风雨欲来的日本侵华战争的急迫感和焦灼感。总体上，美书在中国图书界的影响力没有发生质的提升，但读者、评者对美书的接受程度有了较明显的提高，他们以美书为中国社会的镜鉴，提取其中有益于丰富中国文学创作、批评理论的质素，一定程度上遏制了意识形态对文作鉴赏、品评的干扰作用。但遗憾的是，正常化阶段很快就成为明日黄花，美书书评进入了长达十年的转折—衰落期。

1938—1949 年，书评中的美书数量呈波浪形增减，1939、1943、1946 年是十年中单年数量最多的三个年份，其他七年都处在较低的位置。相比美书数量的整体下降，译者人数反而有所增多，包括亦愚、哲非、梅蔼、步溪、满江、蒋学楷、戴平万、林淡秋、钢果、陈春生、谢庆尧、阎纪宇、赵欣、傅东华、钱能欣、刘尊棋、梁纯夫、林疑今、胡先骕、王育伊、吕叔湘、林友兰、王家棫、钟文苓、苏思凡、沈练之、文圣常、杜宇、陈蕙瑛、梁纯夫等 50 余位，这一数字达到了美书译介者人数的分时段最高纪录。出版机构的数量稍有递增，散布于上海、重庆、昆明等城市，主要有商务印书馆、上海导报馆、急流出版社、重庆出版社、河南龙门联合书局、50 年代出版社、光华月刊社、晨光出版社等，它们的布局较为分散，使美书的译介工作在大后方、沦陷区、租界都得到了保证。

这一时期美书的特征包括三点：一是新出美书译介的频率有显著提升，除了《大地》《黑奴成功者自传》《屠场》这几部属于往年译出的之外，其他的文作如《飘》《战地钟声》《勇士们》《天下一家》《龙种》《善恶家族》《愤怒的葡萄》《文明的重力》等，都是美国作家较近写作出版的新书，美国新出的文学书籍在中国书坛出现的周期明显缩短。

二是美书对中国的关注度比此前两个时期有所提高。赛珍珠《分裂了的家庭》《爱国者》、爱特伽·斯诺《西行漫记》、E. A. 麦雷《新中国印象记》、艾格尼丝·史沫特莱《打回老家去》《一切为着前线》、L. Carrington Goodrich《中华民族小史》、Freda Utley《中国在奋斗中》、James M. Bertram《中国的新生》、哈里森·福尔曼《解放区见闻》等书对中国社会、中国革命和中华民族在抵御外辱中的变化都有所反映，它们的著者多为记者、探险家、观察家和国际反法西斯团体的成员，下笔相对公正客观，也得到了中国读者、书评者的普遍肯定。

三是美书的译介深受国际关系的影响，甚至冲击。大体以 1946 年为界，1937 年至 1946 年上半年，中美关系因共同面对日本帝国主义而彼此融洽，透过柏克曼《狱中记》、H. H. Goddard《善恶家族》、John Gunther《欧洲内幕》、Halddore Hanson《人类的振奋》、步奈特《小英雄》、J. Grew《使日回忆录》、海明威《战地钟声》，中国读者窥见了二战的全貌，被英勇抵抗者的精神所感召，了解大战的走向。这一时期书评者的“评”往往被“不评”所覆盖，对于美书，他们更乐于做一个相当沉默的内容介绍者，而不是一个看似不合时宜的批判者。随着日本战败，美苏冷战的序幕揭开，中美之间后来的决裂率先在民间层面出现端倪，译介美书的热度下降只是表象，本质是中国书评者给予美书以冷遇，1946 年下半年至 1949 年的近四年中，书评所涉的美书只有 A carrele《未了知之人类》、康麦格《美国文化丛书》、R. H. Lowie《文明与野蛮》、Joseph Conard 与 Ford Buffe 合著的《爱情与罪恶》、Ronald A. Wilson《罗曼·罗兰传》、Samuel Phillips Huntington《文明的重力》、Charlie Chaplin《一个丑角所见的世界》等十余种，总数暴跌至各时期的最低值。非但如此，这些美书的半数之所以被介绍、批评，也不是因为其文学价值，而是其暴露美帝阴谋、颠覆国民党政权的工具价值，John Hersey《阿丹诺之钟》、J. Voorhis《民主的精神》追溯美国独立战争的起源和精神支柱，John Steinbeck《愤怒的葡萄》书写大萧条时期普通美国人的流离失所和惨淡绝望，Richard E. Lauterbach《从东方来的危险》被视为美帝在亚洲扩张势力张本，M. Sayers 与 A. E. Kahn 合著的《反苏大阴谋》则以美国进步人士之立场揭开美国竭力打压苏联、庇护各国反动政权的画皮。中美之间于数年后在经济、外交等方面分道扬镳，此时在书评中已能得以管窥。

二、美书文学性所受的评价

美书书评重在对美书思想性的发掘，疏于对美书文学性的关注，美书在创作层面的优劣批评一直处在不成体系、极为零散的状态。

清末民初是美书书评的开端，以此为始，中国书评者便从未对美书高看一眼。从他们写下的书评文可以看出，他们将英书、俄书列为域外文学的大宗，以美书为配角，对美书中的人物描写、情节设计、线索铺展并没有特别的兴趣。

1910年，佛兰斯士·专逊所著的爱情悲剧《血史》的中译本在上海出版。在瘦崖眼中，这本小册子不过是专写儿女情长的寻常之作，值得寻味的不过是书中小男女的悲剧①。瘦崖对美书文学性的轻视被后来的书评者所承继，Michael Gold的《一亿二千万》虽在1929年得到左翼文学界的好评，但“诚然不能说作者哥尔德的艺术手腕怎样成熟”②的评语仍传递出中国书评者对这部作品艺术价值的不屑。

1930年代初，对美书文学性的评价趋于温和中肯。《碎瓦集》于1931年在上海出版，它是美国女诗人Anna Matilda Bille的诗集，全书收录短诗27首，体裁全为“小诗”。水斫冰在阅读诗集后评价道，所谓“小诗”者，“务在传达印象而不务宏奥悠远之理想，或悠久壮阔之感情”，而作者算是“中国通”，她的诗作与中国传统诗歌在兴味上有相通之妙，如“Pagoda at Kuling”等几首，“令人忆‘西风残照汉家陵阙’”，写出了20世纪的“黍离麦秀”。总之，Bille的诗“构通”“调和”中西诗歌，已取得了“显著之成绩”，“留心文学者，应对她的诗作加以措意”③。梁实秋对辛克莱的文学专著《拜金艺术》报以赞同态度，他列数了辛克莱对艺术的九种分类，逐一评点并加以增补，提出了“心理分析派的艺术观”和“经济解释的艺术观”的新主张④。

陈衡哲对Berta Metzge搜集编纂的*Tales Told in Hawaii*和*Tales Told in Korea*颇为欣赏，她欣赏原作者的原因倒不完全在于故事自身的精彩程度，而在于，“她所采的故事都是能表现一人或一民族的优点的。凡是足以表现一人或一民族的劣性的故事”，选择了中国古代“慈悲老人”或“感化盗贼”之类的“比较平庸的故事”，保证了这些故事既有趣，也使英美的儿童对于中国的历史有公正的印象⑤。对于Hans Fallada的《小伙计，现在怎样呢?》，她的赞许更为集中：“这书的可爱处，第一在它的文学风味，第二在它的人物。它的文字是那样的简练洁净，它靠了寥寥的两三语，可以写出一个很复杂的情节。它能直

① 瘦崖：《读〈血史〉杂题》，《广益丛报》1910年第237期。
② 刘穆：《〈一亿二千万〉》，《文学周报》1929年第370期。
③ 水斫冰：《评〈碎瓦集〉》，《文艺杂志》1932年第1卷第4期。
④ 梁实秋：《辛克莱尔的〈拜金艺术〉》，《图书评论》1933年第1卷第5期。
⑤ 陈衡哲：《〈夏威夷故事集〉与〈高丽故事集〉》，《图书评论》1933年第1卷第7期。

接写而不浅显，简洁而不晦涩，故在人物及事迹的描写上、在空间与时间的观念上，我们都能得到一个明了而深刻的印象”，“这书的第二可爱处，是它所写人物的个性。他们中间很少十足的恶人，也并没有十全的圣人。虽然两位主人翁是显然得比其他人物更为可爱。这两人受到了经济的压迫，含忍着无穷的痛苦，但他们却绝无恨毒之心”①。

俞荻对美国文学评论家 Sophus Keith Winther 的近著《写实的战争小说》深有同感，他从著者的观点出发，提出战争小说不单单是作者“用着强烈的言语”，铺陈出“红与黑的特性”或曰“战争的残忍的现实”的文字的集合，更应该渗入“宗教里的怀疑的倾向”与“背叛的精神”，符合条件的战争小说才能算得上“对现代文学尽了一种真实的贡献”②。

1940 年代的美书书评，对美书文学性的看待承接了上一时代的中庸气质，既没有尖刻之语，也没有溢美之词。《飘》的成就缘于对话的成功与情节方面的波澜起伏、引人入胜，结构方面的严密真实③。《战地钟声》作者海明威“所给我们的只是娱乐，没有生活，更没有人性”，因此，《战地钟声》所寄寓的对现代文明的厌倦感无法进入中国读者的内心世界，此外，海明威的“文字以平易见称，且最接近现代人的口语。他那种在平易中显露的魅力，是精髓所在。可惜，那一种神韵和中国文字有着扞格之处，要在译文中把他的风格表白出来，实非易事”④。《真妮姑娘》“写得非常匀称完整，剪裁得恰如其分，它像一个有机体一样，每个人物虽各有其性格、灵魂、独特的生活方式和不同的命运，然而在这整个历史的发展里，却互相依存、互相影响，各担负一角重要的角色”⑤。《罗曼·罗兰传》“虽不是一本煌煌巨著，但威尔逊的文笔倒是充满着优美的文艺情趣，并不使人感到枯燥”⑥。

简言之，中国书评者没有从美书中提取文学质素的主动性。对于他们而

① 衡哲：《〈小伙计，现在怎样呢?〉》，《独立评论》1934 年第 123 期。
② 俞荻：《写实的战争小说论》，《现代文学》1935 年第 2 期。
③ 张十方：《〈飘〉》，《大公报》1943 年 1 月 6 日第 5 版。
④ 冯亦代：《海明威的迷——评〈战地钟声〉及其他短篇》，《抗战文艺》1944 年第 9 卷第 1 期。
⑤ 周方策：《〈真妮姑娘〉》，《学生杂志》1946 年第 23 卷第 4 期。
⑥ 同芳：《读〈罗曼·罗兰传〉》，《国民日报星期增刊》1947 年第 1 卷第 3 期。

言，美书的核心价值不在文学层面，而在思想观念层面。开掘后一层面的前提，是美书书评对中美国家、社会镜像的构建。

三、中国镜像与书评者的反馈

对于书评者，美书提供了反观中国的镜像。“中国镜像”成型于1930年代初，消散于1940年代末，存世近20年。客观公允基础的中国观察是“中国镜像”得以成立的观念前提，以此为标准，Walter H. Mallory《饥荒的中国》可谓是“中国镜像”定型的标志。它和此前西方观察者所叙写的中国有同有异，相同的是关于旧中国的灾难叙事，区别则在于描绘了中国人民团结抗灾的事迹，表现了中国人的顽强精神，是屈指可数的一本关于公正看待中国和中国人的书①。Maurice Hindus《苏俄革命》并没有直接表现中国，但引起了书评者对中国窘境、中国前途的深邃思考。《苏俄革命》的背景是成立未久的苏俄政权，它的各种举措和国人的反应被著者“精密的”“科学化的”记录了下来，书评者“哲”在阅读该书之后并没有丝毫兴奋，而是陷入沉思，他所想到的是，“制度的改革是一件容易的事，而人的理智与情感的改革却困难的多”，苏俄革命“进步”背后生灵涂炭、国力透支的种种“不经济”。从苏俄的情况发散开去，他想到了眼下的中国该往哪里走——“苏俄现在最期望的，乃是在世界各国创造一个‘紧急的革命形势’，而在世界各国中，中国乃是创造这个形势的条件最完备的国家！”，而“在资本国家看来，我们果然是天字第一号的市场及投资地点”，“在反资本的苏俄看来，我们又是产生世界革命的理想区域”，中国被动地被塞进了两大阵营的夹缝中，“四方风雨，交集一身，我们打算怎样的自处？”② 在哲看来，中国从左右为难到左右逢源，有待于国家的振作与国民的奋起，这条路极其漫长，但艰难的跋涉有巨大意义。

传统中国以农立国，农村占了广袤国土的大部区域。美书对乡土中国的再现和理解构成了“中国镜像”的重要内涵，它也引起了书评者的评说。

---

① 絜非：《介绍〈饥荒的中国〉》，《浙江省立图书馆月刊》1932年第1卷第9期。
② 哲：《掀天动地的〈苏俄革命〉》，《独立评论》1932年第2期。

“中国通”赛珍珠的《大地》出版后在美国、中国都轰动一时，1935 年 10 月之前，便先后出现三种《大地》中译本：《大地》（胡仲持译，开明书店出版）、《福地》（伍蠡甫译，华通书局出版）、《大地》（张万里、张铁笙合译，北平志远书局出版）。《大地》自然被书评者关注，且有所褒贬。

瘦影将这部书视作“衣锦食肉、久居城市里的富于布尔乔意识的”和“大都市中享受现代物质文明的上流中流的”本国读者认识“内地农村社会的穷苦、愚昧、靠天吃饭的男女”的“一部写真”，而这部书的价值则在于，点醒对农村、农民漠视无感的“我们”明白一个真理，那就是“要使中国一日得救”① 的关键到底还是在他们身上。从这一角度看，《福地》是替中国小说家填补空白、补上一课的好书。

谭仲超认为，中国农村的根本问题其实是阶级斗争，而不是农民个人与恶劣的自然水土之间的对抗，赛珍珠作为美国人，没有在中国农村长期生活的经验，没有切身感受中国农民在阶级压迫之下的煎熬与痛苦，这样一来，她的《大地》实际乃是观念先行、背离真相的败笔，她“愈加用了更大的力气来创作的时候”，“它是愈加造成了更大的虚诳”，属于一篇“真实的滑稽故事”。至于美国人因受《大地》的震撼而为中国灾民捐款的动机，也不是出于人道的同情，实乃是因为美国的“资本家要想遮掩过自己狞恶的面孔，故意对穷苦的劳动者做些慈善事业”②。

殷霞部分认同谭仲超的见解，她评述道，《大地》是美国人所观察到的中国农民的生活状态，与“我们在这里可以看到的”“在军阀混战和水旱相逼下的人民在如何挣扎”的中国乡村生活相去甚远，甚至其中有些地方“实在是无聊的”，“至于圆满的结局，也有些像中国章回小说大团圆的手法”。同样值得反感的，是“些许流露的白人至上观”和“中国将来的革命军人形象的模糊不清”，就《大地》的文学价值而言，得益于赛珍珠的高超写作能力和她“取材适宜”的技巧，做到了“以精炼简洁的文字、完美的结构，来深刻地描

① 瘦影：《福地》，《中国新书月报》1933 年第 3 卷第 1 期。
② 谭仲超：《〈大地〉书评》，《文艺》1935 年第 2 卷第 3 期。

写悲惨的饥民生涯”。此外，她还多多少少预见到了中国未来的走向，“能使我们来认识时代、创造未来，希望中国的作家能注意到这一点”。综言之，“它本身仍不失为有价值的作品”①。

李惠芳给出的评价比殷霞要低，她认为赛珍珠的“中心思想”是“暗示着中国农村崩溃的种种原因”，但她没有认识到中国农村崩溃的原因“并不如此之简单”，天灾、人祸以及“农民知识的幼稚”只是“重要之一点”而不是全部。文学层面，小说的后半部分“着实有些不近人情”，“而且文字也不及前半部生动自然”②。

《大地》的姊妹篇《分裂了的家庭》没有突破《大地》的局促。常吟秋翻译了这部《大地》的续书，但坦言，这部书是以“美国人的眼光”来看待中国文化、现行社会制度和乡村生活，因此对作者的思想、观点不能“作武断的评点”，身为书评人，他对该书除了“密切地注意，此外就没有提示个人意见而加以引申的资格了”，以此避免批评“沾染了主观的成分”③。

相比《大地》和《分裂了的家庭》，赛珍珠在全国抗战期间创作的《爱国者》和《龙种》更受好评。《爱国者》被视为中国人捐弃前嫌、抵御外辱的真实写照④，而《龙种》“写出了中国农民的灵魂，揭示出了他们觉醒、抗敌所蕴含的巨大力量”，并传达了“普及我们的农村教育，实在是刻不容缓”的道理⑤。

抗战中，美国作家深入大后方、解放区，记录中国抗战和中华民族的可喜转变，他们的作品在书评界也引起了反响。埃德加·斯洛的《西行漫记》展示出了一种正在中国发生的“奇迹”，这“奇迹”“在深蓝幽邃的夜空中交织起金红色披着火、艳羽毛的响箭”，“那是真理的号角”，而“它会飞遍中国，也将穿流于全世界”，除去几处“我们是不能同意”的地方，《西行漫记》“有

---

① 殷霞：《读〈大地〉后》，《江苏学生》1935 年第 5 卷第 6 期。
② 李惠芳：《评〈大地〉》，《南昌女中》1936 年第 3 期。
③ 常吟秋：《〈分裂了的家庭〉译者序》，《商务印书馆出版周刊》1937 年第 215 期。
④ 钱公侠：《评〈爱国者〉》，《文笔》1939 年第 1 卷第 8 期。
⑤ 祖佑：《读〈龙种〉后记》，《夕芒月刊》1946 年第 12 期。

它的富有启示性的销路、它的永在的生命”①，并向世人昭示全新的中国正在西北角孕育成长②。

艾格尼丝·史沫特莱的报告文学《打回老家去》是《西行漫记》的姊妹篇，它对《西行漫记》在人、事、物上作了延展，向世界宣告延安红色政权在军事、政治、文化、民生等方面，围绕抗战救国所进行的改革和努力③。她的《一切为着前线》揭露出了中国军队抗战在医疗保障上的漏洞，“我们要以此为鉴”，集中已有的资源，“一切先给前线战士”④。

E. A. 麦雷《新中国印象记》规避了中国的丛生积弊，“不想描写那种古老的坏处”，所写出的，“却是这种坏处里正在出现的新生”，以及作者对于中国必胜的信心⑤。J. M. Bertram《中国的新生》描摹了“新”中国自“老”中国的体内迅速萌发⑥，驳斥了诋毁中共消极抗日的污蔑言辞，且“对那些污蔑事变的种种谣言，更是一个光亮的照妖镜”⑦。Freda Utley《中国在奋斗中》和 Harrison Forman《解放区见闻》说明了中国除旧革新、实现民主自由的希望植根于解放区，而不在国统区。这不是预测，而是对爱好和平的各国人民的提醒⑧，也是对持反共立场的美国政府的告诫⑨。

四、美国镜像与书评者的美国观

美书是中国书评者了解美国及其政治、社会的渠道，也是塑造书评者美国观的途径。大体上，书评者对某些美国人致以敬意，但对作为政权暨资本主义/帝国主义大本营的美国大加鞭笞。《邓肯自传》是 Lsadora Duncan 的个人回忆录，林语堂摘录书中的片段来赞叹传主作为女性、母亲、舞蹈家面对生活和

---

① 李茂才：《读〈西行漫记〉》，《华美》1938 年第 1 卷第 23 期。
② 迅铃：《评〈红星照耀中国〉》，《国防周报》1941 年第 1 卷第 1 期。
③ 吴克：《书评：〈打回老家去〉》，《抗建论坛》1938 年第 2 卷第 2 期。
④ 陆露：《读 A. 史沫特莱同志〈一切为着前线〉以后》，《大风》1938 年第 73 期。
⑤ 紫歌：《新中国印象记》，《中行杂志》1939 年第 1 卷第 1 期。
⑥ 林淡秋：《勃脱拉的〈中国的新生〉》，《译报周刊》1939 年第 1 卷第 16 期。
⑦ 吴克：《评〈中国的新生〉》，《学生生活》1939 年第 35 期。
⑧ 钢果：《〈中国在奋斗中〉》，《中美周刊》1940 年第 1 卷第 23 期。
⑨ 陆钦墀：《〈解放区见闻〉》，《民主周刊》1945 年第 2 卷第 3 期。

事业的勇气，肯定她乐观开朗、行文忠实①。顾良在读了这本自传后感喟，“和她的人格对此，我觉得自己太渺小了，太平凡了，渺小平凡得可怜。可是同时使我相信了自己的生趣增加了，前途似乎无限”②。蒲寇·华盛顿是美国19世纪后期个人奋斗的楷模，《黑奴成功者自传》中译本在中国读者当中反响甚大，方吉说这本书“好比一贴兴奋剂，能使懦者廉而顽者立”，是疗治青年堕落、不思进取的“对症的良药”③。曹芳洲看到的是，自强不息、善用机遇、绝不灰心是平凡人出人头地的三大要素④。桂生则受到了当代青年要“有坚强的意志、必胜的信念，为了事业，为了国家民族的利益，要牺牲小我、公而忘私”的启迪⑤。

相比被钦佩的个人，“美国”在书评者眼中与“罪恶之源”同名同义。美国的工人阶级被资产阶级压迫，生活惨淡，有抗争的本能，但找不到正确的出路，终而被灰暗的前途所裹挟⑥。更悲惨的是，“普罗列塔利亚”被“布尔乔亚”“压在底下”，对待普罗大众，资产阶级不惜大开杀戒，于是，觉醒者被害，而“千万的普罗阶级的人们都在被杀着！”⑦，他们本质上和中国的绝大多数百姓一样，“正过着这种悲惨的生活，而且有过之而无不及”⑧。

美国社会的运作从里到外都被资本主义制度和精神所绑架，生活在其中的人们只能被同化、戕害，为其所压榨，但这样的社会注定没有出口⑨。不仅如此，美国社会“已觉日有停滞的倾向”，看不到未来的群众，“无论是酗酒嗜饮，或妻室丈夫混个不清的，他们总为链系的囚人队一般去跟着社会的循环跑”，一战后的美国陷入了集体放纵和堕落的泥沼，俨然与“迦太基战后的罗马”如出一辙。即便如此，“美国的资本主义者”虽“坐着火山喷口”，仍收

① 语堂：《读〈邓肯自传〉》，《论语》1932年第3期。
② 顾良：《邓肯自传》，《书人》1937年第1卷第1期。
③ 方吉：《读〈黑奴成功者自传〉》，《读书中学》1933年第1卷第1期。
④ 曹芳洲：《读〈黑奴成功者自传〉后》，《青年》1935年第2卷第9期。
⑤ 桂生：《读〈黑奴成功者自传〉》，《中学生》1940年第22期。
⑥ 刘穆：《〈一亿二千万〉》，《文学周报》1929年第370期。
⑦ 成德：《回忆〈屠场〉》，《中国新书月报》1933年第3卷第1期。
⑧ 戴平万：《读〈深渊下的人们〉》，《读书生活》1936年第4卷第8期。
⑨ 清明：《读辛克莱评传后的一种感想》，《中国新书月报》1931年第1卷第3期。

割所谓“大繁荣”的成果，掩耳盗铃，“闲性逸致地，视若无事地，耽玩流连于当地的风景”，哪怕与一般“耽玩流连”的人们同归于尽也在所不惜①。

美国政府是资本帝国主义的化身，战争是其化解危机、制造危机的不二选择，其甚至会以战争为借口抬高物价，加剧贫富差距②。在美国政府的操控下，言论自由属于不值一嚎的空话③，而宗教、恋爱、教育、政治、法律被权力腐蚀，被黑幕笼罩，充当统治者用来增加财富、巩固地位的工具，在他们的操纵下，“恋爱是阔佬们的消遣品，政治是资本家的工具”，“法律是资本家的护符”，“宗教是骗失意人的组织”，“教育是大少爷的制造厂”，而人民大众却活在被打压、禁锢、麻醉的状态④。人民的失语、无权，导致美国人引以为傲的立国根基——“自由、平等的民主精神”被“败类们”化为私器“弄坏了”“弄糟了”，原本声称是“保证人民幸福的事业”，结果“给贪官污吏利用来发财了”，而“多少满怀理想的人”“给这不合理制度的网绑得紧紧、变成灰心意冷的大虫!”⑤

美国政府对内虚伪无耻，对外大肆扩张，对于落后国家，它顶着仁慈、伪善的面具，以“提拔他们，文化他们，使他们成为基督徒”为借口，软硬兼施，强取豪夺，开辟殖民地，使用种种伎俩吞并菲律宾。面对蒸蒸日上的苏联，美国政府开动舆论宣传机器，全方位、无所顾忌地污蔑、造谣，例如，编造苏联“有四大弊害”，放大苏俄社会的弊端，而对类似的“窳败情形”在本国“早已屡见不鲜”的事实装聋作哑。至于苏俄积极应对所谓的“劣迹”，更因其对妇女儿童的保护、对犯罪行为的有效纠正而“走在了世界各国的前头”这一势头，美国干脆佯装不知⑥，令人不齿。Joseph Freeman 所著的《苏俄之劳工》以“亲历”为幌子，号称“所述具有来历”，但细读之后便不难发现，

① 复苏：《评〈屠场〉〈石炭王〉与〈罗马的假日〉》，《评论之评论》1932 年第 1 卷第 7 期。
② 悍生：《读〈光明〉》，《书报评论》1931 年第 1 卷第 4 期。
③ 方安：《〈总统失踪记〉译序》，《商务印书馆出版周刊》1936 年第 191 期。
④ 赵真：《新书评介：关于〈煤油〉之批判》，《中国新书月报》1932 年第 2 卷第 6 期。
⑤ 李健青：《〈阿丹诺之钟〉读后》，《雪风》1947 年第 1 期。
⑥ 左：《〈艾迪论苏俄〉》，《国际译报》1934 年第 6 卷第 10 期。

该书取材不严谨、不扼要，“且无结论”，观点、结论皆不足为训①。最恶毒的是，美国政府无端散布斯大林暴虐无道、杀害托洛斯基、实施大饥荒和集中营等政策等言论，混淆视听②。

可以说，中美两国自清末至1949年的半个世纪时间中，因为诸多原因而发生恩怨纠葛。外交上的抵牾，杂糅着两国在根本制度、意识形态等方面的重大差异，使美书书评充斥着无法化解的内在张力。美书中的“中国”被中国书评者视为美国著者的一厢情愿、孤芳自赏，但固化于中国书评者眼中和心中的“美国”，未必就是符合实情的美国。从实际效果上来看，美书的著者与书评者一直在自说自话，而美书本身从未成为沟通中美文学交流的桥梁，而是与之相左，反而拉大了彼此之间原本就存在的鸿沟，并对未来的美书书评乃至中国人的美国观感树立了难以逾越的标杆。

第四节　其他国家文作的书评

中国书评者从英、俄、美文作中汲取的文学质素最为集中。相比而论，同为近现代文学大国的法国和日本并不受书评者的青睐。两国文作的书评虽被冷落，但各有其特点。此外，其他国家、地区的文作也或多或少得被书评者注意。

一、法国文作的书评

近现代时期，法国文学作品的译介可谓兴盛蓬勃。中国译介者不论法国作家知名度如何，对他们的作品一视同仁，予以引进。新文化运动时期，这一工作达到顶峰，并在此后成为惯例。究其原委，乃在于法国小说为主的文作“暴露人生的丑恶——久被隐藏起来的丑恶，启示给我们本来的人性，特别是赤裸裸的肉与性，和对这两者的追求”，这让“从旧礼教与传统的道德观念的

① 顾毅宜：《〈苏俄之劳工〉》，《中国与苏俄季刊》1935年第1卷第3期。
② 旭东：《评〈反苏大阴谋〉：一部说谎的“奇书”》，《新声》1948年第2卷第12期。

束缚之下挣扎出来的我们”，“感到莫大的吸引力”①。

如此一来，潘加勒（Poincare Henri）、涂尔干（E. Durkheim）、伊可维支（M. Ickowicz）、莫罗阿（Andre Maurois）、阿尔风司·都德（Alphonse Daudet）、阿克西夫人艾克脱·马洛安德列·纪德（André Gide）、安德烈·莫洛亚巴尔台（M. Pande）、巴尔扎克（H. de Baizac）、巴朗德（G. Palante）、巴士特（L. Pasteur）、柏格森（H. Bergson）、柏里华（E. Privat）、毕宋（A. Pizon）、波尼衮（G. Bonnier）、布里安（Engene Brieux）、布留诺（Jean Brunhes）、褚列尔（Francois de Curel）、大仲马（A. Duma Le Pere）、德尔柏（P. L. E. Delbet）、狄骥（L. Duguit）、第德诺（D. Diderot）、蒂巴尔（Tibal）、卢梭（L. Aurouseau）、法布尔（J. H. C. Fabre）、法朗士（Anatole France）、服尔兑尔（Voltaire）、盖恩夫人戈必意（L. Corbusier）、古朗士（Fustel de Coulanges）、曷斯当（Edmond Rostand）、胡尔夫（M. Wulf）、克老特·发赫儿（Claude Farrere）、克罗德·柏尔纳（Claude Bernard）、拉法格（Paul Lafargue）、拉来桑（J. L. Lanesson）、赖朋（Gustave Le Bon）、勒翁狄儿（L. Duguit）、罗曼·罗兰罗易·菲力伯（C. Louis Philippe）、马迪厄（Albert Mathiez）、梅里美（Prospr Merimee）、莫罗斯（Andre Maurois）、莫泊桑（Henri Maupassant）、乔治·杜哈曼（Georges Duhamel）、萨斯腓尔（L. E. Sussfeld）、赛亨利（Henri See）、森彼得（J. H. B. de Saint-Pierre）、沙尔多利（Sartory）、特维那（E. Devinat）、威少特（Vessiot）、左拉（Émile Zola）等几十位作家的作品得以出现在上海、北京等地的书肆中便不足为怪。相比法国文作出版的如火如荼，法国文作的书评②则格外清冷，这不单单显示为书评文数总量少（见图4－6），更表现为书评者对法书的兴趣往往并不在于文作自身的艺术属性，而在于翻译水准的高低。半数以上的法书书评文都是标准的纠错文章，而其余的书评文则以品鉴代批评，作浅泛之论。

---

① 常风：《〈傲慢与偏见〉》，《文学杂志》1948年第3卷第3期。

② 下文简称“法书书评”。

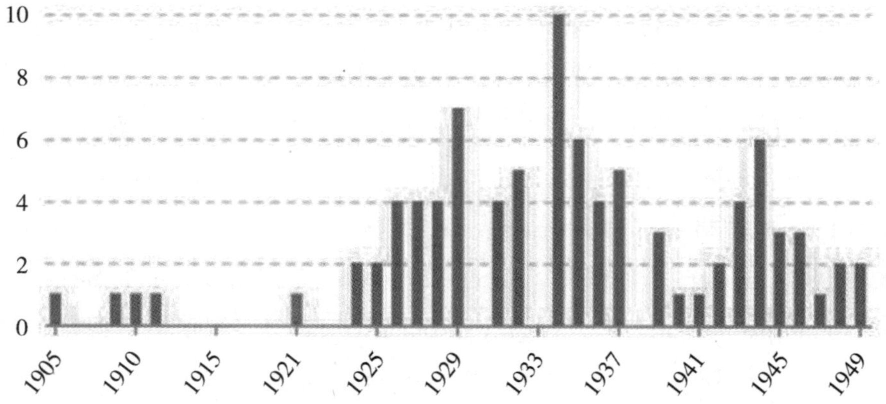

图4－6　法书书评文分布简况一览表

法书不被评价的表现在于，书评者不对作品的文学价值、艺术特点进行细致评价，而将笔墨集中在以下几个方面：

一是以读作品后的即时情绪代替书评。例如，读《巴黎茶花女遗事》后，发出“缩命十年拼一哭，病中狂吃泪如倾。精锳铸闽断情界，逼来理势哪能堪！”的感慨①，读《加尔曼》后感喟“爱情已尽而不离异，那种生活比囚徒受罪、还更难过”②，读《最后一课》油然而生“你应该放一把火，给这个被灭亡的国家！”的愤激③。清风在耳闻窗外不绝的枪炮声，于焦虑不安中抄起《莫泊桑小说集》胡乱翻阅，看到《一个疯子》里的“人类为着食物，杀戮不止，有时为着娱乐，也亲手来杀戮”，而感慨人类的残酷及其背后的荒谬莫名④。

二是以赞扬原著者的文学成就，规避对其作品的评价。如，《纺轮的故事》的著者孟代内心“充满爱的空气”，富于“想象的精美”⑤。波德莱尔

① 佚名：《读〈巴黎茶花女遗事〉》，《国民日日报汇编》1904年第4期。
② 戴祥云：《书评：读〈加尔曼〉》，《文学丛刊》1929年第1期。
③ 佚名：《读〈最后一课〉》，《童话》1931年，刊期不详。
④ 清风：《读莫泊桑小说》，《天津商报画刊》1931年第3卷第40期。
⑤ T. J.：《〈纺轮的故事〉英译者序》，《晨报副刊：文学旬刊》1924年第41期。

“法律拦不住，一切拦不住”，是揭开“旧世界”的“面孔”的“叛徒”，他的《恶之华》“的成就没有国界可以限制”①。秦瘦鸥被莫泊桑小说深深吸引，尤其受《柏林之围》《最后一课》及《磨坊之夜》“的刺激太深”，而对莫泊桑顶礼膜拜②。司汤达生前刻苦写作，身后获得大名，是值得崇敬的、以锐意革新闻名遐迩的文学巨匠③。

三是仅复述原著情节，供读者知悉。如《八十天环游地球》故事被浓缩为“间关容易度关难，断逸光阴一瞬间。只苦旅行新艳伴，旱莲大坑拔将来”“摸金何事苦中郎，胜利须看最后场。八十日程圆满日，豪赀仍拥摆林塘”④等几行诗，张天庐分章节介绍《包法利夫人》⑤，都是现成、常见的例子。

法书书评的“叙而不作”特点的根源在于，法国文学的实力与成就在欧洲大陆首屈一指，法国文学名著的历史评价早已有之，无可撼动，书评者、翻译者对原著持敬畏心态属于自然反应：《波纳尔之罪》“内容美和富，译者不能赞一词”⑥。《迷眼的沙子》原著远胜译本，译者的“笔墨，怎能动人？离去该书竟有天渊之别”⑦。《约翰·克利斯朵夫》“这样一部艺坛的珍宝，实在没有资格敢说批评。我在读着它的时候，真是像一个进入宝山的人，被山里美丽绚烂、五光十色的景致弄花了眼睛、迷失了路途”⑧。

因为原著获得了不被评的豁免权，法书书评只能自动内卷，转变为书评者对译者大张旗鼓的鞭笞讨伐。贬斥译者，是法书书评最大的特征。对译者表示敬意、肯定译者翻译能力的例子非常之少，伍光建所译《侠隐记》被誉为在京腔中巧妙揉入“两湖的调调儿”，“最能传原书的神”⑨，成绍宗《地狱》被

① 李健吾：《林译鲍德莱耳〈恶之华〉序》，《宇宙风》1939 年第 84 期。
② 秦瘦鸥：《读〈莫泊桑全集〉》，《风云》1943 年第 1 期。
③ 鲍文蔚：《〈红与白〉译者小序》，《读书青年》1945 年第 2 卷第 4 期。
④ 金一：《读〈八十日环游记〉》，《醒狮》1905 年第 2 期。
⑤ 张天庐：《读〈包弗瑞夫人〉》，《京报副刊》1926 年第 426、428 期。
⑥ 李青崖：《〈波纳尔之罪〉的汉译本的引言》，《文学周报》1926 年第 230 期。
⑦ 朱东圃：《介绍〈迷眼的沙子〉》，《中国新书月报》1932 年第 2 卷第 4 期。
⑧ 怀荃：《读〈约翰·克利斯朵夫〉》，《北大清华联合报》1948 年第 2 期。
⑨ 宇：《读〈侠隐记〉》，《沪江大学月刊》1924 年第 14 卷第 3 期。

称道“译笔忠实流利，有如创作一般的传达了原著者的作风”① 的正面案例几乎凤毛麟角。

与之相反，攻讦译者的例子举不胜举。顾钟序所译《欧洲文学入门》被彭学沛视为骗钱的低劣制作，负责校对的梅光迪也是在助纣为虐②。戴望舒对方于译《西哈诺》大为不满，甚至不屑③。伍蠡甫节译的《新哀绿绮思》“译笔有许多地方有商量的余地”④。夏康农译出的《茶花女》虽已是市面上公认的优秀版本，但“如欲求其完善，应再加以校勘”⑤。王了一没能译出《娜娜》著者左拉的“思想、感情、技巧”，充其量只是完成翻译工作⑥。李健吾翻译的《司汤达小说集》被方光焘以“译文有可怀疑之处”为由，一下子找出了三十多条，“为了讨论一篇仅仅一万字左右的翻译……竟剌剌不休地，也写上了将近一万字”⑦，没有给李健吾留丝毫颜面。

二、日本文作的书评

日本文学对中国现代文学的萌生、发展起到了巨大作用，总的方面，“中日文学在观念、实迹上历来有交流有沟通”，个人层面，“如周作人、刘大白、郁达夫等中国文学家亦受日本文化、文学之影响”⑧。但在近现代期刊中，日本文学书籍的书评⑨却极为寥落，各项基本指标与英书、俄书、美书书评相差甚远：刊登日书书评文的期刊不外乎《外交报》《小说月报》《晨报副刊》《文学周报》《中国新书月报》《文学杂志》《国文周报》《东光》《春秋》《读书杂志》《漾波》等近 30 种，书评文篇数合计不逾百，书评者仅三十余位，

① 佚名：《〈地狱〉》，《文学杂志》1931 年第 1 卷第 1 期。
② 彭学沛：《“四之五”的生涯：〈欧洲文学入门〉》，《现代评论》1925 年第 1 卷第 18 期。
③ 戴望舒：《〈西哈诺〉译文商酌》，《文学周报》1929 年第 370 期。
④ 佚名：《〈新哀绿绮思〉》，《优生》1931 年第 1 卷第 1 期。
⑤ 丁金相：《夏康农译小仲马著〈茶花女〉》，《图书评论》1934 年第 2 卷第 8 期。
⑥ 马宗融：《〈娜娜〉》，《文学》1934 年第 3 卷第 2 期。
⑦ 方光焘：《读〈司汤达小说集〉——对于李健吾先生译文的几个疑点》，《中流》1936 年第 1 卷第 1 期。
⑧ 王鲁夫：《读〈日本诗歌选〉杂感》，《东光》1942 年第 2 卷第 2 期。
⑨ 下文简称“日书书评”。

其中有知名度的书评者只有周氏兄弟、欧阳山、许钦文而已。即便如此贫乏，日书书评还存在“断档”现象（见图4－7），只在1924—1937年之间在发文量上保持了较长时间的稳定状态，其余时间则呈现出碎片化特点。

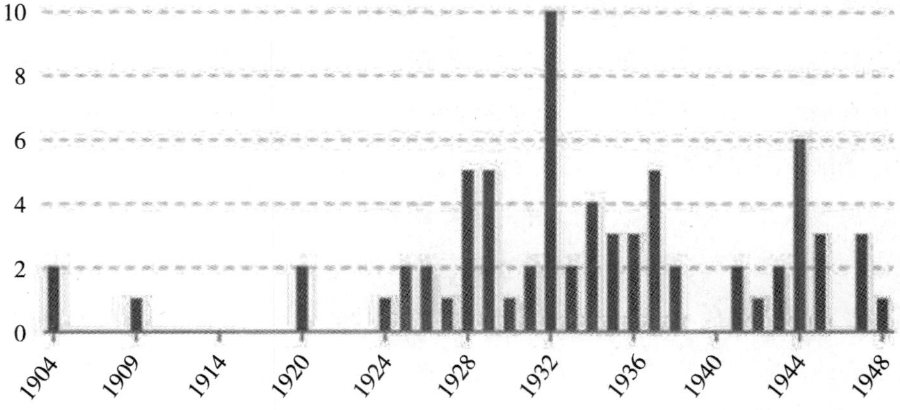

图4－7　日书书评文分布简况一览表

书评文数量虽少，日书书评者所表达的文学观点、文学理念、价值取向却各有侧重，难于归并，时常出现两极化评价。例如，对于日本文学的整体成就，康嗣群持肯定态度，他颇认同日书对社会、人生的深刻反映，“希望能有人把日本的好作品，都介绍到中国这个贫乏的文坛上来”①，而郁风白却认为，“日本现代作家所写小说，在内容方面，都不免乎过于繁琐（有东拉西扯之感），可是他们对艺术上的苦练的一致，实在使人惊叹，是不能不佩服的”，且日本“文学究竟可否超越现实，同时超越民族性，也成问题”，有局促、狭隘之弊②。对于日书著者，书评者的评价也各有千秋，或感佩其著书之勤苦勤勉③、“善于思考、善于探究”的开拓精神④，或厌恶著者对中国的无端歧

① 康嗣群：《最近出版的两部日本小说》，《现代文学》1930年第1卷第6期。
② 郁风白：《读〈日本小说选〉》，《光化》1944年第1卷第1期。
③ 佚名：《〈庚辛录〉序》，《消闲录》1903年第81期。
④ 荻崖：《横光利一的〈纹章〉》，《读书杂志》1945年第1卷第3期。

视①、写作中的敷衍态度②，甚至憎恶著者从民族主义立场出发，为日本侵华战争站台，“显露出作者对战争的暧昧”③。

日书对于书评者最大的价值，体现于它们在不同时代为书评者提供了不同的政治、文化、文学质素。早在清末，关于明治维新的著作就曾经刺激中国书评者热血偾张，希望有志之士师法日本、见贤思齐，期待“我国不论何等人，俱能热心爱国，大倡尊尚武侠之风，排弃四千年拘牵之錮，庶几其有瘳乎?”④能够实现的一日。不仅如此，日本的强势崛起也引起书评者的焦虑不安，以至于疾呼国人高度警惕、有所防备⑤。

病骸从井上圆了《妖怪学讲义录》中看到了著者祛除迷信、改良宗教的初衷，并反观中国，认为“迷信之甚，孰如我国”，中国人对迷信的沉迷妨碍了普及科学、解放心灵，让他们甘愿沉沦于深渊，他还感喟中国缺少富有社会责任心的作家，哀叹“余见《妖怪讲义录》分类甚晰，其为国人设想者甚至，他日者亦一东方之马丁路德无疑。顾吾如憾吾国土地之大、人物之众，而偏无井上君其人者，不得不泪涔涔下也”⑥。

周作人认同和倾慕武者小路的“新村哲学”，在品读《新村的生活》《新村的说明》《人间的生活》《自己的人生观》《幸福者》之后，比较新村主义与托尔斯泰人道主义、“泛劳动主义”的异同，点明“新村哲学”的宗教属性，将“新村哲学”派生的“新村文学”体裁以“福音体”命名，推荐中国读者关注武者小路，以及菊池宽所著的《文艺往来》中的《武者小路氏论》等几篇文章，认为它们“都有一读的价值”，是理解“新村哲学”的钥匙⑦。

大正、昭和前期的日本文学对日本底层社会的多面相描摹也引起了中国书评者的同感，激发起对现行社会制度、组织的厌憎、不满。化名“M. U”的

---

① 秋山:《读〈芥川龙之介集〉的〈中国游记〉》,《新评论》1928 年第 10 期。
② 沈绳武:《读〈鲁迅传〉》,《华阳国志》1947 年第 57 期。
③ 欧阳山:《评〈未死的兵〉》,《文艺阵地》1938 年第 1 卷第 8 期。
④ 灵石:《读〈日本中兴先觉志〉书后》,《觉民》1904 年第 9 期。
⑤ 佚名:《读大隈伯〈黄祸说〉书后》,《广益丛报》1904 年第 44 期。
⑥ 病骸:《读〈妖怪学讲义录〉感言》,《宁波小说七日报》1909 年第 6 期。
⑦ 周作人:《读武者小路君关于新村的著作》,《民国日报 · 批评》1920 年第 4 期。

书评者表示，大杉荣的寓言《锁工场》“把现世法律、政治、经济的一切组织和制度都活画出来了……并且写出他的那觉悟、奋斗、创造的精灵来。我读了，非常感动，便联想到我自己身上，又联想到‘名缰利锁’的俗话来，又联想到‘解脱’‘摆脱’几种话头来”，而中国都市社会中的芸芸众生同样被名利束缚并戕害彼此，和《锁工场》构建的日本社会镜像、人生惨景别无二致，他强调，不论日本、中国，对自己的生活状态没有丝毫觉悟，使自己也使他人“都陷在永劫不复的奴境里”的“懒汉”们正是污浊社会永远不会澄澈的始作俑者①。佐藤春夫新作《都会的忧郁》对无名作家不幸生活的深彻描绘以小见大，透露出了蜷缩在都市社会角落中的落魄者的窘迫无助，“在《都会的忧郁》中，我们找不到激越的煽动的情调，却深刻的显示着一般不幸者的真实的形相”，其艺术表现力突破了国家、民族的天然隔阂，对中国读者也引起了共鸣②。《平林泰子集》以六篇短篇小说“反映着现实社会下的悲惨无人道的弱者生活”，读后令人顿悟“做人到底是件怎样的事!”“名誉、道德是什么？它只是一个镀金的套狗圈!”“虚伪、残酷才是社会赐予我们的佳肴呢!”③有岛武郎的《与幼小者》揭示出的真理在于：人都是自私自利的，社会上一切的勾心斗角、嫉妒戕杀都是不能合作所致。“要改革社会，一切问题根本都要动摇”④。当然，改良社会不是空言、谰言便可以实现的，日本青年也好，中国青年也罢，都难免对美好社会“曾梦过”“也曾对现实不满”，但日本不乏“知道埋首苦干，肯吃苦，肯努力”的青年。国籍虽不同，“苦干精神”却是中国青年们理应效法的⑤。

对于另外一些书评者，日书可以是窥见日本国民性的孔窍，也可以是反观中国国民性的镜子。书评人“明”指出，日本的小说有两种很明显的色彩：其一便是“人生命运的悲哀，深种在日本人的心目中，由之而阴郁，而徘徊，而幽唱，凄厉动人，可歌可泣”，造成这一情况的根源在于，日本因自然的限

① M. U：《读〈锁工场〉的杂感》，《民国日报·觉悟》1920年第10卷第11期。
② 裕常：《描摹尽致的〈都会的忧郁〉》，《中国新书月报》1931年第1卷第8期。
③ 志粹：《读〈平林泰子集〉》，《现代出版界》1933年第17期。
④ 张骏骥：《读有岛武郎的〈与幼小者〉后》，《细流》1934年第2期。
⑤ 佚名：《〈青年〉观后感》，《出版月报》1943年第2期。

制，土地狭小，产物不足，“地震海啸，生死转瞬，便永恒的弥漫的奏出这凄恻苦恼，叹息低徊的文学出来，以代表全人类悲哀的一方面”。其二便是“文字的幽柔”，这是因为，“日本人生活的一切，向以纤巧清丽见称于世，代表他们以表现于世界的文学，当然于这方面格外的发挥得淋漓尽致了”①。相比而言，彬龢则怀着“他山之石，可以攻错”的虔敬心，在中华民族日益衰惫、民族危机大幅加剧的紧要关头，提出“我们民族所需要的，正是一种刺耳的批评，而不是悦耳的阿谀。只有勇者才能承认事实，只有智者才能从事实中求出路”，从长野朗的“逆耳的忠告”中，认识到中国人对“妥协”、“多面的性格”、讲“实利主义”的热衷及其危害，“做一次严厉的自我批判，荡涤过去之种种，共同努力于我民族之新生”②。宗珏读了《一个日本人的中国观》之后，感谢著者内山完造“从许多很琐屑而又平凡的事物里，发见许多不寻常的道理”，以及内山带着“对中国民族的尊敬和同情”，以近乎“唯物论”的态度，向一般日本人传递关于中国的信息的平等之心、友好之情③。

日本文学理论家在中国书评界引起巨大反响的，只有厨川白村一人。他的《文艺思潮论》于1924年被介绍到中国文坛，因其系统“介绍欧洲文学古典主义、浪漫主义的演变脉络”，而被誉为“新理想主义下的现代思想之一斑”④。《出了象牙之塔》被书评者视为现代文艺研究的重要参考书、文艺及文学新思潮的扛鼎之作⑤。《苦闷的象征》获得了广泛赞誉，其争议同样也不少，这部著作如此重要，以至于1925—1937年的12年当中，它被书评者反复介

---

① 明：《现代日本小说集》，《浙江省立图书馆月刊》1932年第1卷第3期。

② 彬龢：《读〈乱动支那之真相〉：日人眼里的中国和中国民族〉》，《生活》1932年第7卷第3期。

③ 宗珏：《〈一个日本人的中国观〉》，《国闻周报》1936年第13卷第49期。

④ 诵虞：《读〈文艺思潮论〉》，《小说月报》1924年第15卷第2期。

⑤ 张若谷：《研究艺术重要参考书之一：〈出了象牙之塔〉》，《申报》1926年9月17日第21版；鲁迅：《〈出了象牙之塔〉译本后记》，《语丝》1925年第57期；鹏：《读〈出了象牙之塔〉以后》，《暨南周刊》1928年第3卷第5期。

绍、评议达近20次①，实为日本文学书籍中最为受关注的一本。

三、德国文作的书评

德国文学作品②被译介到中国的数量只有30余部。对于中国读者和批评者来说，德书和德国一样，都和自己的日常生活颇为遥远。德书中译本得以问世，一半是出于翻译者自己对德国文学的尊重和喜爱，如佛突、郁达夫、洪为法、叔农、梁俊青、谷凤田、郑西谛、仲民、厚生、华林、周伯涵、赵景深、农泉、华琪、成德、培良、全增嘏、顾宪成、顾良、雪苇、陈陟、曾涌泉、马央、襄子、杨丙辰等人，一半乃是出版机构的牟利尝试，但由于德书的曲高和寡，敢于试水的机构仅有泰东图书局、中华书局、水沫书店、商务印书馆、万叶书店等资本较雄厚的几家。

在译介者与出版机构之间，《民国日报・觉悟》《文学旬刊》《妇女杂志》《草堂》《文学周报》《泰东月刊》《自由月刊》《语丝》《中国新书月报》《图书评论》《华年》《书人》《中德学志》《译丛周刊》《宇宙风：乙刊》等20余份期刊、副刊搭建起了桥梁，通过登书评文实现前述两者所希望达成的目标。

最早成为书评对象的一部是特奥多尔・蒙森的《罗马史》③，这篇发表于1905年的书评文其实并非“文”，而是一首感怀的旧体诗。真正意义上的德书书评文乃是佛突《〈茵梦湖〉之印象批评》④，此后，德书书评零星出现，直

① 景尼：《松原宽评厨川氏〈苦闷象征〉之难点》，《晨报副刊》1925年2月6日；佚名：《创造与进化：苦闷的象征》，《云南教育会会刊》1926年第3卷第10期；鲁迅：《文艺者，是生命力以绝对的自由而被表现的唯一的时候（厨川白村〈苦闷的象征〉）》，《小说月报》1927年第18卷第6期；培良：《〈苦闷的象征〉》，《青春月刊》1929年第1期；勉群：《介绍〈苦闷的象征〉》，《知用校报》1929年第47期；鸡思：《文艺是苦闷的象征?》，《曙钟》1930年元旦号；宋镕：《苦闷的象征》，《唤民》1931年创刊号；《厨川白村〈苦闷的象征〉》，《心音》1932年第2期；维新：《苦闷的象征》，《五中周刊》1932年第122期；凸人：《厨川白村的〈苦闷的象征〉的片片谈》，《大潮》1934年第1期；培良：《〈苦闷的象征〉理论上之弱点》，《青春周刊》1934年第3卷第15期；大漠诗人：《题厨川白村〈苦闷的象征〉后》，《茸报》1937年4月10日第4版。

② 以下简称“德书”。

③ 佚名：《读〈罗马史〉随记》，《之罘报》1905年第8期。

④ 佛突：《〈茵梦湖〉之印象批评》，《民国日报・觉悟》1921年第7卷第10期。

到现存的最后一篇书评文，即何汉章《读歌德〈带灯的人〉》①，降下了德书书评的帷幕，中间走过的43年时间里，德书书评文篇数共计37篇，年均不足1篇，“断档”现象时常出现（见图4－8）。

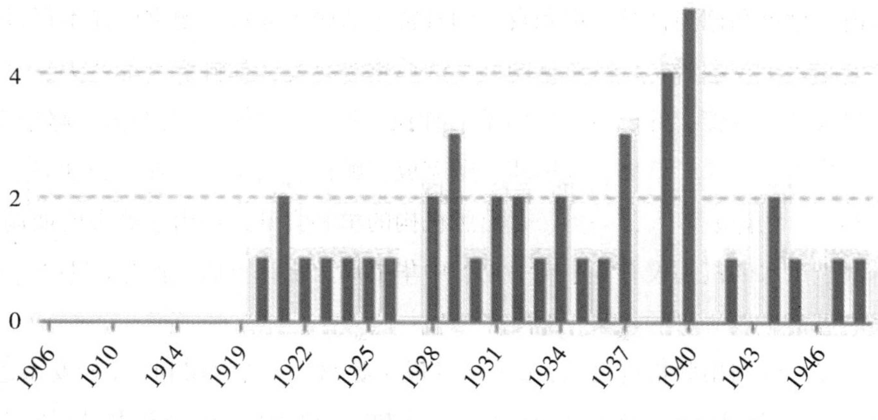

图4－8　德书书评文分布简况一览表

得到书评者们瞩目的，分别是《茵梦湖》、《少年维特之烦恼》、《西线无战事》②、《浮士德》、《威廉·退尔》、《地下火》。它们的著者特奥多尔·施笃姆（Hans Theodor Woldsen Storm）、歌德（Johann Wolfgang von Goethe）、雷马克（Erich Maria Remarque）、列普曼（Heinz Liepmann）的文学成就足以代表德意志文学在19世纪至20世纪40年代的最高成就，中国书评者选择评价他们的作品，显示出了对德国文学经典的敏感性。

德书书评者具有高度自由，为何评、怎么评没有限制，自己的文学喜好、价值观念、阶级立场皆可下笔成文。例如，赵景深对高加索民间故事进行母本溯源，揭示《金头发的孩子们》类似《天方夜谭》中的《能言鸟》，《美丽的海伦娜》情节上有《荷马史诗》的烙印，《三个愿望》和《格林童话》中的

① 何汉章《读歌德〈带灯的人〉》，《文艺生活》1948年海外版第8期。

② 水沫书店于1929年出版的中译本取名为《西部前线平静无事》，译者为林疑今。第二年由平等书店出版的中译本才使用了《西线无战事》，译者为洪深、马彦祥。

同名故事如出一辙①。成德摘录译本中关于俾斯麦个人经历的细节，来阐述自己对于俾斯麦人生选择的评价，并简述译本的插图与装帧情况②。培良不评原著，而是以原著中的情节为引子，畅谈自己对友情本质、爱情真谛的思索③。

对于《茵梦湖》，佛突欣赏原著，未置一词，但对译本颇有微词，他对译文所用“语体文”所掺杂的“古文化”含量过高不以为然，希望译者能有所改进④。郁达夫看到的是作者的诗人气质，“施笃谟的艺术是带写实风的浪漫派的艺术”，“与其称他作小说家，还不如称他作诗人的好，他毕竟是一个大抒情诗人”，以及“他的艺术”，和“俄国的屠儿葛纳夫”、“法国的散披爱儿”“有共同之处”⑤。洪为法深陷人物的凄惨命运，情难自已，为女主人公“以丽沙白”的悲惨遭遇“落下许多眼泪”⑥。厚生从《茵梦湖》涉及的翻译手法说开去，呼吁文学界要以翻译工作为突破口，优化翻译的标准，“再现原著的艺术”，并在此基础上让“作家用我们自己的材料”“创作些我们自己的文学出来”⑦。农泉感受到的是它“所描写小儿女的绮腻情态，极其缠绵尽致。就是写景言事也有无上的妙处”及其与《红楼梦》文学成就不相伯仲⑧。

歌德是欧洲近代文学史上的重要人物，他的文作具有巨大的思想性。中国青年偏爱歌德是不争的事实，毕竟，热血的青年们“总会受这本译本的影响而激起热烈的情感”。对《少年维特之烦恼》的原文，梁俊青无可臧否，但对郭沫若的译本，则有权加以褒贬。在他看来，郭沫若“的译有时不但好，而且妙，简直能够传神，但是累赘的句语实在太多，不但不能引人阅读，而且使人看了头痛”，不仅如此，他还提出，尊重原著，对译本进行挑刺是必需的环节，“揭发误译”是真诚的文学人的必修课⑨。谷凤田透过《少年维特之烦

① 赵景深：《高加索民间故事》，《文学周报》1929 年第 326 期。
② 成德：《〈俾斯麦〉》，《中国新书月报》1932 年第 2 卷第 7 期。
③ 培良：《书评：〈寂寞的人们〉》，《青春周刊》1933 年第 3 卷第 2 期。
④ 佛突：《〈茵梦湖〉之印象批评》，《民国日报·觉悟》1921 年第 7 卷第 10 期。
⑤ 郁达夫：《〈茵梦湖〉的序引》，《文学旬刊》1921 年第 15 期。
⑥ 洪为法：《读〈茵梦湖〉》，《妇女杂志》1922 年第 8 卷第 2 期。
⑦ 厚生：《校〈茵梦湖〉谈到翻译》，《日出》1928 年第 2 期。
⑧ 农泉：《读郭沫若译〈茵梦湖〉有感》，《中国新书月报》1931 年第 1 卷第 8 期。
⑨ 梁俊青：《评郭沫若译的〈少年维特之烦恼〉》，《文学旬刊》1924 年第 121 期。

恼》品读出的是著者的死亡观念，“自杀虽为人情的残酷，但终不失其为青年的热血的果毅之本真！”① 华林从《浮士德》当中，读出了歌德实为“意志之英雄”的本相和“努力提高自己，时时发现新地平线，时时向不知的境界中，作猛烈之奋斗”的“文艺家之精神”②。

《西线无战事》中译本被职业译书人周伯涵从片段中挑出了十几处毛病，并因此不得不和另外一个译本的译者马彦祥打了一场小小的笔墨官司③。雷马克对帝国主义战争所持的立场被华琪严重贬低了。华琪用阶级分析法来看待雷马克的小说《退路》，指责雷马克貌似“指示出青年是在被灭绝和蹂躏着”“觉得战争是毫无意义的”“感叹着战争的恐怖”，实际上“沉溺于幻想、梦想与苦思之中”“侮辱革命的领导者”并“反工人阶级”，无视德国“革命与反革命，已到了短兵相接的时期”，还为“资产阶级意识形态”代言，“以便欺骗并蒙蔽读者群众”④。

陈陟赞扬列普曼《地下火》蕴藏了“巨大的勇气和反抗精神”，文字“并不夸张”，“也并不在技巧上故意做作，但全书的行文是十分流畅紧张”，显示出了著者反抗纳粹暴政的斗争精神。陈陟还希望中国读者从这部报告文学中汲取反侵略的力量，走出小我，成全大我，“我们中国的年轻人都趋向政治，一定要做什么政治活动。我是希望在艰难中的中国的年轻人，应该从公园、跳舞、恋爱中觉醒过来，做点儿对祖国有益的工作”⑤。马央的见解和陈陟一致，他赞叹这本书是杰作，令读者感受和见识到了作者的沉着、坚毅、公正、深刻和“人类的良心”，技巧成熟，不做作，“不狂呼口号”“分析并不严肃”“暴露毫不生硬”，借鉴小说体格，对历史资料作了“一层艺术的渲染”⑥。

---

① 谷风田：《读〈少年维持之烦恼〉》，《民国日报·觉悟》1925 年第 4 卷第 21 期。

② 华林：《读哥德的〈浮士德〉》，《自由月刊》1929 年第 1 卷第 4 期。

③ 周伯涵：《读〈西部前线平静无事〉以后》，《语丝》1929 年第 5 卷第 37 期；周伯涵：《〈西线无战事〉》，《现代文学》1930 年第 1 卷第 2 期。

④ 华琪：《雷马克底〈退路〉》，《文学月报》1932 年第 1 卷第 1 期。

⑤ 陈陟：《读〈地下火〉》，《现实》1939 年第 5 期。

⑥ 马央：《反纳粹斗争（读〈地下火〉）》，《宇宙风：乙刊》1939 年第 13 期。

四、印度文作的书评

中国书评者对印度文作的关注度很低，自 1923 年王统照首先介绍 S. Radhakrishnan《太戈儿的哲学》和 Ernest Rhys《太戈儿传》① 至 1948 年沈从文为印度著者泰无量编纂的《中国小说》印文版作序②，期刊书评牵涉到的印度图书为 14 本，相关书评文 17 篇。其中，与泰戈尔文作有关的达到了 7 篇，其余 10 篇论及的则是 P. V. Ramaswami Raju《印度寓言》、求那毗地《痴华鬘》、Jawaharlal Nehru《尼赫鲁自传》、Mohandas Karamchand Gandhi《甘地自叙传》等。25 年时间中，出版印度图书中译本的机构只有泰东图书局、商务印书馆、北新书局、青年协会书局、正中书局、世界书局，译者只有郑振铎、王靖、胡仲持、吴晓铃、周祥光、斯东、南柳如、张天松 8 位。于此可知，印度文作在中国书评领域的影响力无法与英、美、法、俄、德、日等国书评相比。

评价印度文作本身就是一件很难的事。由于中印文化、文学语境的巨大差异横亘于前，即便经过汉化，印度著者的写作思维、用词习惯、表达方式也常常令中国书评者抓耳挠腮，以至于读了几遍之后，仅能作出“这只是一本可把玩的书”，“粗粗读了一遍，说不出所以然”，“勉强写下来这些，聊作初读此书之记念而已！”的结论③。

相比而言，泰戈尔文作最受欢迎，乃是因为他惯以英语写作，其文作在保留印度民族风格，浸润着“对于土地自然景物的依恋”“人生素朴的爱”④ 的同时，又附着以鲜明的世界性：

> 太戈尔著作之流行、能引起全世界的兴趣，一半在于他能用微妙幽婉写出他思想中高超的理想主义，一半在于他作品中的文学的庄严与美丽，他的著作在现今尤有特殊的价值。⑤

① 王统照：《太戈儿研究最需要的两本书》，《晨报副刊：文学旬刊》1923 年第 15、16 期。
② 沈从文：《印译〈中国小说〉序》，《世纪评论》1948 年第 3 卷第 16 期。
③ 张挚甫：《痴华鬘》，《会报》1928 年第 39 期。
④ 沈从文：《印译〈中国小说〉序》，《世纪评论》1948 年第 3 卷第 16 期。
⑤ 风卢：《读〈飞鸟集〉后》，《日邮副刊》1929 年第 31 期。

中国书评者对泰戈尔致以“英雄般的崇敬”① 并不令人侧目，指责泰戈尔的文作既没有合理性，更不会引起共鸣。在此情况下，围绕泰戈尔文作的书评，几乎都围绕翻译问题展开。赵荫棠从郑振铎所译《飞鸟集》找出 18 首诗，逐一给出自己认为更妥帖的译法②。郑西谛则对赵荫棠的更正进行反制，逐一批驳、推翻赵的译法③。华清对王靖所译的《泰谷儿小说》大为鄙视，嘲笑译本“错处实在不少，指不胜指”，并扬言如果“泰东书局的主人把这类‘画室’派、‘新鲜’派的译文少出版一些，那就功德无量了!”④ 江绍原鄙夷商务版《太戈尔戏曲集第二集》，指责商务印书馆不求质量、胡乱翻译⑤。

进入泰戈尔文作的精神层面、价值层面进行评述的书评者是郑振铎、曼曼、沈从文。郑振铎认为，《新月集》具有“不可测的魔力”——“他把我们从怀疑贪望的成人的世界带到秀嫩天真的儿童的新月之国里去”，“使我们在心里重温着在海滨以贝壳为餐具、以落叶为舟、以绿草的露点为圆珠的儿童的梦。总之，我们只要一翻开它来，便立刻如得到两扇有魔术的翅膀，你把自己从现实的苦闷的境地里，飞翔到美丽安静天真的儿童国度里”⑥。曼曼指出，将泰戈尔原诗运用语体诗转译，沟通了新旧诗体，是新诗发展进程中的一次伟大创新，《飞鸟集》中译本“算是给他们（注：指不懂诗却妄言新诗的文丐）见见世面”的一部杰作⑦。沈从文对泰戈尔诗歌对中国新诗的影响作了高度凝练的总结。在《印译〈中国小说〉序》中，他先回顾中印文学交流的历史脉络，接着将“近三十年中国新文学运动”得以萌生、成长归结于内在的社会思想解放运动和“外在介绍”的示范和助力。就“初期作家的用笔”这一项上，莎氏比亚、易卜生的戏剧，迭更司、托尔斯太、莫泊桑、契诃夫的小说，王尔德、安徒生的童话“都无疑是一种健康的刺激和启示”，而“至于散文诗

① 王统照：《太戈儿研究最需要的两本书（上）》，《晨报副刊：文学旬刊》1923 年第 15 期。
② 赵荫棠：《读〈飞鸟集〉》，《文学旬刊》1923 年第 79 期。
③ 西谛：《论〈飞鸟集〉的译文——答赵荫棠君》，《文学旬刊》1923 年第 79 期。
④ 华清：《读〈王靖译的〈泰谷儿小说〉后之质疑〉》，《创造周报》1924 年第 46 期。
⑤ 江绍原：《〈太戈尔戏曲集第二集〉：潜藏的翻译乎?》，《现代评论》1925 年第 1 卷第 17 期。
⑥ 郑振铎：《太戈尔〈新月集〉译序》，《文学旬刊》1923 年第 84 期。
⑦ 曼曼：《五言〈飞鸟集〉的价值》，《中国新书月报》1932 年第 2 卷第 7 期。

及抒情小诗，有希腊、日本、印度文学的浸润，却应数印度诗人太戈尔先生《新月集》的介绍，和他本人一再在临中国作客，意义大，影响深”。冰心、徐志摩的诗歌成就便是“太翁思想人格在中国最有活力的一株接枝果树”①。

甘地、尼赫鲁的传记也是中国书评者的评价对象。书评者并不在乎它们的文学价值，而是为文字所蕴蓄的传主的“为解放被奴役的祖国而奋斗的伟岸人格”② 和不畏强权、只身犯险的牺牲精神③所折服。

五、其他国家和地区文作的书评

除了前面几个国家的文作，近现代书评也涵盖了瑞士、奥地利、南非、意大利、比利时、丹麦、希腊、伊朗、蒙古、挪威、波兰、瑞典、朝鲜、爱尔兰等国家和地区的文作。它们文学发达程度远不及英、美、俄、日、法，各自能在世界文坛展露峥嵘的作品不过一二部，相关书评文也显露出两个短板，一是篇数仅有一篇至数篇，二是浅言辄止，多属皮相之论，近于图书情报而非文学评论。尽管如此，这些文作经由成为书评，被中国文学界所知晓，并为中国文学批评与创作提供了素材和借鉴。

集合了多国作品的作品集只有《域外小说集》和《小家之伍》，庸安盛赞《域外小说集》为中国新小说的构思和写作提供了示范④，刘大杰没有评议《小家之伍》，而是称赞译者郁达夫具备了“独特的风格”，表现出了“认真的态度”⑤。

南非、蒙古、伊朗、罗马尼亚、芬兰、朝鲜、埃及的文作只有一部，分别为《梦》《光明之路》《鲁拜集》《舅舅昂格尔》《白船》《山灵：朝鲜台湾小说集》《童年的回忆》。《梦》是女作家阿列夫·须莱纳尔的一部小说，周作人将《梦》与阿列夫所撰写的社会学论著《妇女与劳动》作比对，指出“似乎其间没有截然不同的态度，抒情之中常含义理，说理的时候又常见感情迸跃发

---

① 沈从文：《印译〈中国小说〉序》，《世纪评论》1948 年第 3 卷第 16 期。
② 谈理元：《读〈尼赫鲁自传〉》，《锻炼》1944 年第 4 期。
③ 曾琦：《〈甘地传〉跋》，《青年中国》1947 年第 44 期。
④ 庸安：《读〈域外小说集〉》，《良晨》1922 年 4 月 2 日第 5 版。
⑤ 刘大杰：《书评两则》，《现代学生》1931 年第 1 卷第 9 期。

而为诗”，并援引西方文论家 惠林顿女士（Amy Wellington）的评价来赞许阿列夫·须莱纳尔“专为被虐的人民奋斗”，补全了“新时代的光荣的题名录”①。陈乃雄节选、评析了《光明之路》的片段，感喟蒙古人民不屈服于强权的刚烈血性，并在书评最末写下了一首散文诗以感愤明志，略摘其词曰，“沉重的黑暗渐渐失却了它的重量了。鼻端里嗅着鲜血的腥味和骨肉的焦臭。那一球一球的惨红的、美丽的血光，恰似一条遍身喷着毒焰的巨龙，在黑暗的群中飞舞奔流。扬起我们的血炬，直到最后一刻！待清新的阳光掩盖了惨红的血光时，待醉人的花香稀薄了骨肉的腥臭时，光明之路便展开在我们的眼前了！”②。姚自若介绍《鲁拜集》的作者莪默·伽亚谟（Omar Khayyam）的生平，肯定译者郭沫若博闻广识、译笔精当③。马宗融对《舅舅昂格尔》汉译本进行勘误纠错，表扬译者贺文林态度认真，指出几处瑕疵，建议译者在此书再版时，“能细细校对、改正一遍，使成一个较完善的译本”④。《白船》描写爱沙尼亚民族自17世纪至19世纪末近三百年时间的民族自决与斗争。通过这部小说，孙用看到的是爱沙尼亚在沙俄压迫下，经历“阴惨的历史”，经过不懈的反抗，“如今已获得了成立共和国、初步建立民主制度的成果”，感慨爱沙尼亚的农民为了打倒封建的制度而奋斗，“结果却引入了统着哥萨克军队的波罗的海岸的地主”的悲凉结局，表达出了浓厚的历史虚无感⑤。1936年出版的《山灵：朝鲜台湾小说集》由文化生活出版社引进中国，该社推出了胡风、张秀亚两个译本。胡风介绍了自己翻译这部作品集的动机，即以“不能发育完全的，或者说，被压萎了形态的语言文字”翻译朝鲜小说，使中国读者读了弱小民族的故事之后，“触目惊心”，能将“‘外国’的故事”“读成了自己的事情”⑥。黄源读了张秀亚译本之后大受震动，他表示，“平凡的人间、普通的欢悦，在这里没有了踪影。他们只看见一只大口，已吞噬了好些人，又守候着

① 周作人：《〈梦〉》，《晨报副刊：文学旬刊》1923年第6期。
② 全平：《〈光明之路〉的序引》，《洪水》1926年第2卷第14期。
③ 自若：《〈鲁拜集〉》，《语丝》1926年第83期。
④ 马宗融：《评〈舅舅昂格尔〉》，《文学》1934年第3卷第2期。
⑤ 孙用：《〈白船〉序》，《黄钟》1935年第7卷第8期。
⑥ 胡风：《〈山灵〉序》，《大公报》1936年4月22日第12版。

等待其余的”，作者们“被真理、反抗、美感、渴望、信仰，指挥着动笔，透彻明晰地，写出了涂血的事实”，他们的慷慨悲歌、“热狂的不安、卑屈的绝望”乃是沉溺于“快乐主义”的中国青年们的清醒剂①。

《醉人妻》（瑞士，贝斯达禄奇）的书评文分为著者简介、出版情况、写作宗旨三个部分，匿名书评者认为，这部书“全篇宗旨首在改良社会，借一村落为世界之缩影，而谓改良之道必由家庭以推及学校，其关涉教育之精理名言往往散见各处”，值得有志于中国乡村教育事业的人士用心阅读②。奥地利的三部小说《阿那托尔》《斑麋》《蓓尔达迦兰夫人》的书评文全篇为情节梗概，实际为篇目介绍③。

意大利文作为《神曲》《马可·波罗游记》《木偶奇遇记》《十日谈》《死的胜利》五种。王统照介绍的《神曲》乃是 Melville Best Anderson 翻译的英译本，他高度赞扬译者的水平，“但我所见到这本崭新的英译本，私意以为较前此的译本为优，所以先草草介绍四百四十余页的巨册于研究文学的朋友们。同时我跟恳切地希望中国也有像爱逊孙这样努力的翻译者”④。张若谷阐述《马可·波罗游记》原本、译本的数量和流变，在地理、历史学上的价值，强调《马可·波罗游记》的文学特征在于逸史和正史不分，提醒读者注意，10 世纪中叶包杜英·包赛波克（Bauduin de Seboure）所创作的诗歌体小说、英国斯开德神父所撰《周绍全集》所收录的《康脱白雷寓言起源考》及欧洲中世纪后的著述皆直接受《马可·波罗游记》影响⑤。书评者“一切”用俄国的一则逸闻来谈《木偶奇遇记》受孩子们欢迎的盛况⑥，祖同遗憾自己“在小时候没有福气读到这些良好的读物，只背了大人偷偷地读了好些如《罗通扫北》《薛仁贵征东》……之类的荒诞不经的书籍，以至使我得了不少不良的影响，

① 张秀亚：《评〈山灵：朝鲜台湾小说集〉》，《大众知识》1937 年第 1 卷第 6 期。

② 佚名：《小说〈醉人妻〉序》，《教育世界》1905 年第 97 期。

③ 郑振铎：《〈阿那托尔〉》，《文学旬刊》1922 年第 45 期；吴毓霖：《〈斑麋〉读后》，《时事新报》1944 年 1 月 4 日第 4 版；柳西夷：《值得一读的〈蓓尔达迦兰夫人〉》，《新民声》1944 年第 1 卷第 11 期。

④ 王统照：《介绍新英译的神曲》，《晨报副刊：文学旬刊》1923 年第 13 期。

⑤ 张若谷：《谈〈马哥孛罗游记〉：参看鉴赏周刊第廿一、廿三期》，《文学周报》1926 年第 203 期。

⑥ 一切：《读〈木偶奇遇记〉》，《开明》1929 年第 1 卷第 8 期。

至今引以为怅”，所以“极愿现在的小朋友们，早早都能够得到了这些良好的读物……不啻于良师益友的切磋”，向中国少儿极力推荐《木偶奇遇记》①。《十日谈》的书评文实为原著的推介和内容简介②。《死的胜利》是一则短评，书评者以此文阐明自己的观感，“尼采的种子在他的作品里开成奇艳之花。他写的是性恋，但他写的是何事的性恋！我们仿佛看到火山的崩溃与大海的啸裂——死的胜利，也正是生的胜利”③。

来自比利时的文作，为《青鸟》《卢梭传》《木刻连环图画故事四种》《中国说部甄评》，书评者虽不同，但都是简要介绍章节、情节，并不加入个人的简介，因此，他们所写的实际上是出版短讯④。丹麦文作由安徒生一人包揽。叶绍钧从《天鹅》的翻译经过说起，漫话译者郑振铎的童心以及他与妻子高君箴这两个“大孩子”的相知相得⑤。赵景深解释自己翻译《月的话》的初衷在于，供“初级中学一年级或高级小学”阅览，并评价这部小书独具艺术魅力，“常写到小孩的动作和谈话，将小孩的天真烂漫充分的表现了出来，像这样简单淳朴、小孩一般的语言是很使人喜悦的”，“看这一本书，也就仿佛看了世界各国的游记”，“美丽的小品文也可以说是散文诗”⑥。唐锡光表扬《夜莺》译者顾均正译笔“流利畅达”，欣赏故事生动有趣，令人“不忍释手”⑦。

古希腊文作为三部。《荷马史诗》彪炳文学史册，中国书评者对它有高山仰止之感，仅作推介，不予评述。或谈译本插图⑧，或评析译者得失⑨，纠正

---

① 祖同：《读〈木偶奇遇记〉后》，《中国新书月报》1932年第2卷第7期。

② 佚名：《〈十日谈〉之绍介》，《中国新书月报》1932年第2卷第2期。

③ 佚名：《评介〈死的胜利〉》，《福建民众》1932年第2卷第2期。

④ 傅东华：《Maurice Maeterlinck的〈青鸟〉》，《文学旬刊》1923年第19期；佚名：《〈卢梭传〉》，《国闻周报》1928年第5卷第13期；蒋启明：《木刻连环图画故事四种》，《清华周刊》1936年第45卷第7期；善秉仁：《〈中国说部甄评〉》，《上智编译馆馆刊》1946年第1卷。

⑤ 叶绍钧：《〈天鹅〉序》，《文学》1924年第150期。

⑥ 赵景深：《〈月的话〉序》，《开明》1929年第1卷第8期。

⑦ 唐锡光：《读〈夜莺〉后》，《开明》1930年第2卷第7期。

⑧ 《〈荷马史诗〉中之插图》，《民众文学》1927年第15卷第24期。

⑨ 戈宝权：《傅东华〈奥德赛〉之翻译》，《新生周刊》1935年第2卷19期。

译法微疵①，或以其中故事为引子，谈兴亡，论更替②，感怀英雄易老、风流易散③，或做“《窝狄浦斯王》是悲剧中的悲剧，因为它的英雄是自己寻找自己的毁灭，自己造成自己的毁灭”之论，以史喻今，影射时政④。达夫尼斯与赫洛蔼的故事是希腊小说中的经典桥段，开明翻译片段，供读者领略古希腊人情之一斑⑤。类似地，宋春舫推荐吴定之翻译的《诗学》，以为中国新诗进步之一助⑥。方守谦评价攸立匹得斯（Euripides）的《依斐格纳亚》是“希腊悲剧的遗产”，是“带给我们不少的宝贵礼品”⑦。

挪威的文作共三部，分别为阿斯皮尔孙《三公主》、易卜生（Henrik Ibsen）《野鸭》、哈姆生（Knut Hamsun）《饿》。《三公主》是挪威民间故事集，顾均正翻译原著之后，提出书中收录的《蓝山中的三个公主》和中国民间故事《云中落绣鞋》在结构、情节、线索上几乎一致，所不同的是穿插在故事中的风俗习惯，他由此提出观点，“故事中的普遍的结构（即几个不合民俗的信仰与习惯意味的连续的错综）是可以传播的，故事中有关于民俗的信仰与习惯意味的事件或境遇是不能传播的”⑧。对于《野鸭》，竺磊批评的并非原著，而是译者孙煦的翻译能力，期望将来若推出《易卜生全集》，翻译工作应改由陈绵担纲，从而对得住易卜生这位大文豪⑨。奚行推崇《饿》的艺术成就，认为《饿》“用第一人称写的，所以特别逼真，这种表现方法是足使吾人特别注意”，同时，这部小说也是“弱小民族”所贡献出的“伟大的、够得上介绍”的作品⑩。

波兰文作为露存女士《心文》和汪达·瓦尔列夫斯卡《虹》。《心文》被

---

① 默丁：《读〈窝狄浦斯王〉》，《文苑》1939 年第 1 期。
② 佚名：《荷马诗中所见的》，《世界文学》1934 年创刊号。
③ 清慈、迺声：《初读查普曼的〈荷马译诗〉》，《华风》1946 年第 2 卷第 3 期。
④ 常风：《沙福克里斯的〈窝狄浦斯王〉》，《文学杂志》1948 年第 3 卷第 4 期。
⑤ 开明：《〈希腊小说〉断片》，《晨报副刊：文学旬刊》1924 年第 52 期。
⑥ 宋春舫：《跋亚里士多德的〈诗学〉》，《自由评论》1936 年第 20 期。
⑦ 方守谦：《希腊悲剧名著〈依斐格纳亚〉》，《商务印书馆出版周刊》1937 年新第 223 期。
⑧ 顾均正：《译了〈三公主〉以后：相同故事的转变与各自发生说》，《文学周报》1928 年第 301 期。
⑨ 竺磊：《〈野鸭〉》，《燕京文学》1941 年第 2 卷第 4 期。
⑩ 奚行：《〈饿〉和哈姆生》，《现代文学评论》1931 年第 1 卷第 2 期。

中国书评者视为女子救国、报国的示范，期望这部小说有助于刺激“贫弱已极”的中国国民，“无论男女，皆当勿计成败，努力于其所长以救国”①。《虹》的评价者是苏联的S. 瓦尔市洛斯基，他评价《虹》“显示出真正自由了的人民的力量，他们以英勇的斗争和英勇的劳动的昂贵的代价购来的自由。它的力量增加了一百倍，成长不可征服的巨人的力量，并且轻轻易易、自然而然地融入了其他族的争自由的斗争中”，是反法西斯力量在文学领域的巨大突破②。

塞万提斯（Miguel de Cervantes Saavedra）是首先被介绍到中国的西班牙作家，书评者称赞他的《堂·吉诃德》在欧洲获得了“巨大的注意”，尤其在西班牙，“更加神圣化”，甚至达到“西班牙人把《吉诃德先生》看作各种智识的宝库，正像他国人尊崇《圣经》一般”的地步，相对新文学运动口号满天，至今成果仍乏善可陈的局面，以及“各国的新文学的伟大作品介绍过来的确不多”的窘境，《堂·吉诃德》应当被中国新文学家们拜读、借鉴，“认识一下西万提司的讽刺”，获得有益的启迪③。对B. 巴罗哈的《山民牧唱》，张禄如别出心裁地借用了歌谣体，设计“我”与牧羊姑娘的对话和对歌，来展示山民所唱歌谣的美妙旋律美和真纯辞藻，揭示南欧山歌的民俗源头④。君实、许钦文分别介绍维森特·布拉斯科·伊巴涅斯（Vecente Blasco Ibanez）《四骑士》、加巴立罗等人合著的《西班牙短篇小说集》的章目设置和主要情节⑤。

书评者们推介的瑞典文作是历史学家、探险家斯文·赫定（Sven Hedin）的《亚洲腹地旅行记》《我的探险生涯》与爱伦·凯（Ellen Key）《爱伦凯日记》、斯特林堡（August Strindberg）《斯特林堡小说集》，对这些著作，书评者仅以短文予以泛论，内容限于目录摘抄、著者生平简介而不多加拓展，行文方

---

① 季：《波兰露存女士所著〈心文〉序》，《广智馆星期报》1929年第40期。

② （苏）S. 瓦尔市洛斯基：《土地和人民：论汪达·瓦希列夫斯卡的〈虹〉》，《世界文艺季刊》1945年第1卷第2期。

③ 厉激：《介绍〈吉诃德先生〉》，《中国新书月报》1933年第3卷第1期。

④ 张禄如：《〈山民牧唱〉序》，《译文》1934年第1卷第2期。

⑤ 君实：《〈四骑士〉读后感》，《国立浙江大学日刊》1936年第45期；钦文：《〈西班牙短篇小说集〉》，《华年》1937年第6卷第21期。

式与新书出版广告大同小异①。

对爱尔兰文作，黄嘉德梳理传记作家赫理斯（Frank Harris）生平与著作情况，归纳他所著《萧伯讷传》求真、求实的特点，认为这部传记让读者"由反面的立场更亲切地看见萧伯讷的伟大"，不仅如此，"在某种意义上说来，这部传记是两个自我的天才作家、两个生动鲜艳的个性的长期斗争的记录"②。印大緻读了斯威夫特（Jonathan Swift）《大人国游记》之后心潮久久不能平静，他所激动的并不是作品的艺术魅力，而是主人公葛利佛第二次航海，在大人国被大人们"任意玩弄"的情节安排，让他联想到中国被日本操弄于股掌之上、肆意凌辱的现实处境，他掩卷长啸，"亲爱的同胞们！你们既已知道中国从前如同葛利佛一样，大上其当。那么我们应该醒悟，不要再做葛利佛、任人侮辱！"③。

捷克的文作有两部：第一部是伏契克（Julius Fučík）的纪实文学《绞刑架下的报告》，光华书店于1947、1948年先后推出了初版《狱中日记》、二版《绞索勒着脖子时的报告》。戴采夫将《狱中日记》列为血泪铸成的、灌注以自由解放精神的丰碑④。刘穆表示，这篇报告里，"每一行都流露出真实的热情，洋溢着共产党员无畏的精神"，这种精神给予读者以"深刻的印象"，"永远不能泯灭"。"同时，我们身为革命同志的人们"更应效法伏契克所有的"英勇、不屈，坚定、热情、忠于信仰""作为我们的榜样"，为民族解放事业冲锋陷阵⑤。第二部是贝奈斯的《大战回忆录》，《智慧》杂志转了捷克批评家 Freda Kirchwoy 的序文，追溯该书的成书过程⑥。

---

① 《斯文·赫定的〈探险生涯：亚洲腹地旅行记〉》，《图书季刊》1934年第1卷第3期；觉民：《〈我的探险生涯〉》，《图书季刊》1934年第1卷第3期；记者：《读〈爱伦凯日记〉》，《明灯（上海1921）》1941年第285期；荆有麟：《〈斯特林堡小说集〉》，《时事新报》1944年8月11日第4版。

② 黄嘉德：《随感录：〈萧伯讷传〉译者序》，《人间世》1934年第8期。

③ 印大緻：《读〈大人国游记〉》，《将来的中国》1936年第2卷第6期。

④ 戴采夫：《不朽的〈狱中日记〉》，《友谊》1947年第1卷第8期。

⑤ 刘穆：《读〈绞索勒着脖子时的报告〉后》，《文学战线》1948年第1卷第5期。

⑥ （捷克）Freda Kirchwoy：《新近出版的〈贝奈斯大战回忆录〉》，《智慧》1948年第59期。

近现代期刊域外文学图书书评篇数统计表

	俄	美	英	法	日	德	印	瑞士	奥地利	南非	意大利	比利时	丹麦	希腊	蒙古	伊朗	挪威	波兰	西班牙	瑞典	罗马尼亚	爱尔兰	芬兰	朝鲜	埃及	捷克	分年数目
1880			2																								2
1899		1																									1
1900		1	3																								4
1902			1																								1
1903					2																						2
1904		1		1	2																						4
1905		1	4	1		1		1																			8
1906			1																								1
1907		1	1																								2
1909			2	1	1																						4
1910		1		1																							2
1911			1	1																							2
1912			1																								1
1914		1																									1
1915			1																								1
1916			1																								1
1919			1																								1
1920					2	1																					3
1921	1		2	1		2																					6
1922	3		1			1			1																		6
1923	3	1	4			1	4			1	1	1	1	1		1											19
1924	3		2	2	1	1	1																				10
1925	1	1	2	2	2	1	2																				11
1926	3	1	5	4	2	1	1				1				1												19
1927	2		3	4	1									1													11

续表

	俄	美	英	法	日	德	印	瑞士	奥地利	南非	意大利	比利时	丹麦	希腊	蒙古	伊朗	挪威	波兰	西班牙	瑞典	罗马尼亚	爱尔兰	芬兰	朝鲜	埃及	捷克	分年数目
1928	7	2	1	4	5	2	1					1					1										24
1929	4	2	2	7	5	3	1				1		1				1	1									28
1930	3		3		1	1							1														9
1931	4	3	5	4	2	2											1										21
1932	3	10	8	5	10	2	1				3																42
1933	10	9	9		2	1													1								32
1934	11	8	5	10	4	2								1					1	3	1	1					47
1935	6	10	3	6	3	1								1									1				31
1936	14	7	11	4	3	1						1		1					1			1		1			45
1937	9	9	13	5	5	3								1					1					1			47
1938	1	4	2		2																						9
1939	4	6	4	3		4								1													22
1940	8	4	1	1		5																					19
1941	1	4	3	1	2												1			1							13
1942	2	3	3	2	1	1																					12
1943	5	6		4	2																						17
1944	12	2	2	6	6	2	1		2											1							34
1945	6	3	1	3	3	1												1									18
1946	6	9	2	3								1		1													22
1947	10	5	1	1	3	1	3																		1	1	26
1948	18	5	3	2	1	1	2							1												2	35
1949	8		1	2							1																12
各国总数	168	121	121	91	73	42	17	1	3	1	7	4	3	9	1	1	4	2	4	5	1	2	1	2	1	3	688（合计）

鸣　　谢

这本书是笔者最近几年整理近现代期刊杂志的小小成果。在成书的过程中，我得到了刘飞、黄蓉、秦垒、史文婷等几位年轻人的帮助，他们在语言组织、学术规范、编排校对诸方面提供了巨大的助益，让我深深感受了后浪的澎湃力量。同时，由衷感谢石珠林学弟的悉心指导和耐心指教。得到前述同仁的关爱，是笔者莫大的荣幸。特此致谢。

二零二五年三月

中国近现代期刊书评所涉书籍
出版信息及书评人信息